Elisabeth Escher

Das Fenster zum Himmel

Bernardus-Verlag 2020

Dieses Buch beruht auf Tatsachen. Zum Schutz der Rechte der betroffenen Personen wurden Namen, Orte und Details verändert und literarisch aufbereitet.

Impressum

1. Auflage 2020

Printed in Germany

Bernardus-Verlag
Verlagsgruppe Mainz
Süsterfeldstraße 83
52072 Aachen

www.bernardus-verlag.de

Gestaltung, Druck und Vertrieb:
Druck & Verlagshaus Mainz
Süsterfeldstraße 83
52072 Aachen

www.verlag-mainz.de

Abbildungsnachweise
Illustrationen von Dietrich Betcher

ISBN-10: 3-8107-0320-6
ISBN-13: 978-3-8107-0320-0

Der größte Schrecken eines Kindes ist es,
nicht geliebt zu werden, und Ablehnung ist die Hölle,
die es fürchtet.

John Steinbeck, East of Eden

»Gott ist nicht lieb.«

Diese vier Wörter fallen aus Maries Mund, unerwartet wie erste schwere Regentropfen aus einem gerade noch heiteren Himmel. Sie fallen in die Mitte eines jener besonderen Nachmittage, an denen die Kanzlei des Pfarrers Jakob Selinger von einer seltsamen Stimmung erfüllt ist, einer Ruhe, die Anna Forsthuber unlängst gar als »heilig« bezeichnet hat. »Heute hört man bei dir ja die Flöhe husten«, hat sie Jakob dabei ins Ohr gehaucht, um die himmlische Ruhe nicht zu stören. »Wahrscheinlich hörst du hier auch das Flüstern Gottes, der dir die nächste Predigt eingibt«, hat sie mit einem angedeuteten Augenzwinkern noch nachgelegt. Marie hat trotz des Flüstertons alles genau verstanden. Und sie hat auch bemerkt, wie sich die Hände der »Tante« und die des »Onkels« wie zufällig getroffen haben.

Nun vernimmt Jakob Selinger nur das Kratzen der Wachskreidestifte auf dem rauen Zeichenpapier und den Widerhall von Maries Worten, die sich nicht wie Tropfen auf heißem Stein in Luft aufgelöst haben, sondern im Raum hängen geblieben sind und nun von Augenblick zu Augenblick schwerer auf die Stille drücken.

Der Pfarrer bleibt auf seinem Schreibtischsessel sitzen, unbeweglich, nur sein Blick gleitet vom Notizblock vor ihm auf das so gar nicht ins Bild passende auf dem Parkettboden hockende Mädchen, das scheinbar ungerührt von der eigenen Aussage die letzten weißen Lücken des Zeichenpapiers sorgfältig mit fettem Nachtblau schließt. Ihre Haut ist viel dunkler als die der Menschen hier, von sattem Goldbraun ist sie, schwarzglänzend fallen die dichten Haare über die schmalen Schultern, und die Augen sind schwarz wie die Anzugjacke des Mannes, der ihr gegenübersitzt und den sie seit ihrem Einzug im Pfarrhof »Onkel« nennt.

Jakob Selingers Blick wandert zurück auf den halb beschriebenen Zettel, auf dem er die Gedanken für die nächste Predigt notiert hat, und auf dem er nun nach den richtigen Worten zu suchen scheint. Nicht nach Worten für die Predigt, sondern nach Worten, die er Maries Feststellung entgegensetzen kann.

Auch Marie bewegt sich nicht von der Stelle, sie ist daran gewöhnt, dass der Onkel oft lange braucht, bis er etwas sagt, dann nämlich, wenn seine Gedanken einen langen Weg zurücklegen müssen, bis sie zu Worten werden. So hat er ihr das schon einmal erklärt. Diesmal muss der Weg besonders lang sein, denn nur die buschigen, beinahe pfeilgeraden Augenbrauen haben sich gehoben, und Marie stellt wieder einmal fest, dass die Brauen des Onkels eigentlich nur ein einziger Bogen sind, der haarlose Raum zwischen ihnen über der Nase ist kaum sichtbar.

Schließlich bewegt er die Hand, um seine Brille abzunehmen, die er nur zum Lesen und Schreiben aufsetzt. Bevor er den Blick dem Mädchen zuwendet, reibt er sich die Augen, so lange und heftig, als wäre ihm gerade eine ganze Staubwolke hinein geflogen, als müsste er sich erst davon befreien, um wieder sehen zu können.

»Ach Mariechen«, sagt er endlich, und nun kommen Marie diese Augen fast durchsichtig vor, wahrscheinlich weil er sie so lang gerieben und so auch die Farbe herausgestrichen hat. »Du hast wohl so viele schlimme Dinge erlebt, dass es dir schwerfallen muss, zu glauben, dass der, der doch alles weiß, entscheidet und lenkt, ein Lieber sein soll, wenn er doch so viel Böses zulässt? Dass er ein sorgender Vater sein soll, der seine Kinder beschützt und stets das Beste für sie will und das ja auch tun könnte, wo er doch allmächtig ist? Was soll ich dir sagen? Für uns Menschen ist das gar nicht einfach zu begreifen. Auch für mich nicht.«

Wieder scheinen sich die Gedanken des Onkels zurückgezogen und auf Wanderschaft gemacht zu haben, denn sein Blick ist auf den Notizblock zurückgekehrt.

»Dann weißt du also auch nicht, ob er überhaupt lieb ist und sagst das nur, weil du es als Pfarrer so sagen musst?«, fragt Marie und zieht die Beine soweit an sich heran, dass die Knie das Kinn berühren. Mit den Armen umspannt sie die dünnen Unterschenkel, so dass sie gut sitzt und nicht umfallen kann. Wie ein verschnürtes Paket hockt sie da.

»Wissen. Was heißt schon ›wissen‹? Eine Geschichte kann ich dir erzählen, wenn du willst. Dann verstehst du vielleicht, warum ich den Menschen lieber von einem ›lieben‹ als von einem ›bösen‹ Gott erzähle. Also, hör zu: Der Michael, der jeden Sonntag ministriert und mit dem du so gerne in der Kirche nach der Messe Verstecken spielst, ich weiß schon, dass ihr immer oben auf der Empore bei der Orgel seid und auch in den Beichtstühlen. Also, der Michael: Der Bub hat wie du keine richtige Mutter, nun, du hast ja eine echte Mutter, nur ist die halt an einem anderen Ort und nicht bei dir, aber der Michael hat gar keine leibliche Mutter mehr, weil die nämlich bei seiner Geburt gestorben ist. Sie hat hochschwanger einen fürchterlichen Unfall gehabt. Der Huberbauer hat sie beim Traktorfahren einfach übersehen und beim Rückwärtsfahren ganz schlimm erwischt. Die ist gar nicht mehr zu Bewusstsein gekommen, aber den Michael, den haben sie retten können, durch einen Kaiserschnitt. Als ich den Buben ein paar Wochen danach getauft habe, das ist jetzt schon mehr als zehn Jahre her, da hat seine Tante, die ihn bei sich aufgenommen hat, trotz aller Trauer um ihre Schwester vor Glück geweint und gesagt: ›Dass es den Michael gibt, das ist ein Wunder. Ich danke dem lieben Gott dafür.‹ Aber der Vater vom Michael, der hat Gott nie verzeihen können. Er war so voller Bitterkeit und was er gesagt hat, werde ich auch mein Leben lang nie vergessen: ›Wenn ich Gott treffe, werd ich ihn erschlagen.‹ Ja, Kind, diese zwei Seiten gibt es. Man muss sich entscheiden. Ich hab mich für das Wunder entschieden.«

Marie sitzt noch immer zusammengekauert auf dem Holzboden. Sie hat dem Onkel, ohne ihn auch nur ein einziges Mal zu unterbrechen oder den Blick von ihm abzuwenden, zugehört. Nun schweigen beide.

Wie ein Paket ist Marie dem Pfarrer und der Anna Forsthuber, der Haushälterin oder Pfarrersfrau, wie man's nimmt, auch vorgekommen, als die Fürsorgerin sie ihnen vor etwa einem Jahr so einfach, mir nichts dir nichts, in den Pfarrhof gestellt und lapidar gesagt hat: »Herr Pfarrer, wir wissen nicht, wohin mit dem Kind. Schauen Sie nur, in welchem Zustand das Mädchen ist! Halb verhungert und halb erschlagen! Noch ein Heim oder noch irgendeine Pflegefamilie steht die Kleine nicht durch. Da stirbt sie uns.«

Da haben sie sich lange angeschaut, die Anna Forsthuber und der Pfarrer, schweigend, dann haben sie das magere Kind vor ihnen betrachtet, ebenso lange, ebenso schweigend, denn die Gedanken haben erst wieder ihre Reise aufnehmen müssen.

»Nun, wie heißt du denn?«, fragte der Pfarrer die Kleine schließlich. Die Stimme des Mannes gefiel Marie, sie war nicht laut und gebieterisch wie die des Heimleiters, und sie war auch nicht scharf und drohend wie die des Ziehvaters, zu dem sie an jenem Tag, wie es schien, nicht mehr zurück sollte. Aber eine Stimme kann auch lügen, das wusste Marie bereits, denn auch die Stimme des Ziehvaters war ihr, als er sie vor drei Jahren vom Heim abgeholt hatte, warm und einschmeichelnd vorgekommen, bevor sie zuschlug, zustach und schnitt, genauso wie er es dann gemacht hatte. Und Marie wusste auch, dass es immer noch schlimmer kommen konnte als es schon war.

»Mein Name ist Marie Muth«, antwortete das Mädchen. Kein Zittern, keine Regung konnte der Pfarrer in dieser Kinderstimme orten. Auch die Sprache war für die Gegend ungewöhnlich: Marie sprach keine Mundart sondern astreines Hochdeutsch.

»Ja, und möchtest du denn jetzt gerne bei uns bleiben?«, fragte der Pfarrer weiter. »Platz haben wir hier genug.«

»Nein, das will ich sicherlich nicht«, antwortete Marie und ihr Blick suchte bei der Fürsorgerin nach Unterstützung. Die war jedoch schon einige Schritte zurückgewichen, um zu demonstrieren, dass sie Marie unter keinen Umständen mehr mitnehmen wolle.

»So versuch es doch erst einmal. Vielleicht einen Tag, Marie?« Jetzt war es Anna Forsthuber, die sich an Marie wandte, sie sanft um die Schultern nahm, in die Küche schob und ihr ein Glas Himbeersaft in die Hand drückte.

»Du hast sicher auch Hunger«, redete die Frau weiter. »Was magst du denn essen?«

»Ja, bitte, ich habe großen Hunger. Ich möchte Schnitzel«, war nun Maries überraschend klare Antwort und Anna Forsthubers Herz hüpfte vor Freude, denn sie spürte, dass der erste Funke an Vertrauen entzündet war.

Schnitzel hatte Marie ein einziges Mal in ihrem Leben gegessen: am ersten Heiligen Abend im Heim. Da hatte es zur Feier des Tages für alle Kinder Schnitzel gegeben. Danach nie mehr wieder.

»Und willst du nun bei uns bleiben, zumindest einen Tag?«, fragte der Pfarrer noch einmal. Er war inzwischen in die Küche nachgekommen.

»Ja, gut, einen einzigen Tag«, antwortete Marie.

Dass aus einem einzigen Tag viele Jahre werden würden, ahnten damals weder Marie noch die Pfarrersleute. Und keiner von ihnen konnte vorhersehen, in welche Bedrängnis das Mädchen Jakob Selinger bringen würde.

Maries erstes Leben

Genaugenommen ist Marie nur ein einziges Bild ihres ersten Lebens in Erinnerung geblieben: Das des Abschieds davon.

Durch die staubige Heckscheibe des Autos, das sie für immer wegbringen sollte, sah sie den »Vater«, der gar nicht ihr Vater war – was aber das Kind nicht wissen konnte. Sie sah also diesen Mann, wie er starr wie eine Statue in der Eingangstür des kleinen Hauses stand, in dem Marie ihre ersten drei Lebensjahre verbracht hatte. Die Augen des Mädchens flehten um Hilfe, kommen sollte er, schnell, sie aus diesem Auto befreien, sie zu sich zurückholen, sie diesen Menschen entreißen, die sie doch überhaupt nicht kannte, von denen sie nicht wusste, was sie mit ihr vorhatten, vor denen sie Angst hatte, so große Angst. Warum rannte ihr der Vater nicht nach und stoppte dieses Auto? Einzig und allein die Haare des Mannes bewegten sich, nur sie winkten dem Kind zum Abschied zu, diese zerzausten rotblonden Haare, aus denen Marie so gerne Vogelnester gebaut hatte, wenn der Vater es zuließ, am Abend, vor dem Schlafengehen. Nun schien die Abendsonne in diese Haare gefallen zu sein, sie brannten lichterloh, zu Feuerzungen waren sie geworden. Der Wind wehte ihr dieses Feuer zu, bis das Auto hinter dem herbsthohen Kukuruzfeld untergetaucht war.

Obwohl nur diese eine Szene in Maries Bewusstsein wirklich tief eingebrannt war, hatte sich die Zeit davor nicht einfach im Dunkel der Erinnerung aufgelöst. Dafür hatte es zu viele Beobachter gegeben: Menschen, die das Kind selbst gar nicht wahrgenommen hatte, die Marie aber später erzählen sollten, wer sie war, und *was für eine* ihre Mutter gewesen war; wie ihre Wohnung ausgesehen hatte, die eigentlich gar keine Wohnung war, sondern ein Stall, ein Saustall; wie ihr Garten war, der kein Garten war sondern eine Gstettn. So viele Menschen gab es, die ihr eröffnen sollten, dass eigentlich nichts so war wie es hätte sein sollen. Schon gar nicht der Beruf der Mutter, der gar kein Beruf war, sondern bestenfalls ein Gewerbe, und vielleicht nicht einmal das. Und auch von all dem, was ihr nicht berichtet wurde, hatte Marie später eine ganz bestimmte Vorstellung. Diese ersten drei Lebensjahre entwickelten sich in ihrem Kopf zu einem abgeschlossenen Film, der nach Bedarf abspielbar war. Die Fantasie hatte bereitwillig ihre Arbeit geleistet und alle noch offenen Fragen mit vermeintlichen Fakten und Farben, Gerüchen und Geräuschen aufgefüllt.

Die Fantasie war es auch, die Maries engste Verbündete werden sollte, ihre verlässlichste Gefährtin, unentbehrlich im Kampf gegen die Wirklichkeit.

Marie kam an einem ersten Mai im Jahr 1959 auf die Welt. Es war eine sonnige und warme Welt, in die sie an diesem Tag fiel, sie bestand aus sanften sattgrünen Hügeln mit unzähligen Obstbäumen, einem Häuschen inmitten anderer Häuschen zwischen Wiesenwellen und einem Himmel von tiefem Blau.

Schnell gewöhnte sich Marie daran, dass der warme und nährende Körper der Mutter nur zu bestimmten Zeiten verfügbar war, und so saugte sie sich jedes Mal an der Mutterbrust so lang fest, bis kein Tropfen Milch mehr vorhanden war und sie es bis zur nächsten Fütterung aushalten konnte. Vom Korb aus, in den die Mutter sie immer legte, bevor sie die Wohnung verließ, konnte Marie durch einen schmalen Fensterspalt ins Freie sehen. Oft sah sie lange Zeit nur das eintönige Grau des Gehsteigs, und was sich darauf bewegte, waren bestenfalls dunkle Flecken und Schatten. Manchmal kamen auch Schuhe vorbei, das gefiel Marie, und bald schon konnte sie die Schuhe der Mutter von den anderen unterscheiden. Am allerliebsten war ihr jedoch, wenn sie das schwarze Kätzchen sah, das täglich mehrmals am Fensterspalt vorbeihuschte.

Eines Tages geschah es, dass dieses Kätzchen nicht wie sonst am Fenster vorbeilief, sondern auf seiner Route innehielt, so, als hätte es etwas erschnuppert. Es schlich ein paarmal unschlüssig hin und her und versuchte schließlich, durch den schmalen Fensterspalt in die Kellerstube einzudringen. Der Kopf kam als erstes durch, und Marie sah, wie sich nun der Katzenkörper dehnte und dehnte und schließlich so dünn wurde, dass er durch die kleine Öffnung passte. Mit einem Sprung war die Katze auf der Kommode unter dem Fenster, und mit einem weiteren bei Marie im Korb. Sie beschnüffelte das Kind, leckte es ab, legte sich auf das weiche Kissen neben dessen Kopf und schlief ein. Auch Marie schlief ein, ruhig und tief, wie selten zuvor. Als sie erwachte, war sie wieder allein. Doch schon am kommenden Tag war das Tier wieder am Fenster und im nächsten Augenblick bei Marie im Korb. Und so geschah es auch die Tage danach und danach und danach.

Natürlich entdeckte Maries Mutter bei einem ihrer kurzen Aufenthalte in der Kellerstube das schwarze Fellknäuel neben dem Kopf ihres Kindes, der sich aus einiger Entfernung betrachtet nicht wesentlich von dem der Katze unterschied. Für ein so kleines Kind hatte Marie ungewöhnlich dichtes und dickes Haar, schwarz wie das Fell des Kätzchens.

Die Mutter hatte nichts gegen die Anwesenheit des Tieres, ganz im Gegenteil, die Katze erschien ihr gutmütig und sanft zu sein, es beruhigte sie sogar in gewisser Weise, dass ihr Kind wenigstens nicht ganz alleine war, während sie ihrem Gewerbe nachging.

Was sie jedoch beunruhigte war die Tatsache, dass Marie nicht mehr bewegungslos im Korb verharren wollte, sondern immer wieder, auf allen Vieren, so, wie es ihr die Katze vormachte, herauszuklettern versuchte, um die Kellerwelt zu erobern. Der Korb stand auf einer Matratze am Boden, Marie konnte sich also bei ihren Krabbelversuchen nicht allzu schlimm verletzen, solange sie nicht in der Lage war, auf den Tisch oder gar auf die Kommode zu steigen, von der sie auf den harten Betonboden fallen könnte. Nicht auszudenken! Der Mutter schnürte es bei dieser Vorstellung die Kehle zu und sie bemühte sich, den Gedanken daran so schnell wie möglich zu verscheuchen. Noch war Marie doch viel zu klein, um solche Manöver zu bewerkstelligen! Sie war schließlich keine Katze. Oder doch?

Die Nachbarn zumindest waren der Meinung, dass es sich bei Marie nicht um ein normales Menschenkind handeln könne. Denn nicht nur, dass sich das Mädchen mit ihrer dunklen Haut und dem pechschwarzen Haar von den weißhäutigen und hellhaarigen Kleinkindern der Gegend unterschied, sondern besonders auch die Art, wie sie sich bewegte, machte die Menschen des Ortes stutzig und dabei gleichzeitig sicher, dass Marie keinesfalls eine von ihnen sein konnte. »Sie hat etwas Kätzisches an sich«, tuschelten sie erst und bald schon war Marie für sie »die Zigeunerkatz«.

Tatsächlich gelang es Marie – und da war sie gerade einmal ein Jahr alt – wie die Katze auf die Kommode zu gelangen, von dort aus das Kellerfenster zu erreichen und aus dem Fensterspalt ins Freie zu klettern.

Die Nachbarn beobachteten sie dabei, wie sie ums Haus streifte, das grüne Dickicht hinter dem Haus erkundete, auf Büsche und Bäume kletterte, und wo Marie war, war auch die schwarze Katze nicht weit. Wenn Regen kam oder die Dunkelheit hereinbrach, wenn sich Hunger oder Durst einstellte, suchte Marie wieder Zuflucht im Keller, wo ihr die Mutter Kekse, Biskotten oder zumindest ein Stück Brot und eine Schüssel voll Apfelmus hingestellt hatte. Auch ein Becher mit Fruchtsaft stand meistens bereit. Wenigstens Hunger oder Durst sollte ihre Kleine niemals leiden müssen, das zumindest nicht, wenn ihr die Mutter schon kein besseres Leben bieten konnte.

Marie konnte schon auf zwei Beinen laufen, als eines Tages ein neuer, bislang unbekannter Mensch im Keller Einzug hielt. Er hatte eine weiche Stimme, fast so weich wie das Schnurren des schwarzen Kätzchens, Haare wie die Fäden der Maiskolben, und einen Geruch, der Marie ebenfalls an die Katze erinnerte: warm und süßlich. Marie mochte diesen Menschen auf Anhieb, und wenn er die Stube betrat, in der der Korb stand, aus dem ihre Füße, wenn sie darin schlief, schon längst weit hinausragten, hinderte er sie niemals daran, wenn sie der Katze hinterher ins Freie schlüpfte. Er war einfach da, so wie die Katze einfach da gewesen war, und wenn Marie Lust hatte, durfte sie sich sogar zu ihm ins Bett legen. Dann schmiegte sich Marie an die warmduftende Haut dieses großen Menschen und war zufrieden.

»Vater« solle sie ihn nennen, sagte die Mutter, und Marie nannte ihn gerne so, denn das Wort gefiel ihr, es hatte einen schönen Klang.

Das Einzige, was der Vater nicht duldete und wo seine Stimme einen groben Klang bekam war, wenn Marie versehentlich eine der vielen Flaschen, die neben seinem

Bett standen, umstieß und sich die Flüssigkeit auf den Fußboden ergoss. Da konnte der Vater sogar richtig wütend werden und er ließ Marie dann nicht mehr zu sich ins Bett kriechen. Dann tat er als sei sie gar nicht da, erhob sich nur kurz, um eine neue Flasche zu öffnen, bevor er sich wieder auf die Matratze fallen ließ. Vater hatte immer großen Durst, das war Marie sehr bald klar, und er trank nicht Wasser oder Fruchtsaft, sondern ein Getränk, das nur für Erwachsene geeignet war. Kinder würden daran sterben, hat er ihr eingebläut, und die Mutter hatte das bestätigt.

Doch nicht das Gesöff des Vaters wäre Marie fast zum Verhängnis geworden, sonders etwas ganz anderes, nämlich ein Brennnesselfeld.

Es geschah an einem Tag, der besonders gut begonnen hatte. Die Mutter schien außergewöhnlich gute Geschäfte gemacht zu haben, und hatte Marie ein weißes Kleid gekauft – ein Kleid, wie Marie noch nie eines gesehen, geschweige denn besessen hatte. Eines mit Rüschen und Borten mit Spitzen und Maschen, und einem Rock, der, wenn Marie sich schnell im Kreis drehte, sich hob und dann wie ein großes weißes Rad in der Luft schwebte. »Für meine kleine Prinzessin«, hatte die Mutter gesagt, und als Prinzessin verließ Marie die Kellerstube, um in ihrem neuen Kleid durch die Dorfstraßen zu laufen. Alle, alle sollten sie so sehen! Doch die Straßen waren in der Mittagshitze menschenleer. Marie lief bei der Kirche vorbei, dem Wirtshaus und der Apotheke, der Tabaktrafik, die zur Mittagszeit geschlossen hatte, bei der Kurzwarenhandlung und dem Greissler, die ebenfalls die Läden heruntergezogen hatten. Niemand schien da zu sein, um sie zu sehen, niemand! Schließlich bog Marie in die Schotterstraße dorfauswärts ein, denn am Ende dieser Straße konnte sie die Umrisse von vier Menschen erkennen. Wenigstens die sollten sie bewundern, wenn schon das ganze Dorf im Mittagsschlaf lag.

Sie lief diesen Schattenrissgestalten entgegen, mit schwingendem Rock und wehendem Haar. Je näher sie kam, desto besser konnte sie sie ausnehmen. Es waren vier Burschen, keine Buben mehr, aber auch noch keine Männer. Marie kannte sie nicht, vermutlich waren sie aus dem Nachbardorf, aber dort war Marie noch nie gewesen. Je näher Marie den Burschen kam desto lauter wurde deren Lachen, sie klatschten dabei in die Hände, beschleunigten ihren Schritt und rannten schließlich auf Marie zu.

Bevor sie noch etwas sagen oder weglaufen konnte, hatten sie sie schon gepackt – zwei von ihnen hielten sie an den Händen fest, die anderen beiden an den Füßen. Sie wurde zu ihrem Spielzeug, die Prinzessin hatte sich in eine Schaukel verwandelt, eine weiße Schaukel, die sich überschlug, eine atemlose Schaukel, die nicht einmal schreien konnte, weil ihr die Angst alle Luft aus der Lunge presste.

Dann flog sie. Sie flog, spürte die festen Griffe der Burschen nicht mehr. Sie hatten sie freigegeben. Marie hatte für eine kurze Zeit das Gefühl, weit weg zu fliegen, weg von diesen Menschen, Gott sei Dank weg, hinein in einen weiten Himmel. Aber sie landete nicht im Himmel, sondern in der Hölle. Und die Hölle war ein Brennnesselfeld.

Tausende Nadeln stachen in ihre nackten Füße, ihre Beine, Arme, in Hals und Gesicht. Marie glaubte, verbrennen zu müssen und war verwundert, kein Feuer zu sehen, denn wo es so rasend brannte, musste doch auch Feuer sein. Sie versuchte verzweifelt, diesem grünen Meer von brennenden Blättern zu entkommen. Doch wusste sie nicht, wohin sie fliehen sollte, es gab keine Lichtung. Marie musste laut um Hilfe geschrien haben, denn als sie es endlich doch zurück auf die Dorfstraße geschafft hatte, sah sie eine Frau, die auf sie zukam, sie dann hoch hob und davon trug.

Marie erwachte zwischen weißen Tüchern, die so weiß waren wie ihr Kleidchen, in einem Bett, das sie nicht kannte, einem Bett, das in einem Zimmer stand, das sie noch nie zuvor gesehen hatte. Doch die Frau, die neben ihr auf dem Bett saß, erkannte sie, auch wenn sie sie nur einen kurzen Augenblick lang hatte ansehen können, bevor sie in einen tiefen Schlaf gefallen war. Es war die Frau, die sie nach dem Brand auf der Haut weggetragen hatte.

»Deinem Kleid ist nicht viel passiert«, sagte sie und strich Marie die Haare aus dem Gesicht. »Die paar grünen Flecken hab ich auswaschen können, es ist wieder wie neu, schau nur!«

Marie kletterte aus dem Bett, sie spürte keine Schmerzen mehr, dachte nur an das Kleid, das sie gleich wieder anziehen würde.

»Du siehst so hübsch aus in deinem Kleidchen«, sagte die Frau und Marie drehte und drehte sich, bis der Rock ein weißes Rad war, das in der Luft kreiste.

»Ich bin eine Prinzessin«, rief Marie.

Und die Frau sagte: »Ja, schon gut. Und jetzt bring ich dich nach Hause. Ich weiß ja, wo du wohnst, du armes Geschöpf.«

Da fühlte sich Marie plötzlich gar nicht mehr wie eine Prinzessin, denn Prinzessinnen sind doch niemals arme Geschöpfe.

»Du kannst jederzeit zu mir kommen«, sagte die Frau, als sie bei der Kellerwohnung angekommen waren, »jederzeit«.

Allzu gerne wäre Marie noch einmal in dem weißen Bett, das nach Wiese duftete, aufgewacht. Und sie wünschte sich auch, diese Frau würde ihr noch einmal die Haare aus dem Gesicht streichen. Ihre Hände waren so weich und sanft gewesen, obwohl sie ein armes Geschöpf und nicht etwa eine Prinzessin berührt hatten.

Doch dazu sollte es nicht mehr kommen.

Die einzige Person, die Marie überhaupt nicht ausstehen konnte, die aber alle paar Tage einmal in der Kellerwohnung auftauchte, war die Schwester der Mutter, also »die Tante«. Der Tante durfte man nicht zu nahe kommen, sie rümpfte schon von Weitem die Nase, redete von »üblem Gestank«, von »Speck und Dreck« und von »einer Schande«. Wobei Marie nicht wusste was denn eine Schande sein sollte. Die Tante sagte auch, dass man ein Kind nicht unter solchen Umständen aufwachsen lassen könne. Was die Tante unter »solchen Umständen« verstand, war Marie genauso unklar wie die Sache mit der »Schande«.

Und dann meinte die Tante einmal, dass sie nun nicht mehr länger zusehen würde und dass das Kind ganz verkomme und verwahrlose, was kein Wunder sei bei solchen Eltern. »Ach was, was heißt da schon Eltern«, sagte sie, »ein Säufer, der sich Vater nennt und eine Hurenmutter, das sind keine Eltern!« Wie ein Tier würde es aufwachsen, dieses Kind, fehlte nur noch, dass es wie diese Katze, die da ständig herumschleiche, aus derselben Schüssel esse und trinke.

»Und diesmal mache ich Ernst, nur dass ihr es wisst«, sagte die Tante schließlich. Dann wandte sie ihnen den Rücken zu, dem Vater, der sie schweigend vom Bett aus anstarrte, der Mutter, die, als ob sie mit all dem nichts zu tun hätte, ihre glänzendschwarzen Haare einfach weiter bürstete, Bürstenstrich nach Bürstenstrich, und Marie, die einfach nur dastand, mitten im Kellerzimmer, und sich nichts sehnlicher wünschte, als dass die Tante endlich verschwinden würde, mit ihrer schrillen Stimme, die weh tat und ihr Angst machte. Nie mehr wollte Marie diese Frau sehen.

Dieser Wunsch sollte in Erfüllung gehen.

Die Angst jedoch verschwand nicht gemeinsam mit der Tante aus Maries Leben. Ganz im Gegenteil, das Mädchen sollte erst erfahren, wie groß Angst werden konnte.

Schon wenige Tage nach diesem letzten Besuch der Tante brachten unbekannte Menschen Marie einfach weg, weg vom Vater, weg von der Mutter, weg vom schwarzen Kätzchen, weg von den Keksen und dem Apfelmus, weg vom Kellerfenster, durch das Marie nie wieder aus- und einsteigen würde.

Filmriss: Leben auf Papier

Niemand, kein einziger Mensch, wollte Marie später über die dreieinhalb folgenden Monate Auskunft geben. Marie selbst hatte so gut wie keine Erinnerung daran.

Keine Putzfrau, kein Portier, keine Köchin, nicht einmal eine Aufseherin wollte sie im Landeskinderheim Schönburg überhaupt bemerkt haben.

Und selbst Maries Fantasie, ihr größter Schatz, der sonst aus wenigen Funken ein erhellendes Feuer zu entfachen vermochte, schien ertrunken zu sein in einem schwarzen, uferlosen Gewässer, ohne rettende Bojen, an denen ihre Wahrnehmung hätte Halt finden können.

Es war Papier, das Marie viele Jahre später die Gewissheit geben sollte, dass sie nicht wirklich tot gewesen war in diesen Herbst- und Wintermonaten des Jahres 1963, sondern dass ihr Bewusstsein mitsamt ihrer Fantasie einfach abgetaucht war, wohl einem rettenden Instinkt folgend, der ihr eingegeben hatte, dass sie in Deckung gehen müsse, um zu überleben. Dass sie sich scheintot stellen müsse, so, wie es die Tiere in großer Gefahr tun, um nicht totgebissen zu werden.

Nur kalte Fakten auf Papier, nicht Maries Erinnerung, lieferten den Beweis dafür, dass sie, das vierjährige Kind Marie Muth, vom 20. August 1963 bis zum 4. Dezember 1963 tatsächlich in der »Schönburg« zugegen gewesen war.

Wien, am 20. August 1963

Betr.: Mj Kind Marie Muth,
Heimunterbringung

Das minderjährige Kind Muth kann in folgendem Heim untergebracht werden:
Im nö. Landeskinderheim Schönburg,
Buchenallee 12

Sofern die Kostendeckung gegeben ist, kann das Kind sofort überstellt werden. In die »Schönburg« sind mitzubringen: Kostenübernahmserklärung, Infektionsfreischeine.

Der Heimleitung sind folgende Unterlagen zu übergeben: Infektionsfreischeine, ärztlicher Untersuchungsbefund, Impfnachweis, Aufstellung über die bereits überstandenen Infektionskrankheiten des Kindes, Kranken- und Zahnbehandlungsscheine.

Die Leitung des Kinderheims »Schönburg« wurde telephonisch von der Unterbringung des Kindes in Kenntnis gesetzt.

Ergeht durchschriftlich an:
Leitung des nö. Landeskinderheimes Schönburg

St. Pölten, am 29. August 1963

Infektionsfreischein

Muth Marie, geb. 1. 5. 1959, wohnhaft in St. Lorenz, Freigasse 4, wurde heute amtsärztlich untersucht und hiebei infektions- und ungezieferfrei befunden.

Auch im Wohnhaus der Genannten ist seit längerer Zeit keine Infektionskrankheit gemeldet.

Magistrat der Stadt St. Pölten

St. Pölten, den 2.10.1963

Abteilung V - Gesundheitsamt

Betr.: mj Marie Muth

An den Magistrat der Stadt St. Pölten, Jugendamt

Das oben genannte Kind wurde heute amtsärztlich untersucht.

Befund: Flohstichartige Hautblutungen am Arm, Haut unsauber, Rach. Residuen, raues Atemgeräusch, sonst innere Organe ohne Besonderheit.

Gesundheitsblatt

Für die Zeit vom 20.8.63 bis 4.12.63
Für Marie Muth
Geboren am 1.5.1959

Körpergröße bei der Aufnahme: 1.03m
Körpergröße bei der Entlassung: 1.04m
Gewicht bei der Aufnahme: 17.60kg
Gewicht bei der Entlassung: 19.20kg

Bemerkung des Arztes bei der Anfangsuntersuchung: (Handschrift unleserlich)
Bemerkung des Arztes bei der Enduntersuchung: (Handschrift unleserlich)

So viel und nicht mehr, sollte Marie über diese Zeit ihres Lebens in Erfahrung bringen.

Ihr Bewusstsein wachte erst wieder auf, als sie vor dem Tor der »Schönburg« stand, mit einer Tasche in der Hand, halb so groß wie sie selbst und halb gefüllt mit ihren wenigen Habseligkeiten. Es war Winter geworden, und an jenem 4. Dezember sollte es auch niemals Tag werden, zu tief und schwer hingen die Wolken über dem Land, Wolken, aus denen dicke Schneeflocken fielen, die die Luft nicht aufzuhellen vermochten und die augenblicklich zu Wasser wurden, sobald sie den Boden berührten. Unaufhörlich schneite es. Maries kratzende Wollhaube war schnell durchnässt und auch der Mantel, der sie am Hals einschnürte, war bald feucht und klamm. Sie hatten darauf bestanden, dass Marie auch den obersten Knopf zumachen müsse. Bei diesem Wetter, hatten sie gemeint, gehörte sich das so, obwohl der Mantelkragen doch schon viel zu eng war.

So stand Marie also da und wartete auf den Vater, der sie abholen sollte, endlich. Denn sie hatten ihr gesagt, dass der Vater sie abholen würde und sie nun heimkäme.

Sie hörte, wie sich das Motorengeräusch eines Fahrzeuges näherte, dann sah sie, wie ein Motorrad das Schneegestöber durchschnitt und auf die »Schönburg« zufuhr. Schließlich konnte sie einen Mann auf dem Motorrad ausmachen, sah ihn bald ganz genau, und erkannte, dass es *nicht* der Vater war. Dieser Mann war nicht der Vater!

Die Heimleiterin, die im Schutz des Hauses hinter der verglasten Eingangstür ebenfalls auf den Ankömmling gewartet hatte, kam nun ins Freie, um den Mann zu begrüßen und ihn in die »Schönburg« zu bitten, um, wie Marie sie zu ihm sagen hörte, »die notwendigen Formalitäten zu erledigen«. Als er an Marie vorbeiging, musterte er sie mit einem Seitenblick und zwickte sie dabei mit dem Daumen und dem Zeigefingerknöchel so fest in die nasskalte Wange, dass sich automatisch ihr Mundwinkel hob. »Du kannst ruhig ein wenig freundlicher dreinschauen, schließlich hol' ich dich extra von hier ab«, sagte er und die Heimleiterin fügte noch hinzu: »Benimm dich ordentlich und mach mir keine Schande, das ist dein neuer Vater.«

Das Wort »Schande« hatte Marie schon einmal gehört, sie erinnerte sich gut daran, das war an jenem Tag gewesen, an dem sie die Tante das letzte Mal gesehen hatte, bevor man sie hierher gebracht hatte. »Schande« konnte nichts Gutes bedeuten.

Sie starrte das Motorrad an, das vor ihr stand, wahrscheinlich würde er sie auf diesem Motorrad wegbringen, noch nie war sie auf einem so großen Fahrzeug gesessen. Während sie dastand, noch immer unbeweglich, ihre Finger waren von der Kälte schon gefühllos geworden, hörte sie, wie sich die Tür hinter ihr öffnete, wie die Heimleiterin »Und wenn es irgendwelche Probleme mit dem Kind gibt, melden Sie sich bitte sofort bei mir«, sagte und sie hörte die Stimme dieses Mannes, die jetzt mild und einschmeichelnd klang. »Keine Sorge, sie wird ein schönes Zuhause haben, und die nötige Erziehung werden wir ihr auch angedeihen lassen«.

Hinter Marie schloss sich die Tür. Nun war sie alleine mit diesem Mann, der ihr so riesig vorkam in seinen kniehohen Stiefeln und dem Mantel, der aus demselben Material zu bestehen schien wie die Stiefel. Eine enganliegende Kappe, die auch die Ohren bedeckte, ließ kein einziges Haar erkennen.

»So, jetzt komm«, sagte er und ging zum Motorrad. Maries Tasche schnürte er auf dem Gepäckträger fest, dann hob er Marie hoch, wirbelte sie durch die Luft und warf sie erneut hoch. Es schien ihm Spaß zu machen, denn er lachte immer wieder, wenn er sie hochwarf, um sie dann mit beiden Händen gerade noch rechtzeitig aufzufangen. Als er endlich genug von diesem Spiel hatte, setzte er sie vor sich auf den Sattel und startete das Motorrad.

Marie war schon einige Male in einem Auto mitgefahren, aber in einem Auto gab es Glas und Blech zwischen Drinnen und Draußen, und wenn man nicht beim Fenster hinausschaute oder wenn man die Augen zumachte, konnte man sogar meinen, man würde sich gar nicht von der Stelle bewegen. Hier auf dem Motorrad war das eine ganz andere Sache.

Marie spürte mit jeder Faser ihres Körpers, wie sie schneller als der Wind durch die Landschaft flogen, nur die Oberschenkel des Mannes, zwischen denen sie saß, und seine Arme, die er seitlich von ihr zur Lenkstange hin ausstreckte, gaben ihr den nötigen Halt, um nicht vom Sattel gefegt zu werden. Der eisige Fahrtwind schien alle Gedanken aus Maries Kopf geblasen zu haben, denn ihr Kopf war leergefegt, nicht einmal die Angst war darin hängengeblieben. Alles was sie spürte war die beißende Kälte unter ihrer nassen Haube, auf ihrem Gesicht und in den Händen, sodass sie schon glaubte, sie wäre bereits steifgefroren und würde sich nie mehr wieder bewegen können.

Dann, plötzlich, Windstille. Doch war es nicht nur der Wind, der stillstand, auch die Bäume und die Wiesen und die Häuser flogen nicht mehr an ihnen vorbei, und auch das Geheul des Motors war nicht mehr zu hören. Und Marie wusste, dass sie angekommen waren, wenngleich sie nicht wusste, wo.

Eine Haustür öffnete sich, eine Tür, in der eine Frau stand, so elegant gekleidet, wie Marie noch nie zuvor eine Frau gesehen hatte. Sie deutete ihnen, ins Haus zu kommen, und zwar schnell, denn die nasse Kälte würde sonst sofort in den Vorraum kriechen. Das Haus erschien Marie weißer als die Schneeflocken, die noch immer durch die Luft wirbelten. Und die helle Bluse der Frau, deren Saum unter den gleichmäßig fallenden Wellen des Rockes verschwand, schien Marie so glatt und glänzend zu sein wie der Fußboden unter ihr.

»Da seid ihr ja endlich«, sagte die Frau zu dem Mann, der Maries neuer Vater sein sollte, zog die Augenbrauen hoch und musterte das Kind. »Komm schon, zieh dich aus«, sagte sie dann zu Marie gewandt, »du trägst uns ja noch die ganze Nässe ins Wohnzimmer!«

Marie zog sich die wollene Haube vom Kopf und die Haare fielen ihr über die Schultern wie ein schwarzer Wasserfall. Sie versuchte, den obersten Mantelknopf zu öffnen, es gelang ihr nicht, zu klamm waren ihre Finger.

»Komm schon her, ich helfe dir«, sagte der Mann zu Marie. »Lass das, das Kind muss das selbst lernen«, sagte die Frau.

Daraufhin ging der Mann wortlos ins Wohnzimmer und ließ Marie mit der Frau alleine.

»Kann nicht. Meine Finger«, sagte Marie.

»Schön sprechen!«, sagte die Frau, »in diesem Haus wird schön gesprochen, Deutsch und nicht irgendein Kauderwelsch. Also, was hast du gesagt?«

»Ich kann das nicht, ich kann meine Finger nicht bewegen«, sagte Marie und machte diesmal zwischen jedem Wort eine Pause, weil sie dachte, das wäre dann schöner und die Frau wäre zufrieden.

»Ich sehe schon, da wartet viel Arbeit auf uns«, sagte die nur und Marie nahm einen eigenartig süßlichen Geruch wahr, der von den Haaren der Frau ausging. Diese Haare waren eigentlich gar keine richtigen Haare, sie schienen zusammenzukleben, blieben nach oben hinaufgedreht. Sie hatte lauter braune Röllchen auf dem Kopf,

Haarröllchen, die sich kein bisschen bewegten, selbst als die Frau den Kopf zu Marie hinunterbeugte, um ihr den Mantelknopf zu öffnen und sie endlich von dem nassschweren Stoff zu befreien.

»Und jetzt komm mit und pass gut auf, was ich dir sage. Ich will mich nicht hundertmal wiederholen.« Mit diesen Worten schob die Frau das Mädchen ins Wohnzimmer, von wo aus eine Treppe, durch die man hindurchsehen konnte, in den ersten Stock führte. Diese Treppe musste aus Glas sein, denn nur Glas war durchsichtig. So eine Treppe hatte Marie noch nie gesehen und sie fürchtete, die Stufen würden in Scherben zerspringen, sobald man sie betrat. Man durfte doch auch nicht auf ein Trinkglas steigen!

»Dort oben ist dein Zimmer. Also, da hinauf!«, hörte sie hinter sich die Stimme der Frau, und als Marie sich umwandte, sah sie auch den Mann wieder. Er hatte sich inzwischen umgezogen, fast hätte Marie ihn nicht erkannt in seinem dunklen Anzug, dem weißen Hemd und der Krawatte. Nun sah sie auch seine vielen dunkelbraunen Locken, die sich vorher unter der Motorradkappe verborgen hatten. So gefiel er ihr doch etwas besser. Jedenfalls gefiel er ihr besser als die Frau. Wenngleich auch nur an diesem ersten Tag.

Marie wunderte sich, dass die Glasstufen nicht einmal einen Riss zeigten, wenn man darauf trat. Sie mussten aus einem ganz besonderen Glas sein, aus einem, das sogar das Gewicht der Frau aushielt. Und sicher war auch der Mann schon oft über diese Stufen gegangen.

»So, das ist dein Zimmer. Im Schrank ist dein Gewand. Was du vor dir auf dem Bett siehst, ziehst du jetzt gleich an, und alles, was du jetzt noch am Leib hast, gibst du mir, diese Kleidung brauchst du nicht mehr.« Marie schaute sich um. Sie hatte also ein eigenes Zimmer, ein Zimmer mit einem eigenen Bett, einem eigenen Nachtkästchen, einem eigenen Kleiderschrank und einem eigenen Fenster. Das Fenster war ihr besonders wichtig.

»Ach ja, und dass du dein Zimmer sauber hältst ist wohl selbstverständlich. Wir werden das täglich kontrollieren.« Die Stimme der Frau gefiel Marie noch weniger als ihr glattes Gewand.

»Nun zu den Regeln«, fuhr sie fort. »Der Salon unten«, sie sagte Salon und nicht Wohnzimmer, »ist nicht für dich bestimmt. Nur wenn wir dir erlauben, dich unten aufzuhalten, wirst du ihn betreten.«

Marie nickte, denn beim Nicken konnte sie nicht Kauderwelsch statt Deutsch sprechen.

»Hast du mich verstanden?«, fragte die Frau dennoch.

Noch einmal nickte Marie, diesmal heftiger.

»Ja, heißt das. Ja, Mutter«, sagte die Frau und ließ ihren Blick mit den hochgezogenen Augenbrauen, die Marie bei ihrer Ankunft schon aufgefallen waren, auf ihr ruhen. »Ich bin ab jetzt deine Mutter, und der Mann, der dich abgeholt hat, ist dein Vater. Wenn du mit uns redest, wirst du uns auch so ansprechen. Hast du verstanden?«

»Ja, Mutter«, sagte Marie und schaute dabei durch das Fenster, das den Blick auf ein sehr kleines Stück Welt freigab.

Das Gewand, das die Frau bereitgelegt hatte, passte dem Mädchen wie angegossen. Sie mussten sich bei der Heimleitung ganz genau über Maries Körpermaße informiert haben. Nun, die neue Kleidung bestand aus einem weißen gerippten Baumwollhemdchen, einer dicken Strumpfhose, einem hellblauen Wollpullover und einem dunkelblauen Faltenrock. Im Kleiderschrank lagen die exakt gleichen Kleidungsstücke.

»Zum Wechseln, wenn Waschtag ist«, sagte die Frau, und »dass du mir gut Acht gibst auf deine Sachen!«, fügte sie noch hinzu.

Marie kam sich fremd vor, als sie an sich hinunterschaute.

»Na, gefällt dir, was wir für dich besorgt haben?«, hörte sie die Stimme der Frau.

Schon wollte Marie wieder nicken, als ihr einfiel, dass sie nicht nicken, sondern antworten sollte, und zwar hörbar.

»Ja, Mutter«, sagte sie also.

»Da fehlt noch was«, sagte die Frau und Marie überlegte fieberhaft, was das sein könnte, wo sie doch nicht einmal das Wort Mutter vergessen hatte.

»Ja, Mutter, danke. So heißt das! Man bedankt sich, wenn man etwas geschenkt bekommt. Also?«

»Ja, Mutter«, wiederholte Marie, denn dieses Gewand war kein Geschenk, also würde sie auch nicht danke sagen. Geschenke wünscht man sich, und diese Kleidungsstücke hatte sie sich nie gewünscht.

»Ich sehe schon, du bist störrisch. Man hat uns ja gewarnt. Der Apfel fällt eben nicht weit vom Stamm«, sagte die Frau und der Kopf mit den unbeweglichen Haaren pendelte dabei leicht hin und her und Marie verstand weder, wovor sie gewarnt worden waren, noch, was ein Apfel mit ihr zu tun haben sollte.

Die Frau redete weiter und weiter, ihre Stimme war glatt wie ihre Bluse und wie der Fußboden, sie sprach darüber, wie sich Marie in Zukunft zu verhalten hatte, was sie hier in diesem Haus tun durfte oder besser gesagt, nicht tun durfte, wo sie sich aufhalten oder besser gesagt nicht aufhalten durfte, und welche Aufgaben sie übernehmen müsse, denn einiges konnte man von einem Kind in ihrem Alter wohl schon verlangen. Ordnung und Sauberkeit müsse sie erlernen, denn mit Disziplin und Fleiß erreichte man jedes Ziel. Und nur dass sie es wisse, für Ungehorsam würde sie bestraft werden, hart bestraft, sie würde sich das dann sicher merken und es sich fürs nächste Mal gut überlegen, nicht zu spuren.

Marie hatte aufgehört, ihr zuzuhören, sie war auf dieser Stimme ausgerutscht, aus der Stimme gerutscht. Sie betrachtete die Schneeflocken hinter dem Fensterglas wie sie in der Abenddämmerung ganz langsam zu Boden sanken. Schön müsste es sein, eine Schneeflocke zu sein, dachte Marie, und wenn doch die Schneeflocken von dieser Höhe so leicht fielen, würde auch sie leicht fallen können, aus diesem Fenster, das ihr gehörte, und sicher auf dem Boden draußen landen.

Marie mochte diese Frau nicht. Gott sei Dank gab es das Fenster.

In der Küche, die Frau nannte den Raum »Wohnküche«, befand sich außer dem Herd, der Spüle, dem Kühlschrank und der Anrichte noch ein größerer Esstisch aus dunklem Holz, der vor einer Eckbank stand. Unter dem Tisch stand ein Hocker. Der wurde nur zu den Mahlzeiten hervorgeholt, er war für Marie, sie sollte beim Essen darauf sitzen.

»Was auf den Teller kommt, wird gegessen, nicht mehr und nicht weniger«, hörte Marie die Frau sagen, als sie das erste Mal auf diesem Hocker saß, der viel zu niedrig für das Mädchen war. Sie konnte gerade einmal die Tischplatte mit den Händen erreichen. Der Mann schlug vor, ein Kissen auf den Hocker zu legen, damit Marie etwas höher säße. »Wenn sie auf dem Kissen sitzt, tut sie sich beim Essen leichter«, meinte er.

»Nein, kein Kissen, Helmut. Denk an unsere Vereinbarung. Das Kind muss lernen, sich anzustrengen. Du weißt doch, wie das mit solchen Kindern ist. Hast du vergessen, woher sie kommt und was wir abgemacht haben? Das Mädchen muss eine strenge Hand spüren«, sagte die Frau und das Kissen blieb auf dem Sofa im Salon.

Vor Marie auf dem Tisch stand ein Glas gefüllt mit einem weißen Saft, dickflüssig und leicht bröckelig. Auf dem Teller vor ihr lag eine Scheibe Schwarzbrot, bestrichen mit einer ebenfalls weißlichen Masse. Sie kannte weder den Inhalt des Glases noch den Brotaufstrich.

Links vom Teller lag eine Gabel, rechts ein Messer.

»Hier wird mit Messer und Gabel gegessen«, sagte die Frau, »du wirst das schon noch lernen. Schau zu und mach uns alles genau nach.«

Marie sah zu, wie beide in die linke Hand die Gabel und in die rechte das Messer nahmen und dann von der Brotschnitte, die auf ihren Tellern lag und mit Schinken belegt war, jeweils ein Stück abschnitten und dieses dann mit der Gabel zum Mund führten.

So sehr sich Marie auch bemühte, es ihnen gleich zu tun, sie schaffte es nicht. »Lass das jetzt sein, du zerkratzt uns ja noch das gute Porzellan«, sagte die Frau. Wieder wollte der Mann Marie zu Hilfe kommen und ihr das Brot aufschneiden, und wieder wurde sein Vorhaben von der Frau im Keim erstickt. »Sie wird heute eben nur die Buttermilch trinken. Solange sie nicht ordentlich essen kann, wird halt nicht gegessen. So wird sie am schnellsten lernen. Und morgen soll sie auf dem Holzbrett und nicht auf einem Porzellanteller üben, mit Messer und Gabel umzugehen.«

Der Mann schob das Glas mit der Buttermilch an den äußersten Tischrand, so konnte Marie es gut mit den Händen erreichen. »So, trink das jetzt, morgen gibt es dann auch etwas zu Essen für dich«, sagte er.

»Helmut! Wie willst du denn in der Lage sein, das Kind ordentlich zu erziehen, wenn du ihm heute schon Schwächen zeigst? Wie willst du es denn dann züchtigen? Du bist doch sonst nicht so zimperlich.« Die Frau warf dem Mann einen eigenartigen Blick zu.

Marie schaffte es, das Glas mit der Buttermilch an den Mund zu führen, ohne den Inhalt zu verschütten. Sie trank das Glas in einem Zug leer, ohne ein einziges Mal Luft zu holen und ohne überhaupt den Geschmack dieser zähen Flüssigkeit aufzunehmen, weil sie fürchtete, die Frau könnte ihr auch noch das Glas wegnehmen, weil sie vielleicht nicht so trank wie man in diesem Haus zu trinken hatte.

Nun war es die Stimme des Mannes, die sie erschreckte, weil sie seine Schärfe unerwartet traf.

»Ich zähle jetzt bis fünfzig, und wehe, du liegst dann nicht im Bett. Dein Nachthemd liegt auf dem Kopfpolster. Los!«

Der Mann begann sofort laut zu zählen und mit jeder Zahl spürte Marie ihren Herzschlag, sie spürte ihn mitten im Herzen, aber heftiger und härter noch im Hals und im Kopf, vielleicht würde ja mit der Zahl Fünfzig ihr Herz zu schlagen aufhören, sie hatte keine Ahnung, wie lange der Weg von Eins bis Fünfzig war, sie konnte nur bis zehn zählen und das ging sehr schnell, sie musste also sehr schnell sein.

Marie sprang vom Hocker und rannte die Stufen hinauf, hinein in ihr Zimmer, zog sich den Pullover über den Kopf, schlüpfte aus dem Rock und der Strumpfhose, ließ alles wie es war auf dem Fußboden liegen, sah schon den Mann in der Tür stehen, sah, dass er lachte, es war dasselbe Lachen, das sie wahrgenommen hatte, als er sie am Nachmittag vor der Motorradfahrt immer wieder in die Luft geworfen, sie aufgefangen und erneut in die Luft geworfen hatte. Sie schlüpfte so schnell sie konnte in das bereitgelegte Nachthemd, kroch unter die Bettdecke, damit sie der Mann in der Tür nicht mehr sehen konnte und auch er aus ihrem Blickfeld verschwand.

Als sie es schließlich wagte, den Kopf wieder unter der Decke hervorzustrecken, war es um sie herum genauso finster wie es unter der Decke gewesen war. Selbst vom Fenster drang kein Lichtstrahl ins Zimmer.

Marie hörte nur ein leises Geräusch, das von der Zimmertür kam. Es musste der Schlüssel sein, der sich im Schloss drehte. Das Mädchen stieg aus dem Bett, tastete sich zur Tür vor, um sich zu vergewissern, ob ihre Ahnung Wirklichkeit war. Langsam und lautlos drückte sie die Türklinke nach unten. Die Tür ging nicht auf. Sie war in diesem Zimmer, in ihrem Zimmer, eingesperrt.

Marie tastete sich die Wand entlang bis zum Fenster. Auch draußen war nur schwarze Nacht.

Der erste Morgen von Maries neuem Leben war weißgrau: Das Fenster, durch das Maries Blick gleich nach dem Aufwachen fiel, gab nur einen kleinen, viereckigen Ausschnitt der Welt frei, und der lag in unerreichbarer Höhe. Hinter einem Schleier aus grauer, mit weißen Punkten gesprenkelter Luft konnte sie einen schneebedeckten Hügel erkennen, Gipfel gab es keinen, die Anhöhe bildete lediglich einen leicht gewellten Horizont, der den Übergang von Hügel in Himmel schwer erkennbar machte. Weiß verschwamm in Grau und Grau in Weiß.

Gerne hätte Marie die Welt unter ihr gesehen, doch das Fenster befand sich zu weit oben, es war für sie unmöglich, auch nur in die Nähe des Bodens unter dem Haus sehen zu können. Dafür war sie einfach zu klein, auch wenn sie sich noch so sehr auf die äußersten Zehenspitzen stellte.

Sie schaute sich im Zimmer um, ob es nicht irgendetwas gab, worauf sie sich hätte stellen können, um zum Fenstergriff zu gelangen oder zumindest durch das Glas den Boden unter ihr erkennen zu können. Einen Hocker, einen Sessel, ein Tischchen, nein, außer dem Nachtkästchen, das sich nicht verschieben ließ, waren keine geeigneten Möbelstücke im Zimmer.

Doch etwas anderes brachte Marie nun in noch viel größere Not: Sie hatte es die ganze Nacht über ausgehalten, aber nun war der Druck auf die Blase so stark und schmerzhaft geworden, die Flüssigkeit in ihrem Körper drängte mit aller Macht aus ihr heraus. Sie spürte, dass sie es nicht mehr lange aushalten würde, bis sich der Urin ins Bett oder auf den Fußboden ergießen würde, sie würde nichts dagegen tun können. Gleichzeitig wusste sie, dass sie genau das unter gar keinen Umständen zulassen durfte, denn wer weiß, was sie dann mit ihr machen würden.

Und plötzlich ging alles ganz schnell: Marie hörte, wie unten das Motorrad gestartet wurde, dessen Motorengeräusch sie schon kannte, im nächsten Moment drehte sich der Schlüssel im Schloss ihrer Zimmertür, auch dieses Geräusch kannte sie bereits, »die Mutter« stand im Zimmer, lächelte Marie an, ja, sie lächelte tatsächlich, es war das erste Mal, dass Marie die Frau lächeln sah, sie sagte »Guten Morgen, Marie. Nun, hast du gut geschlafen in deiner neuen Heimat?«

»Ja, Mutter«, beeilte sich Marie zu sagen, »ich muss aufs Klo.«

Die Frau zog die Bettdecke zurück und ließ ihre Hand über das Leintuch gleiten. »Gott sei Dank, es ist trocken«, sagte sie dann, »wenigstens das bleibt uns erspart.«

Marie stieg von einem Fuß auf den anderen, um ihren Harndrang zu bremsen.

»Nun geh schon, du weißt ja, wo das Klo ist«, sagte die Frau. »Und Händewaschen nicht vergessen!«, rief sie ihr noch nach.

Erlöst kam Marie zurück in ihr Zimmer. Die Frau hatte inzwischen das Bett aufgeschlagen und das Fenster geöffnet. Frische Schneeluft erfüllte schnell den kleinen Raum. Das Mädchen wollte schon das Nachthemd ausziehen um die Gewandstücke, die noch vom Vortag verstreut auf dem Fußboden lagen, anzuziehen, als die

Frau sagte: »Siehst du, wie dein Gewand jetzt aussieht? Völlig verknittert! Heute verzeih ich dir das noch. Aber wenn du dich heute Abend ausziehst, möchte ich, dass du deine Kleidung ordentlich zusammenlegst, bevor du ins Bett gehst«. Marie erinnerte sich, dass sie am Vorabend unmöglich Zeit gehabt hätte, ihr Gewand auch nur vom Boden aufzuheben, sie hatte es ja gerade einmal geschafft, im Nachthemd und im Bett zu sein, bevor »der Vater« bis Fünfzig gezählt hatte. Marie schwieg.

»Und wie gefällt dir nun deine neue Heimat?«, fragte die Frau und erneut lächelte sie Marie an, die das Wort Heimat nun zum zweiten Mal hörte. Es klang so ähnlich wie das Wort Heim, nur mit einem »at« hinten dran, was immer dieses »at« auch bedeuten mochte. Dieses »at« musste den kleinen Unterscheid zwischen Heim und Heimat ausmachen, aber diesen Unterschied kannte Marie noch nicht. Jedenfalls gefiel ihr das Wort Heimat genau so wenig wie das Wort Heim. Beides hatte verschlossene Türen und Fenster. Und im Heim wie auch in der Heimat durfte man niemandem vertrauen. Denn so viel hatte Marie schon herausgefunden: Die beiden Menschen ihrer Heimat hatten zwei, wenn nicht sogar mehrere Gesichter, gefährliche Gesichter, denen niemals, niemals zu trauen war. Das eine Gesicht konnte unvermittelt und ohne Vorwarnung ins andere übergehen: Das milde Gesicht des »Vaters« in sein zweites, das Maries Herz fast zum Stillstand bringen konnte, und das an ihrer Angst auch noch Gefallen fand, großen Gefallen; und das lächelnde Gesicht der »Mutter«, das im nächsten Moment so streng und unbarmherzig war.

»Nun Marie, bekomme ich jetzt dann auch einmal eine Antwort?« Das Lächeln war aus dem Gesicht der Frau gewichen, so unvermittelt wie es erschienen war.

»Ja, Mutter«, antwortete Marie, ohne sich noch genau an die Frage erinnern zu können.

»Ich habe dich nicht gefragt, ob dir deine neue Heimat gefällt, sondern *wie* sie dir gefällt. Du musst schon genau darauf achten, was man dich fragt.« Und ohne die Antwort abzuwarten, forderte sie das Mädchen auf, sich beim Anziehen zu beeilen, das Frühstück warte unten schon auf sie, und dann der Tag, man wolle hier schließlich nicht auf der faulen Haut liegen und dem lieben Gott den Tag stehlen, nein, das gäbe es in diesem Haus ganz sicher nicht! Und das hölzerne Schneidebrett stünde auch schon für sie bereit, zusammen mit Messer und Gabel, damit sie lernen könne, ordentlich zu essen. Damit sie dann am Abend, wenn der Vater von der Arbeit heimkäme, auch mitessen könne und nicht wieder nur mit der Buttermilch auskommen müsse.

Marie traute ihren Augen nicht und ihr Herz machte einen vorsichtigen Freudensprung, als sie auf dem Esstisch in der Wohnküche ein Getränk erblickte, das aussah wie flüssige Schokolade, und auf dem Teller daneben eine Scheibe Schwarzbrot mit Butter und dunkelroter Marmelade. Das Brot war in mundgerechte Stücke geschnitten.

»Ja, du siehst schon recht. Hast wohl noch nie so ein Frühstück bekommen. Also, setz dich an den Tisch und iss und trink. Gerade sitzen und nicht kleckern!«

Marie aß und trank so schnell sie konnte, denn zu gut erinnerte sie sich noch an den vergangenen Abend, als sie die Brotschnitte mit dem weißen Aufstrich nicht hatte essen dürfen.

»Kann ich noch eine Schnitte Brot haben?«, fragte Marie, nachdem sie aufgegessen hatte.

»Nein, eins reicht«, sagte die Frau und fügte hinzu: »Du musst schon langsamer essen und alles gründlich kauen. Dann hast du hinterher auch keinen Hunger mehr. Ich hab dir doch schon gestern gesagt, hier wird gegessen was auf den Teller kommt, nicht mehr und nicht weniger. Hast du das etwa schon wieder vergessen?«

Marie schüttelte den Kopf.

»Kopfschütteln ist keine Antwort. Also, ich warte.«

»Nein, Mutter«, sagte Marie.

»Na also, geht doch«, sagte die Frau, dann forderte sie Marie auf, in ihr Zimmer zu gehen, dort würde das Holzbrett mit Messer und Gabel und einer Scheibe Brot schon auf sie warten, zum Üben. Sie solle vorher noch das Klo aufsuchen, denn sie, die Mutter, würde dann weggehen und erst später wieder nach Hause kommen, und während dieser Zeit dürfe Marie ihr Zimmer nicht verlassen.

Und wieder schloss sich die Tür hinter Marie und wieder drehte der Schlüssel sich im Schloss und Marie war allein. Noch einmal sah sie sich im Zimmer um, ob es nicht doch irgendetwas gab, auf das sie hinaufsteigen konnte, um ans Fenster zu gelangen.

Dass die Frau weggegangen war, empfand Marie erst einmal als Erleichterung. Sie war allein im Haus, niemand konnte sie überwachen, auch wenn sie hier eingesperrt war.

Sie öffnete den Kleiderschrank, vielleicht würde sie hier etwas finden, das sie dem Fenster näherbringen könnte. Und tatsächlich: Im untersten Regal lagen einige Bücher. Wenn sie diese Bücher zum Fenster tragen, sie aufeinander stapeln und sich dann daraufstellen würde, wäre sie für ihr Vorhaben sicher groß genug.

Das größte und schwerste der Bücher gefiel Marie besonders gut, sie sah sich die bunten Seiten ganz genau an, auch wenn sie nicht wusste, was die Abbildungen darauf bedeuteten. Es waren aneinandergrenzende Flächen in verschiedenen Formen und Farben, vorwiegend in Braun- und Grüntönen, mittendrin war da und dort ein blauer Fleck zu sehen, einmal größer, einmal kleiner, rundlich oder auch in die Länge gezogen, und viele schwarze Punkte waren über die bunten Flächen gestreut. Bei den dickeren Punkten war eine Schrift hinzugefügt, die Marie jedoch noch nicht entziffern konnte. Rund um diese bunten Flächen war alles blau, von hell bis tiefdunkel.

Marie war derart fasziniert von diesem Buch, das annähernd so groß war wie sie selbst, dass sie beinahe ihre Absicht, mit Hilfe der Bücher aus dem Fenster schauen zu können, vergessen, und auch das Öffnen und Schließen der Haustüre unten fast überhört hätte.

Gerade noch rechtzeitig verstaute sie die Bücher wieder im unteren Fach des Schrankes, schloss die Kastentür und setzte sich auf ihr Bett, dem Nachtkästchen zugewandt, auf dem sich das Holzbrett mit Messer und Gabel befand. Die Schnitte Brot ließ sie unter der Bettdecke verschwinden, die Gabel nahm sie in die linke, das Messer in die rechte Hand.

Die Tür flog auf und die Frau stand im Zimmer.

»Na, ich hoffe, du kannst jetzt ordentlich essen, mit Messer und Gabel, so wie es sich gehört, und nicht wie die Hottentotten, von der Hand in den Mund. Wir werden es sehen, heute beim Abendessen. Das Brot hast du ja schon aufgegessen, wie ich sehe«, sagte die Frau.

»Ja, Mutter«, log Marie und hoffte, die Frau würde nicht unter die Bettdecke schauen.

»Gut, dann komm mit mir, es gibt Arbeit für dich.«

Sie führte Marie ins Badezimmer, in dem sich auch das Klo befand, füllte heißes Wasser mit einem Schuss flüssigem Putzmittel in einen Eimer, drückte Marie einen Schwamm mit einer rauen und einer weichen Seite in die Hand, legte ein trockenes Tuch auf die Waschmaschine und erklärte ihr, was sie zu tun hätte, nämlich die

Klomuschel, das Waschbecken, den Spiegel darüber, die Badewanne, die Waschmaschine und den Fußboden picobello zu putzen. Picobello! So, dass man von der Klomuschel essen könnte! Das hieße, zuerst mit der rauen Schwammseite alle Flecken zu entfernen, dann mit der weichen darüber zu putzen, und dann mit dem trockenen Tuch so lange zu wischen, bis alles glänzte. Weiß glänzte, ohne Grauschleier. Da kenne sie keine Gnade, Marie hätte schließlich so kleine Finger, dass sie den Schmutz aus jeder noch so schmalen Ritze oder Fuge herausbekäme, wenn sie sich nur bemühte.

»Ich hoffe, du hast mich verstanden«, sagte sie am Ende. »Lass die Tür offen, damit ich auch immer sehen kann, was du machst.«

Marie schaute sich um und überlegte, wo sie beginnen sollte. Am besten, sie putzte zuerst den Spiegel und das Waschbecken, denn wenn Wasser heruntertropfen sollte, würde es den Fußboden wieder nass machen und sie müsste erneut mit dem Trockenwischen beginnen. Der Spiegel erschien ihr überhaupt so sauber und glasklar, dass sie beschloss, ihn erst gar nicht zu berühren. Außerdem hing er ohnehin viel zu hoch über dem Waschbecken. Sie könnte ihn mit den Händen nur erreichen, wenn sie sich auf die Klobrille stellte.

Also tauchte sie den Schwamm in das Putzwasser und begann das Waschbecken mit der rauen Seite zu schrubben. Auch die Armaturen vergaß sie nicht, und als sie mit dem Tuch anschließend alles trocken gewischt hatte, war der silberne Wasserhahn dermaßen blank poliert, dass sie darin ihr Spiegelbild sehen konnte.

Dieselbe Prozedur wiederholte sie bei der Badewanne, was sich als viel schwieriger erwies, weil Marie sich nun richtiggehend über den Wannenrand hängen musste, um den Wannenboden und die gegenüberliegende Seite überhaupt erreichen zu können. Doch auch hier war sie, als sie damit fertig war, mit dem Ergebnis recht zufrieden.

Nur ihre Fingerkuppen begannen bereits zu schmerzen, das Wasser mit dem Putzmittel hatte die oberste Hautschicht abgelöst, und das ätzende Mittel hatte sich in die Fingerspitzen eingebrannt.

»Und, wie sieht es aus? Kommst du voran?«, fragte die Mutter vom Schlafzimmer aus.

»Ja, Mutter, gut«, antwortete Marie und setzte ihre Arbeit nun an der Klomuschel fort.

Drinnen, dachte sie, im Inneren der Muschel, musste man sicher nicht putzen, das würde keinen Sinn machen, sie hatte auch noch nie eine sauberere Kloinnenmuschel gesehen als diese. Also machte sie sich an der Außenseite und an der Klobrille ans Werk.

»Fertig?«, hörte sie erneut sie Stimme der Frau, die nun schon sehr ungeduldig klang. »Wenn der Vater heimkommt, muss alles blitzblank sein. Er kann sonst sehr ungemütlich werden«.

Unvermittelt machte sich ein mulmiges Gefühl in Marie breit. »Ungemütlich« war kein gutes Wort.

Sie beeilte sich also, es waren ja nur noch die Fußbodenfliesen zu reinigen, und auf diesen standen ohnehin schon viele kleine Putzwasserpfützen, die sie schnell mit dem Schwamm auf der gesamten Fläche verteilen und danach mit dem Tuch trockenwischen musste.

Das mulmige Gefühl, das Marie bei dem Wort »ungemütlich« in Bezug auf den »Vater« beschlichen hatte, war inzwischen in Beklemmung, ja, in Angst übergegangen. Das Mädchen fürchtete den Mann, auch wenn er ihr gelegentlich unvermutet entgegenzukommen schien. Aber diesem Entgegenkommen konnte Marie nicht trauen, ganz im Gegenteil, sie vertraute diesem Mann keineswegs, sondern sie traute ihm alles zu. Sie traute seinem Lachen alles zu.

Der letzte Winkel des Fußbodens war gerade trocken gewischt, als Marie das näherkommende Motorrad hörte. Das Brummen des Motors wurde immer lauter, bis es schließlich mit einem letzten kurzen Knurren abrupt verstummte.

Sie hörte, wie die Eingangstür aufgesperrt wurde, vernahm die Stimme der »Mutter«, dann die des »Vaters«, konnte jedoch nicht verstehen, worüber sie sprachen, dann hörte sie die Schritte des Mannes, wie sie über die Treppe kamen und sich Stufe für Stufe näherten.

Marie war im Badezimmer, hielt immer noch das Putztuch in der Hand, unbeweglich, als der Mann schon in der Tür stand, sie von Kopf bis Fuß musterte, dann das Badezimmer inspizierte, und dabei schief lächelte, so als ob er nicht sicher wäre, ob es denn überhaupt etwas zum Lächeln gab.

»Du gehst jetzt in dein Zimmer, wir holen dich, wenn es soweit ist«, hörte Marie die Stimme der Frau, die wieder so glatt klang, dass Marie nicht fähig war, ihre Gemütslage zu ergründen.

Maries Zimmertür blieb diesmal unversperrt. Aber das machte für sie keinen Unterschied, denn der Mann und die Frau befanden sich im Schlafzimmer nebenan, das konnte Marie hören. Die Mauer zwischen den beiden Räumen musste dünn sein, sehr dünn, denn sie konnte, wenn sie das Ohr an die Wand legte, sogar verstehen, was sie sagten.

»Zieh dich aus«, hörte sie den Mann, dann lachte er auf, es war dasselbe Lachen das Marie bereits kannte, und »nun mach schon«, sagte er, seine Stimme hatte einen drohenden Unterton angenommen, Marie hörte, wie er der Frau befahl, sich niederzuknien und still zu halten, ganz still. Marie hörte die Frau, wie sie eigenartige Geräusche von sich gab, kein Weinen und auch kein Lachen war das, eher ein Stöhnen oder Seufzen, so als ob sie Schmerzen hätte, aber nicht schreien durfte. Marie machte dieses Stöhnen Angst, es wurde immer lauter und auch der Mann hatte nun zwischen seinen befehlenden Worten zu keuchen begonnen. Marie ging weg von der Wand, sie wollte das alles nicht mehr hören. Sie hockte sich auf den Fußboden neben dem Bett und hielt sich die Ohren zu.

Wie lang sie so dagesessen war, wusste Marie nicht, als ein fester Griff ihr erst die Hände von den Ohren wegriss und sie dann an den Schultern gepackt und so heftig geschüttelt wurde, dass es wehtat.

»Wie sitzt du denn da und weshalb hältst du dir die Ohren zu? Da kannst du ja gar nicht hören, wenn wir dich rufen! Jetzt komm schon, Badezimmerinspektion!« Der »Vater« lachte kurz auf und schubste Marie vor sich her ins Badezimmer. Er schien gut gelaunt zu sein. Marie fürchtete seine gute Laune.

»Na, was meinst du? Hast du denn deine Arbeit auch ordentlich erledigt?«, fuhr er fort.

»Ja, Vater«, antwortete Marie und entdeckte auch jetzt bei noch so genauem Hinschauen keinen einzigen Schmutzfleck im ganzen Badezimmer.

»Und die Klomuschel? Was ist mit der?«, fragte nun die Frau, die ihnen gefolgt war. Sie sah ganz normal aus, Marie wunderte sich, dass all das, was ihr doch eben erst zugestoßen sein musste, keine Spuren hinterlassen hatte. Nicht einmal ihre Kleidung war zerknittert.

»Habe ich geputzt«, antwortete Marie.

»Was willst du geputzt haben?«, hakte die Frau nach.

»Ich habe die Klomuschel geputzt«, sagte Marie mit fester Stimme, denn man konnte ja nur den äußeren Teil des Klos sehen, und der war blitzblank.

»Lüg mir doch nicht ins Gesicht. Da, schau genau hinein! Ja, hinein! Oder soll ich deinen Kopf in die Klomuschel stecken, damit du genauer sehen kannst, was du nicht weggeputzt hast?« Dabei betonte sie das Wort »nicht« ganz besonders und ihre Stimme war jetzt nicht mehr glatt wie ihr Kleid, sondern hatte Nadeln ausgefahren, die nach Marie stachen.

Marie schwieg.

»Helmut, das ist jetzt dein Geschäft«. Die Stimme der Frau war wieder auf eisglatt gewechselt.

Schon spürte Marie den heißen Atem des Mannes im Genick, seine Stimme, sein Lachen direkt am Ohr, sie spürte, wie er sie am Nacken packte, es war wie der Biss eines hungrigen Tieres, dem man nicht mehr entkommen konnte. Das Weiß der Klomuschel rückte näher und näher, es war mit Spülwasser gefüllt, und dann drang Wasser statt Luft in Maries Lunge, das blendende Weiß der Klomuschel verfärbte sich zu einem tiefen Schwarz.

Marie spürte nicht, wie der Mann ihren Kopf wieder aus dem Spülwasser zog, sie spürte sich selbst erst wieder, als sie würgte und hustete, um ihr Leben hustete, so sehr, dass Wasser aus dem Mund, der Nase und aus den Augen spritzte. Verschwommen nahm sie die beiden Gestalten vor ihr wahr, zwei verzerrte Gesichter. Erst langsam klärte sich ihr Blick.

Doch nicht nur ihr Blick hatte sich in ihrer Todesangst geklärt, auch ihr Denken hatte mit einem Mal eine klare Bahn eingeschlagen, eine Bahn, die ins Leben führte, ins Überleben. Und Marie wollte leben.

Den Biss des Tieres hatte sie überstanden, damit würde sie auch alle anderen Gefahren durchstehen.

»Und jetzt wird alles sauber geputzt, alles, verstanden? Sieh nur, wie du uns das ganze Badezimmer verschmutzt hast, du hast alles vollgespuckt!« Das war die Stimme der Mutter, die Marie wie von weit her vernahm, obwohl sie direkt neben ihr stand. »Und dann möchten wir dich heute nicht mehr sehen. Du gehst sofort ins Bett, sobald du deine Arbeit beendet hast. Verstanden?«

»Ja, Mutter«, antwortete Marie automatisch und begann ebenso automatisch mit ihrer Arbeit. Mit einem Mal hatte sie das Gefühl, gar nicht mehr selbst zu wischen und zu putzen, es war ihr, als gäbe es zwei Maries, eine die putzte, und eine, die ihr dabei zusah, die ihr zusah und dabei auf sie Acht gab. Sie war beides. Und es tat gut zu wissen, dass es zwei Maries gab.

Auf dem Weg vom Bad in ihr Zimmer hörte das Mädchen von unten die Stimme des Mannes und die der Frau, es waren jetzt gleichförmige Stimmen ohne Höhen und Tiefen. Ja, für heute zumindest würde sie sicher sein.

Sie war froh, nicht mehr zu diesen Menschen hinunter gehen zu müssen sondern in ihrem Zimmer bleiben zu können, wo man sie in Ruhe ließ. Selbst wenn sie wieder auf das Abendessen verzichten musste. Aber schließlich wartete unter der Bettdecke noch die Schnitte Schwarzbrot auf sie, die, mit der sie tagsüber das Essen mit Messer und Gabel hätte üben sollen. Zum Glück hatte sie sie noch nicht aufgegessen.

Marie lächelte und schloss die Tür hinter sich.

Es folgten Tage, an denen alles seinen eingespielten Lauf zu nehmen schien, und an denen Marie beinahe versucht war, sich in Sicherheit zu wiegen.

Es waren dies jene Tage, an denen, gleich nachdem Marie früh am Morgen gehört hatte wie das Motorrad vor dem Haus gestartet wurde, sich der Schlüssel im Schloss ihrer Zimmertür drehte und die »Mutter« daraufhin im Zimmer stand, um ihr einen guten Morgen zu wünschen, immer begleitet von einem Sprichwort, ja, von einem richtigen Sprichwort, und Marie wunderte sich jedes Mal, woher die »Mutter« all diese eigenartigen Sprüche nahm. Einmal sagte sie »Der frühe Vogel fängt den Wurm«, und Marie dachte, dass sie doch gar keinen Wurm fangen wollte, und warum sie deshalb schon so früh aufstehen sollte. Oder sie sagte: »Wer den Fuchs fangen will, muss mit den Hühnern aufstehen«, und auch der Sinn dieses Satzes leuchtete Marie nicht ein, denn sie wollte auch keinen Fuchs fangen. Weshalb auch? Manchmal sagte die »Mutter« auch »Früh heraus bringt Brot ins Haus« oder »Spät auf, hat keinen langen Lauf«.

Auch wenn Marie der tiefere Sinn all dieser Redewendungen noch verborgen blieb, so mochte sie sie dennoch, denn zum einen gefiel ihr der Klang der Worte, und zum anderen leiteten sie fast immer Tage ein, an denen nichts Unerwartetes oder Böses von der »Mutter« zu erwarten war.

An solchen Tagen stand unten auf dem Tisch in der Wohnküche immer ein Frühstück für Marie bereit, eine Tasse gefüllt mit brauner Milch, die nach Schokolade schmeckte, und eine Schnitte Schwarzbrot, bestrichen mit roter Marmelade.

Am Vormittag half das Mädchen der »Mutter« dann dabei, das Haus aufzuräumen. Hin und wieder durfte sie sie danach sogar zum Einkaufen begleiten. Für solche Gelegenheiten kämmte die »Mutter« vorher alle Knoten aus Maries langen Haaren und bürstete diese so lange, bis sie schwarz wie Ebenholz glänzten. Das Ausfrisieren riss zwar gewaltig an den Haarwurzeln, aber wenn sich Marie danach im Badezimmerspiegel betrachtete, gefiel ihr ihr Spiegelbild und sie freute sich auf den Gang zum Lebensmittelgeschäft. Dabei wunderte sie sich jedes Mal, wie freundlich und beinahe warm die Stimme der Frau klingen konnte, wenn sie die Menschen begrüßte, die ihnen auf dem Weg dorthin begegneten. Während sie mit ihnen sprach, strich sie Marie über den Kopf, legte den Arm um ihre Schultern und sagte Sätze wie: »Ja, dem Kind geht es gut bei uns«, oder »Es braucht schon viel Geduld mit einer wie ihr«, oder »Wir werden das Kind schon schaukeln«. Manchmal sagte sie auch »Jetzt sind wir eine richtige Familie«, und Marie glaubte da sogar einen gewissen Stolz in der Stimme der Mutter herauszuhören. Hatten sie sie deshalb zu sich genommen, um eine »richtige Familie« zu sein? Aber was hieß das denn, eine richtige Familie?

Wenn sie wieder daheim waren, durfte Marie an solchen Tagen die »Mutter« manchmal sogar in den Keller hinunter begleiten, um das gekaufte Obst und Gemüse in die Kellerregale einzuräumen. Für Marie war der Keller ein geheimnisvoller Ort. Er bestand aus zwei Räumen, wobei der eine, den sie kannte, eine Art Abstellraum war, in dem Obst und Gemüse, in große Gläser eingelegte Eier, Kompotte und Marmeladen, aber auch verschiedene Werkzeuge und Liegestühle für den Garten gelagert waren. Der zweite Raum jedoch war versperrt. In dem hatte Marie »nichts verloren«. Denn da würden Dinge gemacht, die für Marie nichts wären. Und wehe, sie würde versuchen, dort einmal heimlich hineinzugelangen. Dann würde sie schon sehen!

Die schönste Zeit an ebensolchen Tagen waren für Marie jedoch die Nachmittage. Denn da ging die Frau mit Haaren noch standhafter als gewöhnlich, mit Kleidern noch glatter als sonst, und mit Lippen, noch roter als die Frühstücksmarmelade, aus dem Haus, um, wie sie zu Marie sagte, »Besorgungen zu machen«. Von diesen Besorgungen kam sie erst nach einigen Stunden wieder zurück.

Dies waren Stunden, die Marie gehörten, besonders dann, wenn die Frau vergaß, sie in ihrem Zimmer einzusperren.

Dann erkundete das Kind das Haus, schaute in jede Lade, in jeden Schrank, ins Küchenkästchen und in die Speis, den kleinen Abstellraum, der eine Verbindung ins Freie hatte, damit die darin verstauten Lebensmittel einigermaßen kühl blieben. Bald wusste sie auch, wo Butter, Marmelade und Honig aufbewahrt wurden, und auch die Zwiebackschnitten und der Würfelzucker. Zwieback wagte sie keinen wegzunehmen, die Schnitten waren bestimmt abgezählt und die Mutter würde es sicher bemerken. Der Würfelzucker schien Marie jedoch unverfänglicher, in der Packung gab es so viele kleine Würfel, die hatte die Mutter sicher nicht gezählt, und deshalb wagte es das Mädchen auch, bei jeder sich bietenden Gelegenheit ein paar Stück davon abzuzweigen und sie entweder gleich im Mund zergehen zu lassen oder sie in ihrem Zimmer zu verstecken, im Kopfkissen, unter dem Überzug – als Notration für den Fall der Fälle. Die Stimmung im Haus konnte schließlich jederzeit kippen und Marie müsste wieder ohne Abendessen schlafen gehen. Dann wäre der Zucker ihr Trost.

Da war aber noch etwas, das auf Marie eine magische Anziehungskraft ausübte, wenn sie allein im Haus war: das Schlafzimmer der »Eltern«, aus dem sie so oft, meist noch vor dem Abendessen, gleich nach dem Nachhausekommen des Vaters, dieses eigenartige Stöhnen der Frau und die befehlenden Worte des Mannes hörte. Diese Vorgänge, die sie anfangs so sehr geängstigt hatten, hatten mit der Zeit etwas von ihrem Schrecken verloren, weil allem Anschein nach da drinnen nichts so Fürchterliches geschah, wie man meinen konnte.

Aber vielleicht würde sie in diesem Zimmer irgendetwas entdecken, das Aufschluss über diese absonderlichen Vorgänge bringen würde.

An den ersten Nachmittagen, an denen Marie allein im Haus war, hatte sie es nicht gewagt, die Tür zum Elternschlafzimmer auch nur einen Spalt weit zu öffnen, aus Angst, etwas über die Maßen Gefährliches könnte sie dort erwarten. Aber mit der Zeit war sie mutig genug geworden, und hatte es gewagt, auch dieses Zimmer gründlich zu durchsuchen.

Gegenüber vom Bett befand sich ein Schrank, der vom Fußboden bis zur Zimmerdecke reichte und eigentlich eine ganze Wand war. Eine helle Holzwand mit Türen, die man öffnen konnte, und in dem auf Kleiderbügeln eine große Zahl von Röcken, Kleidern, Blusen, Hemden, Anzughosen und Sakkos in Reih und Glied hingen. Daneben gab es eine Abteilung, die ebenfalls vom Boden bis zur Zimmerdecke reichte und die durch Holzplatten in verschiedene Fächer unterteilt war. Dort befanden sich, penibel zusammengelegt und aufeinandergestapelt, Pullover und Jacken, aber auch Handtücher und Bettwäsche.

All diese Dinge verrieten Marie jedoch nichts über die befremdlichen Betätigungen des Mannes und der Frau.

Rechts vom Bett, auf der dem Fenster gegenüberliegenden Seite, befand sich eine Kommode mit mehreren Laden, an der Wand darüber ein großer Spiegel, der aus einem viereckigen, an der Mauer befestigten Spiegelglas und zwei beweglichen Glasflügeln bestand. In denen konnte Marie, wenn sie die Flügel im rechten Winkel zum Hauptspiegel aufklappte, ihr Gesicht von der Seite sehen. Und das gleich zwei Mal, im linken und im rechten Glasflügel. Und wenn sie die Flügel dann etwas näher zur Wand hin öffnete, konnte sie ihr Gesicht unzählige Male sehen, das grenzte an Zauberei!

Dieser Spiegel gefiel Marie natürlich, aber aus ihm konnte sie keinen Schluss auf die unerklärlichen Vorgänge, die sich in diesem Raum abspielten, ziehen.

Was sie jedoch in der obersten Schublade entdeckte, war seltsam. Die Lade war gefüllt mit Gegenständen, die an diesem Ort für Marie keinen erkennbaren Sinn ergaben: Ein spitzes Messer lag drinnen, eine Schere, eine dicke Schnur, ein Gürtel, ein großer hölzerner Kochlöffel, eine halbvolle Zündholzschachtel und eine Kerze. Bedrohte der Mann die Frau etwa mit dem Messer? Mit der Schere? Oder mit der brennenden Kerze? Aber warum? Und was machte er mit dem Gürtel, der Schnur, dem Kochlöffel? Maries Herz begann wild zu schlagen. Würde die Frau deshalb diese Geräusche, die nach Schmerz klangen, von sich geben? Aber wie könnte die Frau nach derartigen Geschehnissen wieder ganz normal und ruhig mit dem Mann reden und genau so glatt und unversehrt aussehen wie vor den Ereignissen im Schlafzimmer?

Marie beschloss, das nächste Mal, wenn das laute Atemholen der Frau und die drohende Stimme des Mannes durch die Wand in ihr Zimmer drangen, sich aus ihrem Zimmer zu schleichen und die Schlafzimmertür einen winzigen Spalt weit zu öffnen – einen Spalt gerade breit genug, um hindurchsehen zu können.

Schon wenige Tage nach diesem Entschluss war es soweit.

Das Mädchen wusste an jenem Abend, dass es dazu kommen würde, bevor es dazu kam, denn schon der abrupte Stillstand des Motorrads bei der Ankunft des »Vaters« war ein Indiz dafür. Der Vater hatte den Motor buchstäblich abgewürgt, das gerade noch so durchdringende Geheul war im Bruchteil einer Sekunde verstummt. Demnach hatte er es eilig.

Gleich darauf hörte sie die Stimmen der Frau und des Mannes unten an der Eingangstür. Sie klangen sonderbar. Die der Frau schien sich wie durch einen Wattebausch erst den Weg freikämpfen zu müssen. Die Stimme des Mannes hingegen hatte diesen belustigten und hitzigen Unterton, der Marie jedes Mal in Alarmbereitschaft versetzte. Sie vernahm auch dieses scharfe Lachen in seiner Stimme, das Lachen, das keinen Zweifel mehr daran ließ, dass es heute wieder geschehen würde.

Schon hörte Marie die Schritte der beiden, sie kamen immer näher, Schritte, die aus dem Takt geraten waren, holprig und hart klangen sie. Sie drangen durch die geschlossene Tür in ihr Zimmer, und wieder wunderte sich Marie darüber, dass Stufen, die wie Glas aussahen, derartige Stöße schadlos überstehen konnten.

Die Tür zum Schlafzimmer fiel ins Schloss.

Marie legte das Ohr an die Wand, dann an die Zimmertür. Die erwarteten Geräusche – die Befehle und Drohungen des Mannes, das laute Atmen der Frau – blieben aus. Es war so still im Haus, dass das Mädchen außer dem eigenen Atem und Herzschlag nichts, rein gar nichts hören konnte. Sie fürchtete, dass die beiden in dieser vollkommenen Stille sogar das leise Tapsen ihrer nackten Füße auf dem Parkettboden und dann erst recht das Öffnen der Schlafzimmertür bemerken würden.

Umso mehr wunderte sich Marie, dass das Herunterdrücken der Türschnalle vollkommen lautlos vor sich ging und auch das leichte Öffnen der Schlafzimmertür kein Geräusch von sich gab. Der schmale Spalt gab den Blick auf die beiden frei. Was das Mädchen nun sah, versetzte sie in so großes Staunen, dass sie für den Moment all ihre Angst, entdeckt zu werden, vergaß, dass sie überhaupt alles rund um sich herum vergaß. Augenblicklich gab es für sie nur noch diesen Mann und diese Frau, sah deren nackte Körper, sah sie in dem großen Flügelspiegel, in ihrem Zauberspiegel, sah den Körper des Mannes auf dem Bett sitzend, mit weit auseinandergespreizten Beinen, den Kopf der Frau zwischen seinen Beinen. Die Frau kniete vor dem Mann, er hielt ihren Kopf mit beiden Händen fest und bewegte ihn stoßweise auf und ab. Ihre Hände waren am Rücken zusammengebunden, mit der dicken Schnur, die Marie erst vor einigen Tagen in der obersten Schublade der Kommode entdeckt hatte. Das spitze Messer und die Schere lagen auf dem Bett.

Der Blick des Mannes war in den Spiegel eingedrungen, Marie schien es, als ob dieser Blick sich direkt in den Spiegel hineingebohrt hätte.

Nur langsam löste sich Marie aus ihrer Erstarrung. Als sie wieder einigermaßen denken konnte, kam die Angst vor dem Entdecktwerden zurück. Sie musste die Tür wieder lautlos hinter sich schließen, noch bevor der Mann seinen Blick aus dem Spiegel herausziehen und den Kopf der Frau freigeben würde, bevor er ihre Fesseln durchschneiden und das Messer und die Schere in die Schublade zurücklegen würde.

Die Tür war zu, als die beiden anzogen aus dem Zimmer kamen, so, als wäre nichts geschehen.

Es war nur gut, dass Marie beim Abendessen das Sprechen untersagt war. »Mit vollem Munde spricht man nicht«, hatte die »Mutter« sie schon mehrmals zurechtgewiesen, selbst wenn sie nur um eine weitere Scheibe Brot bitten wollte und sie ohnedies schon alles hinuntergeschluckt hatte und ihr Mund daher schon längst nicht mehr voll war.

Dieses Mal war sie froh, nichts sagen zu müssen, so sehr war sie noch im Banne dessen, was sie vorhin im Schlafzimmer gesehen hatte und nicht zu deuten wusste. Es war ihr einfach nicht begreiflich, weshalb es sich die Frau gefallen ließ, von diesem Mann so behandelt zu werden und wie es dennoch möglich war, dass sie sich im Anschluss daran ihm gegenüber, wie gewohnt, zuvorkommend und freundlich verhielt. Was er mit ihr gemacht hatte, konnte ihr doch unmöglich gefallen haben. Er hatte sie doch dazu gezwungen, vor ihm auf die Knie zu gehen und diese eigenartigen Sachen mit dem Kopf zwischen seinen Beinen zu machen! Und weshalb hatte er ihr die Hände am Rücken zusammengebunden, und weshalb hatte er das Messer und die Schere auf das Bett gelegt?

So sehr war Marie mit diesen Gedanken beschäftigt, dass sie beim Abendessen erst nach ein paar Bissen registrierte, was sie da eigentlich gerade aß. Die Schwarzbrotschnitte auf ihrem Teller war nicht wie sonst mit weißem Käse bestrichen, sondern mit einer Art Wurst belegt, die in dicke Scheiben geschnitten und blutrot war.

»Die Blutwurst ist dir diesmal sehr gut gelungen!«, sagte die Frau und warf dem Mann ein bedeutsames Lächeln zu. »Auch die Würze ist tadellos.«

»Finde ich auch. Der Keller hat genau die richtige Temperatur für die Lagerung. Und auch das Blut war diesmal besonders frisch, genauso wie der Schweinedarm, die Köpfe und die Schwarte. Ich habe alles gleich nach dem Schlachten verarbeitet, das schmeckt man eben«, sagte der Mann und nur einer der Mundwinkel deutete ein selbstzufriedenes Lächeln an. Marie mochte dieses schiefe Lächeln überhaupt nicht.

Und genauso wenig mochte sie diese Wurst auf ihrem Brot. Es ekelte sie nun regelrecht vor dieser Wurst, die nicht etwa aus Fleisch bestand, sondern, wie der Vater soeben bestätigt hatte, vorwiegend aus Blut, Kopf und Schwarte, und die Hülle dieser Wurst war dann wohl der Schweinedarm. Wie konnte man nur so etwas essen?

Ohne ein Wort zu sagen, legte sie die Blutwurstscheiben auf den Tellerrand und aß nur das trockene Brot, in der Hoffnung, die Eltern würden ihr Verhalten billigen. Marie bemerkte, dass erst der Bick der Mutter und dann auch der des Vaters ihren Tellerrand streifte, sich aber sogleich wieder abwandte.

Der Vater hatte den Keller erwähnt. Was konnte der Keller mit dieser Blutwurst zu tun haben? Marie dachte unwillkürlich an jenen zweiten Kellerraum, dessen Betreten ihr strengstens verboten war, und in den sie ohnehin, selbst wenn sie wollte, nicht hinein konnte, weil er versperrt war. Lagerte der Vater Blut in diesem Kellerraum? Wo? In Flaschen, in Kannen oder Trögen? Und wie kam er zu dem Schweineblut? Tötete er die Schweine etwa selbst?

»Auch die Gänse sehen schon sehr gut aus. Sie sind schon fast ausgeblutet. Morgen können wir sie vom Haken nehmen.« Der Vater sagte das mit einem stolzen Gesichtsausdruck.

»Welche Gänse?« Die Frage war Marie einfach herausgerutscht, weil sie nun derart durcheinander war wegen dieser Gänse, die sich womöglich in diesem zweiten Kellerraum befanden, schon tot oder noch lebendig, den Worten des Vaters nach aufgehängt und blutend.

»Hast du vergessen, dass du während des Essens still zu sein hast?«, herrschte die Mutter das Mädchen an und fügte hinzu: »Und im Übrigen geht dich das, was der Vater und ich besprechen, keinen Deut an. Verstanden?«

»Ja, Mutter«, beeilte sich Marie zu antworten, denn sie befürchtete, dass der Ärger der Mutter das Interesse an den beiseitegelegten Blutwurstscheiben wecken könnte.

»Helmut, was machen wir nur mit diesem heiklen Kind?«, hörte sie da die Frau auch schon sagen, und zu Marie gewandt fuhr sie fort: »Was auf den Teller kommt wird gegessen, nicht mehr und nicht weniger. Auch nicht weniger.« Das Wort »weniger« sprach die Mutter dabei mit Nachdruck und so aus, als ob es aus drei separaten Wörtern bestünde: we-ni-ger.

»Ich kann das nicht essen, da wird mir schlecht«, sagte Marie.

»Das werden wir schon sehen, ob dir davon schlecht wird. Diese Blutwurst ist von feinster Qualität, der Vater hat sie selbst gemacht, und da sagst du, dir würde davon schlecht werden?«

»Mir ist jetzt schon ganz schlecht«, sagte Marie und sie dachte, sie würde sich gleich übergeben müssen.

»Helmut, sag jetzt dem Kind, was es zu tun hat«, sagte die Frau, stand auf und begann damit, den Tisch abzuräumen. Nur den Teller mit den Blutwurstscheiben ließ sie stehen.

»Sitz gerade!«, sagte nun der Mann zu Marie. »Und so bleibst du sitzen, bis du das letzte Stück Wurst aufgegessen hast. Und wenn es bis morgen Früh dauert!« Mit diesen Worten verließ er die Küche.

Marie spürte, dass ihr die Tränen in die Augen schossen, sie wollte sich dagegen wehren, doch gelang es ihr nicht sofort.

Nach einer Weile trat das ein, was sie vor einiger Zeit schon beim Putzen der Klomuschel vorm Verzweifeln bewahrt hatte: Sie spürte ganz deutlich, dass sie nicht alleine war, dass es noch diese zweite, die unsichtbare Marie gab, die, die ihr einflüsterte, was zu tun war und die sie nicht verzagen ließ. Sie hörte ihre Stimme, ganz deutlich hörte sie sie. Sie hörte, wie sie ihr sagte, sie solle still warten, bis die Mutter mit dem Abwasch fertig war und ebenfalls die Küche verlassen hatte, um zum Vater ins Wohnzimmer hinüberzugehen.

Und mit einem Mal wusste Marie, dass sie die Wurstscheiben einfach verschwinden lassen würde. Sie schaute sich um, und ja, hinter ihr, zwischen der Lehne der Eckbank und der Wand war ein schmaler Spalt, schmal aber gerade breit genug, um die Wurstscheiben, eine nach der anderen, dahinter verschwinden zu lassen.

»Na, geht doch«, sagte die Mutter, als sie nach einer Weile in die Küche nachsehen kam. »Warum denn nicht gleich so?« Und Marie durfte aufstehen und in ihr Zimmer gehen.

Bevor sie an jenem Abend einschlief, fasste sie einen weiteren Entschluss: Sie wollte herausfinden, was in diesem zweiten Kellerraum vor sich ging. Wenn sie schon nicht durch die Tür hineingelangen konnte, würde sie es durch das Kellerfenster versuchen. Dieser Raum musste doch auch ein Fenster haben. Sie würde herausfinden, wo sich dieses Fenster befand. Sobald sich ihr die Möglichkeit böte, würde sie sie ergreifen. Sie musste wissen, ob es in diesem Haus tote Schweine und Gänse gab, oder vielleicht sogar welche, die noch lebten. Die würde sie dann retten.

Es war nicht einfach, den Standort des Kellerfensters ausfindig zu machen, jenes Fensters, das in eine Unterwelt führte, die Marie bislang noch verborgen geblieben war und die ihr keine Ruhe mehr ließ.

Was die Sache so schwierig machte war, dass sich das Mädchen nie allein im Freien aufhalten durfte.

»Ein anständiges Kind treibt sich nicht draußen herum«, hatte die Mutter zu Marie gesagt, als diese um Erlaubnis gebeten hatte, im Garten oder vor dem Haus spielen zu dürfen. »Sonst nimmst du noch so ein Ende wie deine Mutter«, hatte sie angefügt.

Marie hatte natürlich keine Ahnung, welches Ende die Mutter, ihre erste und richtige Mutter, genommen haben sollte. Aber ein Ende musste es wohl gewesen sein, denn sonst wäre Marie doch noch bei ihr und wäre nicht gezwungen, bei dieser Frau sein, zu der sie ebenfalls Mutter sagte – sagen musste.

Mittlerweile gelang es Marie, mittels Bücherstapel, Sessel oder Hocker, auf die sie sich stellte, bis auf die Straße oder in den Garten hinunterzuschauen. Aber um an der Hauswand senkrecht bis zum Grund sehen zu können, müssten die Fenster sperrangelweit offenstehen und sie müsste sich buchstäblich kopfüber hinauslehnen. Dann würde sie vielleicht erkennen können, wo sich dieses weitere Kellerfenster befand. Aber das erschien ihr dann doch zu riskant.

Machbar erschien ihr allerdings, vom Erdgeschoss aus durch das Küchen- oder Wohnzimmerfenster ins

Freie zu gelangen. Bei dieser geringen Höhe würde sie sich auch nicht weh tun. Dieser Plan konnte jedoch nur aufgehen, wenn die Mutter am Nachmittag wieder einmal, um »Besorgungen zu machen«, außer Hauses sein würde.

Es gab auch noch die Terrassentür, die in den Garten führte, aber die war mit einem Sicherheitsschloss versehen und immer versperrt, »wegen des Gesindels, das sich hier herumtreibt«, wie die Pflegeeltern sagten, ein Gesindel, das sonst irgendwann einmal durch diese Tür ins Haus eindringen würde.

Was ein Gesindel sein sollte, war Marie ebenso unklar wie das Ende, das ihre richtige Mutter genommen haben sollte.

Der Nachmittag, an dem die Frau dann endlich wieder mit noch steiferen Haaren, eleganterer Kleidung und röteren Lippen als sonst aus dem Haus ging, ließ einige Zeit auf sich warten. Als es dann endlich soweit war, hoffte Marie inständig, die Mutter würde vergessen, sie in ihrem Zimmer einzusperren. Und wirklich, sie hatte Glück.

Marie blieb sicherheitshalber noch einige Zeit still im Zimmer sitzen, um abzuwarten, ob die Frau nicht vielleicht doch noch einmal zurückkehren würde. Sie hätte ja irgendetwas im Haus vergessen haben können, das sie sich noch holen wollte.

Aber alles war ruhig, und auch die Haustür blieb verschlossen.

Marie schlich die Stufen hinunter, sie schlich, obwohl doch niemand im Haus war, der sie hätte hören können. Geschwind zog sie sich die Halbschuhe an, die ihre Fersen einschnitten, weil sie ihr schon zu klein geworden waren, aber Marie beachtete den Schmerz nicht, sie war viel zu aufgeregt dafür.

Über den Hocker in der Wohnküche kletterte sie auf die Anrichte. Nun war es ganz leicht, den Fenstergriff herumzudrehen und den rechten Fensterflügel zu öffnen.

Marie atmete tief ein und blickte ins Freie. Es gab in dieser Richtung keine unmittelbaren Nachbarn, und außer dem Zwitschern der Vögel und dem leisen Rauschen des Windes in den Bäumen und Büschen war es still.

All dies weckte Maries Erinnerung an ein Leben, das sie schon kannte, an eine Freiheit, die sie vor langer Zeit schon einmal geatmet hatte. Diese Luft, diese frische Frühjahrsluft, machte sie mutig. Mit einem Satz sprang sie aus dem Fenster, sie landete auf Händen und Füßen, geschmeidig wie eine Katze.

Eigentlich wollte sie erst einmal nur ein wenig herumstreunen, die Gegend erkunden und auf Bäume klettern. Im Grunde genommen wollte sie nichts als das. Dann aber wäre sie am liebsten losgerannt und nichts als gerannt. Nur weg von hier, weg von diesem Leben und jenem Leben entgegen, an das sie sich nun wieder schemenhaft erinnerte, ein Leben, in dem immer ein Kellerfenster offenstand zum Aus- und auch zum Wieder-Einsteigen. Aber wo nur war dieses Leben? Marie wusste nicht, in welche Richtung sie laufen sollte, um an jenen Ort zu gelangen.

Ihre Gedanken kehrten zu dem eigentlichen Grund zurück, weshalb sie aus dem Fenster gesprungen war. Sie lauschte erst einmal, ob nicht von irgendwoher etwas Ungewöhnliches zu hören war. Denn wenn in dem Kellerraum Tiere gefangen gehalten wurden, die noch am Leben waren, die auf ihren Tod warteten, würden sie ihre Not ganz sicher hinausschreien.

Aber so angestrengt sie auch lauschte, nichts dergleichen war zu hören.

Auf der Seite des Hauses, die der Straße zugewandt war, gab es keine Kellerfenster, und das Fenster des Kellerraumes, den Marie bereits kannte, befand sich auf der Gartenseite. An der einen Breitseite des Hauses, jener, die nicht von Büschen zugewachsen und daher leicht zugänglich war, konnte Marie, so wie an der Vorderfront, keine Kellerfenster erkennen. Marie wandte sich der gegenüberliegenden Hausmauer zu, die von wildem Wein überwuchert war und vor der ein ganzer Wald von dornigen Sträuchern wuchs, Marie hatte Mühe, sich einen Weg an der Wand entlang zu bahnen ohne zerkratzt zu werden.

Und wäre sie nicht beinahe auf den feuchten Blättern, die noch vom vergangenen Herbst auf dem Metallgitter lagen, ausgerutscht, hätte sie die Öffnung zum Keller glatt übersehen.

Schnell wischte sie die Blätter mit den Händen vom Gitter und legte ihr Gesicht auf das kalte Eisen, um ins Kellerabteil hinuntersehen zu können.

Es dauerte eine ganze Weile, bis sich ihre Augen an die Dunkelheit gewöhnt hatten.

Das erste, was Marie erkennen konnte, war ein großer Tisch, der in der Mitte des Raumes stand. Messer in verschiedenen Größen lagen darauf. Eines davon war besonders lang und spitz.

Auf einem zweiten Tisch, der viel schmäler und länger war, und von einer Wand zur anderen reichte, standen unterschiedliche Geräte, die allesamt aus glänzendem Metall waren. Eines davon ähnelte jener Maschine, die oben in der Küche stand und die die Mutter »Fleischwolf« nannte. Auf Maries Frage, wo denn da ein Wolf wäre, hatte ihr die Mutter geantwortet, dass das Gerät natürlich rein gar nichts mit einem Wolf zu tun hätte, sondern dass in der Metzgersprache – und da kenne sich der Vater besonders gut aus – das Zerkleinern von Fleisch »Wolfen« hieße. Manchmal durfte Marie dabei zusehen, wenn sie ein Stück Fleisch nach dem anderen in die Maschine stopfte, die seitlich angebrachte Kurbel drehte und durch den löchrigen Aufsatz an der Vorderseite Faschiertes herauskam, eine Unzahl dünner Fleischwürmer, die, sobald sie in der Auffangschüssel ankamen, in sich zusammenfielen. Aber das Gerät, das das Mädchen im Kellerabteil stehen sah, war viel größer als der Fleischwolf der Mutter.

Und in der hinteren Ecke des Raumes stand etwas, das dem Kühlschrank in der Wohnküche glich, aber mindestens doppelt so groß war.

Und noch etwas sah Marie nun, da sich ihre Augen an das Dunkel des Innenraums gewöhnt hatten: einen Holzklotz, der wie ein dicker, quer durchgesägter Baumstamm aussah. Dieser Holzklotz war etwas niedriger als der große Tisch in der Mitte des Raumes. Marie musste die Augen zusammenkneifen, um genauer sehen zu können, was sich auf diesem Klotz befand. Denn selbst was sie bislang nur schemenhaft hatte wahrnehmen können, jagte ihr schon Angst ein: Ein großer Hammer lag da, und im Holz steckte eine Axt. Der Vater musste sie mit so großer Wucht in das Holz geschlagen haben, dass sie darin stecken geblieben war.

An einem Haken an der Wand hing eine große Schürze, die jedoch nicht aus Stoff war, sondern aus einem festeren Material, das keine Falten warf. Daneben hingen verschieden lange Ledergürtel und etwas, das die Mutter normalerweise zum Ausklopfen von Teppichen verwendete und das sie »Pracker« nannte. Marie hatte der Mutter schon öfters vom Fenster aus zugeschaut, wie sie im Garten die Teppiche – einen nach dem anderen – über die Wäschestange geworfen und mit dem Pracker solange darauf eingeschlagen hatte, bis kein Staub mehr herausgekommen war.

Am Boden des Kellerabteils erspähte Marie noch ein Paar Gummistiefel, deren Schaft so hoch war wie der der Stiefel, die der Vater immer zum Motorradfahren anhatte.

Tiere konnte Marie jedoch nicht entdecken – weder tote noch lebendige.

Marie versuchte, sich auf all den Dingen, die sich ihr da gerade offenbart hatten, einen Reim zu machen, aber was sie gesehen hatte, wollte keinen rechten Sinn ergeben, zumal da keine Tiere im Keller waren. Dennoch fühlte Marie großes Unbehagen, dasselbe, das sie überkommen hatte, als sie im Elternschlafzimmer auf die Gegenstände in der Kommode gestoßen war.

Gerade als Marie beschlossen hatte, durch das geöffnete Küchenfenster wieder ins Haus einzusteigen, nahm sie das vertraute Brummen des Motorrads wahr – erst noch leise, wie aus einiger Entfernung, aber es wurde sehr schnell lauter. Maries Herz klopfte noch lauter als der Motor heulte, sie musste jetzt blitzschnell sein, um Schlimmes zu verhindern.

Was Marie vor ihrem Sprung aus dem Küchenfenster nicht bedacht hatte war, wie schwierig es sein würde, wieder ins Haus einzusteigen.

Sie rannte zum Küchenfenster, der rechte Fensterflügel stand noch immer offen, doch selbst wenn sie sich auf die Zehen stellte, reichten ihre Fingerspitzen gerade einmal bis zum Fensterbrett. Wie aber sollte sie sich so hochziehen können?

Verzweifelt suchte ihr Blick nach irgendetwas, das ihr als Leiter dienen könnte. Aber da war nichts.

Dann wurde es still in ihr. Ihre Stimme, ihr Atem, ihr Herzschlag, alles in ihr war mit einem Mal verstummt. Sie hörte den Vater brüllen. Er schrie so laut, dass seine Worte schon wie Schläge waren.

»Was zum Teufel machst du da? Hat dir irgendjemand erlaubt, das Haus zu verlassen und dich alleine hier im Freien herumzutreiben? Antworte mir! Bekomme ich keine Antwort?«

Marie aber sah nur die Wolken über ihr, nicht den Vater, der vor ihr stand, in seinen Stiefeln und dem knielangen Mantel, nur die Wolken sah sie, die so schnell über den Himmel jagten, als wären sie auf der Flucht, als gelte es, so schnell wie möglich allem und jedem zu entfliehen.

Marie beneidete die Wolken, sie konnten fliegen, noch viel höher als der Vater groß war, und sie wussten, in welche Richtung sie fliegen sollten.

Es war noch hell. Normalerweise kam der Vater erst nach Hause, wenn es draußen schon dunkel wurde. »Jetzt sieh mich gefälligst an, wenn ich mit dir rede!«, schrie er. »Die Mutter hat dir das ganz sicher nicht erlaubt! Wo ist die Mutter überhaupt? Ist sie im Haus?«

»Ich weiß es nicht, Vater«. Marie hatte ihre Sprache wiedergefunden.

»Was heißt du weißt es nicht? Ist sie weggegangen? Wann?«

»Ja, sie ist weggegangen«, antwortete Marie, und sie sah, wie der Vater die Knöpfe des Mantels öffnete, den Gürtel aus den Schlaufen des Hosenbunds zog und ihn in der Luft kreisen ließ, so schnell, dass die Luft surrte.

»Wann?«, schrie sie der Vater weiter an.

»Ich weiß es nicht, Vater«, sagte Marie, denn sie wusste tatsächlich nicht, was sie auf dieses »wann« antworten sollte.

»War es erst vor kurzem oder war es schon am Nachmittag?« Sein Gesicht hatte einen eigenartigen Ausdruck angenommen, der ängstigte Marie noch mehr als sein Lachen. Er verzog die Lippen, aber nicht so, wie bei seinem seltsamen Lachen, es war anders.

Marie spürte gerade noch den kühlen Luftzug des Gürtels, der über ihr kreiste, als sie ein so heftiger Schlag traf, dass sie dachte, ihr Kopf säße nicht mehr auf ihrem

Körper, sondern würde stattdessen den Wolken entgegenfliegen, um mit den Wolken wegzufliegen, und nur der Körper ohne Kopf bliebe unten auf der Erde beim Vater zurück.

»Also, was ist? Kannst du dich jetzt erinnern?« Sie konnte immer noch die Stimme des Vaters hören und wusste deshalb, dass ihr Kopf nicht in Freiheit war.

Sie versuchte, sich an irgendetwas zu erinnern, was sie gehört oder gesehen hatte, als die Mutter das Haus verlassen hatte.

»Die Sonne war genau über der Spitze dieses Baumes«, hörte sie sich selbst sagen, und sie zeigte auf die Tanne im südlichen Eck des Gartens, gleich neben dem Holzschuppen.

Der Blick des Vaters ruhte eine ganze Zeit lang auf diesem Baum, er schien nachzudenken, dann fragte er, und diesmal schrie er nicht einmal dabei: »Ist die Mutter schon öfter um diese Zeit weggegangen?«

»Ich weiß es nicht, Vater«, log Marie, denn sie fühlte, dass es den Mann noch zorniger machen würde, wenn sie sagte, dass es nicht das erste Mal war, dass die Mutter besonders elegant gekleidet und mit besonders roten Lippen am Nachmittag das Haus verlassen hatte.

»Und du, du Miststück? Was machst du hier eigentlich?«

»Ich wollte nur schauen, wegen der Schweine, und wegen der Gänse …«

»Was wolltest du? Na warte, das kannst du haben! Jetzt kommst du mit! Dorthin, wo du unbedingt hin wolltest. Die Mutter ist ja nicht da, da hab ich schön Zeit für dich!«

Und er hob sie mit beiden Händen hoch, warf sie wie einen Sack über die Schulter, so dass ihr Gesicht auf seinem Rücken aufschlug, mit einer Hand hielt er sie an ihren Füßen fest.

»Schrei nur, das nützt dir gar nichts. Es ist niemand da, der dich hören könnte«, sagte er, während er sie ins Haus trug. Er verschloss die Haustür und das Küchenfenster, nahm aus der Bestecklade in der Küche einen Schlüssel, und ging mitsamt Marie die Stufen in den Keller hinunter.

»Du wolltest es so haben«, redete er weiter, nun ganz leise, und das war für Marie noch viel unheimlicher als sein Schreien.

Er durchquerte das Kellerabteil mit den Nahrungsvorräten und den Gartenmöbeln, das Marie schon kannte, und sperrte dann die Tür auf, die in jenen Raum führte, in den Marie vorhin erst durch das Fenstergitter gesehen hatte.

Marie spürte den harten Griff des Mannes um ihre Hüften, er zog sie von seiner Schulter und stellte sie auf den Steinboden.

»Na, siehst du jetzt genug?«, fragte er und drehte sie um die eigene Achse.

»Ja, Vater«, antwortete Marie schnell. Es sah alles genauso aus wie sie es von draußen wahrgenommen hatte.

Der Vater ließ ihr keine Zeit, sich genauer umzusehen. Marie sah noch, wie er die Hacke aus dem Holzpflock in der Ecke herauszog, hörte, wie sie zu Boden fiel. Sah, wie er den Hammer, der auch auf dem Holzpflock lag, auf dem Fußboden ablegte. Dann packte er Marie ohne Vorwarnung um die Mitte und warf sie über den Holzpflock, genauso, wie er sie vorhin über seine Schulter geworfen hatte.

Die scharfe Holzkante bohrte sich in ihren Bauch und drückte auf ihre Brust, in ihren Ohren begann es zu dröhnen, alles Blut sammelte sich in ihrem herunterhängenden Kopf, Marie dachte, er würde gleich zerspringen. Sie spürte, wie ihr der Vater die Strumpfhose vom Leib riss und den Rock hinauf zog, dann vernahm sie wieder das

Surren des durch die Luft schnellenden Gürtels, sie hatte sich das Geräusch zuvor genau eingeprägt, und dann dachte sie, sie würde sterben, weil der Vater sie in der Mitte auseinanderschneiden würde, so sehr schmerzten die Hiebe des Gürtels auf ihrer nackten Haut.

Wie von weit her hörte sie seine Stimme, die die Anzahl der Schläge mitzählte.

»Acht, neun, zehn«, hörte Marie noch, und dann: »Hast du jetzt genug?«

Marie wollte »Ja, Vater« sagen, damit er sie nicht weiterschlug, brachte jedoch keinen Ton hervor. Ebenso war sie unfähig, sich zu bewegen. Sie lag regungslos auf dem Hackklotz, alles in ihr schien gelähmt zu sein.

»Jetzt mach schon, runter mit dir! Und damit du es weißt, das heute war erst der Anfang«. Mit diesen Worten zog er sie an den Haaren hoch, dann packte er sie unter den Achseln und stellte sie auf die Füße.

Wie in Trance zog sich Marie die Stumpfhose hoch und streifte sich den Rock über die Oberschenkel.

Der Vater hatte es nun scheinbar eilig, er schubste Marie mit dem Knie aus dem Abteil und versperrte es schnell wieder.

»Geh jetzt hinauf in dein Zimmer«, befahl er, »und lass dich heute ja nicht mehr blicken! Sei froh, dass ich dich nicht unten im Keller eingesperrt habe!«

Marie rannte die Treppe hoch. Sie flüchtete in ihr Zimmer, obwohl sie sich auch dort nicht wirklich sicher fühlen konnte. Sie hörte, wie sich der Schlüssel im Schloss drehte, und diesmal war sie erleichtert, dass der Vater sie eingesperrt hatte.

Demnach würde er sie zumindest in unmittelbarer Zukunft in Ruhe lassen.

Mittlerweile begann es zu dämmern, es war also die Tageszeit, zu der die Mutter normalerweise den Tisch deckte und damit begann, das Abendessen zuzubereiten.

Der Vater war um diese Zeit für gewöhnlich noch nicht zu Hause. Marie hörte, wie unten die Haustür aufging, sie vernahm die Stimme der Mutter, sie war sehr hoch, sehr schrill, dann die des Vaters, die immer lauter wurde während die der Mutter verstummte. Marie hörte, wie der Vater die Mutter anschrie und seine Stimme hatte denselben Klang den sie gehabt hatte, als er Marie draußen im Freien entdeckte.

Um mitzubekommen, was diesmal im Elternschlafzimmer vor sich ging, musste Marie nicht ihr Ohr an die Wand legen, sie hätte am liebsten gar nichts gehört.

Die Mutter schrie, sie bettelte, er möge das bitte nicht tun mit ihr, alles andere, nur das nicht. Marie wusste natürlich nicht, was »das« war, das die Mutter abzuwenden versuchte, sie hörte sie nur laut flehen und schluchzen, sie hörte den Vater brüllen, sie solle gefälligst den Mund halten und tun, was er sagte, sonst würde er ihr den Mund stopfen, genauso wie den Gänsen, sie wisse ja, wie das ginge. Und genau das würde sie auch verdienen.

Dann wurde es ruhig. Marie hörte gar nichts mehr, keinen einzigen Ton.

Erst viel später, sie wusste nicht, wie viel Zeit inzwischen vergangen war, vernahm sie, wie sich die Schlafzimmertür öffnete und unmittelbar darauf wieder zugeschlagen wurde. Sie hörte Schritte, die sich abwärts bewegten. Es waren Schritte einer einzelnen Person und Marie erkannte sie als die Schritte des Vaters.

Dann herrschte Totenstille im ganzen Haus und so blieb es auch für den Rest der Nacht.

Am Himmel zeigten sich weder Mond noch Sterne, Marie war nur von Dunkelheit umgeben.

Irgendwann war Marie inmitten dieser lautlosen Schwärze dann doch eingeschlafen.

Als sie am nächsten Tag aufwachte, schien die Sonne durch das Fensterglas hell und warm mitten ins Zimmer, und das Stück Himmel, das sie vom Bett aus sehen konnte, war so makellos blau, als wäre alles in bester Ordnung.

Maries Körper schmerzte. Die Gürtelhiebe und die scharfe Kante des Holzpflocks hatten ihre Spuren hinterlassen und sie hatte Mühe, sich vom Bett zu erheben.

Sie hatte Durst und gleichzeitig einen dermaßen starken Harndrang, dass sie glaubte, ihre Blase müsse jeden Moment platzen.

Da hörte sie, wie jemand die Türe aufsperrte und im nächsten Moment stand die Mutter im Zimmer, Marie hätte sie beinahe nicht erkannt, die Lippen waren aufgeplatzt, ein Auge war angeschwollen und hatte eine bläulich-rote Färbung. Nur ihre Kleidung war glatt wie immer. Und auch die Haare waren steif und unbewegt wie gewohnt.

»Sicher musst du auf die Toilette, schnell, geh jetzt! Dann kehrst du sofort wieder in dein Zimmer zurück, hast du mich verstanden? Und schau mich gefälligst nicht so an!«, sagte sie mit einer Stimme die fremd und heiser klang und gar nicht mehr glatt, und Marie stahl sich so schnell sie konnte an der Mutter vorbei ins Badezimmer.

Der Anblick der Mutter verriet Marie nicht, was genau ihr der Vater in der vergangenen Nacht alles angetan hatte, aber dass es etwas sehr Schlimmes gewesen sein musste, davon war Marie überzeugt. Ihre Ahnung, dass der Vater zu allem fähig war, war für sie nun zur Gewissheit geworden. Wenn er sogar die Mutter so arg zurichtete, was stand ihr, Marie, da womöglich noch alles bevor? Und was hatte er gemeint, als er gestern zu ihr im Keller gesagt hatte: »Und das ist erst der Anfang!« Der Anfang wovon?

Als das Mädchen ins Zimmer zurückkam, saß die Mutter regungslos auf dem Bett und starrte auf den Boden.

Erst als Marie ganz nah bei ihr stand, hob die Frau den Kopf und Marie hatte das Gefühl, dass die Mutter sie nicht an-, sondern durch sie hindurchschaute, oder mehr noch, in sie hineinschaute, so als wäre sie aus Glas, aus Spiegelglas.

»Tut es sehr weh?«, fragte Marie, der die Mutter plötzlich Leid tat, weil sie sich doch vorstellen konnte, wie sehr die Lippen und das Auge schmerzten und wie sehr nun selbst die Mutter Angst vor dem Vater haben musste. Dabei vergaß Marie sogar, wie streng und grob die Mutter schon so oft zu ihr gewesen war.

»Jetzt zieh dich an, und dann komm hinunter frühstücken«, sagte die Mutter, ohne auf Maries Frage einzugehen und verließ das Zimmer.

Als Marie in die Küche kam, standen das von ihr geliebte Kakaogetränk und die mit roter Marmelade bestrichene Schwarzbrotschnitte auf dem Tisch bereit, aber die Mutter war nicht dort.

Marie war sich jedoch sicher, dass die Frau noch im Haus war, denn ihre Schuhe, ihre Handtasche, der Mantel, den sie Übergangsmantel nannte, alles war im Vorraum an Ort und Stelle. Die Mutter musste im Schlafzimmer sein. Die Schlafzimmertür war jedoch zu, und das Mädchen wagte nicht, sie zu öffnen und nachzusehen.

Marie blieb den ganzen Tag über in ihrem Zimmer, sie war erschöpft, ihr ganzer Körper schmerzte von den Misshandlungen des vergangenen Tages. Am besten würde es sein, wenn sie einfach auf dem Bett liegen blieb, so konnte sie auch nichts falsch machen, wofür man sie am Abend bestrafen würde.

Die Sonne schob sich so schnell westwärts, dass die Hausfront, auf der sich Maries Fenster befand, schon am späten Vormittag im Schatten lag und es im Zimmer kühl wurde.

Marie kroch unter die Bettdecke. Durch das Fenster sah sie ein blaues Viereck, der ganze Tag bestand einzig und allein aus diesem Viereck, aber sein Blau war leer.

Erst als sich das Blau jenseits des Fensterglases in ein stetig dunkler werdendes Grau verwandelte, wurde die unbewegte Stille des Tages durchbrochen. Das Motorrad des Vaters näherte sich, aber diesmal kam das Brummen des Motors langsamer näher, sachter, es kam Marie beinahe gedämpft vor, so, als sollte es eigentlich gar nicht hörbar sein. Und als sie dann vom Bett sprang, um aus dem Fenster zu schauen, sah sie den Vater, wie er auf dem Motorrad ganz langsam auf das Haus zurollte. Ich würde sogar schneller laufen können, dachte Marie.

Auch das Öffnen der Haustür war fast lautlos, die Schritte die Stufen hinauf konnte Marie nur erahnen, ebenso das Öffnen der Schlafzimmertür. Nur das hörbare Einschnappen der Tür bestätigte dann Maries Vermutung: Der Vater hatte sich, so leise er nur konnte, zur Mutter ins Schlafzimmer geschlichen.

Erst war es weiterhin still nebenan, dann hörte Marie die beiden miteinander reden, und diesmal klangen die Stimmen unerwartet friedlich und weich. Wie in Watte getaucht erreichten sie die Worte der Eltern, das Wort »Liebe« war dabei, unüberhörbar, denn beide sprachen es mehrmals aus.

Marie hatte das Wort »Liebe« natürlich schon öfter gehört, aber in einen Zusammenhang mit den Eltern hätte sie es niemals gebracht. Nun wusste sie jedenfalls, dass sie der Liebe, sollte sie ihr irgendwann einmal begegnen, so schnell wie möglich aus dem Weg gehen musste. Gestern erst hatte der Vater die Mutter doch noch halb totgeschlagen! Er hatte ihr so wehgetan! Wenn sich Halbtotschlagen und Wehtun von einem Tag auf den anderen in Liebe verwandelten, dann konnte sich die Liebe sicherlich auch von einem Tag auf den anderen in Wehtun und Halbtotschlagen verwandeln. Nein, der Liebe war nicht zu trauen, soviel wusste Marie nun, mit der Liebe wollte sie nie etwas zu tun haben!

Es beruhigte sie auch nicht, als die beiden, bevor sie die Stufen hinunterstiegen, kurz in ihr Zimmer kamen, um ihr mitzuteilen, dass sie hinunterkommen solle, es gäbe gleich das Abendessen.

Als sie dann bei Tisch saßen, kam Marie das Aussehen der Mutter aus der Nähe betrachtet noch eigenartiger vor als am Morgen: das geschwollene Augenlid war mit einer hautfarbenen Schicht überdeckt, durch die das Rotblau, das Marie am Morgen wahrgenommen hatte, gelbstichig durchschimmerte. Auf der aufgeplatzten Lippe hatte sich eine feste Blutkruste gebildet.

Dessen ungeachtet verhielten sich die Eltern freundlich und zuvorkommend zueinander, ja, vielleicht sogar noch eine Spur höflicher als sonst – Marie kam es jedenfalls so vor.

Und als sie die Gunst des Augenblicks zu nutzen wagte und ausnahmsweise um eine zweite Schnitte Brot bat, legten der Vater und die Mutter beinahe gleichzeitig und kommentarlos ein weiteres Stück Käsebrot auf ihren Teller.

An diesem Abend konnte Marie lange nicht einschlafen. Zu viele Dinge, die einfach nicht zusammenpassen wollten, gingen ihr durch den Kopf.

Und auch die Angst hielt sie wach. Die Angst vor dem nächsten Tag und vor dem Tag danach. Denn selbst wenn sie heute die Gunst der Eltern genoss, konnte sie doch morgen schon wieder in Ungnade fallen, und das aus Gründen, die sie nicht begreifen und auch gar nicht beeinflussen konnte. Zu glauben, sich in diesem Haus in Sicherheit wiegen zu dürfen, wäre der größte Irrtum, der ihr unterlaufen könnte, das spürte sie. Sie wusste, dass sie fortan nur sich selbst würde trauen können.

Aber ganz alleine war Marie zum Glück nicht, selbst wenn ihr hier kein anderer Mensch zur Seite stand. Das Mädchen hatte ihre unsichtbare Gefährtin, jene zweite Marie, die ein Teil von ihr war, ein Teil, der ihr beistand und Zuflucht gewährte, wenn die Not übermächtig wurde.

Zweimal schon hatte sie Marie vor Verzweiflung und Mutlosigkeit bewahrt, und jetzt spürte das Mädchen die Anwesenheit ihrer Retterin wieder ganz deutlich. Sie war in ihr. Marie durfte sie nur nie vergessen und musste sie rufen, wann immer es ganz schlimm wurde.

Mit dieser Gewissheit schlief Marie in den frühen Morgenstunden endlich ein.

Mit einem Mal war es Sommer geworden.

Marie hätte es kaum bemerkt, denn die Hitze brauchte mehrere Wochen, um ins Haus vorzudringen. Und an den wenigen Tagen, an denen die Mutter sie in letzter Zeit zum Einkaufen mitgenommen hatte, war es grau und regnerisch gewesen.

Aber schließlich war der Sommer doch noch in Maries Welt eingezogen. Er verlängerte die Tage und verkürzte auch die Dunkelheit in Maries Zimmer. So nahm er der Nacht ihren dunklen Schrecken und Marie ein wenig die Angst.

Und es gab noch etwas, was Marie in Aufgeregtheit, mehr noch, in freudige Ungeduld versetzte, selbst wenn sie keine wirkliche Vorstellung davon hatte, was genau sie eigentlich erwartete. Aber ihr Gefühl sagte ihr, dass das, was die Zukunft für sie bereithielt, ihre Lage nur verbessern konnte.

Erst vor kurzem beim Abendessen hatte die Mutter mit dem Vater über den Herbst gesprochen, er würde wohl oder übel kommen, und deshalb sei noch Einiges zu besorgen, für das Kind nämlich, weil es ja im September eingeschult werden würde. Dass das teuer werden würde, meinten sie dann noch, und dass sie für Marie von der Fürsorge doch wirklich keine Unsummen bekämen, sagten sie auch noch, und dabei betrachteten sie Marie so, wie man sonst nur einen neu erworbenen Gegenstand noch einmal abschätzig mustert, um zu prüfen, ob er denn die große Ausgabe auch wirklich wert gewesen war.

»Auf jeden Fall braucht sie neue Schuhe«, sagte die Mutter, »wir können sie nicht mit den Sommerschuhen in die Schule schicken, was würden denn da die Leute sagen?«

Der Vater jedenfalls sagte nichts dazu und aß still weiter. Marie schwieg ebenfalls, denn sie wusste, wie böse die Eltern werden konnten, wenn sie zum einen beim Essen sprach und zum anderen sich in ein Elterngespräch einmischte.

»Und um einen Mantel werden wir auch nicht umhinkommen«, fuhr die Mutter fort, »aber der kann noch warten.«

Als sie später mit der Mutter, die den Abwasch erledigte, alleine in der Küche war, fragte Marie, was es denn eigentlich hieße, eingeschult zu werden.

»Dass du in die Schule kommst, heißt das natürlich. Und dass du jeden Morgen dorthin gehen wirst, um Lesen, Schreiben und Rechnen zu lernen. Es soll schließlich einmal etwas werden aus dir, wenn du schon bei uns aufwachsen darfst. Wir machen uns doch nicht diese ganze Mühe, damit später aus dir so etwas wird wie aus deiner …«, die Mutter hielt kurz inne bevor sie sich korrigierte und den Satz zu Ende führte, »wie aus dieser Frau, die dich in die Welt geworfen hat.«

Dann fügte sie noch hinzu: »Es wird eine harte Arbeit werden, denn der Apfel fällt nicht weit vom Stamm.«

Irgendwie wusste Marie diesmal, dass mit dem Apfel sie selbst gemeint war und mit dem Stamm ihre leibliche Mutter.

»Aber wo ist denn nun meine richtige Mutter?« Die ungewohnt ausführliche Antwort der Pflegemutter von vorhin hatte Marie zu dieser Frage ermutigt.

»Deine leibliche Mutter? Einmal da und einmal dort. Eine Zigeunerin ist sie und ein leichtes Tuch obendrein«, antwortete die Frau und schien nun nicht mehr gewillt, mit Marie weiter über dieses Thema zu reden, überhaupt mit Marie noch weiter zu reden.

»Du hast großes Glück, dass du hier bei uns gelandet bist. Du solltest dankbar dafür sein«, sagte sie abschließend. Dann schickte sie Marie auf ihr Zimmer mit dem Hinweis, dass es der Vater gar nicht gerne sehe, wenn sie um diese Zeit noch hier unten herumstünde.

Marie bemerkte, dass der Gedanke an die Unberechenbarkeit des Vaters auch die Mutter aus der Ruhe brachte, weil ihre Finger zitterten, als sie die Bänder der Schürze, die sie zum Abwaschen umgebunden hatte, entknotete, und ihre Bewegungen fahrig waren, mit denen sie sich Rock und Bluse glatt strich.

Und Marie fühlte auch, dass sie für die Frau schon gar nicht mehr existierte, als sie die Küche verließ, um zum Vater in den Salon hinüberzugehen.

An diesem Abend dachte Marie noch lange darüber nach, was es bedeutete, ein »leichtes Tuch« zu sein, wenn ein leichtes Tuch gleichzeitig ein Mensch und noch dazu ihre leibliche Mutter war. War es möglich, dass ihre richtige Mutter vielleicht sogar fliegen konnte, so wie ein Tuch im Wind?

Marie nahm sich vor, bei nächster Gelegenheit auszuprobieren, wie weit und wie hoch ein Tuch im Wind fliegen konnte. Sie würde sich heimlich ein dünnes Geschirrtuch aus der Lade im Küchenkasten nehmen, das wäre bestimmt leicht genug, um im Wind fliegen zu können.

Freitag war Badetag.

Das Baden nahm die Mutter ganz genau. »Sauberkeit ist eine Sittlichkeit«, sagte sie, oder »Reinlichkeit ist die Schwester der Gottseligkeit«, und Marie gefielen auch diese Aussprüche vom Klang her, sie reihten sich nahtlos in die Gruppe der anderen Redensarten ein, die das Mädchen von der Mutter bereits kannte.

Marie freute sich jedes Mal auf das spätnachmittägliche Bad, auch wenn die Mutter ihr viel zu wenig warmes Wasser in die Badewanne einließ. Sie müssten mit dem Heißwasser sparen, sagte sie, sonst hätte der Vater am Abend nicht mehr genug davon, denn der Boiler würde mit dem Aufheizen nicht so schnell nachkommen. Und im Übrigen verbrauchte ein Heißwasserspeicher viel Strom und Strom wäre sehr teuer.

Was dieser Strom, den der Boiler verbrauchte, denn sein sollte und wo er war wusste Marie nicht. Wahrscheinlich war er unsichtbar, weil sie im Badezimmer nichts enddecken konnte, was ihr unbekannt vorkam.

Auch diesmal war die Wanne mit warmem Wasser gerade einmal bodenbedeckt. Marie musste aufstehen, damit die Mutter sie am ganzen Körper einseifen und ihr auch die Haare waschen konnte. Zum Haarewaschen verwendete die Frau eine Art flüssige Seife, die, sobald sie in die Kopfhaut einmassiert wurde, sich in einen Berg aus weißem Schaum verwandelte. Brachte man etwas davon in die Augen, brannte das höllisch. Aus diesem Grund kniff Marie die Augen immer so fest sie konnte zusammen, bis ihr die Mutter mit einem Becher so oft Wasser über den Kopf gegossen hatte, bis Marie sicher sein konnte, dass kein Schaum mehr über die Haare herunterlief, sondern nur klares Wasser.

Das Baden war für Marie die einzige Gelegenheit, von der Mutter berührt zu werden, und auch wenn die Berührungen keine zärtlichen Gesten waren, sondern einzig und allein der Säuberung dienten, so genoss Marie sie dennoch.

Die Mutter hielt Marie auch an, die Beine zu spreizen und die Arme in die Höhe zu heben, damit sie mit dem Waschlappen alle Stellen des Körpers erreichen konnte.

So stand Marie also wie ein Hampelmann eingeseift und fröstelnd in der Badewanne, der weiße Schaum war schon aus den Haaren gespült, als sie völlig unvermutet den Vater in der geöffneten Tür stehen sah.

Er war wieder einmal unerwartet früh nach Hause gekommen. Sie hatten beide, Marie wie auch die Mutter, seine Ankunft nicht bemerkt. Jetzt stand er da, an den Türrahmen gelehnt, mit verschränkten Armen, diesem schiefen Lächeln, das Marie so unheimlich war, stand einfach da, ohne etwas zu sagen und ohne sich zu bewegen. Nur seine Blicke wanderten am Körper des Kindes auf und ab, verharrten an manchen Stellen länger, um dann die Wanderung wieder aufzunehmen. Marie wäre am liebsten davongelaufen. Etwas in ihr ahnte, dass diesen musternden Blicken etwas Schlimmes folgen würde, auch wenn sie sich noch nicht vorstellen konnte, was das sein mochte.

Auch der Mutter schien die Anwesenheit des Vaters hier im Badezimmer unangenehm zu sein, sie beeilte sich, Marie in das große Handtuch einzuwickeln.

»Abtrocknen und Anziehen!«, sagte sie zu Marie und zum Vater meinte sie: »Du kannst ja schon einmal hinuntergehen, Helmut, ich richte dann sofort das Abendessen an.«

Gleich darauf verließ auch die Mutter das Badezimmer.

Das Abendessen ging ganz still vonstatten. Marie sprach ohnedies kein Wort, aber auch die Eltern kauten diesmal schweigend an ihren mit Schinken belegten Brotschnitten, die sie vorher wie gewohnt in mundgerechte Stücke geschnitten hatten. Marie fiel zudem auf, dass sie einander während des Essens noch kein einziges Mal angesehen hatten, auch Marie nie ansahen, sondern ihre Blicke hartnäckig auf die Brotschnitten gerichtet hielten, so, als würde das Schneiden und zum Mund Führen des Brotes ihre volle Konzentration beanspruchen.

Kaum dass alles aufgegessen war erhob sich die Mutter und begann weiterhin schweigend mit dem Abwasch. Fast hätte sie sogar vergessen, Marie ins Bett zu schicken. Erst als das Mädchen fragte, ob sie der Mutter vielleicht beim Abwasch helfen könne, sah die Frau Marie an, sah sie länger an als normal, zögerte kurz mit der Antwort und befahl ihr dann, unverzüglich schlafen zu gehen.

Was Marie schon wenig später von nebenan hörte, sogar noch unter dem Kissen, das sie sich über den Kopf gelegt hatte, wunderte sie nicht, sie hatte nichts anderes erwartet. Seit der Vater am Spätnachmittag nach Hause gekommen war, hatte schon alles in diese Richtung gedeutet: sein schiefes Lächeln, seine musternden Blicke auf Maries nacktem Körper, die Verstörtheit der Mutter und später dann deren seltsames Schweigen beim Essen. Marie hatte nicht daran gezweifelt, dass der Vater wieder einmal in »Stimmung« war, und dass er sich wieder seinen Spaß machen würde.

Diesmal tat ihr die Mutter nicht einmal leid. Das einzige Gefühl, das sie spürte, war Erleichterung. Sie war erleichtert darüber, dass nicht sie das Objekt der Begierde des Vaters war. Zumindest diesmal noch nicht.

Marie hatte eigentlich schon gar nicht mehr an das verbotene Kellerabteil gedacht, ebenso wenig an die von ihr ursprünglich darin vermuteten Gänse und Schweine. Auch Blutwurst hatte es schon lange nicht mehr zum Abendessen gegeben, Gott sei Dank.

Doch dann kam jener Abend, an dem der Vater in freudig aufgekratzter Stimmung erklärte, dass es nun bald wieder so weit sei. Dass es wieder losgehen könne mit dem Wursten und dem Gänsestopfen. Schöne Gänse würde er bekommen und auch frisches Schweineblut und all die anderen nötigen Zutaten für die Blutwurst.

Marie hatte zwar schon eine spezielle Technik entwickelt, Speisen, die sie nicht mochte, einfach hinunterzuschlucken, ohne sie vorher klein zu kauen. Aber bei der Blutwurst würde sie sich auf diese Technik nicht verlassen können. Zu sehr ekelte es sie schon allein beim Gedanken an Schweineblut.

Unwillkürlich warf sie einen schnellen Blick auf den Spalt zwischen Banklehne und Wand, in den sie schon einmal Blutwurstscheiben hatte verschwinden lassen.

»Du freust dich doch auf die Gänseleber, oder?«, fragte der Vater die Mutter und seine Augen flackerten dabei wie von unruhigem Wind aufgewühlte Glut.

»Ja sicher, du machst doch auch wieder Pastete?«, fragte die Mutter und in ihre Stimme schien Bewegung gekommen zu sein, sie hatte sich in sanfte Wellen gelegt, die in einem leichtem Auf-und-ab-Singsang auf den Vater zurollten.

Marie ängstigte der flackernde Blick des Vaters in gleicher Weise wie die in Wallungen geratene Stimme der Mutter.

Der Blick des Vaters haftete auf Marie, während er die Frage der Mutter beantwortete. »Selbstverständlich. Die Pastete ist doch die Krönung. Diesmal sollte sie besonders fettreich werden. Und diesmal …«, er hielt kurz inne, um seinen Blick mit voller Aufmerksamkeit von Maries Gesicht auf deren Hände und von den Händen wieder zurück auf das Gesicht gleiten zu lassen, »... diesmal wird mir das Kind dabei helfen. Es soll die Gänse schön festhalten.«

Marie war wie betäubt, kein Wort wollte aus ihr herauskommen. Sie dachte, nun auch nicht mehr kauen und das, was sie schon im Mund hatte, hinunterschlucken zu können.

»Na, dir sind wohl die Worte im Hals stecken geblieben? Oder ist es gar das Essen? Müssen wir etwa nachhelfen wie bei den Gänsen?«, redete der Vater belustigt weiter. Wie es schien, war er jetzt erst richtig in Fahrt gekommen, als er die Schreckstarre des Kindes wahrgenommen hatte.

»Du wolltest es doch so, oder etwa nicht?«, fuhr er fort. »Du wolltest doch unbedingt wissen, was sich in dem zweiten Kellerabteil abspielt, und jetzt sollst du es erfahren.«

In Maries Kopf begann sich alles zu drehen, Bilder und Wortfetzen lösten einander ab, sie sah das Spiegelbild der zwischen den Beinen des Vaters knienden Mutter vor sich, dann hörte sie die Stimme des Vaters, der die Mutter anschrie, sie solle schon machen, sonst müsse er ihr den Mund stopfen wie den Gänsen, sie hörte seine Stimme, wie sie zu ihr, Marie, sagte, das wäre erst der Anfang gewesen und sie würde schon noch sehen.

»Am Wochenende kommen die Gänse, da beginnen wir dann mit dem Stopfen«, sagte er, nun wieder der Mutter zugewandt. »Die Käfige habe ich schon besorgt, die stehen bereits im Keller unten.«

»Und wann sind sie dann soweit?«, fragte die Mutter.

Mit »sie« meinte die Mutter die Gänse, so viel war Marie klar, was sie jedoch mit »soweit« meinte, konnte das Mädchen nur erahnen.

»Du meinst«, und nun sah der Vater wieder Marie an und lachte dabei, »du meinst, wann wir ihnen den Kopf abschneiden?«

Was der Vater nun weiter sagte, hörte Marie nicht mehr, etwas in ihr hatte aufgehört ihm zuzuhören, etwas in ihr war aus ihr herausgeflogen, wie damals, als der Vater ihren Kopf in die Klomuschel getaucht und sie dort festgehalten hatte, und wie an jenem Nachmittag, als er sie im Keller mit seinem Gürtel halb ohnmächtig geprügelt hatte. Wie damals fand Marie nun auch wieder Zuflucht in diesem zweiten Wesen, das allein ihr gehörte, zu ihr gehörte, das fliegen konnte, aus ihr herausfliegen konnte, das unsichtbar war, und das sie vor der schlimmsten Verzweiflung bewahrte.

Der Samstag kam und mit dem Samstag kamen die Gänse. Sie kamen in einem Lieferwagen, Marie hatte das Herannahen des Fahrzeugs schon von Weitem gehört.

Sie war schon sehr geübt und konnte blitzschnell die Bücher aufstapeln, auf die sie sich stellte, um vom Fenster auch hinunter und nicht nur auf den Himmel hinauf sehen zu können.

Die Allee, die zum Haus führte und die sie von ihrem Fenster aus überblicken konnte, war nur wenig befahren. Eigentlich war der einzig Motorisierte, der sich dem Haus regelmäßig näherte, der Vater.

Der Lieferwagen fuhr nun ganz nah an die Haustür heran, und da war auch schon der Vater zur Stelle. Der Lenker des Transporters stieg aus und öffnete die Schiebetüren, dann verschwanden die Oberkörper der beiden Männer im Inneren des Wagens. Als Marie sie wieder aus dem Auto auftauchen sah, hielt jeder von ihnen zwei Gänse, in jeder Hand eine. Sie hatten sie am Hals gepackt, knapp unter dem Kopf und verschwanden damit im Haus.

Kurz darauf waren die beiden Männer wieder beim Lieferwagen ohne die Gänse, sie hatten sie wohl in die Käfige in den Keller gebracht. Derselbe Vorgang wiederholte sich.

Marie schloss daraus, dass nun acht Gänse im Keller sein mussten.

Schnell verstaute Marie die Bücher wieder im Schrank. Dann horchte sie angestrengt, ob denn nicht von unten Gänsegeschnatter zu hören war. Aber es war absolut kein Geräusch zu vernehmen. Der Lieferwagen war schon längst wieder außer Hörweite, und selbst den Standort der Eltern konnte sie akustisch nicht ausmachen. Wahrscheinlich waren sie alle beide im Keller bei den Gänsen und hatten die Türen und Fenster fest verschlossen. Marie erinnerte sich wieder an die Worte des Vaters, die er im Keller an sie gerichtet hatte: »Schreien nützt dir nichts, hier hört dich keiner.«

Die Mauern, die Türen und auch die Fenster des Kellers mussten demnach schalldicht sein. Die Eltern trafen offensichtlich alle notwendigen Maßnahmen, um zu verhindern, dass irgendjemand aus der Nachbarschaft oder ein ungebetener Gast etwas von dem, was sich im Keller zutrug, mitbekäme.

Es wurde Abend. Der Schatten, den das Haus auf die Allee warf, war schon, wenn man vom Haus zu zählen begann, beim fünften Baumpaar angelangt. Ein untrügliches Zeichen für Marie, dass sich die Eltern nun bald bemerkbar machen würden, weil es Zeit zum Abendessen war. »Pünktlichkeit ist die Höflichkeit der Könige«, hatte die Mutter schon oft gesagt, und das auch im Zusammenhang mit der strikten Einhaltung ihrer Essenszeiten. Für das Abendessen würden die Eltern sogar wichtige Tätigkeiten im Keller unterbrechen, dessen war Marie sich sicher.

Das Mädchen hatte schnell gelernt, sich an äußeren Vorgängen, an den akustischen wie an den optischen Eindrücken, zeitlich zu orientieren: Nach dem ersten Krähen des Hahnes – Marie wusste nicht, woher dieses Krähen eigentlich kam, sie hatte auch noch nie einen Hahn in der Nähe gesehen – dauerte es nie lange, bis der Vater das Motorrad startete, bis das Motorengeräusch mit zunehmender Entfernung des Fahrzeugs immer leiser wurde und dann überhaupt verstummte.

Das war der Moment, an dem Marie erleichtert durchatmete, denn der Vater war weg.

Das Klappern des Geschirrs, das die Mutter, gleich nachdem der Vater gefrühstückt hatte, abwusch, abtrocknete und in den Schrank zurückstellte, kündigte Marie wiederum an, dass die Mutter nur wenige Augenblicke später in ihrem Zimmer erscheinen würde und es Zeit war, aufzustehen, und zwar unverzüglich, denn, wie die Mutter meinte, der Tag wolle genützt werden.

Zu Mittag war es dann das Geläute der Kirchenglocken, das vom nahen Dorf kam, und selbst bei geschlossenem Fenster in Maries Zimmer zu hören war und sie daran erinnerte, dass die Mittagssuppe bereitstand, nur für sie und die Mutter, denn der Vater kam immer erst am Abend von der Arbeit zurück. Das Mittagessen bestand zumeist aus einer Art Gemüsebrühe, einer Grießsuppe oder einer dicken Rahmsuppe mit Brotschnitten.

Marie hatte sich auch diesmal nicht geirrt: Noch ehe der Hausschatten über das sechste Baumpaar geklettert war, hörte sie schon die Schritte und Stimmen der Eltern, die sich vom Keller her näherten.

»Holst du das Kind, Helmut?«, hörte Marie die Mutter fragen, »In der Zwischenzeit richte ich das Essen.«

Als gleich darauf der Vater in Maries Zimmer stand, war sie auf alles gefasst, auch auf die folgenden Worte des Vaters: »Heute ist es soweit. Nach dem Abendessen kommst du mit in den Keller. Die Gänse wollen schließlich auch gefüttert werden. Und zwar ordentlich! Du wolltest sicher immer sehen, wie das geht, und diesmal wirst du mithelfen.«

Der Mann hatte offenbar seine helle Freude an den Gänsen und der bevorstehenden Fütterung, denn seine Stimme schien eine Tonlage höher gerutscht zu sein, ebenso wie sein Lachen.

»Und jetzt komm, mach schnell, wir haben heute noch eine Menge vor!«, sagte er und war auch schon auf dem Weg hinunter in die Wohnküche.

Mit jeder Stufe tiefer hinunter in den Keller verstärkte sich Maries mulmiges Gefühl, es schwoll so sehr an, dass sie sich sogar hilfesuchend an die Mutter wandte: »Kommst du mit, Mutter?«, rief sie noch von der letzten Kellerstufe hinauf, jedoch vergeblich, nicht einmal eine Absage erreichte sie, die Mutter blieb stumm und fern.

Noch zu gut konnte sich das Mädchen an die Angst und die Schmerzen erinnern, die ihr der Vater beim letzten Aufenthalt im Keller zugefügt hatte. Diesmal würden die Gänse leiden müssen, ihnen würde das Maul gestopft werden, so hatte es der Vater doch vorausgesagt, und Marie sollte ihn dabei unterstützen.

»Sieh sie dir gut an!«, sagte der Vater, als sie das Kellerabteil betraten und Maries Blick sofort auf die acht mit Eisenstäben vergitterten Käfige fiel, einer dicht neben dem anderen, gerade groß genug, dass eine einzige Gans darin Platz fand, sich jedoch in diesem Gefängnis keinen einzigen Zentimeter bewegen konnte, weder nach links noch nach rechts, nicht vor und nicht zurück. Nur die Hälse reckten die Gänse zwischen den Gitterstäben weit heraus – Marie hätte nie gedacht, dass Gänse so lange Hälse haben –, doch auch das nütze ihnen nichts, ihre Körper waren in den Käfigen gefangen, sie waren der Willkür des Vaters ausgesetzt.

Dann erst nahm Marie ein Gerät wahr, das auf dem Tisch in der Mitte des Abteils stand, und daneben, in einem großen Eimer sah sie eine gelblichbraune Masse, die nach Teig aussah, daneben ein Eisenrohr, an dem man bei näherer Betrachtung erkennen konnte, dass es im Inneren mit Kunststoff beschichtet war.

»Was du dir da gerade so genau anschaust, werden die Gänse fressen. Fressen müssen«, sagte der Vater mit Blick auf den Eimer. »Willst du auch etwas davon haben?«

Marie schüttelte den Kopf. »Was ist das?« fragte sie und deutete auf die Masse in dem Eimer.

»Mais und Schweineschmalz, wenn du es genau wissen willst. Diese Masse werden wir den Gänsen vier Mal täglich in die Mägen pumpen, drei Wochen lang, bis ihre Lebern das fünffache an Gewicht zugelegt haben.«

»Und dann?«, presste Marie hervor.

»Das hab ich dir doch schon gesagt. Hast du wieder nicht aufgepasst? Also? Sag es mir! Was dann?«

Marie schwieg, ihr Blick sprang zwischen den Gänsen und dem Mastfutter hin und her, ihr war, als ob ihre Gedanken und ihr Fühlen zu Eis gefrieren würden.

»Nun sag schon!«, drängte der Vater. »Was mache ich denn dann mit den Gänsen?«

»Du schneidest ihnen die Köpfe ab«, antwortete Marie, oder besser gesagt, antwortete irgendetwas aus ihr heraus, ganz automatisch, ohne ihr Zutun, wie ferngesteuert.

»Na, geht doch«, sagte der Vater und zwinkerte Marie zu. Das Zwinkern machte dem Mädchen dieselbe Angst wie das Grinsen.

Marie wunderte sich, dass die Gänse in dieser misslichen Lage alles lautlos über sich ergehen ließen, ja, dass sie keinen einzigen Ton von sich gaben.

»Ha, jetzt wunderst du dich wohl, dass die Gänse nicht schnattern?« Der Vater schien Maries Gedanken erraten zu haben. Bevor sie noch etwas sagen konnte, spürte sie die Hand des Mannes auf ihrem Mund, der Vater presste seine Hand so fest auf ihren Mund, dass Marie schon fürchtete, er würde ihr die Zähne zerbrechen. »Und, kannst du jetzt etwa schreien?«

Marie traten die Tränen in die Augen, sie versuchte, den Kopf zu schütteln.

Der Vater nahm die Hand von ihrem Mund.

»So einfach geht das«, redete er weiter, »und nun sieh dir die Schnäbel der Gänse an, schau genau hin!«

Da sah Marie nun auch die Gummibänder, die die Schnäbel der Gänse fest verschlossen hielten.

»Jetzt lös das Gummiband vom Schnabel der ersten Gans, und achte darauf, dass du ihr sofort mit deiner Hand den Schnabel zuhältst, sobald der Gummi weg ist. Ich mag kein Geschnatter hören«, sagte der Vater, und Marie wusste, dass sie seiner Anordnung Folge leisten musste, wollte nicht sie Opfer seiner unberechenbaren Gewalt werden. Wieder hörte sie in ihrem Kopf, was der Vater der Mutter angedroht hatte an jenem Freitagabend, an dem er die Mutter so arg zugerichtet hatte: Sie solle tun, was er von ihr verlangte, sonst würde er ihr den Mund stopfen müssen wie den Gänsen. Das würde er dann wohl auch mit ihr, mit Marie, machen, wenn sie ihm nicht gehorchte.

Marie hielt also mit der einen Hand der Gans den Schnabel fest zu, mit der anderen entfernte sie den Gummiring, er ließ sich unerwartet einfach zur Schnabelspitze hin abrollen.

Der Vater hatte inzwischen das Rohr an eines der Geräte auf dem Tisch angeschlossen und den Bauch der Maschine mit der Mais-Schweineschmalz-Mischung aus dem großen Eimer gefüllt.

Nun steckte er noch das Stromkabel in die Steckdose und sagte: »Also, pass gut auf! Du musst schnell sein: Sobald ich die Maschine einschalte, reißt du der Gans den Schnabel so weit auf, dass ich ihr das Rohr weit hineinschieben kann. Verstanden?«

Marie nickte.

»Die Maschine pumpt ihr dann die exakt richtige Menge Futter in den Magen. Das dauert nur ein paar Sekunden. Sobald das Brummen, das du gleich hören wirst, verstummt, drückst du der Gans den Schnabel so fest zusammen wie du nur kannst und verschließt ihn sofort wieder mit dem Gummiband. Verstanden? Dann kann sie nicht schreien, und, was noch wichtiger ist, sie kann auch das Futter nicht mehr herauskotzen. Deine zarten Finger sind ja wie geschaffen für diese Feinarbeit«, sagte er mit einem beinahe zärtlichen Unterton in der Stimme.

»Genau dasselbe machst du dann gleich anschließend mit den anderen sieben Gänsen«, befahl er ihr, dann schaltete er die Maschine ein.

Der Sommer schritt voran. Für Marie machte es keinen Unterschied, welche Jahreszeit gerade war, denn sie hielt sich ohnedies ausschließlich im Haus auf, allzeit bereit, dem Vater beim Gänsestopfen zu helfen. Das erste Mal schon am frühen Morgen, gleich nach dem Hahnenschrei, das zweite Mal am späten Vormittag, das dritte Mal irgendwann am Nachmittag und das letzte Mal kurz nach dem Abendessen. Der Vater kam während dieser Wochen extra zwei Mal während des Tages zum Gänsestopfen nach Hause, um gleich darauf, wenn sie fertig damit waren, wieder wegzufahren.

Marie wunderte sich, dass diese Arbeit zumindest tagsüber nicht auch die Mutter verrichten konnte, es war doch nicht so schwer, die Futtermasse in die Maschine einzufüllen, das Rohr dann in die Gänsehälse zu stecken und die Maschine einzuschalten. Den Rest erledigte doch ohnehin sie, Marie. Aber anscheinend wollte sich der Vater diese Arbeit nicht aus der Hand nehmen lassen, so wichtig schien sie ihm zu sein, und so großen Spaß schien sie ihm zu machen.

Zwischen Marie und die Gänse hatte sich bereits bei der ersten Zwangsfütterung so etwas wie eine unsichtbare Wand geschoben, die es dem Kind überhaupt erst ermöglichte, diese Tätigkeit zu verrichten. Immer wenn sie diese Wand durchdrang hörte sie auf, Marie zu sein, das Mädchen Marie blieb auf der anderen Seite, und das Mitgefühl mit den Gänsen prallte an der Wand ab. Es war nicht sie, die die Gänseschnäbel öffnete und nach dem Einpumpen der Nahrung fest zupresste. Es waren nur ihre Hände. Und was ihre Hände da jenseits der Wand mit den Gänseschnäbeln, akkurat und selbst zur Maschine geworden, anstellten, war reine Mechanik, mit dem Auftrag, diese Tätigkeit fehlerlos zu verrichten, damit sich der Zorn des Vaters nicht über sie entlud.

Doch das Dunkel der Nacht löste die Wand zwischen ihr und den Tieren auf, in Maries Fantasie sahen die Augen der Gänse sie dann vorwurfsvoll an, Augen, die in ihrer Verzweiflung aus den Höhlen hervorquollen. Marie dachte an die Gänsemägen, die doch bei dieser Menge an Futter bald platzen müssten, und sie dachte an das Ende der drei Wochen, das immer näher und näher kam und für die Gänse den sicheren Tod bedeuteten würde. Es sei denn, sie würde sie retten.

In ihrer nächtlichen Vorstellung schlich sich Marie hinunter in die Küche, holte aus der Kredenzlade den Kellerschlüssel, stahl sich hinunter, sperrte die Tür zum Kellerabteil auf, schlich weiter zu den Käfigen, öffnete die Haken, mit denen die Käfigtüren verriegelt waren, hob die Gänse heraus, trug sie eine nach der anderen in die Küche, öffnete das Küchenfenster und entließ sie in die Freiheit.

Soweit erschien das alles durchführbar. Doch dann? Der Zorn des Vaters wäre grenzenlos, wahrscheinlich würde er Marie anstatt der Gänse den Kopf abschneiden. Und diese letzte Überlegung war es auch, die sie bislang davon abgehalten hatte, ihre nächtlichen Gedanken in die Tat umzusetzen.

Es kam die Nacht, die für die Gänse die letzte sein sollte.

Der Vater hatte beim Abendessen verkündet, dass es am nächsten Tag so weit sein würde, dabei hatte er Marie zugezwinkert und sie lachend in die Wange gekniffen. Dann hatte er noch gesagt: »Heute bekommen sie ihre Henkersmahlzeit«.

In jener Nacht ließen die Gänseaugen, die sich durch die Finsternis tief in Maries Herz bohrten, das Mädchen keine Ruhe finden. Die Vorstellung, dass der Vater schon am kommenden Tag alle acht Gänse töten würde, versetzte Marie in einen seltsamen Zustand. Die Angst war mit einem Mal von ihr gewichen, ebenso die Sorge, was mit ihr passieren würde, wenn sie ihren Plan in die Tat umsetzte. Sie musste die Gänse vor dem sicheren Tod bewahren!

Also tat sie, was sie in ihren Nachtgedanken schon so oft geprobt hatte. Beinahe lautlos öffnete sie ihre Zimmertür, ebenso geräuschlos schlich sie die Stufen hinunter, die Küchentür stand offen. Sie nahm den Kellerschlüssel aus der Kredenzlade, die Lade ließ sie offen, sie würde sie erst wieder schließen, wenn alles geschafft war. Dann huschte sie die Kellerstufen hinunter, durchquerte ohne Licht einzuschalten auf Zehenspitzen den ersten Kellerraum, und selbst die Kälte des Steinbodens spürte sie nicht. Oben im Haus hatte sie noch genug gesehen, weil durch die Fenster gerade noch so viel Licht gefallen war, dass Marie sich orientieren und sich, ohne an irgendwelche Gegenstände anzustoßen, bewegen konnte. Als sie aber unten im Keller war, war es dort so dunkel, dass sie die Tür nicht finden konnte, die in den Raum mit den Käfigen führte. Also beschloss Marie, das Licht einzuschalten, nur so kurz, um aufsperren und ins Kellerabteil mit den Gänsen gelangen zu können.

Kaum hatte sie die Tür geöffnet und das Licht wieder abgedreht, spürte sie einen derart festen Griff um ihren Hals, dass sie glaubte, auf der Stelle ersticken zu müssen. Gleichzeitig wurden ihre Augen von grellem Licht geblendet. Es war das Licht einer Taschenlampe, mit der ihr der Vater direkt in die Augen leuchtete.

»Ich hab es gewusst«, zischte er ihr ins Ohr. »Man kann dir nicht trauen, du kleine Hexe! Du dumme Zigeunerin! Aber du hast einen großen Fehler gemacht, du hast deine Zimmertür offenstehen lassen. Damit hast wohl nicht gerechnet, dass ich aufs Klo gehe, genau zur rechten Zeit!«

Er lachte hell auf und versetzte Marie dabei mit dem Knie einen so heftigen Stoß in den Rücken, dass sie gegen den Holzbock mit der darin eingeschlagenen Hacke prallte. Doch damit nicht genug, der Vater packte sie an den Haaren, zog sie hoch und warf sie dann mit aller Gewalt auf den Boden.

Marie musste eine Zeit lang bewusstlos dagelegen sein, denn als sie die Augen öffnete und nichts außer Dunkelheit um sie herum war, konnte sie sich vorerst nicht erklären, wo sie sich befand und wie sie an diesen Ort gekommen war. Erst nach und nach kam die Erinnerung zurück wie dunkle Schatten, und nach und nach spürte sie die ziehenden Schmerzen im Rücken, den Druck im Kopf und einen dumpfen Schmerz im rechten Fuß. Sie wollte aufstehen, doch es gelang ihr nicht, sie konnte den Fuß nicht bewegen.

Sie würde hier ausharren müssen, jedenfalls bis zum Morgen, niemand, weder Vater noch Mutter würden sie holen, und nun spürte sie auch die Kälte des Steinbodens und sie fühlte, wie die Kälte in sie hineinkroch, ganz tief hinein, denn außer einem dünnen Nachthemd trug sie nichts am Leib, was sie hätte wärmen können. Sie rief ihren Schutzengel an, die zweite Marie, die ihr doch bislang immer zu Hilfe gekommen war, sie flehte sie um Beistand an, aber es war vergeblich. Diesmal blieb sie alleine mit ihrer Angst, der Kälte und den Schmerzen.

Sie dachte schon, dass sie plötzlich das Schnattern der Gänse hören konnte, erkannte aber, dass sie selbst es war, die dieses Geräusch hervorbrachte. Es waren ihre eigenen Zähne, die außer Kontrolle geraten waren und unentwegt aufeinanderschlugen, ohne dass sie es verhindern konnte.

Eine Angst überkam sie, die sie bisher in dieser Heftigkeit noch nicht kennengelernt hatte: die Todesangst. Denn mit dem Ende der Nacht würde das Schlachten der Gänse seinen Anfang nehmen. Und nun schien es Marie auch möglich, mehr noch, es war für sie wahrscheinlich, dass der Vater nicht nur den Gänsen, sondern auch ihr den Kopf abschneiden würde. Er machte ganz sicher keinen Unterschied mehr zwischen ihr und den Gänsen, und es würde ihm sogar noch Spaß machen.

Dann spürte Marie, dass irgendetwas sie wegeschwemmte. Eine heiße Welle erfasste sie. Es war eine Fieberwelle, die sie schlussendlich aus der Realität des kalten Kellerbodens für mehrere Stunden, oder waren es Tage, in eine andere, eine bewusstlose Welt beförderte. Die Fieberwelt war beileibe nicht das Paradies, aber zumindest eine erträglichere Welt als jene, in der Marie sich tatsächlich befand.

Als Marie aus dem Fieber erwachte, erkannte sie das Gesicht der Mutter, die sich über sie beugte, und daneben das Gesicht eines Mannes, der nicht der Vater war. Diesen Mann kannte sie nicht.

»Wann ist das Unglück passiert?«, hörte Marie den Mann die Mutter fragen.

»Irgendwann gestern Nacht muss es gewesen sein. Sie ist wieder einmal einfach aufgestanden und im Dunkeln herumgewandert, dabei muss sie wohl über die Kellerstiege gestürzt sein. Es ist ja nicht das erste Mal, dass sie schlafwandelt. Wir haben sie dieses Mal erst in der Früh gefunden, nachdem wir sie gesucht haben, weil ihr Bett leer war. Ach, dieses Kind!«, sagte die Mutter mit einem weinerlichen Ton in der Stimme.

»Sie sollte für ein paar Tage ins Krankenhaus. Zur Beobachtung. Das Mädchen hat ja noch großes Glück im Unglück gehabt. Außer eine Gehirnerschütterung, den Schürfwunden im Gesicht, den Prellungen an den Schultern und am Rücken und dem verstauchten Fuß dürfte nichts Ärgeres passiert sein. Aber trotzdem …«

»Ach, Herr Doktor«, unterbrach ihn die Mutter, »wir sollten Marie das Krankenhaus ersparen. Sie wissen ja, sie hat in ihrem kurzen Leben schon so viel ertragen müssen, und hier zu Hause kann ich doch rund um die Uhr für sie da sein.« Marie spürte die Hand der Mutter auf ihrem Kopf, sie strich ihr über die Haare, während sie auf den Arzt einredete.

»Und sie wissen ja, Herr Doktor, im Krankenhaus stellen sie tausend Fragen, die Fürsorge wird sich dann womöglich auch noch einschalten, das sind doch alles unnötige Unannehmlichkeiten. Sollten bei dem Kind irgendwelche Komplikationen auftreten, melde ich mich natürlich sofort bei Ihnen. Das ist doch selbstverständlich.«

»Ich komme morgen Vormittag wieder bei Ihnen vorbei«, war das Einzige, was der Doktor entgegnete, bevor er Maries Zimmer verließ. Die Mutter folgte ihm.

In Maries Kopf war unterdessen völlige Klarheit eingekehrt. Es war, als ob das Fieber alle Nebel mit sich genommen hätte. Nichts mehr trübte den Blick auf die falschen Liebesgesten der Mutter, die sie nur zu spüren bekam, wenn es Zuschauer gab, denen die Frau die liebende Mutter vormachen wollte.

Aber weshalb hatte die Mutter dann überhaupt einen Arzt kommen lassen, wenn sie sich nicht um Marie sorgte? War der Vater diesmal sogar für die Mutter zu weit gegangen? War es denn möglich, dass die Mutter diesmal womöglich auf ihrer Seite war? Marie misstraute auch diesem Hoffnungsgedanken schnell wieder, ein Gedanke, der wohl mehr Wunsch als Wirklichkeit war.

Marie hörte, wie unten ein Auto gestartet wurde und es sich entfernte. Der Arzt war also weg. Morgen würde er wiederkommen. Bis morgen konnten sie ihr daher nichts mehr antun. Bis morgen zumindest würde sie in Sicherheit sein.

Dann kam die Mutter auch schon wieder ins Zimmer, sie blieb am Fußende des Bettes stehen, und sah Marie streng an. Ihre Hände blieben unbewegt.

»Jetzt hör mir gut zu«, sagte sie und ihre Stimme klang eiskalt, »wenn dich jemand fragt, woher du deine Schwellungen und die blauen Flecken am Körper hast, weißt du, was du zu sagen hast?«

Marie nickte.

»Was sagst du dann? Ich hab nichts gehört!« Die Mutter wollte sich mit dem Kopfnicken nicht zufriedengeben.

»Dass ich die Stufen hinuntergefallen bin«, presste Marie heraus.

»Wann?«, fragte die Mutter weiter.

»In der Nacht«, antwortete Marie.

»Da fehlt noch was! In der Nacht! Das ist zu wenig! Was hast du denn gemacht in der Nacht? Ich hab es doch vorhin dem Doktor gesagt!« Jetzt klang die Stimme der Mutter ungeduldig und fordernd.

»Im Schlaf bin ich herumgegangen«, sagte Marie, die sich genau an die Worte der Mutter erinnerte: Es ist nicht das erste Mal, dass sie schlafwandelt.

»So ist es. Und daran, dass es dir jetzt nicht gut geht, bist alleine nur du schuld. Du weißt doch, was geschieht, wenn du unfolgsam bist und den Vater herausforderst.«

Mit diesen Worten verließ die Mutter das Zimmer und kam erst Stunden später wieder, diesmal mit einem Teller voll Rahmsuppe und einer großen Tasse Tee.

»Iss und trink das jetzt«, sagte sie, »schließlich musst du in ein paar Tagen wieder auf den Beinen sein. Am kommenden Montag beginnt die Schule, und da sollte man dir von deinem Unfall nichts mehr ansehen.«

Die Schule. Dieses Wort machte Marie Hoffnung. Das Wort Schule bedeutete, dass sie das Haus verlassen durfte, jeden Tag würde sie es verlassen können, es bedeutete auch, dass es neben den Pflegeeltern noch andere Menschen gab, mit denen Marie täglich zu tun haben würde, andere Kinder, Lehrer, es würde immer jemand da sein, vor dem die Mutter Theater spielen würde, die Mutter würde sich schöne Kleider anziehen und Marie in der Öffentlichkeit über die Haare streichen.

Es war dem Mädchen wohl bewusst, dass die Mutter all das nicht aus Liebe zu ihr tun würde, aber tun würde sie es. Und Marie freute sich darauf.

Es war Sonntag, und nur noch dieser eine Tag und die darauffolgende Nacht trennten Marie von dem neuen Lebensabschnitt, den sie sich so sehr herbeisehnte. Der Himmel würde ab dem ersten Schultag nicht mehr auf ein fenstergroßes Viereck begrenzt sein, die Welt würde nicht mehr ausschließlich aus ihrem Zimmer im Haus der Pflegeeltern bestehen. Die Luft um sie herum würde nach Freiheit riechen. Für Marie war die Vorstellung von Schule gleichbedeutend mit jener von Freiheit.

Das Mädchen hatte sich erstaunlich schnell erholt, die Blessuren im Gesicht waren kaum noch zu erkennen, sie konnte auch wieder auf den verstauchten Fuß auftreten, selbst wenn es noch etwas schmerzte. Die Blutergüsse an ihrem Körper waren unter der Kleidung nicht zu sehen.

Die Schule hatte Bewegung ins Haus gebracht, die ihr, Marie galt: Schon am frühen Morgen hatte die Mutter Maries blauen Faltenrock und die weiße Bluse gewaschen, die Kleidungsstücke baumelten bereits gemeinsam mit Vaters Hemden auf der Wäscheleine im Garten hinter dem Haus.

Dann brachte sie Marie auch noch die frisch polierten Halbschuhe ins Zimmer, die das Mädchen im vergangenen Frühjahr zuletzt getragen hatte. Sie solle sie anprobieren, sagte die Mutter, und dann solle sie üben, mit den Schuhbändern eine schöne feste Masche zu binden, im Frühjahr hätte sie das ja schon gekonnt.

Die Schuhe drückten auf die Fersen und auch auf die Zehen. »Für zwei Monate wird es schon noch gehen«, meinte die Mutter dazu und seufzte, »dann müssen wir dir ohnehin Winterschuhe kaufen.«

In zwei Monaten sollte sie sogar neue Schuhe bekommen! Das war für Marie der endgültige Beweis dafür, dass der Schulbeginn ein Wendepunkt in ihrem Leben sein würde.

Der Höhepunkt des Tages kam für Marie jedoch nach dem Abendessen, vor dem Zubettgehen. »Bleib noch sitzen«, sagte die Mutter zu Marie, verließ kurz die Küche und kam mit einer Schultasche wieder, einer richtig großen Schultasche aus braunem Leder, mit Tragriemen und zwei goldfarbenen Verschlüssen auf der Vorderseite. Sie stellte die Schultasche auf die Eckbank, öffnete sie, und Marie sah mit großen Augen zu, wie die Mutter daraufhin den gesamten Inhalt, Stück für Stück, auf den Tisch legte: Ein Federpennal mit einer Füllfeder, zwei Bleistiften und einigen Buntstiften drinnen, des Weiteren ein Lineal, einen Radiergummi und einen Bleistiftspitzer, und dann noch drei Hefte, die auf den ersten Blick gleich aussahen. Als die Mutter sie jedoch öffnete, sah Marie die Unterschiede: eines war liniert, das andere kariert, und das dritte bestand aus weißen Blättern ohne irgendein Muster. In dieses Heft war ein loses Papierblatt mit dicken schwarzen Linien eingelegt. »Das ist ein Linienspiegel«, sagte die Mutter, und Marie hatte natürlich keine Ahnung wozu ein Linienspiegel gut sein sollte, aber das war ihr in diesem Augenblick auch völlig egal.

Ihr Herz hüpfte vor Freude bis zum Hals. All das sollte ihr gehören? All das bedeutete also Schule?

»Wir erwarten von dir«, die Mutter hatte ›wir‹ gesagt, obwohl der Vater schon längst ins Wohnzimmer gegangen war, »dass du auf deine Schulsachen Acht gibst, mit größter Sorgfalt damit umgehst, immer Ordnung in deiner Schultasche hältst und nichts verlierst. Ist das klar? Und dass du dich in der Schule einwandfrei verhältst, ist wohl selbstverständlich. Wir wollen keine Klagen hören.«

»Ja, Mutter«, beeilte sich Marie zu antworten.

»Da fehlt noch etwas«, sagte die Mutter und sah Marie streng an. »Wie sagt man, wenn man etwas bekommt? Noch dazu, wenn man so viel bekommt wie du heute?«

»Danke, Mutter«, sagte Marie schnell und wäre vor Freude der Mutter das erste Mal im Leben am liebsten um den Hals gefallen. Aber das würde die Mutter niemals dulden.

»Jetzt kannst du selbst alles wieder ordentlich in die Schultasche packen, dann weißt du auch genau, wo du die jeweiligen Dinge findest«, sagte die Mutter, und Marie genoss es, ihre Sachen in den eigenen Händen zu spüren, bevor sie sie wieder in der Schultasche verschwinden ließ.

Am nächsten Morgen war Marie schon wach, bevor der Hahn zum ersten Mal krähte, der Nachthimmel in den Taghimmel überging, und der Vater das Motorrad startete.

So voller Erwartung war Marie, dass der Schlaf einfach keinen Platz mehr hatte.

Als die Mutter endlich ins Zimmer kam, mit dem frisch gebügelten Faltenrock und der Bluse über dem Arm, saß Marie schon auf dem Bett, bereit aufzuspringen, dem Tag in die Arme zu springen.

»Mach dich erst einmal im Bad fertig!«, sagte die Mutter, als Marie schon nach Rock und Bluse greifen wollte. »Dann komm gleich hinunter zum Frühstücken, und erst bevor wir weggehen, ziehst du dich an. Sonst bekleckerst du womöglich noch die weiße Bluse!«

Auch die Mutter schien Marie noch eine Spur adretter gekleidet als sonst, als sie mit ihr das Haus verließ. Der Weg zur Volksschule führte durch die Allee, und dann zeigte die Mutter Marie eine Abkürzung ins Dorf, die über einen Waldweg führte.

»Pass gut auf und präge dir den Weg genau ein. Ich werde dich nicht jeden Tag zur Schule begleiten. Nach einer Woche musst du selbst hin und auch wieder heim finden.«

Wieder machte Maries Herz einen Freudensprung. Sie würde alleine unterwegs sein dürfen, im Wald, oder wo immer es ihr gefiel. Niemand würde sie dabei beobachten oder aufhalten.

»Ich merke mir den Weg ganz genau, Mutter«, sagte Marie artig und ohne sich die übergroße Freude anmerken zu lassen, um die Mutter ja nicht von ihrem Vorhaben abzubringen, sie alleine in die Schule und wieder nach Hause gehen zu lassen.

Bald kamen sie an eine Lichtung. Die Mutter sagte: »Hier musst du unbedingt links abbiegen, du siehst ja schon den Kirchturm, du kannst den Weg gar nicht mehr verfehlen«, und kurze Zeit später erreichten sie auch schon den Dorfplatz, wo sich direkt gegenüber der Kirche die kleine Volksschule befand.

Das Schulhaus war nicht zu übersehen, denn davor stand eine bunte Gruppe von Dorfkindern, Buben und Mädchen, die sich an den Händen ihrer Mütter festklammerten und sie gar nicht mehr loslassen wollten. Diese Kinder schienen die Schule zu scheuen, während bei Marie gerade das Gegenteil der Fall war. Sie sah in der Schule ihre Retterin.

Dieser Eindruck bestätigte sich umso mehr, als sie die Frau, die auf der ersten Stufe der Treppe stand, die ins Schulhaus führte, sah und reden hörte.

Es war eine feste und dennoch weiche Stimme, die die Kinder willkommen hieß und ihnen mitteilte, dass sie, die Frau Aigner, ihre Lehrerin sei, und dass die Kinder sie nicht mit ihrem Namen sondern einfach mit Frau Lehrerin ansprechen sollten. Dann sagte sie noch, dass sie sich freue, dass heute so ein schöner, sonniger Tag sei, und dass sie sich wünschte, dass die Kinder während ihrer Schulzeit auch immer so viel Sonne im Herzen hätten, wie sie gerade vom Himmel schien.

Unwillkürlich verglich Marie die Frau Lehrerin mit der Mutter. Die Lehrerin war auf jeden Fall weniger glatt. Das Gesicht war weniger glatt und auch die Kleidung und die Haare, die braun und gewellt waren wie die der Mutter, bewegten sich im Wind.

Dann sagte die Frau Lehrerin noch, dass die Kinder jetzt alleine, also ohne ihre Mütter, mit ihr kommen sollten, sie würde ihnen das Klassenzimmer zeigen, alle sollten einander heute erst einmal kennenlernen. Der Unterricht würde diesmal nicht länger als zwei Stunden dauern, informierte sie noch die Mütter, sie könnten die Kinder ja dann wieder hier abholen.

Marie verstand nicht, dass einige der Kinder leise zu weinen begannen und ihre Mütter sie erst überreden mussten, der Lehrerin ins Schulhaus zu folgen.

Zum Glück hatte die Mutter Maries Hand schon längst freigegeben, sie unterhielt sich mit der Frau, die neben ihr stand, und sprach dabei so freundlich, wie Marie die Mutter immer nur mit fremden Leuten reden hörte.

»Du hast eine schöne Schultasche«, war das Erste, was die Lehrerin zu Marie sagte, als die sich zu ihr auf die Stufe gestellt hatte, um dort zu warten, bis alle Kinder sich endlich von ihren Müttern getrennt hatten.

»Wie heißt du denn?«, fragte sie die Lehrerin dann auch noch.

»Marie«, sagte Marie, und die Lehrerin sagte: »Das ist ein sehr schöner Name.«

Und Marie war glücklich.

Von Maries Fensterplatz aus konnte sie nicht nur ein großes Stück Himmel sehen, sondern auch, wenn sie die Stirn an die Glasscheibe drückte, das Geschehen auf dem Dorfplatz beobachten. Das Allerschönste aber: Da, wo sie saß, war sie der Lehrerein von allen Kindern am nächsten.

Marie gefiel nicht nur die Lehrerin als Person, es gefiel ihr auch alles, was die Lehrerin mit den Kindern machte, und besonders freute sie sich, wenn Lesen und Schreiben auf dem Stundenplan standen. Viele der Buchstaben kannte sie schon aus den Büchern, auf die sie sich zu Hause immer gestellt hatte, um aus dem Fenster in ihrem Zimmer hinausschauen zu können. Sie hatte diese Bücher viele Male durchgeblättert und sich dabei die unterschiedlichen Formen der darin abgebildeten Buchstaben eingeprägt, auch wenn sie noch gar nicht gewusst hatte, welcher Laut zu welchem Buchstaben gehörte.

Nun wurden all diese Buchstaben lebendig. Die bislang stummen Zeichen begannen zu klingen und wenn man sie zusammenfügte, entstanden Wörter. Marie konnte schon bald viele Wörter schreiben und lesen.

Die größte Freue jedoch kam bei Marie auf, wenn die Lehrerin die Zeichenstunde verkündete und dann die Zeichenblätter austeilte, die aus einem etwas dickeren Papier waren als die Heftseiten und eine körnige Oberfläche hatten, auf der die Farben der Buntstifte besonders gut hafteten.

Auf diesen Zeichenbögen erschuf Marie jedes Mal eine eigene Welt, ihr ganz eigenes Paradies mit bunten Blumen und Schmetterlingen, Wiesen, die bis zum Horizont reichten, Bäumen mit Vogelnestern in den Wipfeln, und weißen Wattebäuschen auf einem strahlend blauem Himmel. Es war ihr Paradies auf Papier, das für die Dauer der Zeichenstunde für Marie zur Heimat wurde.

Das Mädchen, das die Schulbank mit ihr teilte, hieß Brigitte, war einen halben Kopf größer als Marie und hatte zwei dicke blonde Zöpfe. Marie hätte mit diesen Zöpfen am liebsten die ganze Zeit gespielt und sie ständig in ihren Händen gehalten. In der großen Pause ließ Brigitte es sogar manchmal zu, dass Marie die Zöpfe löste, die offenen Haare dann mit den Fingern glattkämmte und sie erneut zu zwei Zöpfen flocht.

Es war an einem strahlenden Herbsttag, als Brigitte Marie fragte, ob sie nach der Schule zu ihr nach Hause mit wolle. Sie könnten gemeinsam die Hausaufgaben machen und dann spielen. Ihre Mutter hätte es erlaubt.

Maries Herz hüpfte vor Freude. Noch nie war sie von einem anderen Kind nach Hause eingeladen worden! Das Haus, in dem Brigitte wohnte, konnte sie von ihrem Platz aus sogar sehen, Brigitte hatte es ihr schon am ersten Schultag gezeigt, es befand sich auf der gegenüberliegenden Anhöhe. Bunt leuchtende Bäume säumten den Weg hinauf.

Die Freude über Brigittes Angebot ließ im Nu sogar die Angst vor Bestrafung verblassen, die zu erwarten war, wenn das Mädchen nicht zu angemessener Zeit von der Schule nach Hause kommen würde.

»Ja, ich komme mit!«, sagte Marie, ohne die Folgen dieser Entscheidung zu überdenken.

Es war kein weiter Weg, den sie zurücklegen mussten, bis sie bei Brigitte zu Hause ankamen. Brigittes Mutter empfing die Mädchen bereits vor dem Haus, Marie mochte diese Frau auf Anhieb, genauso wie sie Brigitte gleich gemocht hatte. Es gefielen ihr die gelockten Haare, die lebhafte Stimme und die bunte Schürze.

»Schön, dass du mitgekommen bist, Marie«, sagte die Frau. »Es gibt Kaiserschmarren, den magst du doch?«

»Ich kenne Kaiserschmarrn nicht«, sagte Marie, »aber ich mag ihn sicher sehr gerne.« Ein Gericht namens Kaiserschmarrn konnte nur gut schmecken, daran bestand für Marie keinen Zweifel.

Der Nachmittag bei Brigitte glich der Welt, die Marie in der Zeichenstunde so gerne auf Papier abbildete, nur gab es diese Welt nun wirklich, und nicht nur auf dem Zeichenbogen. Alles hier schien Marie hell und leicht und bunt und frei.

Erst als die Sonne im Horizont untergetaucht war und Brigittes Mutter meinte, dass es für Marie nun an der Zeit wäre, nach Hause zu gehen, wurde dem Mädchen wieder bewusst, dass Brigittes Welt ja nicht ihre eigene war und dass sie hier nur Gast gewesen war.

Es würde um diese Jahreszeit schnell gehen mit dem Finsterwerden und ihre Eltern würden sich Sorgen machen, wenn sie bei Einbruch der Dunkelheit noch nicht nach Hause gekommen sei, meinte die Frau.

»Ja, ich geh schon«, sagte Marie und hörte schon gar nicht mehr, wie Brigittes Mutter ihr nachrief: »Du findest doch den Weg, oder soll ich dich lieber begleiten?«

Marie lief den Hügel hinunter zum Dorf, vorbei an den Bäumen, die mit der Sonne zu leuchten aufgehört hatten. Sie lief so schnell sie konnte, so schnell sie atmen konnte, um dem Zorn des Vaters nicht noch mehr Zeit zu geben, anzuschwellen. Dabei wusste sie bereits, dass es viel zu spät dazu war, dass es kein Entrinnen mehr gab, und dass ihre fliegenden Schritte sie dem Vater direkt in die Arme treiben würden.

Er wartete auf sie. Marie sah ihn von der Allee aus, die zum Haus führte. Seinen Ledergürtel hatte er schon aus den Schlaufen des Hosenbundes gezogen.

Dass es diesmal so schlimm werden würde, war allerdings jenseits Maries Vorstellungskraft.

Jakob Selinger schossen tausend Gedanken durch den Kopf, als die Pfarrhoftür ins Schloss gefallen war und dieses ungewöhnliche Mädchen, das er seit nunmehr einem Monat in der ersten Klasse in Religion unterrichtete, mit ihren wenigen Habseligkeiten vor ihm stand.

Einer der tausend Gedanken, jener, der sich sofort in den Vordergrund spielte, galt Anna Forsthuber.

Der alles umfassende Gedanke jedoch galt Gott. Was führte Gott mit ihm im Schilde? Wollte Er ihn wieder einmal prüfen? Sein Gott, mit dem er schon so oft gehadert hatte, weil Er sich nicht zu erkennen geben wollte? Der ihn schon so oft hatte zweifeln, ja verzweifeln lassen, weil Er ihm keinen Beweis seiner Existenz zukommen lassen wollte, obwohl er, Jakob Selinger, sein Leben in Seinen Dienst gestellt hatte, er den Menschen von Seiner Allgegenwart, Güte und Barmherzigkeit predigte.

Und jetzt dieses Geschöpf!

Sollte dieses Kind, das er nicht wegschicken konnte, vielleicht Glück bedeuten, zumindest für Anna? Ja, sie hatte sich schon immer ein Kind gewünscht. Aber ein eigenes und bestimmt nicht ein weidwundes Tier mit offenen Wunden an Körper und Seele, wie Marie dem Pfarrer von der ersten Religionsstunde an erschienen war.

Jakob Selinger hatte sich im Laufe der Jahre an die Erkenntnis gewöhnt, nichts zu wissen. Und selbst wenn er einer Gewissheit sehr nahe war, wagte er noch immer nicht, zu »wissen«, sondern hatte sich in solchen Fällen angewöhnt, dem »wissen« ein »glauben« voranzustellen: er glaubte zu wissen.

Und so glaubte er nun zu wissen, dass der Eintritt dieses Mädchens in sein und Annas Leben eine unausweichliche Endgültigkeit besaß, dass ein neues Zeitalter angebrochen war, und das spürte er so stark, dass er gedanklich beinahe das »glauben« vergaß, und versucht war, wahrhaftig zu »wissen«.

Ab sofort, das spürte er ebenfalls, würde es neben der Zeitrechnung nach Christi Geburt für Anna und ihn auch eine Zeitrechnung nach Marie Muths Erscheinen im Pfarrhof geben. Marie würde ihnen bleiben, ob sie wollten oder nicht. Sie würde solange Teil ihres Lebens sein, bis Anna und er aus diesem Leben treten würden, wohin auch immer.

Marie war dem Pfarrer schon ab der ersten Religionsstunde in der Klasse nicht nur wegen ihrer äußeren Erscheinung aufgefallen, die so ganz anders war als die der hiesigen Kinder, sondern in vielerlei Hinsicht: Einmal legte sie den Kopf auf die Bank oder lehnte ihn an die Schulter ihrer Banknachbarin, der Brigitte Maier, und schien sich dann in einer ihr eigenen Dämmerwelt zu befinden; im nächsten Augenblick wirkte sie auf ihn übertrieben aufgeweckt, hob ständig die Hand, um zu fragen und zu fragen und zu fragen. Und das in einem Hochdeutsch, welches keines der Kinder hier sprach.

Maries Fragen waren es auch, die Jakob Selinger für ein sechsjähriges Kind so ungewöhnlich erschienen und ihn aufhorchen ließen, mehr noch, die ihm unter die Haut gingen, weil sie einen wunden Punkt in ihm berührten: Es waren Fragen, die seinen zweifelnden und von ihm bereits zum Teufel gejagten Gedanken sehr nahekamen, nur dass dieses Mädchen sie ohne jede Scheu und Gottesfurcht aussprach. Diesem Kind hatte noch niemand eingeimpft, wie es, was den Allmächtigen betraf, zu denken hätte. Noch niemand hatte Marie überhaupt vom Allmächtigen in Kenntnis gesetzt.

Und nun stand sie vor ihm, mit dem Glas Himbeersaft, das ihr Anna in die Hand gedrückt hatte, und das von hellerem Rot war als der blutunterlaufene Streifen am Oberarm. Ihrem Gesicht war nicht abzulesen, ob sie sich ängstigte, aufregte oder freute. Die Schwärze ihrer Augen ließ keine Gefühlsregung durchschimmern.

Der Blick in dieses unbeirrbare Schwarz ließ jedoch beim Pfarrer die erste Religionsstunde in Maries Klasse erneut lebendig werden, als er wortwörtlich bei Adam und Eva begonnen hatte. Und in der Erinnerung hörte er nun Maries Frage, warum er, der Religionslehrer, denn immer sagte, der »liebe Gott«. Sie verstehe das »lieb« nicht, wo Er doch nicht nur Eva, sondern auch noch Adam aus diesem schönen Garten vertrieben hat! Und das alles nur wegen eines Apfels? Wenn Gott nicht wollte, dass Eva einen Apfel aß, dann hätte er doch erst gar keine Äpfel auf den Baum hängen sollen! Wo er doch allmächtig ist und alles tun kann was er will! Und dass der Adam, der gar nichts dafür konnte, trotzdem bestraft wurde, war ungerecht, meinte sie noch. Und dass alle Menschen auf ewige Zeiten die Sünde der Eva erben sollten und diese Sünde auch noch einen eigenen Namen hatte, die »Erbsünde«, damit war Marie schon gar nicht einverstanden.

Diesen und ähnlichen Gedanken war Jakob Selinger selbst schon nachgehangen, aber nicht wie Marie als sechsjähriges Kind, sondern erst Jahre später, als es kein Zurück mehr gab, als sein Lebensweg schon vorgezeichnet war.

Dass er einmal Priester werden sollte, wurde Jakob schon sehr früh von seinen Eltern klargemacht. Er folgte auf seinem Weg zum Geistlichen demnach keiner inneren Berufung, sondern der Berufsplanung der Selingers, Eltern von vier Buben, für die es selbstverständlich war, dass für Jakob, ihren Erstgeborenen, nur eine geistliche Laufbahn in Frage kam, genauso wie von Anfang an außer Frage stand, dass der Zweitälteste den Hof übernehmen sollte.

So wäre es am besten für alle, davon waren die Selingers überzeugt, zumal diese Lösung für sie auch eine finanzielle Erleichterung mit sich brachte: Im Priesterseminar war für Kost und Unterkunft gesorgt, soviel ließ sich die Kirche den Nachwuchs wert sein. Denn wer das Priesterseminar besuchte, der sollte auch danach den Priesterberuf anstreben und ausüben. Das war ein unausgesprochenes Gesetz.

Und so war der Lebensweg für Jakob Selinger seit seinem fünfzehnten Lebensjahr, in dem er in das Borromäum, das Priesterseminar, eintrat, vorgezeichnet. Die Frage aller Fragen sollte sich ihm erst Jahre später stellen: Jene nach der Wahrhaftigkeit.

So weit in die Vergangenheit wanderten die Gedanken des Pfarrers, während sein Blick nur kurze Strecken zurücklegte, von Marie zu Anna, von Anna zu Marie. War die eine der Frauen nun schon seit mehr als zwanzig Jahren Mittelpunkt seines irdischen Lebens, so würde ihm Marie ebenfalls sehr nahe rücken, er würde auch für sie Verantwortung übernehmen und für sie sorgen, so gut er eben konnte. Aber ob er dieses ihm noch fremde Geschöpf jemals würde lieben können, wusste er noch nicht. Annas Liebe hatte das Kind schon jetzt, das sah er in den Augen seiner Lebensgefährtin. Er liebte sie. Auch für diese Liebe in ihren Augen.

Natürlich wusste Jakob Selinger als Pfarrer von Schönboden ganz genau, wer Maries Eltern beziehungsweise ihre Pflegeltern waren, auch wenn die beiden die Kirche mieden wie der Teufel das Weihwasser. Aber wahrscheinlich wusste er genau deshalb so gut über sie Bescheid, denn die schwarzen Schafe der Gemeinde fielen inmitten der augenscheinlich hellwolligen besonders ins Auge. Die Högers waren plötzlich da gewesen, vor mehreren Jahren, hatten etwas außerhalb von Schönboden ein Haus bezogen, dessen Besitzerin, verwitwet und kinderlos, verstorben war, und das zum Verkauf stand. Die beiden hatten im Dorf keine engeren Kontakte, wahrscheinlich stellte das Deutsch, das sie sprachen, schon eine Barriere dar, denn Jakob Selinger hielt es für möglich, dass die Högers, die aus dem Norden Deutschlands kamen, in den ersten Monaten ihrer Anwesenheit im Mostviertel den regionalen Dialekt nicht einmal gänzlich verstanden hatten, sowie er auch wusste, dass die Mostviertler mit dem Hochdeutsch ihre Schwierigkeiten hatten und sie es zudem als überspannt und für die Gegend unpassend empfanden. Dieses Gefühl der Deplatziertheit brachte die Schönbodener wohl nicht nur der Sprache, sondern auch den Schriftdeutsch Sprechenden entgegen. Sie waren und blieben hier ein Fremdkörper.

Als Metzgermeister war Helmut Höger an seinem Arbeitsplatz in der etwa fünfzehn Kilometer entfernten Stadt allerdings ausgesprochen angesehen, er galt als äußerst verlässliche, genaue und schnelle Arbeitskraft, die über beste Fachkenntnisse verfügte. Jakob Selinger wusste sogar von einigen Schönbodenern, dass sie extra in die Stadt fuhren, um eine Original-Höger-Blutwurst, Leberwurst, Leberpastete oder Sülze zu erstehen. Natürlich sollte niemand von diesen Käufen außerhalb von Schönboden erfahren, schon um den Staller, den örtlichen Metzger, nicht zu verärgern, aber innerhalb des Dorfes blieben diese Wurstbeschaffungsfahrten nicht lange ein Geheimnis, obwohl niemand öffentlich darüber sprach.

Dass Helmut Höger neben seiner Fachkompetenz und seinen geschliffenen Umgangsformen noch eine ganz andere, eine unberechenbare Seite hatte, blieb ebenfalls nicht lange ein Geheimnis, und Jakob Selinger war wohl einer der Ersten, der davon erfuhr, nicht nur als Beichtvater, sondern auch als begehrteste Klagemauer des Dorfes.

Plötzliche Wutausbrüche, ja richtiggehende Tobsuchtsanfälle solle der Höger haben, wenn irgendetwas nicht genau dem entsprach, was er erwartete, wobei es für die Leidtragenden oft gar nicht nachvollziehbar war, was denn nun diesen rasenden Zorn ausgelöst hatte, an dem er sich, je mehr er sich entfachte, richtiggehend berauschte. So wurde es dem Pfarrer jedenfalls von einem Burschen aus Schönboden mitgeteilt, der bei Höger die Fleischerlehre absolviert hatte.

Von Helmut Högers Frau Herta wusste selbst Jakob Selinger nicht sehr viel. Sie galt als höflich, wechselte mit den Dörflern das eine oder andere Wort, aber in sie hinein konnte niemand sehen, jeder Versuch, sich ihrem Wesen anzunähern, glitt an ihrer glatten Oberfläche ab. Es wurde im Dorf allerdings gemunkelt, dass auch sie in Abständen von wenigen Wochen immer wieder Opfer der Gewaltorgien ihres Mannes wurde, und dass sie ihm in gewisser Weise wohl hörig war. Die Fantasie der Dorfbewohner schlug dabei hohe Wellen und sie sagten dem Höger sogar nach, dass er hochgradig pervers wäre und seine Frau zu sexuellen Praktiken zwingen würde, die sie lieber gar nicht näher beschreiben würden, so abwegig und abscheulich wären sie. Beweise dafür gab es natürlich keine. Als Indizien für die Richtigkeit ihrer Annahme werteten die Schönbodener jedoch die Tatsache, dass Herta Höger alle zwei bis drei Wochen für ein paar Tage das Haus nicht verließ und dann, wenn sie doch wieder für die nötigen Einkäufe im Dorf erschien, blaue Flecken oder aufgesprungene Lippen mit hautfarbenem Puder abzudecken versuchte und die Arme auch bei hochsommerlichen Temperaturen mit langen Ärmeln bedeckte.

Als die Högers dann vor ein paar Jahren dieses Mädchen aus dem Fürsorgeheim zu sich holten, dieses Zigeunermädchen, wussten die Schönbodener überhaupt nicht, wie sie diese Tat auslegen sollten. Denn Menschenfreundlichkeit, die mit so einem Schritt doch zu tun haben musste, oder gar Mitleid und Barmherzigkeit, konnten die Menschen mit dem Bild, das sie sich von den Högers gemacht hatten, beim besten Willen nicht in Einklang bringen.

Umso genauer beobachteten sie die Situation im Hause Höger, so gut es ihnen eben bei der Distanziertheit dieser Leute möglich war.

Marie – so hieß das Mädchen – bekamen selbst die Schönbodener nur selten zu Gesicht. Jakob Selinger wurde einmal zugetragen, dass das Mädchen nicht aus dem Haus durfte, um mit den Dorfkindern zu spielen, und selbst die Nachbarn sahen sie nie im Freien spielen. Einzig wenn die Pflegemutter das Mädchen gelegentlich mitnahm, wenn sie Besorgungen im Dorf machte, war Marie für die Menschen auch sichtbar: Ein Kind, das ruhig an der Hand der Mutter ging, das nicht ungefragt dazwischenredete, wenn die Mutter ein paar Worte mit den Frauen, denen sie begegneten, wechselte; ein Mädchen mit glatt gebürsteten glänzend schwarzen Haaren und ebenso schwarzen Augen sahen sie vor sich, das ihnen mindestens so rätselhaft vorkam wie die Frau neben ihr.

Dem Pfarrer war das Mädchen wie ein gezähmtes kleines Wildtier vorgekommen, als er es das erste Mal mit Herta Höger im Dorf gesehen hatte. Er hatte an eine Wildkatze denken müssen, der man die Krallen gezogen hat, damit sie nach dem Wechsel von der Wildnis ins Haus keinem Ding und keinem Menschen mehr einen Kratzer zufügen konnte. Auch die wohlgesetzten gemessenen Schritte des Kindes waren ihm unnatürlich und aufgezwungen vorgekommen, beinahe konnte er die Anspannung in den Beinen selbst spüren, es waren Beine, die zum Springen bereit waren, jedoch nur im Gleichschritt mit der Pflegemutter gehen durften.

Man konnte den Högers jedoch beim besten Willen nicht nachsagen, dass sie das Mädchen hätten verkommen lassen, zumindest gab es damals nach außen hin keine erkennbaren Anzeichen dafür. Marie war immer adrett gekleidet, wobei Faltenrock und Bluse stets fleckenlos und glatt gebügelt waren, jede Falte des Rocks saß perfekt. Der einwandfreie Zustand der Kleidung schloss jedwedes vorhergehendes kindliche Toben und Spielen im Freien aus. So sauber kamen die Dorfkinder höchstens in die Sonntagsmesse, dachte Jakob Selinger beim Anblick dieses Kindes. Dass bei aller Sauberkeit oder gerade deshalb irgendetwas nicht stimmte, hatte er damals schon gespürt, aber was sich tatsächlich abgespielt hatte, konnte er natürlich nicht ahnen.

Eine Woche war vergangen, seit die Fürsorgerin Marie im Pfarrhaus abgeliefert hatte. Und was Jakob Selinger von Anfang an zu wissen glaubte, hatte sich bewahrheitet. Nichts mehr war wie vor Maries Erscheinen. Nicht nur, dass sie Annas volle Aufmerksamkeit in Anspruch nahm, sie war beinahe immer mit der Pflege der Verletzungen beschäftigt, die Marie am ganzen Körper aufwies. Die Narben auf ihrer Haut, die noch sichtbaren Zeugen der Misshandlungen ihres Pflegevaters, würden bald verschwinden, aber jene auf der Seele waren eingebrannt und die Schmerzen, die sie auslösten, konnten nur langsam und mit unendlicher Geduld gemildert werden. Dessen war sich der Pfarrer sicher.

Sicher war er sich auch, dass ihm Gott wieder einmal keine Wahl gelassen hatte. Selbstvorwürfe kamen in ihm hoch, als er sich an die schlimmen Ahnungen erinnerte, die er bereits gehabt hatte, als er Marie zum ersten Mal gesehen und er alles auf sich hatte beruhen lassen ohne der Sache nachzugehen. Nun hatte Gott ihm das Kind direkt vor die Nase gestellt und ihm so wohl eine Chance gegeben, Versäumtes wiedergutzumachen. Mit freiem Willen hatte das allerdings nichts zu tun, für Jakob Selinger war es Gottes Wille und nicht sein eigener.

Maries Anwesenheit hatte zudem massiven Einfluss auf die tägliche Lebensgestaltung von Anna und Jakob, die dem Kind natürlich nicht zu erkennen geben wollten, wie es denn tatsächlich um ihre Beziehung bestellt war. Dass sie Liebende waren, die sich nicht nur Tisch, sondern auch Bett teilten, sollte das Mädchen möglichst nicht mitbekommen, denn wenn im Dorf ihre Liebesbeziehung bekannt werden würde, würde dies entweder das Ende von Anna und Jakob bedeuten oder das Ende des Pfarrers Selinger, und diese Prüfung Gottes würde Jakob Selinger nicht bestehen, das wusste er, er würde die Seiten wechseln, von Gottes Kirche zu Anna.

Aber soweit sollte es eben, wenn es nach Anna und Jakob ging, nicht kommen. Sie würden ihre Liebe auch vor dem Kind geheim halten müssen.

Die beiden waren ein über die Jahre aufeinander eingespieltes Team und tagsüber fiel es ihnen nicht schwer, nach außen hin Pfarrer und Haushälterin zu repräsentieren. Es kam ihnen daher gar nicht mehr unnatürlich vor, dass Jakob während des Tages für Anna der Herr Pfarrer und nicht der Jakob war, und erst am Abend, wenn die Pfarrhoftür endgültig zugesperrt und die Welt des Dorfes ausgesperrt war, wurde aus dem Pfarrer der Jakob und aus der Frau Forsthuber die Anna.

Es hatte für Jakob keinen Zweifel gegeben, damals, vor nunmehr vierundzwanzig Jahren, dass Anna zu ihm gehörte, dass sie die Frau war, die er ein Leben lang an seiner Seite haben wollte, und daran konnte auch sein Priesteramt nichts ändern. Es gab für ihn auch keinen Zweifel, dass diese Frau nicht seine bewusste Wahl gewesen war, sondern Gottes Plan.

Jener Tag vor vierundzwanzig Jahren, als Anna bei ihm an der Tür geklopft und gefragt hatte, ob er vielleicht eine Haushaltshilfe brauchte, hatte sich in Jakobs Erinnerung so deutlich eingraviert, dass er jedes Detail sofort abrufen konnte. Und jetzt, wo sie mit Marie im Haus plötzlich zu dritt waren, beinahe eine Familie, hatte er Anna genauso vor seinem geistigen Auge, wie sie damals vor seiner Tür gestanden war, fast noch ein Mädchen, mit hellbraunen Locken, die der Wind ihr aus dem Gesicht blies, und mit Augen, die den Glanz und die Farbe feuchter Erde in der Abendsonne hatten. Er hatte sie ins Pfarrhaus gebeten damals, in dieses Häuschen mit kleinem Garten, das er selbst gerade erst ein paar Wochen zuvor bezogen hatte, hatte ihr Filterkaffee angeboten und gefragt, was genau sie sich denn da vorstellte, mit der angebotenen Hilfe. Er würde nämlich eine Pfarrersköchin suchen, wie die Kirchenbehörden eine Haushälterin im Pfarrhof eben nennen, denn eine Pfarrersköchin würde ihm vom Bistum zur Seite gestellt und auch bezahlt werden. Ihr Gehalt wäre nicht nennenswert, aber sie würde schließlich hier bei ihm wohnen, für Unterkunft und Verpflegung wäre demnach gesorgt, hatte der junge Pfarrer gesagt und ohne auf eine Antwort zu warten hatte er weiter und weitergeredet und Anna hatte ihn nur mit diesen warmen Augen angeschaut, die er fortan betrachten wollte, jeden Tag seines Lebens.

Als Anna ganz einfach und ohne zu zögern zugestimmt hatte, wunderte es Jakob nicht einmal und eine bislang unbekannte Freude erfüllte ihn.

Es dauert nicht lange, bis sein Antrag auf Zuteilung der Frau Anna Forsthuber als Pfarrersköchin in der Pfarre »Heilige Familie« genehmigt wurde. Ebenso wenig Zeit verging, bis aus Pfarrer und Pfarrersköchin ein Liebespaar wurde. Strenggenommen verging für Jakob überhaupt keine Zeit, denn er war sich sicher, dass sie, Anna und er, einander bereits vor ihrer ersten Begegnung geliebt hatten. Diese Schicksalsfügung gehörte für ihn zu jenen Dingen, die es eben zwischen Himmel und Erde gab und die er Wunder nannte und die für ihn letztlich der Beweis dafür waren, dass es Gott gab.

Priesteramt und Lebensgemeinschaft mit einer Frau waren für Jakob moralisch nicht unvereinbar und lösten keinen Gewissenskonflikt aus, obwohl die Amtskirche ein streng zölibatäres Leben vorschrieb. In diesen Dingen hatte der Pfarrer schon immer seine eigenen Ansichten gehabt, nach denen er letztendlich sein Leben auch gestaltete. Es war ja auch nicht Gott oder Jesus, der den katholischen Priestern verbot, in Ehe zu leben, sondern Menschen, die vor Hunderten von Jahren dieses Kirchengesetz erlassen hatten. Aus welchen Gründen auch immer.

Nein, er würde sich diesem Gesetz nicht beugen, das war für Jakob von Anfang an klar gewesen. Der Schein nach außen musste gewahrt bleiben, wollte er Pfarrer von Schönboden bleiben, soviel war Jakob natürlich genauso klar. Er würde eben seine Beziehung zu Anna nicht an die große Glocke hängen, dann würde er mit der Amtskirche auch keine Schwierigkeiten bekommen. Wenn sie es denn so wollten, musste er sein intimes Leben vor den Augen der Öffentlichkeit eben fernhalten.

Dass dieses Leben im Geheimen jedoch besonders für Anna noch mit vielen Entbehrungen verbunden sein würde, darüber machte sich Jakob Selinger in der Anfangseuphorie ihrer Beziehung noch nicht zu viele Gedanken.

Die erste Woche mit Marie im Pfarrhof verging wie im Flug. Marie schien sich schnell und mühelos an die neuen Örtlichkeiten und Bezugspersonen zu gewöhnen, was Jakob Selinger darauf zurückführte, dass es für das Mädchen nicht das erste Mal war, in ein unbekanntes Leben einzutreten.

Am meisten verblüffte es ihn, wie viel dieses zarte Kind essen konnte. Marie schien ein Fässchen ohne Boden zu sein, und auch wenn der Pfarrer zu ihr sagte, sie bräuchte nicht alles auf einmal verschlingen, sonst bekäme sie gar noch Bauchschmerzen, sie könne doch immer etwas zu essen bekommen, nicht nur zu den Mahlzeiten, sondern wann immer sie Hunger hatte, sah sie ihn nur still an und aß weiter, so als ob sie nachholen müsse, was ihr bisher untersagt gewesen war, und als ob sie zugleich auf Vorrat essen müsse, weil sie nicht wusste, ob es auch in Zukunft genug Nahrung für sie geben würde.

Anna freute sich über den Appetit des Kindes, sie sah es als ihre Aufgabe, das »verhungerte Menscherl«, wie sie Marie nannte, aufzupäppeln, und außerdem wertete sie diese Freude am Essen auch als Freude am Hiersein, am Bei-ihr-Sein, und das erfüllte sie mit Glück.

Als sich Jakob Selinger am zweiten Abend ihrer Anwesenheit zu Marie ans Bett setzte, die Kinderhand in die seine nahm, ganz vorsichtig, um das Mädchen nicht zu erschrecken, sah sie ihm ganz gerade und furchtlos in die Augen.

»Wir sind jetzt eine kleine Familie, jetzt wo du bei uns bist und es vielleicht auch bleiben willst«, sagte er und drückte dabei leicht die Hand des Kindes. »Willst du hier bei uns bleiben?«

Marie nickte. Gleichzeitig spürte er den festen Druck der kleinen Hand.

»Dann bin ich aber nicht mehr der Herr Pfarrer für dich. Denn ab heute bist du dann unser Kind, für das wir sorgen und das wir lieb haben werden. Wie willst du mich denn nennen? Onkel? Magst du Onkel zu mir sagen? Und Tante zur Frau Forsthuber?«

Marie überlegte nur kurz.

»Onkel gefällt mir. Ich habe noch nie einen Onkel gehabt, aber schon zwei Mal einen Vater. Einen Vater möchte ich keinen mehr haben.«

Der Pfarrer überlegte, ob er Marie nun fragen sollte, was das denn mit den beiden »Vätern« auf sich gehabt hätte und weshalb sie keinen Vater mehr haben wollte, und ob er ihr sagen sollte, dass »Vatersein« nicht von der Benennung »Vater« abhinge und dass er für sie gerne ein Vater wäre, aber in dem Sinne, den er diesem Wort beimaß. Er entschloss sich jedoch, nichts zu sagen. Das Kind musste die väterliche Liebe fühlen, nicht gesagt bekommen, und er hoffte inständig, dass er einmal imstande sein würde, diese Liebe aufzubringen und dass Marie dann auch fähig sein würde, diese Liebe anzunehmen. Das hoffte er nicht nur, er betete dafür. Gott hatte ihm dieses Kind geschickt, nun solle er auch für das Nötige sorgen, der allmächtige Vater.

Das Zimmer, das sie für Marie ausgewählt hatten, schien dem Mädchen zu gefallen: es befand sich im Erdgeschoss zwischen dem Wohnzimmer und der Kanzlei des Pfarrers.

Sie hatten sich auch deshalb für das Erdgeschosszimmer entschieden, weil sich ihre beiden privaten Zimmer im ersten Stock befanden und eines davon ihr gemeinsames Schlafzimmer war. Und davon, dass sie, Jakob und Anna, die Nacht miteinander verbrachten, sollte Marie nach Möglichkeit nichts mitbekommen.

Das Wohnzimmer war tagsüber ein beinahe öffentlicher Raum, wie Marie bald mitbekommen sollte, denn es kamen tagtäglich viele Besucher, die statt sofort beim Pfarrer in der Kanzlei anzuklopfen, erst einmal ins Wohnzimmer kamen, wo ihnen Anna etwas zu trinken anbot und ihnen vor allen Dingen zuhörte. Maries Zimmer war eigentlich das »Gästezimmer«, wie ihr der Pfarrer mitteilte, aber es kamen ohnehin selten Gäste, die über Nacht hierblieben, und ab nun sei das eben ihr Zimmer. Es war lichtdurchflutet und hatte ein großes Fenster, das in den Pfarrgarten und auf die umliegenden Hügel zeigte. Das Fenster, so schien es dem Pfarrer, interessierte Marie beinahe mehr als das Zimmer selbst.

»Darf ich es öffnen, Onkel?« fragte sie, und der Pfarrer wunderte sich, mit welcher Selbstverständlichkeit sie ihn bereits Onkel nannte.

»Ja, freilich. Warum denn nicht?«, antwortete er und seine Gedanken blieben an der Frage Maries hängen, die ihr anscheinend sehr wichtig erschienen war.

Dass den Pfarrer sein Gefühl bezüglich des Fensters in Maries Zimmer nicht getrügt hatte, sollte sich bald bestätigen: Der Mann traute seinen Augen nicht, als er das Mädchen von der Gartenbank aus, auf der er sich gerade vom Schneiden der Buchenhecke ausruhte und von der aus er durch eine winzige Astlücke im Apfelbaum zu Maries Fenster sehen konnte, auf dem Fensterbrett hockend erblickte. Wie ein Kätzchen hockte sie da, auf allen Vieren, zum Absprung bereit.

Jakob Selinger überlegte noch, ob er zu ihr eilen sollte, um den Sprung von der Hochparterre ins Freie zu verhindern, für so ein kleines Kind schien ihm dieser Sprung aus geschätzten zwei Metern Höhe nicht ungefährlich, aber ehe er seine Überlegung noch zu Ende führen konnte, war Marie schon gesprungen, federnd und so geschmeidig, als ob sie daran gewohnt wäre, Häuser durch Fenster und nicht durch Türen zu verlassen.

Der Pfarrer war nun froh, nicht eingeschritten zu sein. Das Mädchen sollte sich nicht überwacht vorkommen, es sollte endlich die Möglichkeit haben, frei zu sein, der Freiheit Glauben und ihm und Anna Vertrauen schenken zu können. Sollte sie doch das Haus durch das Fenster anstatt durch die Haustür verlassen, was machte das schon für einen Unterschied!

Als er ihr dann noch nachsah, wie sie wendig und weich, wie auf sanften Pfoten, durch den Garten streifte, ihre Hände dabei über die Baumstämme und die Blätter eines jeden Busches gleiten ließ, war ihm, als wollte sie überall ihre Duftmarke hinterlassen und auf diese Weise ihr Revier abstecken. Und als er sie dabei beobachtete, wie sie geschickt und sicher auf den alten Nussbaum hinaufkletterte, kam sie ihm vor wie ein Kätzchen.

Nach einer Woche waren Maries Verletzungen, die noch von den Misshandlungen des Pflegevaters herrührten, soweit abgeheilt, dass die Pfarrleute dachten, das Kind sollte jetzt auch wieder in die Schule gehen, um den Anschluss nicht zu verpassen.

Marie war damit einverstanden, so wie sie überhaupt mit ihrer neuen Situation recht zufrieden schien. Zufriedenheit war das richtige Wort, denn Gefühlsüberschwang oder gar kindliche Selbstvergessenheit konnten sie an Marie noch nicht entdecken. Sie schien bei all dem Bewegungsdrang, den sie an den Tag legte, in sich selbst zu ruhen, umgeben von einer unsichtbaren Hülle, die nichts und niemanden durchließ. Der Pfarrer deutete diese für ein Kind ungewöhnliche Unnahbarkeit als Schutzmechanismus, um sich vor fremden Zu- und Übergriffen abzuschirmen, vor Angriffen auf Körper und Seele, die sie wohl in ihrer noch so kurzen Lebenszeit bereits im Übermaß hatte ertragen müssen. Es würde nicht einfach werden, diese Schicht zum Schmelzen zu bringen und das Vertrauen des Kindes zu gewinnen.

Maries neuer »Familienstand« hatte sich im Ort wie ein Lauffeuer herumgesprochen und auch umgehend die Einstellung und den Umgang der Dorfbewohner dem Mädchen gegenüber verändert. Sie war nun nicht mehr das »Zigeunerkind«, sondern das »Pfarrersdirndl«, wie sie sie gleich einmal nannten, und als solches betrachteten und behandelten sie Marie nun mit einer gewissen Distanz.

Im »Wohnzimmer« des Pfarrhauses stieg der Parteienverkehr schlagartig an, Jakob Selinger sah seine Anna mehr denn je Most und Apfelsaft servieren, und viele der Besucher vergaßen nach den Gesprächen mit Anna sogar, ihn in der Kanzlei aufzusuchen.

Alles in Zusammenhang mit Marie interessierte sie brennend: Wo das Kind denn schliefe, ob es ein eigenes

Zimmer hätte, im Erdgeschoss oder im ersten Stock, und ob es den Pfarrer denn nicht bei seinen wichtigen Tätigkeiten störe, für die er absolute Ruhe brauchte, zum Beispiel beim Brevier-Beten oder wenn er seine Predigten vorbereiten musste und so weiter und so fort. Dann fragten sie Anna auch noch, ob es ihr nicht viel zu anstrengend wäre, ein Kind aufzuziehen, neben dem Pfarrhof, den sie doch ganz allein »schupfen« müsse, noch dazu ein solches Kind, bei dem es wohl viel zu »richten« gebe.

Die Frauen, die Anna besuchten, gaben ihren Stimmen bei all diesen Fragen einen mitfühlenden Anstrich, aber Anna hörte auch so etwas wie Sensationslust mitschwingen. Wie erst würden sie reden, wenn sie von ihrer Liebe zu Jakob erführen!

Nun wusste sie auch, wie vorsichtig Jakob und sie vor Marie sein mussten, denn wenn das Mädchen das Ausmaß ihrer Verbundenheit erkannte, konnte man nicht ausschließen, dass es bald das ganze Dorf und dann auch der Bischof erfahren würde, nicht etwa wegen Maries Mitteilungsbedürfnis, nein, Marie war alles andere als geschwätzig, aber sie brauchte nur ganz unbedarft die Zärtlichkeiten und den liebevollen Umgang zwischen dem Onkel und der Tante im Gespräch mit irgendjemandem erwähnen. Das würde schon ausreichen.

Für Anna war Jakob ihr Mann. Ihr Lebensmensch, ihr Ehemann, wenn man so wollte, auch ohne Ring als äußeres Zeichen und ohne öffentliches Zeremoniell zur Besiegelung von Bestand und Beständigkeit ihrer Liebe. All das hatte sie nie gebraucht. Die Liebe zu Jakob war von Anfang an so fraglos gewesen, dass sie keine Rückversicherung und Bestätigung von außen nötig hatte: weder in Form von Trauzeugen noch von Trauung.

Ihr Versprechen, ein ganzes Leben lang nicht mehr voneinander zu lassen, gaben sie sich bereits in der ersten Nacht, die sie Haut an Haut und Seele an Seele verbrachten. Sie gaben sich dieses Versprechen ohne es aussprechen zu müssen, denn ihre Seelen erkannten einander und ihre Körper wurden zu einem einzigen. Und Anna hatte nicht einmal den Anflug eines schlechten Gewissens wegen ihrer Liebe zu einem katholischen Priester. Nein, wenn Gott ihre Verbindung zu Jakob nicht gewollt hätte, dann hätte er sie auch nicht zu ihm schicken dürfen, um ihn zu fragen, ob er Hilfe brauchte. Danach gab es keine Alternative mehr.

Über den sogenannten »freien Willen« haben Jakob und Anna immer wieder nächtelang diskutiert, weil sie beide bei noch so gutem Willen, noch so langem Grübeln, und noch so gründlichem Studium der diversen Thesen von Philosophen und Theologen keinen für sie schlüssigen Beweis für das Vorhandensein der Willensfreiheit finden konnten, einen Beweis nämlich, der nicht nur philosophischen Gedankenspielen, sondern auch dem wirklichen Leben standhielt.

Diese Erkenntnis der Vorbestimmung des Lebensweges – wie sollte es auch bei einem ewigen, allmächtigen und allwissenden Gott anders möglich sein! – bedeutete für Jakob und Anna auch eine gewisse Erleichterung, nahm sie ihnen doch einen Teil des Gewichts der Eigenverantwortung von den Schultern. Wo genau jedoch die Grenzlinie zwischen menschlicher und göttlicher Verantwortung zu ziehen war, konnten sie nicht sagen, so wie sie überhaupt, wenn es um den Glauben ging, mit Begriffen wie Gewissheit und Exaktheit schnell an ihre Grenzen stießen. Demnach endeten ihre Gespräche meistens, bevor sie sich erschöpft der Unkenntnis ergaben, mit der Einsicht, dass sie eben Gläubige und nicht Wissende waren.

Das Einzige, womit sich Anna nicht abfinden konnte, war die Tatsache, dass Gott ihr ein eigenes Kind verwehrt hatte, indem Er sie einem Mann vorbestimmt hatte, dessen Situation ein eigenes Kind nicht zuließ.

Nie würde sie jenen Märztag vergessen, an dem sich Jakob im Morgengrauen aus dem Bett gestohlen hatte, in der Hoffnung, Anna würde es nicht bemerken, wenn er sich von ihrem Körper löste und sie allein zurückließ, lang bevor das Tageslicht und die Geschäftigkeit in der Pfarre die notwendige Trennung ohnedies erfordert hätten. Sie bewegte sich nicht und ließ ihren Schlafatem ruhig weiterfließen, obwohl die Vorahnung in ihr Alarm schlug. Erst als sie die Haustür ins Schloss fallen gehört hatte stand sie auf und ging ans Fenster, ohne das Licht einzuschalten. Sie sah Jakob, er trug einen dunklen Anzug und war nicht als Priester erkennbar, er hatte keinen Koffer bei sich, sondern nur die Ledertasche umgehängt, beinahe lautlos öffnete er die Garagentür und gleich darauf hörte sie das Startgeräusch des Motors und sah den weißen VW Käfer aus der Garage herausfahren.

Anna war hellwach. Es war mit einem Mal hell geworden. Sie rannte die Stufen hinunter, ohne zu wissen, was sie eigentlich unten suchen sollte, wo Jakob doch fort war. Doch sie wurde fündig, auf dem Küchentisch lag ein Zettel für sie: *Liebste Anna, ich weiß, dass du mein Aufstehen bemerkt hast, ich weiß auch, dass du mich nicht daran gehindert hast, mehr noch, dass du vorgegeben hast, zu schlafen, um mich in meinem Vorhaben, von dem du noch gar nichts wissen kannst, nicht zu behindern. Dieses Vertrauen! Wie ich dir dafür danke und wie sehr ich dich liebe! Du bist mein Leben hier auf Erden, nur du. Ich hoffe so sehr, du kannst mir verzeihen. Ich habe für heute alle Termine abgesagt, in der Pfarre ist alles geregelt. Mach dir bitte keine Sorgen. Am Abend werde ich wieder bei dir sein.*

Der Tag, der diesem Morgen folgte, blieb für Anna dunkel, obwohl die aufsteigende Frühjahrssonne die Luft glasklar erhellte und mit ihren schräg einfallenden Strahlen alles daransetzte, jeden Winkel des Pfarrhauses auszuleuchten. Anna konnte diese Sonne, die pures Leben versprach, nicht ertragen, was diese Sonne versprach, galt nicht für sie.

Schon gegen Mittag zog sie die dichten Vorhänge zu und setzte sich ans Fenster. Hier würde sie auf den Abend und auf Jakob warten. Was sollte sie schon anderes tun? Sie konnte gar nichts anderes machen, ihre Gedanken klebten an Jakobs Vorhaben, für dessen Durchführung er wohl in die Hauptstadt gefahren war, wo ihn niemand kannte, und das er im Laufe des Tages in die Tat umsetzen würde, vielleicht bereits umgesetzt hatte, endgültig.

Sie musste daran denken, wie sehr es Jakob vor zwei Wochen aus der Fassung gebracht hatte, als ihre Monatsblutung zum erwarteten Termin ausgeblieben war, und welche Erlösung es für ihn bedeutet hatte, als sich ihre Menstruation dann mit einigen Tagen Verspätung doch noch eingestellt hatte.

Ein Gedanke jedoch überschwemmte mit einem Schwall all die anderen: Die Erinnerung an einen Abend vor gar nicht langer Zeit, an dem Paul Angerer wieder einmal bis spät in die Nacht hinein bei ihnen zu Gast gewesen war. Für Anna und Jakob war Dr. Paul Angerer »der Paul«, einer der wenigen wirklichen Freunde der beiden und Jakobs einziger Vertrauter, mit dem er über alles reden konnte und dem er auch seine Liebesbeziehung zu Anna von Beginn an nicht verheimlicht hatte. Für Paul war ihre gelebte Liebe »das Natürlichste auf der Welt«, das er, Jakob, als Priester »dieser scheinheiligen Amtskirche« bedauerlicherweise nicht öffentlich leben durfte. Und diese »Bigotterie« besonders in den »höheren Etagen« der Kirche war für ihn, wie er sagte, neben dem alles überragenden medizinischen Interesse ein triftiger Grund, nicht aktiver und somit abhängiger Teil dieser Amtskirche zu werden. Jakob und Paul hatten gemeinsam Theologie studiert, bevor Paul Angerer das Theologiestudium abgebrochen und

Mediziner geworden war. Viele der angehenden Priester hatten den Kontakt zu Paul daraufhin abrupt abgebrochen und andere wiederum ließen ihn unauffällig auslaufen. Jakob hatte Pauls Entscheidung nie in Frage gestellt, ganz im Gegenteil, er fand seine Hinwendung zur Medizin den einzig richtigen Schritt für einen Menschen mit derart großer Begeisterung für die Naturwissenschaften.

»Du bist eben für den Körper da, und ich für die Seele«, hatte Jakob schon oft zu ihm gesagt.

Und an besagtem Abend fiel im Laufe des Gespräches, das die beiden Männer führten, während Anna die Nachspeise bereitete, dann das Wort »Vasektomie«. Sie hörte durch die angelehnte Küchentür alles ganz genau, doch konnte sie mit dem Begriff »Vasektomie« nicht gleich etwas anfangen. Erst als Jakob seinem Freund anvertraute, wie sehr er jeden Monat in Sorge darüber war, ob hoffentlich »nichts passiert war«, wusste sie, dass sie über die Möglichkeit einer Unterbindung bei Männern sprachen. Und Paul sagte, dass er als Urologe natürlich in der Lage wäre, dieses »Problem« ein für alle Mal zu beheben, denn wenn dieser Eingriff hierzulande auch noch nicht routinemäßig durchgeführt wurde, dann geschah das nicht etwa deshalb, weil es medizinische Schwierigkeiten dabei gab. Das Hindernis war laut Paul ein gänzlich anderes, nämlich ein gesellschaftliches: noch immer waren es nach herkömmlicher Meinung allein die Frauen, die darauf achten sollten, keine Kinder zu bekommen. »Absurd«, meinte Paul.

All diese Gedanken, die im Halbdunkel des Zimmers durch Annas Kopf fegten und die Ereignisse der Vergangenheit hatten Revue passieren lassen, führten sie nun ganz klar zur Erkenntnis, was ab sofort anders sein und für immer fehlen würde: die Vision eines gemeinsamen Kindes. Dieses Kind war nur ein Traum gewesen, das war Anna klar, sie hatten schließlich gemeinsam festgelegt, dass es in ihrer beider Leben kein Kind geben würde, weil es keines geben *durfte.* Aber nun hatte Jakob ihren Traum ausgelöscht, und sie vermeinte zu spüren, dass etwas in ihr starb.

Im Halbdunkel des Raumes huschten unaufhörlich Schatten an ihr vorbei, die sich noch nicht entscheiden konnten, wo sie denn hängenbleiben wollten. Sie sah Jakob vor ihrem geistigen Auge und ein bislang ungekannter Zorn, vermischt mit Traurigkeit, überfiel sie, die Zornesschatten umwehten ihn und zogen mit ihrer Bitternis weiter und plötzlich wurde ihr bewusst, dass dieses Gefühl in ihr nicht Jakob galt. Es galt Gott. Ein kühler Luftzug streifte durch den Raum, eine Strömung, die die Schatten rund um sie herum zusammentrieb und zu einer einzigen Nebeldecke formte. Diese Decke legte sich auf Gott.

Ihre Farbe war Klage.

Jakob musste Anna am späten Abend bei seiner Rückkehr nicht berichten, dass er in der Hauptstadt bei Paul in der Praxis gewesen war. Er wusste, dass sie es wusste.

Er sagte nur: »Es ist alles gutgegangen. Die Nähte lösen sich in wenigen Wochen von selbst auf. Er hat Katzendarm zum Nähen verwendet. Es werden nicht einmal Narben bleiben.«

Als er Anna jedoch dann in der Dunkelheit des Zimmers in seine Arme nahm, spürte er, dass trotz der Nähe ihrer Körper etwas bisher Unbekanntes zwischen ihnen war.

Nur Anna wusste, was oder besser gesagt wer es war: Gott war ab nun nicht nur allzeit *bei* ihnen, er war auch *zwischen* ihnen.

Als Anna so viele Jahre später Marie aus heiterem Himmel ins Haus fiel, wurde in ihr etwas schon lange Totgeglaubtes wieder zum Leben erweckt. So kam es jedenfalls Jakob vor, der sie von Tag zu Tag mehr aufblühen sah: Ihre

Augen strahlten wieder in dem verheißungsvollen Glanz, dem er bereits bei ihrer ersten Begegnung verfallen war; ihre Bewegungen glichen immer mehr denen eines jungen Mädchens, so unbekümmert und verspielt, als atmete sie bunte Luft. Wenn Jakob sie dabei beobachtete, wie sie mit Marie herumtollte, entdeckte er in ihr eine Lebensfreude, die sich nicht nur auf das Mädchen, sondern auf alle um sie herum übertrug, auch auf ihn, nur dass sich bei Jakob in die Freude über Annas Glück auch Schmerz mischte. Schmerz deshalb, weil er nun erkennen musste, wie viel an Lebensfreude ihr der Verzicht auf ein Kind über die Jahre hinweg abverlangt hatte und welch elementaren Lebensinhalt er ihr versagt hatte.

Nun musste er mit all seiner Kraft versuchen, so viel wie nur möglich wieder gut zu machen. Gott hatte ihm dafür eine Chance geschickt: Marie.

Es war der erste Wintermorgen in Maries Leben, an dem sie sich über den Schnee freuen konnte, weil sie wusste, dass sie, und möge es draußen in den nächsten Monaten noch so kalt werden, nicht frieren würde. Die Tante hatte ihr schon vor ein paar Wochen Mantel, Schal, Fäustlinge und sogar Winterstiefel gekauft, sogar solche, die mit einem richtigen Fell gefüttert waren. Diese Stiefel durfte sie vielleicht heute schon anziehen.

Der Winter war früh und über Nacht gekommen. Die Bäume hatten nicht einmal alle Blätter abgeschüttelt und die Rosenstöcke, die Marie von ihrem Fenster aus sehen konnte, trugen unter der Schneehaube noch rote und weiße Blüten. Das Mädchen musste sogleich an Schneeweißchen und Rosenrot denken, eines ihrer Lieblingsmärchen, das ihr die Tante erst gestern vor dem Einschlafen wieder einmal vorgelesen hatte: »*Lasst mich am Leben ihr*

Kinder. Schneeweißchen und Rosenrot, schlägst dir den Freier tot.«

Marie liebte Reime und hatte sich die flehenden Worte des Bären ganz genau gemerkt, sie hatte die Welt der beiden Schwestern mitsamt den Rosenbäumchen, denen sie so ähnlich waren, und dem finsteren Wald mit seinen Zwergen und Bären mit in den Schlaf genommen.

Auch das Ende des Märchens hatte Marie wortgetreu in ihrem Kopf abgespeichert, weil es ihr so gut gefiel, dass die Mutter gemeinsam mit den Töchtern ins Königsschloss übersiedeln durfte, und nicht alleine in der ärmlichen Hütte zurückbleiben musste: »*Die zwei Rosenbäumchen aber nahm sie mit, und sie standen vor ihrem Fenster und trugen jedes Jahr die schönsten Rosen, weiß und rot.«*

Nun blickte Marie an jenem Morgen auf ebensolche Rosen und hielt es durchaus für möglich, dass diese sich unversehens in Schneeweißchen und Rosenrot verwandeln würden. Und sie schaute in diese unwirklich anmutende weiße Welt hinaus. Ihre Augen suchten dabei unter der Schneedecke, die den an den Pfarrgarten angrenzenden Wald umhüllte, nach all den nächtlichen Märchengestalten, besonders aber nach dem einen Bären, der sich für Schneeweißchen und Rosenrot sogar auf einen Kampf mit dem bösen Zwerg eingelassen und die Schwestern vor ihm gerettet hatte. Ganz sicher gab es in dem dichten Wald, der sich über den halben Hügel zog, auch einen Bären, vielleicht sogar so einen, der gleicherweise für sie kämpfen würde.

»Marie, was sagst du dazu? So viel Schnee!« Anna war hereingekommen und unterbrach Maries Träumereien. »Zeit für die neuen Stiefel!«

Die Tante hatte ihre Vorfreude erraten. Zu Maries Begeisterung fügte sie noch hinzu: »Wenn du magst, kannst du heute nach der Schule von der Plaschek die Milch holen. Nimmst den Schlitten mit, ich hab ihn dir schon ins Vorhaus gestellt. Und die Milchkanne auch.«

Maries Herz hüpfte vor Freude. Der Bauernhof der Plascheks lag genau in der Richtung, in die Marie gerade schaute, hoch oben am Hügel, noch über dem Haus von der Brigitte Maier, noch über dem Wald.

»Aber vorher kommst du eh noch zum Mittagessen heim. Den Mantel und die Fäustlinge hab ich dir auch schon heraus gelegt. Verlier mir halt die Fäustlinge nicht. Steck sie dir nach dem Ausziehen am besten in die Manteltaschen.«

In der Schule konnte Marie an kaum etwas anderes denken als an ihren bevorstehenden Ausflug mit dem Schlitten zur Plaschek, der Milchbäuerin. In Gedanken malte sie sich schon aus, wie sie mit den neuen Stiefeln durch den verschneiten Wald stapfen würde. Und ganz besonders freute sie sich auf die Schlittenfahrt talwärts. Der Tante wäre es zwar sicher lieber, sie würde den längeren und dafür weniger steilen, in Serpentinen gewundenen Forstweg nehmen, aber Marie war entschlossen, diesmal schnurstracks durch den Wald zur Plaschek zu gelangen und von dort aus mit dem Schlitten ins Tal zu fahren, wieder schnurstracks, nicht über den Forstweg, sondern am Waldrand entlang über die frisch beschneite Wiese.

Anna war einverstanden, dass Marie die Hausaufgaben diesmal ausnahmsweise nicht gleich nach dem Mittagessen machte, sondern zuerst die Milch holen ging.

»Gut. Ich will ja nicht, dass es dunkel wird bevor du wieder daheim bist. Die Tage sind ja schon recht kurz geworden«, sagte die Tante und kontrollierte vor Maries Weggehen noch, ob das Kind auch die Mütze auf- und die Fäustlinge anhatte.

»Pass halt auf, dass du bei der Schlittenfahrt keine Milch verschüttest! Schau vorher, ob du den Deckel auch fest in die Kanne gesteckt hast!«, rief ihr die Tante noch nach. »Und bleib auf dem Forstweg!«

Darauf gab Marie keine Antwort mehr, denn sie dachte, wenn sie keine Antwort darauf gab, dann hatte sie es einfach nicht gehört. Und gegen etwas, das sie nicht gehört hatte, konnte sie auch nicht verstoßen.

Die Tante hatte die Milchkanne mit einer Schnur am Schlitten festgebunden, den Marie nun hinter sich herzog und sich dabei einen Weg zwischen Bäumen, Baumstämmen und Wurzeln bahnte. Als die Sonne kurz zwischen den Wolken hervorblitzte, ließ sie die Schneekristalle nur so funkeln und glitzern und Marie sah in ihnen Perlen und Edelsteine, die in ihren Händen sofort zu Wasser schmolzen. Und als ein ganz besonders leuchtender Sonnenstrahl Gold auf den Schnee goss, war sich Marie sicher, dass der Bär, den sie seit den Morgenstunden in diesem Wald vermutete, nicht weit weg sein konnte. Sie kannte auch genau die Stelle im Märchen, in der der Bär Gold verloren hatte: »*Er riss sich ein wenig den Pelz auf, und es schien Schneeweißchen, als schimmere etwas Goldenes durch den Schlitz.*« Genauso hieß es im Märchen, und wenn sein goldschimmerndes Fell hier aufleuchtete, dann war das der Beweis dafür, dass der Bär ganz in ihrer Nähe sein musste.

Auch wenn das Mädchen, als es endlich beim Hof der Plascheks angekommen war, den Bären nicht wirklich zu Gesicht bekommen hatte, so war Marie dennoch sicher, dass der Bär sie durch den gesamten Wald begleitet hatte. Vielleicht hätte er sogar für sie gekämpft, wenn der böse Zwerg sie angegriffen hätte.

»Das Pfarrersdirndl kommt die Milch holen!«, hörte Marie die Frau Plaschek ihrem Mann zurufen und lenkte dadurch Maries Gedanken darauf zurück, weshalb sie eigentlich hierher geschickt worden war.

Die Bäuerin band die Milchkanne vom Schlitten los und nahm sie mit in den Hof.

»Magst mit hinein kommen?«, fragte sie Marie.

Marie mochte, denn immer, wenn sie mit der Tante da gewesen war, hatte sie einen oder zwei Becher Milch bekommen, und die wollte sie sich auch diesmal nicht entgehen lassen.

Kaum hatte sie ausgetrunken, sah Marie die Plaschek auch schon wieder mit der vollen Kanne in die Stube kommen. Das Aluminium schimmerte silbern in der schrägen Sonne des späten Nachmittags.

»Bindest halt die Kanne wieder fest an deinem Schlitten fest!« Mit diesen Worten öffnete sie die Haustür, was für Marie das Zeichen war, auf keinen weiteren Becher Milch mehr zu warten, sondern sich auf den Heimweg zu machen.

Marie widerstand der Versuchung, die Kanne ohne Deckel mit Höchstgeschwindigkeit in der Verlängerung ihres rechten Arms kreisen zu lassen.

Sie hatte das im Pfarrgarten schon öfter ausprobiert, allerdings hatte ihr da die Tante die mit Wasser und nicht mit Milch gefüllte Kanne zur Verfügung gestellt. Und wenn sie schnell genug war, ging tatsächlich kein Tropfen Wasser verloren, selbst wenn in der Drehung die Kanne gerade auf dem Kopf stand. – Aber diesmal verzichtete sie darauf und hielt mit der einen Hand die Kanne fest und griff mit der anderen nach der Schlittenleine, um den Schlitten schnell zu der Stelle zu ziehen, von der aus sie die Talfahrt geplant hatte. Die vielen Unebenheiten des steilen Abhangs konnte sie von oben nicht einschätzen.

Wie es dann genau passiert war, konnte sich Marie gar nicht gleich ins Gedächtnis zurückrufen, als sie sich den Schnee vom Mantel wischte und nach Milchkanne und Schlitten Ausschau hielt. Der Rücken tat ihr weh und der rechte Knöchel schmerzte beim Aufstehen.

Die Milchkanne entdeckte sie zuerst, sie war nur einige Meter von ihr entfernt im Schnee gelandet, der Deckel saß schief, soviel sah Marie schon aus der Entfernung. Beim Blick in die Kanne stellte sie fest, dass einiges an Milch in den Schnee geflossen war, aber wenigstens weit mehr als zur Hälfte war die Kanne noch mit Milch gefüllt. Marie überlegte nicht lange, sondern füllte den fehlenden Inhalt mit Schnee auf. Der Schnee war weiß wie die Milch, nein, weißer noch, die Milch schien ihr im Vergleich zum Schnee sogar gelblich, wie ihre Zähne, wenn gerade weiße Zahnpasta drauf war. Diesmal achtete sie genau darauf, dass der Deckel hielt, damit ja nichts mehr von der Flüssigkeit austreten konnte.

Den Schlitten sah sie ganz unten, fast schon auf Höhe des Pfarrgartens.

Die Schmerzen, die ihr der Abstieg bereitete, ignorierte sie. Was ihr viel mehr zu schaffen machte war die Befürchtung, die Tante könnte mitbekommen, dass sie nicht den Forstweg genommen hatte. Und dass in der Kanne nicht reine Milch war.

»Da bist du endlich!«, hörte Marie die Stimme der Tante, die am geöffneten Fenster stand und sie offenbar schon länger zurückerwartet hatte. »Hoffentlich bist du jetzt nicht recht ausgefroren. Es ist ja noch kälter geworden. Ich mach uns gleich ein wenig von der frischen Milch heiß, mit einem Löffel Honig drinnen wärmt das schnell den ganzen Körper auf.«

Als Marie der Tante die volle Kanne überreichte, hoffte sie inständig, dass der Schnee auf der Milch schon geschmolzen war.

»Leg den Mantel gleich zum Trocknen ins Wohnzimmer«, forderte sie Marie auf, »und die Stiefel auch. Ich mach uns inzwischen die Honigmilch.«

Die Kanne stand auf der Anrichte und der Topf, in dem die Milch erhitzt wurde, auf der Herdplatte, als Marie zur Tante in die Küche zurückkam.

»Und? Hast du trockene Füße behalten? Sind die Stiefel auch wirklich wasserdicht?«, war das Einzige, was die Tante Marie fragte, als sie ihr die Tasse mit der heißen Milch hinschob und einen Teelöffel mit Honig darin versenkte.

Als Marie beim Verlassen der Küche dann einen verstohlenen Blick in die nicht mehr volle Milchkanne warf, sah sie darin noch immer kleine Schneebälle schwimmen.

Es war der 15. August, Maria Himmelfahrt.

Jakob Selinger hatte bereits anstrengende Stunden hinter sich, zwei Gottesdienste am Vormittag, einer davon ein Hochamt mit Kirchenchor und den Goldhaubenfrauen, die wie jedes Jahr Körbe mit wildwachsenden Kräutern und Heilpflanzen in die Kirche mitgebracht hatten, damit sie der Pfarrer im Anschluss an den Gottesdienst weihte und ihnen somit die volle Heilkraft für Körper und Seele zuteilwerden ließ.

Die Goldhaubenfrauen hielten sich dabei streng an die traditionellen Regeln: sieben verschiedene Kräuter mussten unbedingt in jeden Korb hinein, wobei Beifuß, Frauenmantel, Kamille, Johanniskraut, Liebstöckel, Pfefferminze und Arnika auf keinen Fall fehlen durften. Viele der Frauen hatten auch noch Wermut, Schafgarbe und Thymian dabei, und wer der Jungfrau Maria ganz besonders huldigen wollte, legte als Krönung noch eine Lilien- oder Rosenblüte auf die Kräuterbüschel.

Für den Kirchenchor war die Bezeichnung »Chor« wohl etwas überzogen, setzte er sich doch aus nur sieben Mitgliedern zusammen: den zwei Volksschullehrerinnen, der Frau Bertlwieser und der Frau Leitner, dem Hauptschullehrer für Mathematik, Steinmetz, dem Ehepaar Kalteis, der Frau Maier, der Mutter von Maries Freundin Brigitte, und dem Michael, der gleichzeitig Ministrant war.

»Lasset uns beten. Herr, unser Gott, du hast Maria über alle Geschöpfe erhoben und sie in den Himmel aufgenommen. An ihrem Fest danken wir dir für alle Wunder deiner Schöpfung. Durch die Heilkräuter und Blumen schenkst du uns Gesundheit und Freude. Segne diese Kräuter und Blumen. Sie erinnern uns an deine Herrlichkeit und an den Reichtum deines Lebens. Schenke uns auf die Fürsprache Mariens dein Heil. Lass uns einstimmen in das Lob der ganzen Schöpfung, die dich preist durch deinen Sohn Jesus Christus in alle Ewigkeit. Amen.«

Während Jakob Selinger auf dem Kirchplatz mit dem Segensgebet die Kräuterweihe vollzog, bemerkte er im Westen bereits Wolkenbänder mit zinnenförmigen Ausbuchtungen, fern noch und scheinbar unbewegt am Hügelhorizont aufgebaut wie Ehrfurcht erbietende Burgen, aber die drückende Schwüle schon am Vormittag gemeinsam mit dieser typischen Wolkenformation verhieß Gewitter. Jakob hoffte, es würde bis zum Abend aushalten. Die Bauern hätten dann am Nachmittag wenigstens noch die nötige Zeit, um das Heu einzubringen.

Anna hatte an diesem Marienfeiertag nicht am Gottesdienst teilgenommen, genauso wenig wie Marie. Sie hatte das Kind am Morgen schweißnass und mit hohem Fieber im Bett vorgefunden. In diesem Zustand konnte sie das Mädchen unter keinen Umständen alleine lassen, Anna hätte während des Gottesdienstes keine ruhige Minute gehabt.

Zwar klagte Marie nicht über bestimmte Schmerzen, aber der arge Husten und der fieberheiße Körper machten Anna Sorgen. Sie hatte gleich am Morgen versucht, das hohe Fieber mit Wadenwickeln zu senken. Dazu tauchte sie zwei Handtücher in kaltes Essigwasser, wrang sie aus, und umwickelte beide Waden des Mädchens mit je einem Tuch. Darüber band sie noch ein trockenes Handtuch. Als sie die Tücher, sobald sie dem Körper die hohe Temperatur entzogen und sich selbst erwärmt hatten, entfernte, wirkte Marie tatsächlich erfrischter, doch hielt dieser Zustand nicht lange an und bald schon wiederholte Anna die Prozedur mit den Wadenwickeln.

Am Nachmittag waren die Pfarrersleute dann etwas beruhigt, denn Marie schien ruhig atmend zu schlafen, und als Anna den Puls fühlte, kam er ihr zwar dem Fieber entsprechend schneller als normal vor, aber der Herzschlag kam kräftig und regelmäßig.

Würde sich ihr Zustand über Nacht jedoch nicht erheblich bessern, würden sie den Arzt zu Rate ziehen, da waren sich Anna und Jakob einig.

Es war am späten Nachmittag, als sich der Himmel über Schönboden von blau in grau umfärbte. Die Wolkenburgen über den Hügeln hatten sich aufgebläht und in ihren Konturen aufgelöst, sie waren zerflossen und verhüllten nun auch das kleinste blaue Himmelsfenster.

Die umliegenden, nicht rechtzeitig abgemähten Felder legte ein aufbrausender Wind in grüne Wellen, und lockere Blätter lösten sich von den Bäumen, wirbelten in wildem Tanz durch die Luft und gaben einen ersten Ausblick auf den Herbst.

Jakob befürchtete Hagel, denn die Luft schimmerte gelblichgrün und war von einem unmerklichen Knistern erfüllt. Es war ein Naturschauspiel, das in Jakob schon immer sowohl Unbehagen als auch Faszination ausgelöst hatte. Eine Zeile aus Rilkes Sonette an Orpheus kam ihm in Sinn, »Wandelt sich rasch auch die Welt / wie Wolkengestalten…«, denn dass sich in der Bewegung der Wolken auch ihre Gestalt änderte, hatte Jakob seit jeher beeindruckt und wieder einmal sah er in der Einzigartigkeit der Natur einen Beweis der Existenz Gottes.

Die ausgeprägte gelbgrüne Färbung um ihn herum ließ ihn auf heftigen Hagelschlag mit womöglich sogar vogeleiergroßen Hagelkörnern schließen, die wohl großen Schaden in der Landwirtschaft anrichten würden.

Nun, da er das Schauspiel beobachtend in der offenen Tür der Sakristei stand, in die er die von Anna frisch gewaschenen und gebügelten Ministrantengewänder gebracht hatte, hoffte er, die paar Schritte ins Pfarrhaus trocken hinüberzukommen. Dabei fiel sein Blick auf das geöffnete Fenster von Maries Zimmer, und was er sah, kam ihm im Licht des nahenden Unwetters fast unwirklich vor: Marie stand im Fensterrahmen, mit seitlich ausgestreckten Armen und im Wind wehenden Zöpfen, wie eine überdimensional große Libelle schien sie Jakob, eine Libelle, die ihren zierlichen Körper in Position brachte um abzuheben und wegzufliegen.

Tatsächlich hob Marie im nächsten Moment ab, doch flog sie nicht davon sondern landete – wie immer wenn sie das Haus auf diesem Weg verließ – auf allen Vieren auf der Wiese unter dem Fenster. War sie Jakob gerade noch wie eine Libelle erschienen, so stellte er in ihr nun wieder diese gewohnte katzenartige Geschmeidigkeit in der Bewegung fest. Die Libelle wird zur Katze, dachte Jakob, in Sekundenschnelle, so, wie auch die Wolken in der Bewegung unversehens Form und Gestalt verändern.

Die Vorstellung, dass Marie in ihrem fieberhaften Zustand, barfuß und mit nichts als einem dünnen Nachthemd am Leib im Begriff war, Gewitter und Hagelsturm geradewegs entgegen zu laufen, riss Jakob jäh aus seinen Betrachtungen. Er sah, wie sie blitzschnell den Garten durchquerte und nicht wie sonst den bewaldeten Hügel ansteuerte, sondern seitlich abbog, am Gerinnsel entlang, das das Feld des benachbarten Bauern begrenzte und das sich bei Starkregen beinahe übergangslos vom Bächlein zum Wildbach verwandelte.

Jakob fühlte, dass er diesmal auf keinen Fall wegsehen und das Kind sich selbst überlassen durfte, so wie er es sonst zu tun pflegte, im Bestreben, in Marie nie mehr wieder das Gefühl von Freiheitsentzug aufkommen zu lassen.

Als Jakob ohne auch nur einen Augenblick länger zu überlegen los lief, war Marie schon von den Weidenbüschen, die das Rinnsal säumten, verdeckt und er sah immer nur kurz das rote Nachthemd zwischen den wehenden Zweigen aufleuchten. Der Wind war in einen regelrechten Sturm übergegangen, der durch die Bäume heulte als riefe er um Hilfe. Die Zeichen standen auf Verwandlung – Rinnsal zu Wildbach, Wind zu Sturm, Regen zu Hagel –, Jakob fühlte die Dringlichkeit und lief nun so schnell er konnte.

Er wusste, dass Marie schon bemerkt hatte, dass er ihr auf der Spur war, denn sie hatte sich mehrmals nach ihm umgeschaut, aber anstatt anzuhalten lief sie immer noch schneller, beinahe verzweifelt, so, als wähnte sie sich von einem Fremden verfolgt, dem sie, koste es was es wolle, entkommen musste. Im Laufen rief ihr Jakob zu, sie möge doch stehen bleiben, er wolle sie doch nur nach Hause bringen, sie wäre doch krank und müsse heim. Er rief das gegen den Hagel und gegen den Sturm und zu seiner Erschöpfung mischte sich Verzagtheit. Er fühlte, dass die Hagelkristalle, die ihm im Laufen auf das Gesicht schlugen, sich mit einer warmen Flüssigkeit vermengten. Sie schmeckte salzig. Es war schon Jahre her, dass Jakob das letzte Mal geweint hatte.

Und als er sich mit der Hand das Wasser von den Augenlidern wischte, sah er plötzlich Marie vor sich. Sie hatte zu Laufen aufgehört und stand nun unbeweglich da, ein rotes Bäumchen war sie unter all den Weiden.

»Onkel, du bist es«, sagte sie nur, »ich dachte du wärst ...«

»Nein, der bin ich nicht und der werde ich auch nie sein«, sagte Jakob, denn schlagartig war ihm klar, dass Marie ihn in ihrem Fieber mit dem Ziehvater aus einem früheren Leben verwechselt haben musste.

»Komm«, sagte er und hob sie hoch, um sie nach Hause zu tragen.

Die Wasser strömten weiter, denn alle Schleusen waren geöffnet. Der Sturm und das Gewitter jedoch hatten sich gelegt. In der Ferne riss der Himmel auf und gab den Blick frei auf ein blaues Fenster. Für Jakob war es ein Fenster zu Gott, Gott ließ ihn durch dieses Fenster die Zeichen erkennen. Sie standen auf Liebe.

Gott hatte ihn erhört, zumindest in diesem einen Punkt: Er hatte ihm nicht nur Marie geschickt, sondern auch die Liebe zu diesem Kind.

So schnell wie das Fieber gekommen war, war es auch wieder verschwunden. Die Pfarrersleute hatten nach Maries Eskapade in Nässe, Sturm und Kälte eine folgenschwere Verschlimmerung ihres Zustandes, womöglich sogar eine Lungenentzündung, befürchtet, doch nichts dergleichen war erkennbar: Zu Annas Überraschung saß Marie am darauffolgenden Morgen bereits lange vor ihr und Jakob frisch und munter am Küchentisch, in Erwartung des Frühstücks.

»Du musst dich aber heute unbedingt noch schonen, Marie, auch wenn es dir besser geht, und in die Schule gehst du mir auch morgen noch nicht«, sagte Anna während sie die flache Hand auf die Stirn des Mädchens legte. Die fühlte sich kühl und trocken an.

Anna war erleichtert zu sehen, dass bei Marie offenbar auch der Appetit zurückgekehrt war.

»Onkel, kommst du? Das Frühstück ist schon fertig!«, rief sie in den ersten Stock hinauf, von wo noch das Surren des elektrischen Rasierers zu hören war.

Das Mädchen konnte es scheinbar kaum erwarten, dass auch Jakob an den Tisch kam und sie nach dem Tischgebet endlich nach den mit Marmelade bestrichenen Butterbroten greifen durfte.

»Lieber Jesus Gast / Schere hast.« Marie musste wirklich sehr hungrig sein, denn was sie da gerade von sich gegeben hatte, war die kürzeste Kurzfassung des Tischgebetes, die Anna und Jakob bis jetzt von ihr gehört hatten.

»Lieber Jesus, sei unser Gast und segne was du uns bescheret hast, Amen«, wiederholte Jakob das Gebet in seiner Vollversion und Anna bemerkte am Vibrieren seiner Stimme, dass er Schwierigkeiten hatte, den Satz mit dem einem Gebet gebührenden Ernst zu Ende zu sprechen.

Anna wusste, dass es Marie natürlich nichts ausmachte, die kommenden zwei Tage nicht in der Schule, sondern bei ihr daheim zu sein. Jakob würde nicht viel Zeit bei ihnen verbringen, er musste die Religionsstunden in der Schule halten, die Gottesdienste und Predigten vorbereiten, Beichten abnehmen, Krankenbesuche machen, und was sonst noch alles anfiel.

»So, jetzt gehst du aber wieder ins Bett zurück, Marie, auch wenn du glaubst du bist schon wieder ganz gesund. Erst gestern hast du noch so hohes Fieber gehabt und dein Körper braucht Erholung«, sagte Anna nach dem Frühstück. »Und die Bettwärme tut dir sicher gut «, fügte sie hinzu. »Am Nachmittag kannst du ja dann schon eine Zeit lang aufstehen, wenn es dir gut geht.«

Als sie Marie erlaubte, die Buntstifte und den Zeichenblock mit ins Bett zu nehmen, erschien ihr das Mädchen mit sich und dem Vormittag vollauf zufrieden. Die Tür zu Maries Zimmer ließ Anna vorsichtshalber angelehnt um nicht zu überhören, wenn Marie etwas brauchte und nach ihr rief.

Anna wusste sogleich, dass das nur die Schönegger Waltraud sein konnte, denn nur die Traudl klopfte bei ihrer Ankunft im Pfarrhaus nicht an der Tür, sondern am Küchenfenster, und zwar genau vier Mal: Tok tok tok tok.

Die Traudl kannte Anna schon von Kindheit an, sie hatten miteinander die Volks- und dann die Hauptschule besucht, wo sie sogar Banknachbarinnen gewesen waren. Schon in der Abschlussklasse der Hauptschule ist die Gumpoldsberger – das war Traudls Mädchenname – mit dem Alois Schönegger gegangen, der zehn Jahre älter war als sie und bald den Hof übernehmen sollte. Das wussten alle im Dorf und als die Traudl dann noch vor ihrem siebzehnten Lebensjahr schwanger wurde, kam es vor der Geburt des Buben zur Hochzeit.

Nun stattete die Traudl schon seit vielen Jahren jeden Donnerstag am Vormittag der Anna einen Besuch ab. Nicht etwa, weil die beiden so innig befreundet gewesen wären, und auch religiöse Anliegen waren ganz bestimmt nicht der Grund ihrer regelmäßigen Besuche, immerhin gehörten die Schöneggers zu den wenigen Dorfbewohnern, die für gewöhnlich einen großen Bogen um die Kirche machten. Nur zu Ostern und zu Weihnachten sah man sie im Gottesdienst, und da erschienen sie dafür in ihrer schönsten Tracht, frisch vom Friseur und geschniegelt und gestriegelt. Anna wunderte sich dann immer, warum sie denn zu diesen Festtagen in die Messe gingen, wenn sie das ganze Jahr über die Kirche doch mieden wie der Teufel das Weihwasser.

Der Grund, weshalb die Traudl so regelmäßig bei Anna auftauchte, war ein ganz profaner: Sie holte sich allwöchentlich vom Pfarrhof das »Gwascht« ab, das waren die Küchenabfälle, die sich im Laufe der Woche angesammelt hatten, und die Anna für die Traudl sorgfältig in einem Plastikkübel hinter dem Haus verwahrte, damit sie diese als Futter für die Schweine mitnehmen konnte. Damit sie möglichst viel an Speiseresten im Kübel unterbrachte, zerquetschte Anna alles so gut es ging. Sie vermutete, dass diese Abfälle hier in der Gegend deshalb »Gwascht« genannt werden, weil es sich dabei um Zusammengequetschtes handelte. Wie dem auch war, die Traudl tauschte immer den gefüllten Plastikkübel gegen den leeren aus, den sie auf dem Gepäckträger ihres Fahrrads befestigt mitgebracht hatte.

»Sag einmal, Anna, was war denn da gestern los bei euch?«

Die Traudl war noch völlig außer Atem von der Fahrradfahrt, als sie an diesem Donnerstagvormittag den Pfarrhof betrat und Anna statt mit einem Gruß mit dieser Frage entgegentrat.

»Warum? Jetzt komm doch erst einmal herein. Willst du etwas trinken?«, sagte Anna, und augenblicklich überkam sie ein mulmiges Gefühl.

Worauf bezog sich die Traudl? Auf die gestrigen dramatischen Geschehnisse? Anna konnte sich nicht vorstellen, dass bei diesem Unwetter irgendjemand außer Marie und Jakob auch nur einen Fuß aus dem Haus gesetzt hätte. Wer hätte sie also sehen können? Und wenn schon?

»Der Lohnegger hat heute beim Bäcker gemeint, er hätte das Pfarrersdirndl barfuß und nur mit einem Nachthemd an mitten im Hagel und Gewitter den Grünbach entlangrennen sehen«, redete die Traudl weiter, während Anna sie still ansah.

Der Lohnegger war bei der Feuerwehr, vielleicht hatte ihn jemand aus der Gegend gerufen wegen eines Wassereinbruchs im Keller oder eines vom Blitz getroffenen und umgefallenen Baumes. Das ging Anna durch den Kopf, während sie die Traudl weiterreden hörte: »Der Lohnegger hat gesagt, er wäre aus dem Feuerwehrauto schon ausgestiegen um das Pfarrersdirndl eigenhändig einzufangen, wenn er nicht plötzlich auch den Selinger höchst persönlich gesehen hätte, der dem Kind nachgelaufen ist als ginge es um Leben und Tod und das Mädchen dann auch erwischt und heimgetragen hätte, das hat er auch noch gesagt.«

»Die Marie hat hohes Fieber gehabt«, warf Anna ein und hatte den Eindruck, Traudl hätte ihre Zwischenbemerkung gar nicht gehört, denn sie fuhr unbeirrt fort: »Das Kind muss eine Heidenangst vor ihm gehabt haben«, hat der Lohnegger auch noch gemeint, »sonst wäre die Kleine ja nicht vor ihm davongelaufen wie vor dem Teufel.«

»Die Marie ist doch nicht vor *ihm* davongelaufen«, warf Anna wieder ein und betonte dabei das Wort *ihm*, denn sie hatte kurz erwägt, der Traudl von Maries fieberbedingter Verwechslung mit dem früheren Ziehvater zu erzählen.

Doch dazu sollte es nicht kommen, denn die Traudl dachte offenbar gar nicht daran, sich in ihren Ausführungen unterbrechen zu lassen: »Aber wie der Lohnegger den Selinger mit dem Teufel verglichen hat, da hat sich die Kalteis, die mit mir grad auf die frischen Semmeln gewartet hat, eingeschaltet, und gemeint, dass der Selinger doch keiner Fliege etwas zu leide tun könne und schon gar nicht seinem Dirndl, das er doch so gern hätte, das könne doch jeder in der Gemeinde sehen.« – Plötzlich schien ihr zu diesem Thema nichts mehr einzufallen, denn sie hielt unvermittelt inne, atmete mehrmals so heftig durch, als ob sie nach einer großen Anstrengung vermehrt Luft in die Lungen hineinpressen müsste, und ließ sich dann wie ein schwerer Sack auf den Küchensessel fallen.

Anna goss ein wenig vom Holundersirup, den sie selbst aus den weißen Blüten hergestellt hatte, in ein Glas und füllte dieses dann mit kaltem Leitungswasser auf.

»Trink das, du hast dich ja jetzt furchtbar aufgeregt. Das ist nicht gesund und sicher nicht gut für dein Herz, da musst du bei deinem Blutdruck schon aufpassen«, sagte Anna und drückte Traudl das mit dem Hollersaft gefüllte Glas in die Hand, ohne zu ihren Ausführungen Stellung zu beziehen.

Dass die Traudl einen zu hohen Blutdruck haben musste schloss Anna aus der bei Aufregung oder Anstrengung dunkelroten Gesichtsfärbung sowie dem nicht zu übersehenden Übergewicht der Bäuerin.

Anna ertappte sich bei dem Gedanken, dass sie gar nichts dagegen hätte, wenn die Traudl jetzt wirklich einen kleinen Herzanfall bekäme, es musste ja nicht gleich ein richtiger Infarkt sein. Das war kein frommer Wunsch, soviel war Anna klar, aber in diesem Punkt war ihr die Frömmigkeit egal. Sensationslust war Anna schon immer suspekt gewesen, aber wenn, wie jetzt die Traudl, jemand rufschädigenden Tratsch hinter der Maske vertraulicher Mitteilungen versteckte, war das für Anna unerträglich.

»Wo ist denn die Marie heute? In der Schule?« Traudl schien wieder genug Luft zum Reden zu haben.

»Ich hab dir doch gesagt, dass sie krank ist«, entgegnete Anna kurz und ging dann wortlos hinter das Haus, um den mit Abfällen gefüllten Kübel zu holen.

Sie stellte ihn vor Traudls Fahrrad auf den Boden.

»Übrigens, Traudl, was ich dir sagen wollte, den leeren Kübel kannst heute auch gleich wieder mitnehmen. Ich kann das mit dem Gwascht nicht mehr weiter für dich machen, es lockt uns die Mäuse und Ratten zu sehr an. Das verstehst du doch sicher«, sagte Anna als die Traudl aus dem Pfarrhof kam.

»Aber da ist doch der Deckel drauf«, versuchte die Traudl die Begründung mit den Mäusen und Ratten zu entkräften.

»Da hilft kein Deckel«, sagte Anna bestimmt, »wenn etwas stinkt dann stinkt es.«

Als Anna wieder im Haus war und nach Marie schauen wollte, bemerkte sie, dass die Tür zu ihrem Zimmer nicht mehr angelehnt sondern geschlossen war. Sie öffnete sie leise und ging an Maries Bett. Die Buntstifte lagen auf dem Nachtkästchen und die Zeichenblätter lagen unbemalt auf dem Boden. Marie atmete gleichmäßig. Sie schien zu schlafen.

Jakob kam an diesem Donnerstag etwas später zum Mittagessen als gewöhnlich. Er war nämlich, wie er Anna erzählte, in der Schule von Maries Klassenlehrerin, der Hermine Gabler, aufgehalten worden. Die Gabler war die Frau des Bürgermeisters, der still und unauffällig schon seit vielen Jahren seines Amtes waltete, und hätte man nicht gewusst, dass der Gabler der Bürgermeister von Schönboden war, wäre man nie auf die Idee gekommen. Aber vielleicht war genau das der Grund, weshalb die Schönbodener den Gabler schon dreimal hintereinander zu ihrem Bürgermeister gewählt hatten. Er hob sich weder durch sein äußeres Erscheinungsbild noch durch seine Lebensgewohnheiten von den anderen im Dorf erheblich ab. Jakob sah ihn verlässlich jeden Sonntag im Gottesdienst und im Anschluss daran mit seinen Freunden beim Kirchenwirt einkehren. Der Gabler war einer, der alle gewähren ließ ohne sich groß einzumischen. Leben und leben lassen, das war sein Wahlspruch, und mit diesem Motto schien er gut zu fahren.

»Und, was hat die Gabler so Wichtiges gewollt?«, fragte Anna.

»Naja, wie es Marie denn ginge, wollte sie wissen, und dann hat sie gesagt, dass sie sich um das Kind Sorgen gemacht hätte wegen des gestrigen Vorfalls …«

»Wie? Hat die Gabler auch schon von eurer Verfolgungsjagd erfahren?« In Annas Stimme hörte Jakob jetzt neben Ironie auch Erstaunen und Wut mitschwingen.

»Ja, du weißt ja, Schönboden ist nun einmal ein Dorf im wahrsten Sinne des Wortes, und je kleiner das Dorf desto größer seine Augen«, sagte Jakob.

»Und der Weg von den Augen zum Mund ist dann wohl kürzer als ein halber Atemzug«, sagte Marie, nun unüberhörbar gereizt.

»Aber Anna, warum hast du gesagt *auch schon?* Du hast gefragt ob die Gabler denn *auch schon* davon erfahren hat. Sind Marie und ich jetzt etwa Dorfgespräch?« Jakob lachte kurz auf, die Situation schien ihm doch etwas absonderlich.

»Ich erzähle es dir gleich«, sagte Anna, »aber sag du mir doch zuerst, wie hat denn die Gabler davon erfahren?«

»Also: Noch bevor sie in der Früh in die Schule hinübergegangen ist, hat der Fredl Lohnegger bei ihrem Mann einen Termin wegen des bevorstehenden Feuerwehrfestes gehabt. Und bei dieser Gelegenheit hat er die Gabler gesehen und ihr gleich mitteilen müssen, dass er gestern während des Gewitters die Marie und dann auch noch mich gesehen hat …«

»Der Lohnegger! Ich hab es mir gleich gedacht, dass von dort der Wind weht«, unterbrach sie Jakob und berichtete ihm von Traudls vormittäglichem Besuch, und dass es das letzte Mal gewesen war, dass sich die Traudl im Pfarrhof das Gwascht abgeholt hat.

»Ach Anna, du bist immer gleich so gnadenlos mit deinen Mitmenschen, es ist ja gar nichts passiert, die Leute reden halt so wie der Tag lang ist«, sagte Jakob und versuchte, sie sanft in die Arme zu nehmen, um die Verstimmung in ihr zu beruhigen, bevor diese zur Empörung anschwellen konnte.

Sie wand sich jedoch aus seiner Umarmung.

»Ja, in diesem Punkt bin ich gnadenlos. Du bist in deiner Nächstenliebe manchmal so blind, Jakob, dass es weh tut, weil du halt immer das Gute im Menschen sehen willst, selbst wenn du das Böse dahinter erkennst. Aber die Menschen wollen nicht immer das Gute für dich! Die Traudl genauso wenig wie der Lohnegger, die wollen, dass sich im Dorf was tut, auf wessen Kosten auch immer, weil ihnen langweilig ist. Und weil sie ihre helle Freude haben, ihre Schadenfreude, wenn nur irgendetwas passiert. Du hättest die Traudl sehen sollen, mit welchem Eifer sie von Maries angeblicher Heidenangst vor dir geredet hat, und wie sie dann erst so richtig in ihrem Element war, als sie sich die Worte vom Lohnegger auf der Zunge hat zergehen lassen: Die Kleine ist vor dem Pfarrer davongelaufen wie vor dem Teufel.«

»Anna, ich versteh deine Aufgeregtheit schon«, sagte Jakob. »Aber schau, es ist ja gar nichts geschehen, was die Leute nicht wissen sollten oder worüber sie nicht reden dürften. Also worüber machst du dir denn Sorgen? Beruhige dich doch bitte.«

»Genau das ist der Punkt, Jakob, ganz genau das ist es. Sie reden sogar darüber, worüber es nichts zu reden gibt. So machen sie aus dem Nichts ein Etwas.«

Jakob wollte gerade einwerfen, dass er am kommenden Sonntag nach dem Gottesdienst mit den Leuten reden und ihnen von Maries Fieber erzählen würde, so dass es alle direkt von ihm persönlich erführen und somit das Gerede für sie nicht mehr spannend wäre, als er plötzlich bemerkte, dass Marie im Zimmer stand. Sie hatten das Mädchen beide nicht kommen hören.

»Es geht mir wieder gut, Tante«, sagte sie in die Stille hinein. »Ich bleib jetzt nicht mehr im Bett, du hast ja gesagt, ich darf am Nachmittag aufstehen, wenn ich wieder gesund bin.«

»Hast du geschlafen, Marie?«, fragte Jakob. »Beim Schlafen wird man nämlich am schnellsten gesund.«

»Ja, bis jetzt«, sagte Marie schnell, etwas zu schnell, dachte Jakob, und genauso schnell wanderte ihr Blick weg von Onkel und Tante und hinaus aus dem Fenster. Plötzlich hatte sie es sehr eilig, in ihr Zimmer zurück zu huschen um sich anzuziehen.

Es war in der Elfuhrpause, als die Brigitte und die Sieglinde die Köpfe zusammensteckten und Marie sie tuscheln hörte. Dass sie flüsterten und sich nicht in normaler Lautstärke miteinander unterhielten, war für Marie Zeichen genug, dass sie etwas besprachen, was nicht für ihre Ohren bestimmt war.

»Frag sie halt einfach«, hörte sie Sieglinde dann so laut zu Brigitte sagen, dass Marie es auch hören konnte. »Sie ist doch deine Freundin.«

Und gleichzeitig wandten die beiden ihre Blicke voneinander ab um sie auf Marie zu richten.

»Haben die etwas miteinander, der Pfarrer und die Frau Forsthuber?«, fragte Brigitte nun geradeheraus und schaute dabei so drein, als hätte sie gerade eine Mutprobe bestanden. »Die Mutter von der Sieglinde ist da nämlich ganz sicher und hat gemeint, du müsstest das ja bestimmt mitbekommen und …«.

»Brigitte, du blöde Kuh!«, zischte die Sieglinde dazwischen, »ich hab dir doch gesagt, dass ich das nicht weitersagen darf.«

»Aber du hast doch gesagt ich soll die Marie einfach fragen!«, verteidigte sich Brigitte.

»Fragen schon, aber du hättest ihr nicht sagen dürfen, dass meine Mutter glaubt, dass die zwei etwas miteinander haben.«

»Was sollen sie denn miteinander haben?«, mischte sich Marie nun ein, denn sie konnte sich die Aufregung der beiden überhaupt nicht erklären.

Und die Frage selbst kam ihr noch überflüssiger vor, denn was der Onkel und die Tante miteinander hatten, wusste doch jeder im Ort und konnte jeder sehen: das Pfarrhaus, den Garten, die Kirche und seit zwei Jahren nun auch noch sie, Marie.

Mehr fiel Marie fürs Erste nicht ein, das war wohl alles. Ach ja, ein paar Sachen gehörten dann noch jedem von ihnen ganz alleine: das Gewand, die Schuhe, die Armbanduhren. Und die Tante hatte noch einen schönen Ring mit einem roten Edelstein, den sie aber nur an manchen Abenden trug und nie, wenn Leute da waren, aber sie hatte diesen Ring immer auf ihrem Nachtkästchen liegen. Wenn Marie allein zu Hause war, probierte sie ihn manchmal an und bei ihr passte er gleich über zwei Finger, den kleinen und den Ringfinger, und wenn die Sonne darauf schien funkelte der Edelstein, als ob sich die Sonnenstrahlen auf ihm in unzählige glutrote Sterne verwandelt hätten.

Dann waren da noch die Bücher, die gehörten dem Onkel, die hatten sie also auch nicht miteinander, auch wenn sie und die Tante in ihnen lesen durften wann immer sie wollten.

»Haben sie jetzt etwas miteinander oder nicht?«, fragte nun Sieglinde hörbar ungeduldig, denn Marie zeigte keine Eile mit dem Antworten.

»Ja, sicher. Alles. Fast alles halt. Aber das wisst ihr doch ohnehin. Und warum deine Mutter das interessiert, versteh ich schon gar nicht«, sagte Marie, und während Brigitte noch nachfragte, was denn *fast alles* in diesem Zusammenhang bedeuten sollte, läutete die Glocke die nächste Unterrichtsstunde ein und die Lehrerin betrat schon wieder das Klassenzimmer.

Marie war froh, dass die Pause vorbei war und sie den beiden nicht noch erklären musste, welche Sachen der Onkel und die Tante nun für sich alleine hatten. Und außerdem dachte sie, dass die beiden das auch gar nichts anginge. Mit Brigitte redete sie jedenfalls den ganzen Vormittag kein Wort mehr.

Auch wenn sich Marie unter der Frage, ob der Onkel und die Tante denn etwas miteinander hätten, erst einmal etwas Anderes als die beiden Mädchen vorgestellt hatte, so hatte Marie nun das instinktive Gefühl, dass damit etwas gemeint sein musste, was sich hinter dem Wortwörtlichen verbarg.

Es wäre ja nicht das erste Mal gewesen, dass Marie Wörter und Ausdrücke, die sie in ihrem früheren Leben bei den Zieheltern nie gehört hatte, hier in der neuen Umgebung nicht gleich verstand oder eben missverstand. Genauso wie sie nicht immer gleich erfassen konnte, was genau gemeint war, wenn der Onkel, die Tante, oder die Kinder in der Schule sich unterhielten, weil das Deutsch der Zieheltern eben ein anderes gewesen war als die Sprache, von der sie nun umgeben war. Allzu genau erinnerte sie sich an die ersten Schulwochen, als sie sich nicht nur einmal von ihren Mitschülerinnen anhören musste, dass sie »net so gschwoin« daherreden sollte sondern »ganz normal« und halt so wie alle anderen auch. Die Tante hatte ihr dann erklärt, dass »net so gschwoin« auf Schriftdeutsch »nicht so geschwollen« hieß, und dass ihre Klassenkameradinnen damit schriftdeutsch meinten, mit dem »gschwoin«.

Das Wort *geschwollen* hatte Marie bisher aus ganz anderen Zusammenhängen gekannt: die Ziehmutter hatte eine geschwollene Lippe gehabt, nach jener schrecklichen Nacht, die Marie immer im Gedächtnis bleiben sollte, und sie selbst hatte am Körper wohl keine Stelle mehr, die auf Grund der vielen Misshandlungen, die ihr der Ziehvater im Lauf der Jahre zugefügt hatte, nicht schon einmal geschwollen gewesen wäre.

Je mehr Marie nun auf dem Nachhauseweg über die Geheimniskrämerei nachdachte, die an diesem Vormittag der Frage nach dem Onkel und der Tante vorangegangen war, umso sicherer wurde sie, dass die beiden Mädchen etwas aus ihr herausbekommen wollten, was sie überhaupt nichts anging, was niemanden etwas anging, schon gar nicht die Mutter von der Sieglinde. Außerdem konnte Marie die Sieglinde sowieso nicht leiden. Die war nämlich eine, die beim Rechnen, wenn die Lehrerin gerade nicht hinschaute, links und rechts versuchte abzuschreiben, selbst aber niemanden in ihr Heft schauen ließ. Die Sieglinde hielt sogar die linke Hand als Sichtschutz über die Heftseite, die sie gerade mit der rechten Hand beschrieb.

Irgendetwas hielt Marie davon ab, den direkten Weg nach Hause zu nehmen und dann die Tante einfach zu fragen, was die Brigitte mit ihrer Frage wohl gemeint hatte. Sie war schon drei Mal rund um den Schulhof und nun auch schon zwei Mal rund um die Kirche gegangen, langsam, und nicht wie sonst im Laufschritt, als ihre Gedanken sie zurück zu ihren früheren Zieheltern führten. Was hatten denn die miteinander gehabt? Und da fielen ihr plötzlich ganz andere Dinge ein als Haus und Garten! Die unterdrückten Schreie der Ziehmutter fielen ihr ein, die sie durch die Wand gehört hatte, die Schlafzimmertür, hinter der sie einen Gürtel, eine Schere und eine Schnur auf dem Ehebett gesehen hatte, ein Spiegel, in dem sie beide gesehen hatte, die Ziehmutter auf den Knien und den Ziehvater auf dem Bett vor ihr sitzend, das war es, das hatten die beiden miteinander gehabt.

Und schlagartig ahnte sie, was die Sieglinde und die Brigitte gemeint hatten. Aber so etwas hatten der Onkel und die Tante nicht miteinander. Gottseidank!

Noch nie hatte sie gesehen, dass der Onkel der Tante etwas angetan hätte, noch nie hatte sie gehört, dass er die Tante angeschrien hätte. Das Gegenteil war der Fall: Besonders abends, wenn niemand mehr im Pfarrhof zu erwarten war, kamen Marie die Stimmen der beiden noch sanfter vor als tagsüber, und wenn die Tante dann später, als sie Marie schon längst im Schlaf wähnte, so lautlos wie sie nur konnte von ihrem Zimmer in das des Onkels wechselte, um bei ihm die Nacht zu verbringen, hatte

Marie außer einem leisen Knarren und Quietschen noch nie ein anderes Geräusch aus dem Onkelzimmer gehört. Zwar hatte sich Marie am Anfang gewundert, weshalb sich die Tante denn solche Mühe machte, den allabendlichen Zimmertausch vor Marie geheim zu halten, aber so war das halt und Marie spielte mit. Sie war daran gewöhnt, mitzuspielen, und das war ein leichtes Spiel.

Sie atmete erleichtert durch. Und mit einem Mal löste sich auch die Schwere in den Beinen und sie begannen von allein zu laufen, leicht und schnell wie immer, und als Marie daheim ankam, warteten die Tante und der Onkel schon mit dem Mittagessen auf sie.

»Na endlich bist du da. Was hat denn da heute so lang gedauert?«, fragte die Tante zur Begrüßung.

Aber bevor Marie noch sagen konnte, dass das Nachdenken beim Nachhause gehen so lange gedauert hatte, begann der Onkel schon mit dem Tischgebet.

Es gab Dampfnudeln mit Zwetschgenröster. Maries Lieblingsgericht.

Die Dampfnudeln hatten es Marie aus vielerlei Gründen angetan. Schon allein den Namen dieses Gerichtes mochte sie, obwohl ihr Dampf*knödel* viel passender erschienen wäre als Dampf*nudel*, denn die Form der Speise war eindeutig knödelig und nicht nudelig. Aber dass Wörter nicht unbedingt das halten, was sie versprechen, hatte Marie bereits herausgefunden, und im Fall der ›Dampfnudel‹ störte sie diese unzutreffende Bezeichnung nicht. ›Dampfnudel‹ klang für Marie so, als handelte es sich dabei um eine süße weiche Wolke, in die man sich bedenkenlos fallen lassen konnte und die man noch dazu Stück für Stück aufessen durfte.

Dann war da der heimelige Geruch der Dampfnudeln: Für Marie rochen sie nämlich nach der Tante, die für sie immer auch ein wenig nach Hefe, Zimt und Zucker duftete, selbst wenn sie am Sonntag Schweinebraten mit Semmelknödeln kochte.

Dass die Dampfnudeln gemeinsam mit dem Zwetschgenröster dann auch noch so schmeckten wie sie aussahen und rochen, machten sie zu Maries unanfechtbarem Lieblingsgericht.

Als Marie der Tante vor mittlerweile beinahe einem Jahr das erste Mal beim Zubereiten der Dampfnudeln hatte zuschauen dürfen, kam zu all dem jedoch noch etwas ganz anderes hinzu, was die süße Köstlichkeit in eine höhere Sphäre, nämlich in den Himmel der Zauberei, emporhob. Das Mädchen passte damals ganz genau auf, wie die Tante Mehl durch ein Sieb in eine Schüssel rieseln ließ, und Marie kam es vor, als würde es in die Schüssel hineinschneien. Als kein Mehl mehr aus dem Sieb kam, machte die Tante in der Mitte des Mehlhügels mit dem Daumen ein Loch. Nun goss sie etwas angewärmte Milch in eine kleinere Schüssel, gab etwas Zucker dazu, und zerbröckelte dann einen weißgrauen Würfel, der, wie die Tante sagte, ein Zauberwürfel wäre. Die zerkleinerte Hefe – der Zauberwürfel nannte sich Hefe, wie die Tante der Marie anvertraute – fügte sie dann der gezuckerten Milch bei und wartete, bis sie sich darin aufgelöst hatte.

Dieses Gemisch durfte Marie nun eigenhändig in die Mehlmulde gießen.

»Vermenge es mit eine wenig Mehl«, sagte die Tante und Marie genoss das weiche teigige Gefühl auf den Fingern.

»So, das reicht«, befand die Tante schon nach kurzer Zeit und drückte Marie ein Geschirrtuch in die Hand. »Und damit deckst du jetzt die Schüssel zu.«

Die Tante lächelte geheimnisvoll und meinte, dass sich die Hefe beim Gehen nicht gerne zuschauen ließe.

»Wir müssen sie jetzt eine Viertelstunde in Ruhe gehen lassen«, erklärte sie weiter.

»Aber wohin soll sie denn gehen?«, fragte Marie ungläubig.

Nun musste die Tante richtig lachen: »Das wirst du schon sehen.«

Als Marie nach einer Viertelstunde das Geheimnis lüften durfte, sah sie mit Erstaunen in der Schüssel eine Teigmenge, die sich innerhalb von so kurzer Zeit beinahe um das Doppelte vermehrt hatte.

»Ja, schön ist er gegangen«, sagte die Tante zufrieden und Marie reihte das Wort *gehen* in die Sammlung jener Wörter ein, die neben der normalen Bedeutung noch etwas ganz anderes hießen.

Wenn ein Teig ging, und das konnte er nur mit dem aufgelösten Zauberwürfel, dann ging er nicht spazieren, sondern auf und auseinander.

»Wart erst einmal ab, wie groß der noch wird«, kündigte die Tante an und fügte dem Teig eine Prise Salz, etwas zerlassene Butter und drei Eier zu. »Wenn du magst kannst du das jetzt alles gut untermischen und dann die Masse so lange kräftig durchkneten, bis sie sich vom Rand der Schüssel löst.«

»Reicht das jetzt?«, fragte Marie nach einer Weile, denn das Kneten war viel mühsamer als das leichte Untermischen des Mehls.

»Noch nicht ganz. Der Teig zeigt dir schon, wenn er fertig ist. Schau mir zu«, sagte die Tante und löste Marie beim Kneten ab.

Sie bearbeitete den Teig kräftig und ohne Unterbrechung, und bald schon hatte er sich in eine kompakte Masse verwandelt, die sich tatsächlich vollkommen vom Schüsselrand löste. Und als die Tante den Teigball auf ein großes hölzernes Küchenbrett legte, sah die Schüssel so sauber aus, als wäre sie frisch abgewaschen.

»Und jetzt?«, fragte Marie.

»Jetzt machen wir aus dem großen Ball mehrere kleine Eier«, antwortete die Tante.

Die Tante streute etwas Mehl auf Maries und ihre eigenen Handflächen.

»So bleibt nichts an den Händen kleben«, erklärte sie und sie begannen gemeinsam, ovale Teigbällchen zu formen und legten sie, eines nach dem anderen in die bereitgestellte Auflaufform.

»Unsere Arbeit ist getan«, sagte die Tante während sie die Kasserolle in den Backofen schob.

Marie setzte sich vor das Backrohr auf den Boden und beobachtete gebannt durch das Glas hindurch, wie sich die Teigeier zu Teigknödeln aufblähten.

Wenn der Teig durch diesen Hefewürfel so schnell wächst, dann müsste das doch auch bei ihr funktionieren! Das schoss Marie nun durch den Kopf, während sie der Verwandlung vor ihren Augen zusah. Und sie beschloss, von nun an jeden Tag ein wenig von diesen Hefewürfeln zu essen. Sie hatte gesehen, wo die Tante sie aufbewahrte.

Es war Sommer, kurz vor Ferienbeginn. Die Abschlusskonferenz für die zweite Klasse der Hauptschule hatte bereits stattgefunden und die Noten standen demnach schon alle fest.

Marie liebte diese letzten Schultage besonders, denn es gab keine Hausaufgaben mehr, die Fächer Englisch, Deutsch und Mathematik entfielen öfter als sie unterrichtet wurden und in den meisten Unterrichtsstunden durften die Mädchen entweder draußen im Schulhof Völkerball spielen oder, bei Schlechtwetter, im Klassenzimmer zeichnen. Das Zeichnen gefiel Marie besonders gut, und sie mochte auch den Herrn Buxbaumer, den

Zeichenlehrer, ganz gern. Für Maries Empfinden war ja der Begriff »Zeichenlehrer« zu eng gefasst, denn Herr Buxbaumer ließ die Kinder nicht nur mit Buntstiften Zeichnungen anfertigen, sondern sie durften oft auch die volle Palette der Wasserfarben für ihre Kreationen verwenden. Und so betrachtet müsste der Herr Buxbaumer eigentlich »Zeichen- und Mallehrer« heißen, aber auf dieses Detail gingen weder die Schülerinnen noch ihr Lehrer ein. »Zeichnung« stand für alle Arten der bildnerischen Gestaltung.

Herr Buxbaumer gab zwar vielfältige Themen vor – »Baumblüte«, »Mein Lieblingstier«, »Flusslandschaft«, »Sommergarten«, »Im Tierpark« und dergleichen –, ließ den Mädchen jedoch in der individuellen Ausformung jede Freiheit, ohne sich jemals einzumischen oder gar Kritik anzubringen. Nichts und niemand dürfe die Fantasie der Kinder beschneiden, schon gar nicht die Besserwisserei des Lehrers, pflegte er an Elternsprechtagen sein passives Verhalten im Unterricht zu rechtfertigen und versicherte den Eltern gleichzeitig, dass jeder Mensch zeichnen könne, man müsse ihn nur lassen.

Jedenfalls war Zeichnen der einzige Gegenstand, in dem alle, wirklich alle Schülerinnen der Klasse ein »Sehr gut« im Zeugnis stehen hatten. Ob der Herr Buxbaumer die Mädchen aus Bequemlichkeit einfach gewähren ließ, damit er während der Unterrichtsstunde ungestört Zeitung lesen konnte, oder ob ehrliche Überzeugung hinter seiner Zurückhaltung steckte, dass Kritik der Fantasie die Flügel stutzen würde, wusste Marie nicht, es war ihr auch egal, Hauptsache sie hatte genügend Zeichenpapier zur Verfügung, Buntstifte, Wasserfarben, Pinsel und Deckweiß.

Herr Buxbaumer machte zwar in der Beurteilung der Zeichnungen und Gemälde keine Unterschiede, jedoch zur Ausstellung in den Schulgängen gelangten dann doch nur jene Bilder, die ihm wohl als herausragend und besonders gelungen erschienen. Und auf fast allen Bildern, die die Wände der Gänge säumten, waren die Initialen *MM* am unteren rechten Rand zu lesen. *MM* für *Marie Muth*.

Einer, der vor den von Marie geschaffenen Bildern schon des Öfteren im Vorbeigehen angehalten hatte um sie näher zu betrachten, war der Herr Lohnegger von der Feuerwehr. Er marschierte gelegentlich durch die Schulgänge, weil seine Tochter, die die Klasse unter Marie besuchte, in Deutsch und Englisch alles andere als eine Leuchte war und sie zudem von Zeit zu Zeit die Schule schwänzte. Deshalb wurde der Lohnegger immer wieder in die Sprechstunde ins Konferenzzimmer zitiert.

Diesmal war der Grund seines Besuchs im Schulhaus jedoch ein anderer. Er steuerte auch nicht auf das Konferenzzimmer zu, sondern hatte das Klassenzimmer der 2a im Visier, die Klasse, die Marie besuchte.

Lohneggers Klopfen an der Klassentür ging im Stimmengewirr der zwanzig übermütig durcheinander redenden Kinder unter, und der Zeichenlehrer, der dessen ungerührt in seine Zeitung vertieft war, nahm von Lohnegger erst Notiz, als der sich direkt vor ihm aufgebaut hatte.

»Entschuldigen Sie«, Lohnegger schrie nun beinahe, um den Lärm in der Klasse zu übertönen, »geht es bei Ihnen immer so zu?«

»Herr Lohnegger! Sie hier? Was führt Sie denn mitten in meinen Unterricht?« Der Buxbaumer war nun richtiggehend aufgeschreckt.

»Das würde ich Ihnen gerne mitteilen«, antwortete Lohnegger, »wenn hier nur nicht so ein Lärm wäre. Das ist ja kaum zum Aushalten.«

»Kommen Sie«, sagte der Zeichenlehrer und deutete Lohnegger an, das Klassenzimmer zu verlassen und das Gespräch auf dem Gang weiter zu führen.

»Nun, was kann ich für Sie tun?«

»Sie wissen ja, dass in zwei Wochen das große Feuerwehrfest stattfinden wird. Was wir nun brauchen, ist ein richtig schönes großes Plakat für den Schaukasten am Hauptplatz zur Ankündigung der Feierlichkeit. Am 1. Juli dürfen wir ja heuer unser fünfzigstes Jahresjubiläum feiern. Fünfzig Jahre Feuerwehr Schönboden.«

»Ah, ich verstehe.«

Ein Lächeln huschte über Buxbaumers Gesicht. »Und da dachten Sie, ich könnte für Sie vielleicht ein Plakat entwerfen. Natürlich ...«

»Herr Buxbaumer«, der Feuerwehmann stieg nun nervös von einem Fuß auf den anderen, »*Sie* möchte ich mit so etwas Anspruchslosem wie einem Plakat natürlich nicht belästigen. Ich dachte da eher an eine Schülerin von Ihnen, das Pfarrersdirndl. Das Mädchen malt ja wirklich gut und sie macht das sicher gerne. Da dachte ich halt, die Marie Muth könnte das eventuell bei Ihnen in den Zeichenstunden noch vor Ferienbeginn gut hinbekommen, vorausgesetzt Sie sind damit einverstanden, dass sie das in ihren Stunden machen darf.«

Er räusperte sich etwas verlegen und fügte schnell hinzu: »Natürlich schreiben wir auf die Plakate neben dem Namen des Dirndls auch drauf: Schülerin von Georg Buxbaumer.«

»Ja, natürlich bin ich einverstanden«, beeilte sich der Zeichenlehrer zu antworten.

Lohnegger hatte ihn mit dem Zusatz seines Namens auf dem Plakat versöhnlich gestimmt, mehr noch, er hatte ihn für sich eingenommen.

»Sie soll gleich morgen damit beginnen. Sie bringen doch genügend Papierbögen in Plakatgröße in die Schule, Herr Lohnegger? Gleich so viele, dass die anderen Mädchen sich auch betätigen können, denn die Mitschülerinnen von der Marie brauchen ja noch nicht zu wissen, welches Plakat am Ende am Hauptplatz zu sehen sein wird. Sie verstehen, dass wir die anderen zumindest pro forma einbeziehen müssen, auch wegen der Eltern, sonst würde das nur zu Neid und Eifersucht führen. Und mit der endgültigen Auswahl hab ich als Lehrer ja dann nichts zu tun, die Auswahl wird doch offiziell von Ihnen persönlich vorgenommen.«

»Einverstanden«, sagte der Lohnegger, die Papierbögen sind morgen rechtzeitig vor Unterrichtsbeginn im Konferenzzimmer abgeliefert.«

Während der Feuerwehrmann zufrieden den Gang schulauswärts schlenderte, ging Georg Buxbaumer ebenfalls zufrieden zurück ins Klassenzimmer. Die noch anstehenden Unterrichtsstunden waren wohl somit geritzt, er brauchte sich bis Schulschluss keine Zeichenaufgaben mehr einfallen lassen, alle wären beschäftigt, das Papier geliefert und der ganze Ort würde am 10. Juli seinen Namen auf dem Plakat lesen.

Als Georg Buxbaumer am nächsten Morgen das Konferenzzimmer betrat, lagen die angeforderten zwanzig Bögen Zeichenpapier in Plakatgröße bereits auf seinem Schreibtisch. Es war ein festes, kompaktes Papier, das sich nicht gleich an den Ecken einrollen würde und das zum Bemalen mit Wasserfarben gut geeignet schien.

Draußen war es regnerisch, daher stand Völkerballspielen im Schulhof ohnehin nicht zur Debatte.

Ausnahmsweise verstummten die Mädchen der 2a diesmal unverzüglich, als sie Buxbaumer mit den überdimensional großen Zeichenbögen die Klasse betreten sahen.

Der Lehrer war anscheinend über die ihm geltende Aufmerksamkeit selbst verblüfft, denn er blieb einen Augenblick lang wortlos und wie angewurzelt vor den

Schülerinnen stehen, anstatt sich wie sonst sogleich auf seinen Lehrersessel fallen zu lassen.

»Guten Morgen, Kinder«, begrüßte er schließlich die Klasse und in der Bewusstwerdung der unerwarteten Wichtigkeit seiner Person schlug auch seine Stimme einen feierlichen Tonfall an. »Wie ihr seht, habe ich euch heute etwas ganz Besonderes mitgebracht. Wertvolle, ganz besondere Zeichenbögen sind das, und ihr dürft sie bemalen. Das Thema lautet: Unsere Feuerwehr feiert fünfzigjähriges Bestehen. Das beste Plakat wird beim Feuerwehrfest unseren Hauptplatz zieren. Ihr als meine Zeichenklasse seid von der Feuerwehr auserwählt worden, diese Plakate zu gestalten.«

Noch immer hatte sich Herr Buxbaumer nicht hingesetzt, so als ob der Moment eine aufrechte Haltung verlangen würde.

»Wir werden gleich heute beginnen. Aber nehmt euch genügend Zeit, skizziert zuerst alles sorgfältig mit Bleistift und malt dann erst mit den Wasserfarben drüber. Bedenkt, ihr habt nur einen Papierbogen zur Verfügung.« Mit diesen Worten teilte er die Zeichenbögen aus.

»Ach ja, beinahe hätte ich vergessen«, fügte er seinen Anweisungen noch hinzu, »ein kurzer Spruch über die Feuerwehr würde sich auf dem Plakat sicher gut machen. Etwa ›Helfen in Not ist unser Gebot!‹ oder einfach ›Wir gehen für dich durchs Feuer‹. Naja, euch wird bestimmt etwas einfallen. Eurer Fantasie sind keine Grenzen gesetzt.«

Marie fiel auf, dass die sonst sehr helle Gesichtsfarbe des Herrn Buxbaumer rosarot gefleckt war, sie deutete dieses zarte Rosarot als Zeichen freudiger Aufgeregtheit. Dabei hatte sie den Eindruck, dass der Zeichenlehrer von seinen spontanen Spruchideen sehr beeindruckt war. Auch in der geschäftigen Art und Weise, in der sich der Herr

Buxbaumer für dieses Malprojekt einsetzte, entdeckte Marie eine ihr noch unbekannte Seite des Zeichenlehrers.

Als er beim Austeilen der Bögen bei Marie angelangt war, beugte er sich zu ihr hinunter und sagte so leise, dass Marie wusste, dass das, was er ihr mitteilen wollte, nur für ihre Ohren bestimmt war: »Gib dir diesmal ganz besonders viel Mühe, Marie, es wird sich lohnen!« Dabei zwinkerte er ihr komplizenhaft zu.

»Zuerst muss ich den Zoo noch fertig malen. Da fehlen noch ein paar Tiere«, entgegnete Marie, die sich bedeutend lieber in die von ihr belebte Tierparklandschaft versenken wollte.

»Die Tiere können warten«, sagte der Herr Buxbaumer ungewohnt bestimmt, zog das halb bemalte Blatt einfach von Maries Tisch und legte anstelle dessen den großen leeren Papierbogen vor Marie.

»Nein, Herr Fachlehrer, bitte geben Sie mir den Zoo zurück«, sagte Marie ebenso bestimmt. »Vorher fang ich mit der Feuerwehr nicht an.«

Wieder entdeckte Marie rote Flecken in Buxbaumers Gesicht, diesmal dunkel- und nicht rosarote. Entgegen seiner unruhigen Farbwechsel auf Stirn und Wangen legte seine Hand das ursprüngliche Zeichenblatt ganz ruhig auf Maries Platz zurück, den großen weißen Bogen nahm er mit sich zum Lehrertisch.

»Gut«, sagte er, »du gibst mir Bescheid, wenn du fertig bist. Dann beginnst du mit der Feuerwehr.«

Am folgenden Morgen blieben die Mädchen der Klasse 2a trotz Schönwetters freiwillig im Klassenzimmer, um an den Feuerwehrplakaten weiterarbeiten zu können. Sie warteten schon ungeduldig darauf, dass Herr Buxbaumer ihnen die am Vortag von ihm in Verwahrung genommenen Plakatentwürfe wieder austeilte und sie mit den Skizzen fortfahren konnten.

»Mit dem Zoo bin ich jetzt fertig«, sagte Marie, als der Zeichenlehrer beim Austeilen der großen Papierbögen zu ihr gelangt war.

»Schön«, sagte Herr Buxbaumer nur und Marie tauschte mit ihm das bunte Blatt gegen den weißen Zeichenbogen.

»Weißt du schon, wie du das Plakat gestalten wirst?«, fragte der Lehrer und Marie wunderte sich abermals über sein Interesse, denn es war schon sehr ungewöhnlich für Herrn Buxbaumer, sich nach der geplanten Umsetzung einer Zeichenaufgabe zu erkundigen. Er ließ doch sonst alle einfach werken wie es ihnen gefiel, weil ihm das Ergebnis – da war Marie sich eigentlich sicher – im Grunde egal war. Diesmal war es eindeutig anders.

»Ja«, antwortete sie, obwohl sie noch nicht die geringste Idee hatte, wie das Plakat aussehen sollte, aber sie wollte sich auf keinen Fall vom Zeichenlehrer vorgeben lassen, was sie tun sollte.

»Willst du nicht vorher alles mit Bleistift vorzeichnen?«, mischte sich Herr Buxbaumer schon nach kurzer Zeit wiederum ein, als er sah, dass Marie geradewegs zu Pinsel und Wasserfarben griff.

»Nein«, sagte sie, ohne von ihrer Arbeit aufzuschauen. Nun, da sie zu Malen begonnen hatte, gefiel es ihr sehr, ein so großflächiges Blatt Papier zur Verfügung zu haben, es schien ihr, dass mit dem Großformat des Zeichenbogens sich auch der Raum für ihre Fantasie geweitet hätte.

Vieles kam ihr plötzlich in den Sinn, was mit der Feuerwehr zu tun hatte, Männer mit silbernen Helmen, dunkelgrünen Schutzanzügen und Wasserschläuchen tauchten in ihrer Vorstellung auf, lichterloh brennende Häuser, Menschen, die auf der Flucht vor den Flammen aus den Fenstern sprangen, denen aber nichts passierte, weil die Feuerwehrmänner unter ihnen Sprungtücher ausgebreitet hatten. Und auch Würstelbuden fielen ihr ein, die hatte sie beim letztjährigen Feuerwehrfest entdeckt und der Onkel hatte ihr dort sogar Würstel mit Senf gekauft, so eine Würstelbude musste unbedingt auch auf das Plakat.

»Morgen machen wir weiter, Kinder!«, unterbrach die Stimme des Herrn Buxbaumers Maries Gedanken, als sie gerade dabei war, ein Heer von Feuerwehrmänner, alle nur fingergroß, rund um ein von ihnen festgehaltenes rot leuchtendes Sprungtuch auf das Plakat zu bannen.

Größer durfte sie die Feuerwehrmänner nicht darstellen, denn es musste noch alles Mögliche auf das Plakat passen, auch der Wahlspruch, der ihr schon eingefallen war.

»Darf ich noch da bleiben und weitermalen?«, fragte Marie.

Der Zeichenlehrer überlegte einen Moment und nickte dann zustimmend.

»Kinder, bringt nun alle Plakate zu mir, morgen machen wir weiter«, beendete er die Unterrichtsstunde für den Rest der Klasse. Und zu Marie sagte er, bevor er nach seinen Schülerinnen das Klassenzimmer verließ: »Ich bin noch im Schulhaus. Wenn du etwas brauchst, du findest mich im Konferenzzimmer. Um spätestens vier Uhr ist aber dann auch für dich Schluss, da gehe ich nämlich nach Hause.«

Es war erst drei Uhr am Nachmittag, als Marie zufrieden ihr fertiggestelltes Kunstwerk betrachtete. Ja, es war alles drauf was sie sich vorgestellt hatte. Im Hintergrund ein großer Bauernhof, aus dem aus den Fenstern und sogar durch das Dach Feuer in wilden Flammen heraus züngelte, auf einem Fensterbrett im oberen Stockwerk standen ein Mann und ein Kind zum Sprung bereit, unter ihnen hielt die Gruppe der Feuerwehrmänner das rettende Sprungtuch aufgespannt für sie bereit.

Links in den Vordergrund hatte Marie ein leuchtend rotes Feuerwehrauto gestellt, daneben die Würstelbude. Und zwischen dem brennenden Bauernhaus und dem Feuerwehrauto hatte Marie noch Platz gefunden für den Spruch, den sie extra gedichtet und mit dem sie in dicken roten Blockbuchstaben das Plakat vollendet hatte: BEI FEUER UND NOT SIND WIR BEREIT / ZU LÖSCHEN UND RETTEN JEDERZEIT.

Bevor sie das fertige Werk dem Zeichenlehrer ins Konferenzzimmer brachte, malte sie noch zwei Buchstaben ins untere rechte Eck: MM.

Der 10. Juli war ein brütend heißer Sommertag. Die Sonne brannte von einem blitzblauen Himmel herunter, und die Besucher des Feuerwehrfestes drängten sich unter den schattenspendenden Kastanienbäumen auf dem Hauptplatz, im Bierzelt und unter dem Vordach des Würstelstandes.

Der Festansprache des Feuerwehrhauptmanns im Grünbachpark folgten aufgrund der Hitze nur wenige Schönbodener, und angesichts der verschwindenden Zuhörerschaft stutzte der Hauptmann seine Rede auf nur wenige Sätze zusammen, um dann selbst vor der Sonne ins Bierzelt zu flüchten.

Auch die Musikanten der Musikkapelle Schönboden setzten dem Platzkonzert nach zwei kurzen Märschen ein jähes Ende.

Marie war die Hitze egal, sie spürte sie nicht einmal, denn die freudige Erwartung dessen, was wohl unmittelbar bevorstand, war übermächtig. Für sie stand außer Zweifel, dass es ihr Plakat war, das im Schaukasten des Gemeindeamtes ausgestellt war. Nicht nur deshalb, weil der Herr Buxbaumer, als sie ihm das Bild im Konferenzzimmer übergeben hatte, hörbar begeistert »Ja, das ist es!« ausgerufen hatte, sondern weil sie unter den Bildern ihrer Klassenkameradinnen beim besten Willen keines entdeckt hatte, das an ihres herangekommen wäre.

Die Vorfreude darauf, bald schon mit der Tante und dem Onkel zum Gemeindeamt zu spazieren und dort in den Gesichtern deren große Überraschung aufgehen zu sehen, ließ alles andere rund um sie verblassen. Sie hatte nämlich der Tante und dem Onkel noch kein Wort von dem Plakat verraten. Und sicher würden sie richtig stolz sein!

Genau diesem Gedanken hing sie nach, während sie mit der Tante auf der Parkbank im Grünbergpark auf den Onkel wartete, der sie dort nach der Segnung des neuen Feuerwehrautos abholen sollte, um dann mit ihnen gemeinsam zum Festzelt und zur Würstelbude hinüberzugehen. Die Würstelbude hatte er Marie versprochen.

Schon von weitem erkannte Marie den Onkel, der nun nach getaner Arbeit den schwarzen Rock ausgezogen und über die Schulter geworfen hatte. Marie dachte, es müsse ihm wohl sehr heiß sein in den langen schwarzen Hosen und dem hochgeschlossenen, ebenso schwarzen Hemd mit dem eng anliegenden Stehkragen, der in der Mitte ein weißes Viereck freigab.

»Kommt, gehen wir«, sagte der Onkel und streckte beiden eine Hand hin, um sie von der Bank hochzuziehen.

Diesmal fehlte Marie die innere Ruhe, um die Würstel mit dem Senf bis zum letzten Bissen genießen zu können, denn der Drang hin zum Gemeindeamt war nun so stark geworden, dass ihre Beine gar nicht mehr stillstehen wollten. Nun war sie es, die beide an der Hand nahm und vom Würstelstand wegzog.

»Wo willst du denn so dringend hin?«, fragte die Tante.

»Zum Schaukasten«, sagte Marie und ging los.

Als sie gemeinsam mit der Tante und dem Onkel den Hauptplatz überquerte, sah Marie einige Schönbodener, die sich vor dem Schaukasten versammelt hatten, und sie erkannte unter ihnen sofort den Herrn Buxbaumer sowie mehrere Klassenkameradinnen mit deren Eltern. Eigenartigerweise löste sich die Gruppe unversehens auf, während sich Marie mit den Pfarrersleuten näherte. Als die drei dann beim Schaukasten angelangt waren, standen sie allein davor.

»Das hast ja *du* gemacht!«, rief die Tante freudig aus, die Maries Art zu malen auf Anhieb erkannte.

»Das ist dir großartig gelungen, Marie! Das brennende Haus im Hintergrund und das aufgespannte Sprungtuch, du bist wirklich eine Künstlerin!«, sagte der Onkel und las laut: »BEI FEUER UND NOT SIND WIR BEREIT / ZU LÖSCHEN UND RETTEN JEDERZEIT. Du kannst ja sogar dichten! Aber wo hast du dich denn mit deinen Initialen versteckt?«

Der Onkel war nun ganz nahe an das Plakat herangetreten, um mit den Augen am unteren Rand des Bildes nach den beiden Buchstaben MM zu suchen. Auch Anna rückte bis an die Glaswand des Schaukastens heran.

»Da ist ja Farbe drüber«, sagte nun die Tante irritiert, »die Buchstaben MM kann man nur ganz schwach unter dem Rot erkennen. Und da steht noch was unter der roten Farbschicht«, sie kniff die Augen zusammen und las: »Schülerin von«

»Ja, ›Schülerin von Georg Buxbaumer‹ sollte das wohl ursprünglich heißen«, erfasste der Onkel. »Nur dass man eben mit freiem Auge aus normaler Entfernung nur ›Georg Buxbaumer‹ lesen kann.«

Als sein entrüsteter Blick vom Plakat zu Marie wanderte, sah er in ein Gesicht, das Erstaunen, ja Fassungslosigkeit ausdrückte.

»Wir wissen aber«, sagte der Onkel schnell und legte seinen Arm um Maries Schultern, »dass du die Künstlerin bist und niemand sonst.«

Auf dem Nachhauseweg hörte Marie den Onkel zur Tante sagen: »Dem Gabler werde ich heute noch einen kurzen Besuch abstatten müssen«. Und das Mädchen hörte die Tante nachfragen, was er denn beim Bürgermeister machen wolle.

»Der hat den Schlüssel«, war die knappe Antwort des Onkels.

Über die Fassungslosigkeit in Maries Gesicht huschte ein Lächeln, denn sie wusste sofort, von welchem Schlüssel der Onkel sprach.

So war Marie am nächsten Morgen, als sie auf dem Schulweg beim Gemeindeamt vorbeikam, gar nicht überrascht. Auf den ersten Blick war nichts anders als am Vortag. Durch das Glas des Schaukastens leuchteten die bunten Wasserfarben in der Morgensonne. Ihr Blick wanderte jedoch gleich hinunter zum unteren Rand des Bildes. Den Namen des Zeichenlehrers konnte sie dort nirgends mehr finden, dafür aber sprang ihr der eigene Name sofort in die Augen, in elegant geschwungener Schreibschrift in reinem Deckweiß stand er unübersehbar da: Marie Muth. Die schwungvolle Handschrift war zweifelsfrei die des Onkels.

Als Marie das Kassenzimmer betrat, war es leer. Alle Mädchen befanden sich bereits im Schulhof. Die Turnlehrerin verkündete, dass es in diesem Schuljahr keinen Zeichenunterricht mehr geben würde, weil der Herr Buxbaumer überraschend erkrankt sei. Nichts Schlimmes, sagte sie, aber er brauchte eben ein wenig Ruhe. Und in den paar Schultagen bis zum Ferienbeginn dürften sich die Mädchen im Freien beim Völkerballspielen austoben.

Dass der Zeichenlehrer wirklich erkrankt war, glaubte Marie keineswegs. Vielmehr vermutete sie, dass er vor dem Deckweiß des Onkels in Deckung gegangen war, und dass er nun gedachte, so lange untergetaucht zu bleiben, bis das Plakat wieder aus dem Schaukasten verschwunden und damit auch in der Erinnerung der Schönbodener verblasst war.

Marie hatte plötzlich große Lust auf das Völkerballspiel. Sie schlüpfte aus den Sandalen und genoss die Kühle des Rasens an den Fußsohlen. Vom Schulhof aus konnte sie den Pfarrhof und den Hügel dahinter sehen, die noch schräge Sonne brachte das satte Sommergrün zum Leuchten. Unwillkürlich wanderte Maries Blick zurück zum Pfarrhof, etwas Bestimmtes zog ihn magnetisch dorthin und führte ihn punktgenau zum Fenster ihres Zimmers. Die Sonnenstrahlen hatten sich darin gebündelt und das Fenster in einen schillernden Spiegel verwandelt. Es war ihr Fenster und es war ihr Spiegel.

Marie wich an diesem Vormittag jedem Ball der gegnerischen Mannschaft so geschickt aus, dass sie als Letzte im Spielfeld übrig blieb.

»Jetzt hast du drei Leben«, rief ihr die Turnlehrerin zu. »Die Letzte hat immer drei Leben!«

Marie dachte, dass sie drei Leben gar nicht wollte, schon gar keine auf dem Spielfeld, ein einziges Leben reichte völlig aus. Sie dachte an den Onkel, der wegen ihr zum Bürgermeister gegangen war, sie dachte an ihr Fenster, das die Sonnenstrahlen einfangen konnte, sie dachte an die Tante, die nach Zimt und Zucker roch.

»Ich geh jetzt heim«, sagte Marie und verließ das Spielfeld, obwohl es noch mitten am Vormittag und der Unterricht noch nicht zu Ende war. Die Lehrerin hielt sie nicht auf.

Schon bald hatte sich Marie an einen neuen Schlafrhythmus gewöhnt. Sie genoss es, nicht wie während des Schuljahres tagtäglich um sieben Uhr früh aufstehen zu müssen, sondern in den Ferienwochen die Nächte wach zu erleben und die Schlafphasen in die frühen Morgen- und Vormittagsstunden zu verlegen.

Die Pfarrersleute konnten von Maries Nachtleben eigentlich nichts ahnen, denn das Mädchen verabschiedete sich wie gewöhnlich nicht allzu spät in ihr Zimmer.

»Der Schlaf tut ihr sicher gut«, hatte sie die Tante durch die noch angelehnte Zimmertür erst neulich zum Onkel sagen hören, »sie hat wohl noch immer Nachholbedarf an Ruhe, sonst würde sie nicht jeden Tag erst so spät aufwachen. Der Körper holt sich eben, was er braucht.«

Und der Onkel hatte ergänzt: »Die Seele auch, die holt sich auch was sie braucht. Oft ist die Nacht die richtige Zeit dafür.«

Als Marie den Onkel das sagen hörte, war sie nicht mehr ganz so sicher, ob er wirklich damit rechnete, dass Marie die ganze Nacht schlafend verbrachte.

In diesen Sommernächten sah das Mädchen vom Bett aus durch das geöffnete Fenster auf ein besonders schwarzes aber dafür mit besonders hellen Sternen besprenkeltes Himmelsrechteck. Die Nächte um den Neumond herum übten auf Marie die größte Faszination aus. Kein Mondlicht schwächte die Leuchtkraft der Sterne. Und mitunter fegte sogar eine Sternschnuppe über den Himmel.

Manchmal stieg Marie aus dem Bett, setze sich auf das Fensterbrett, ließ dabei die Beine ins Freie hinaus baumeln und genoss die kühle Luft auf der nackten Haut. Die Vögel schliefen schon längst in ihren Behausungen, aber viele andere Tiere mussten wach sein wie Marie, denn es raschelte, knisterte und knackte nur so in den

Büschen und Bäumen. Zu gerne hätte Marie die Augen einer Katze gehabt, um damit das nächtliche Treiben um sie herum ganz genau beobachten zu können. Ihre eigenen Augen hatten sich für menschliche Augen außergewöhnlich gut an die Dunkelheit gewöhnt und konnten Formen, Umrisse und Bewegungen wahrnehmen. Aber mit Katzenaugen sehen zu können, das musste schon ein unvergleichliches Erlebnis sein, da wäre sie allen anderen Menschen meilenweit voraus! Ja, die Augen einer Katze zu haben, wenigstens für eine einzige Nacht, das würde sich Marie das nächste Mal ganz fest wünschen, wenn sie wieder einmal das Glück haben sollte, eine Sternschnuppe zu erspähen.

Das Geräusch, das sie diesmal hörte, kam von der anderen Seite des Hauses, von dort, wo sich die Haustür befand, und für Marie stand außer Zweifel, dass diese Laute nicht von einem Tier stammten. Es waren Schritte, tappende, unsichere Schritte, die sich in der Dunkelheit dem Pfarrhaus näherten. Marie nahm an, dass die Pfarrersleute noch nicht schliefen, denn das Licht im ersten Stock war erst vor Kurzem erloschen.

Die Schritte waren verstummt, dafür hörte Marie nun ein zitterndes Atmen, und sie ahnte, dass dieses Atmen sogleich in ein Wimmern übergehen würde. Denn genau dieses beklommene nach Luft schnappen kannte sie von der Ziehmutter aus einem früheren Leben.

Marie hatte recht gehabt, die Tante und der Onkel waren wach, denn noch im selben Augenblick, in dem das Mädchen Läuten und gleichzeitig heftiges Klopfen an der Haustür vernahm, war im ersten Stock das Licht wieder angegangen und Marie hörte die verhaltenen Stimmen der Tante und des Onkels, hörte dann, wie die Tür oben geöffnet wurde und erkannte am kräftigen Knacken der Holzstufen den Onkel, der zum Öffnen der Haustür herunter ins Erdgeschoss eilte.

»Frau Strasser! Sie sind das! Ist etwas passiert?«

Die Stimme des Onkels klang für Marie nicht außergewöhnlich betroffen, eher kühl und förmlich, als er die nächtliche Besucherin ins Haus herein bat.

»Setzen Sie sich doch bitte erst einmal«, forderte der Onkel die Frau auf, in deren Stimme Marie sofort die Mutter von der Sieglinde, ihrer Klassenkameradin, erkannte, auch wenn ihrer Ausdrucksweise die gewohnte Robustheit fehlte.

»Entschuldigen Sie bitte, Herr Pfarrer«, brachte sie gerade noch hervor bevor sie in ein Schluchzen ausbrach, das sie am Weiterreden hinderte.

»Trinken Sie erst einmal das«, hörte sie den Onkel wieder ruhig und besonnen sagen, »der Obstler wird sie beruhigen.«

Marie musste unwillkürlich an den Arzt denken, der ihr wegen einer argen Grippe im Winter Hustensirup verordnet hatte. Geholfen hatte er nicht.

»Nun, wie kann ich Ihnen denn helfen?«, versuchte es der Onkel aufs Neue.

»Mein Mann, Herr Pfarrer«, brach es nun aus ihr heraus, »er bildet sich ein, dass der Lohnegger Fredl und ich … Sie wissen schon«, wieder unterbrach leises Schluchzen ihre Erklärung.

In diesem Moment beschloss Marie, ihre Zimmertür einen Spalt weit zu öffnen, um alles mitzubekommen, was da gerade im Wohnzimmer vor sich ging. Die Sterne würden auch in den kommenden Nächten noch für sie funkeln, dachte Marie, die Frau Strasser ist jedoch nur jetzt hier. Und dass bei der Frau Strasser etwas gründlich schief gelaufen sein musste, löste bei Marie das Gefühl einer gewissen Befriedigung aus, ja, sie empfand die Situation, dass die Mutter von der Sieglinde nun just beim Onkel Zuflucht suchte, als Genugtuung. Wollte sie doch immer schon so genau wissen, was denn der Onkel und die Tante miteinander hätten! Jetzt konnte sie sich selbst ein Bild davon machen.

»Hat er Ihnen etwas angetan? Oder Sie bedroht?«, fragte der Onkel, weiterhin ruhig und höflich, vom Geschehen ungerührt.

»Er hat den Verstand verloren und ist völlig außer sich geraten, ich habe ihn nicht wiedererkannt, er hat mich geschlagen, auf den Kopf hat er mich geschlagen, und geschrien hat er, er würde uns beide umbringen, mich und dann den Fredl, ihm wäre ohnehin jetzt alles egal, er hätte in seinem Leben nichts mehr zu verlieren. Die Schande im Dorf, die bringe ihn um, im Wirtshaus hätten sie sich über ihn lustig gemacht, ihm geraten, doch die Burgi zu fragen, die wisse Genaueres. Sie wissen schon, Herr Pfarrer, die Burgi Maier, die hätte uns in eindeutiger Situation gesehen.«

»Und was kann ich jetzt für Sie tun?« Marie wunderte sich, dass der Onkel nicht nachfragte, was denn unter dieser eindeutigen Situation zu verstehen wäre.

»Ich hab mir einfach keinen anderen Rat gewusst als zu Ihnen zu kommen. Wo hätte ich denn hin sollen?«

»Darüber machen Sie sich jetzt erst einmal keine Gedanken. Diese Nacht können Sie hier verbringen, wenn Ihnen die Couch im Wohnzimmer reicht.«

Wieder begann die Frau Strasser zu weinen. »Dabei stimmt das alles doch überhaupt nicht! Und ich kann auch gar nicht verstehen, wie die Burgi so etwas behaupten kann. Noch dazu wo sie doch eine Freundin von mir ist.«

»Bei den sogenannten Freunden täuscht man sich oft, Frau Strasser. Und was den Klatsch betrifft, der wird schneller als man denken kann zur Verleumdung. Ein Krebsgeschwür ist das Geschwätz, von dessen Auswüchsen man zu Beginn gar nichts ahnt, wofür es am Ende jedoch für den Betroffenen oft keine Heilung mehr gibt.

Die üble Nachrede kann Menschen vernichten. Man spricht nicht umsonst von Rufmord«.

Nun wirkte die Stimme des Onkels nachdenklich. »Das Schlimme ist nämlich, dass immer etwas hängenbleibt, selbst wenn sich das Gerücht nachweislich als unwahr erweisen sollte.«

Die Frau Strasser schien die Stimme verloren zu haben, denn es folgte absolute Stille. Vielleicht, dachte Marie, haben die Worte des Onkels ihre Gedanken von ihrer persönlichen Notlage losgelöst, vielleicht haben sie sogar bewirkt, dass ihr Denken nun an ihrer eigenen Lust am Tratschen hängengeblieben ist, ja, dass sich die Frau Strasser sogar ertappt gefühlt hat und es ihr deshalb die Sprache verschlagen hat – und sogar das Schluchzen.

Im Nebenraum herrschte weiterhin Schweigen, nur ein leises Knarren der Schranktür war zu hören. Marie schloss daraus, dass der Onkel die Wolldecke aus dem Kasten nahm, um sie der Frau Strasser anzubieten.

»Danke, Herr Pfarrer.« Frau Strasser hatte offenbar die Stimme wiedergefunden. »Ich wollte Ihnen nur noch erzählen, was denn nun wirklich vorgefallen ist. Und die Burgi hat sich getäuscht. Wenn …«

»Heute nicht mehr, Frau Strasser«, stoppte der Onkel die Frau abrupt. »Es ist morgen zwischen Sechzehn und Achtzehn Uhr Beichtgelegenheit, wenn Sie denken, es tut Ihnen gut, dann machen Sie bitte davon Gebrauch. Sie wissen, Sie vertrauen dann alles nicht mir sondern vielmehr Gott an, ich bin nur ein kleines Verbindungsstück, ein Werkzeug sozusagen, eines, das zudem an das Beichtgeheimnis gebunden ist.«

Bei dem Wort Beichtgeheimnis horchte Marie besonders gespannt auf, denn diese Verschwiegenheitspflicht des Priesters in Bezug auf alles, was ihm in der Beichte anvertraut wird, war Marie schon immer fragwürdig vorgekommen, mehr noch, sie war damit in vielen

Fällen, die ihr durch den Kopf gingen, überhaupt nicht einverstanden. Gesetzt den Fall, ein Einbrecher gesteht im Beichtstuhl den Diebstahl und ein Unschuldiger wird verdächtigt und vielleicht sogar verhaftet? Da soll der Pfarrer, der die Wahrheit weiß, schweigen müssen? Das war nicht gerecht.

Während das Mädchen diesen Gedanken nachhing, hörte sie Geräusche im oberen Stockwerk und dann die Tante die Treppe hinuntergehen.

»Grüß Gott, Frau Strasser«, hörte sie die Tante sagen. »Haben Sie alles was Sie brauchen?«

»Danke, Frau Forsthuber, es tut mir so leid, dass ich Sie mitten in der Nacht …«

»Schon gut. Sicher haben Sie Durst. Ich mach Ihnen noch was zu Trinken. Holundersaft? Und dieses Kissen hab ich Ihnen von oben noch mitgebracht.«

Und zum Onkel hörte Marie sie sagen, und wunderte sich dabei darüber, dass die Tante trotz Anwesenheit der Frau Strasser so vertraut mit ihm redete: »Jakob, du kannst ruhig schon einmal vorgehen und dich wieder hinlegen. Du hast ja morgen einen anstrengenden Tag. Ich mach der Frau Strasser noch etwas zu Trinken und komm dann auch gleich nach.«

»Danke, Anna«, sagte der Onkel und ging nach oben.

»Was ist denn nun mit ihrer Tochter, der Sieglinde? Ist das Mädchen jetzt alleine daheim bei Ihrem Mann?«

Die Tante hatte offenbar das vorangegangene Gespräch zwischen dem Onkel und der Frau Strasser vom ersten Stock aus genauso mitgehört wie Marie.

»Die ist zum Glück für ein paar Tage bei den Großeltern, sie weiß von alldem nichts. Hoffentlich …«

Diesmal war es die Tante, die die Frau Strasser unterbrach, allem Anschein nach hatte sie genauso wenig Interesse wie der Onkel, sich näher mit den Angelegenheiten der Strassers zu beschäftigen.

»Gute Nacht, Frau Strasser!«, sagte sie nur knapp und ging nach oben.

Marie war hellwach. Vieles ging ihr durch den Kopf. Weshalb hatten der Onkel und die Tante vor der Frau Strasser darauf gepfiffen, ihr besonderes Verhältnis zu verbergen? Sie achteten doch sonst vor allen Menschen mit Ausnahme von Onkel Paul so strikt darauf, sich nicht mit Vornamen anzusprechen und Vertraulichkeiten zu vermeiden. Marie war es vorgekommen, als wollten sie der Frau Strasser ganz bewusst die Selbstverständlichkeit ihrer Beziehung vor Augen führen, eine Selbstverständlichkeit, die kein Gerede ins Wanken bringen konnte und die auch niemanden etwas anging. Der Onkel und die Tante hatten ihr – diesen Anschein erweckte es tatsächlich auf Marie – nun selbst die Antwort auf die Frage gegeben, die Sieglinde neulich in der Unterrichtspause Marie gestellt hatte, und das, obwohl die beiden doch von dieser Frage nichts wissen konnten. Man muss also gar nicht immer alles erzählt bekommen, um es auch zu wissen, erwog Marie, und für sie stand nun auch fest, dass die Frau Strasser trotz ihres angeschlagenen Zustands das Verhalten der Pfarrersleute ganz genau verstanden hatte. Und das war gut so. Die Sieglinde würde ihr auf jeden Fall keine dummen Fragen mehr stellen.

Was es tatsächlich mit dem Lohnegger und der Frau Strasser auf sich hatte, war Marie völlig egal. Genauso wenig kümmerte sie es, wie es der Frau Strasser im Zimmer nebenan nun ging, ob sie einschlafen konnte oder sich sorgenvoll im Bett von einer Seite auf die andere wälzte, ob sie sich mit ihrem Mann jemals wieder vertragen würde, all das war Marie einerlei.

Was jedoch in ihrem Kopf weiter herumgeisterte und sie noch eine ganze Weile wachhielt, war der Gedanke an das Beichtgeheimnis. Weshalb brauchte man überhaupt einen anderen Menschen als Zwischenglied oder Werkzeug, wie der Onkel gesagt hatte, um Gott etwas anzuvertrauen und von ihm Vergebung zu erlangen? Weshalb sollte das nicht direkt gehen? Dann bräuchte man auch so etwas wie das Beichtgeheimnis nicht. Darüber musste sie mit dem Onkel morgen unbedingt reden.

Als Marie schließlich einschlief, hatten die Vögel ihren übermütigen Morgengesang schon hinter sich gebracht. Und als das Mädchen am späten Vormittag aufwachte und ins Wohnzimmer hinüberging, fand sie den Raum so vor, als ob dort nie jemand übernachtet hätte. Durch das geöffnete Fenster sah sie die Tante, die bunte Wäsche mit ebenso bunten Wäscheklammern an der vom Apfelbaum zum Nussbaum gespannten Leine befestigte. Die Farben tanzten im Sommerwind wie aufgespannte Schmetterlingsflügel.

»Ist der Onkel noch in der Sakristei?«, rief Marie der Tante zu.

»Ah, Marie, guten Morgen. Heute hast du aber wieder lang geschlafen!« Die Tante blickte vom Wäschekorb auf, als sie Marie am Wohnzimmerfenster entdeckte. »Der Onkel müsste in der Kanzlei sein.«

»Ich geh gleich hinüber«, sagte Marie und war auch schon vom Fenster verschwunden.

Von draußen hörte Marie den rhythmischen Anschlag der Schreibmaschinentastatur auf dem über die Walze gespannten Papier. Der Onkel war wohl mit dem Verfassen des Pfarrbriefes beschäftigt, der einmal im Monat erschien, und in der Kirche nach dem Gottesdienst von den Gläubigen mitgenommen werden konnte. Marie mochte den Pfarrbrief gerne, oft fragte der Onkel sie auch, ob sie nicht eine Zeichnung dafür beisteuern wolle, oder ein Gedicht, zur Auflockerung, etwa bei der Bekanntgabe von bevorstehenden Hochzeits- oder Taufterminen.

Leise öffnete Marie die Kanzleitür und schlich zum Schreibtisch, so nah an den Onkel heran, dass sie über dessen Schulter auf das Papier mit den schwarzen Buchstabenreihen sehen konnte.

»Hast du mich erschreckt«, sagte der Onkel und unterbrach das Geklapper der Tastatur. »Ich hab dich gar nicht hereinkommen hören.«

»Ich wollte dich nur etwas fragen«, sagte Marie, der die Sache mit dem Beichten und dem Beichtgeheimnis nicht aus dem Kopf gehen wollte.

»Hat das nicht Zeit bis Mittag? Dann bin ich mit dem Pfarrbrief fertig und du kannst mich fragen, was immer du willst«, antwortete der Onkel, der anscheinend nicht bei seiner Arbeit unterbrochen werden wollte.

Marie war schon wieder draußen, so schnell und lautlos wie sie hineingekommen war, als der Pfarrer ihr nachrief. »Also, komm schon! Der Pfarrbrief kann warten.«

»Ich wollte dich fragen, wozu die Beichte gut ist.« Mit dieser knappen Äußerung setzte sich Marie dem Pfarrer gegenüber.

Als der Onkel nun nicht gleich antwortete, sondern sie nur still ansah, ahnte Marie schon, dass sie gerade eine jener Fragen gestellt hatte, die nicht mit einem einzigen Satz zu beantworten waren, auch nicht vom Onkel. Sein Gesicht hatte einen gedankenvollen Ausdruck angenommen, bei dem sich der Blick nach innen kehrte, so, als ob er nicht in der sichtbaren Welt, sondern in der Welt hinter seinen Augen die Antwort finden könnte.

»Eine kurze Frage, die nach einer langen Antwort verlangt«, sagte der Onkel schließlich.

»Und das Beichtgeheimnis, Onkel, findest du das denn gut?« Marie wartete die Antwort auf ihre vorherige Frage erst gar nicht ab.

»Mein Gott, Marie. Die Beichte. Du kannst dich ja erinnern, vor etwa sechs Jahren war das wohl, du warst gerade ein Jahr bei uns, da bist du mit deiner ganzen Klasse das erste Mal zur Beichte gegangen, bevor es dann auch für alle die Erstkommunion gegeben hat. Ich habe damals versucht, euch im Religionsunterricht das Wichtigste über dieses Sakrament zu vermitteln, auch, dass Gott uns alles Böse vergibt, wenn wir aufrichtig bereuen und den festen Vorsatz haben, es in Zukunft besser zu machen. Nun steht in der Bibel: ›Wem ihr die Sünden vergebt, dem sind sie vergeben, wem ihr sie nicht vergebt, dem sind sie nicht vergeben.‹ Aus diesem Vers haben die Menschen geschlossen, dass die Apostel jene waren, die die Sünden vergeben konnten und später eben die Priester als deren Nachfolger.« Der Onkel machte eine Pause.

»Und du, Onkel, glaubst du das auch so? Ich meine, dass der Priester bei der Beichte unbedingt notwendig ist«, fragte Marie und fasste ihre Bedenken weiter in Worte. »Gott weiß doch sowieso alles und daher weiß er doch auch, ob mir etwas leidtut oder nicht. Ich versteh nicht, warum ich meine Sünden erst aussprechen muss und schon gar nicht, warum ich sie einem Priester sagen soll.«

»Weißt du Marie, das hat meiner Erfahrung nach auch sein Gutes. Für viele Menschen ist allein die Möglichkeit, Belastendes loszuwerden und es einem Menschen anzuvertrauen, eine große Erleichterung. Wenn du alles alleine mit Gott ausmachst, so wie es dir vorschwebt, denkst du dir die Dinge zwar, aber du fasst sie nicht wirklich in Worte. Die Worte geben den Gedanken aber oft erst Rahmen und Klarheit, sie ziehen sie von der Luft auf den Boden. Indem du deine Gedanken aussprichst, musst du sie vorher selbst genau erkennen und verstehen, und wenn du dir selbst auf die Schliche gekommen bist, dann kannst du auch mit dir wieder ins Reine kommen. Und mit Gott.« Der Onkel wirkte nun erleichtert, die Konzentriertheit in seinem Blick hatte sich gelöst als er fortfuhr: »Dabei kannst du noch dazu sicher sein, dass dein Zuhörer, der Priester, das Erzählte niemals anderen weitergeben oder es gar gegen dich verwenden wird. Und da sind wir auch schon bei der Notwendigkeit des Beichtgeheimnisses. Meinst du denn, irgendjemand würde ohne diese Gewissheit von der Beichte Gebrauch machen?«

»Glaubst du, dass die Frau Strasser heute zu dir beichten kommt?« Die Erwähnung des Beichtgeheimnisses hatte Maries Gedanken geradewegs auf den konkreten Fall der Frau Strasser zurückgebracht.

»Marie!« Trotz der strengen Miene des Onkels bemerkte das Mädchen das belustigte Vibrieren in seiner Stimme. »Da haben wohl heute Nacht die Wände wieder Ohren gehabt. Oder der Türspalt.«

»Glaubst du, dass sie kommt?«

»Ich weiß es nicht«, sagte der Onkel und erhob sich vom Schreibtischsessel. »Komm jetzt, wir gehen hinüber Mittag essen, die Tante ist sicher schon fertig mit dem Kochen.«

Am Nachmittag schien dann irgendetwas die Zeit anzuhalten oder zumindest vehement zu bremsen. Sogar der Wind hatte sich gelegt und ließ Zweige und Blätter unbewegt, genauso wie die bunten Wäschestücke, die nun trotz ihrer leuchtenden Farben irgendwie müde wirkten. Alles schien in einen Mittagsschlaf gefallen zu sein, auch die Tante und der Onkel, von denen Marie von ihrem Platz aus unter dem Nussbaum weder etwas sehen noch hören konnte. Ein paar schwebende Wolkenfäden waren die einzige zarte Bewegung, die sie am Himmel über ihr wahrnahm.

Sogar im Schatten des Nussbaumes, wo Marie eine Decke ausgebreitet und es sich mit Buntstiften und Zeichenpapier behaglich gemacht hatte, brütete die Sommerhitze.

Eigentlich hatte sie ja zeichnen wollen, Vögel, im Flug und vor allem im Sitzen auf dem nahen Stromseil. Dort oben reihten sie sich nämlich immer wieder auf, Vogel neben Vogel, und Marie wunderte sich, dass die Vögel beim Kontakt mit der Elektroleitung nicht sterben mussten, denn unten am Mast stand groß und breit: NICHT BERÜHREN: LEBENSGEFAHR. Aber für Vögel galt anscheinend nicht dasselbe wie für Menschen, vielleicht, weil sie in der Luft blieben und das Gefährliche der Kontakt mit der Erde war? Vielleicht würde der Strom auch ihr nichts tun, wenn sie nur fliegen könnte. Sie würde demnächst den Onkel fragen.

Eigentlich hätte sie also diese Vögel zeichnen wollen, denen der elektrische Strom nichts anhaben konnte.

Nichts hätte sie vom Zeichnen abgehalten, denn Marie hatte beschlossen, diesen Nachmittag nicht mit Brigitte zu verbringen und auch nicht mit Michael, der während der Ferien in Schönboden war und nicht im Internat in der Hauptstadt. Allein, sie hatte keine Lust zu zeichnen, irgendetwas schien sie in ihrem Unternehmungsgeist zu bremsen. Das Einzige, was sie in Abständen von wenigen Minuten automatisch immer wieder tat, war, den Blick von der Stromleitung mit den darauf sitzenden Vögeln auf den Kirchturm, genauer gesagt die Turmuhr, zu richten und so der Zeit beim Vergehen zuzusehen.

Zehn Minuten vor Vier. Jetzt war Marie schlagartig klar, was der Grund für ihre nachmittägliche Untätigkeit war. Sie wollte die Zeit nicht übersehen.

In dem Moment, als sie sich aufrichtete um den Kirchplatz zu überblicken, sah sie den Onkel im schwarzen Talar auf das Kirchentor zugehen. Marie wusste, dass der Weg ihn direkt in den Beichtstuhl führte. Und irgendetwas in ihr hatte sie neugierig darauf gemacht, ob die Frau Strasser heute zum Onkel beichten kommen würde.

Nichts geschah. Der einzige Mensch, der schließlich aus der Allee auf den Kirchplatz heraustrat und entschlossen auf den Nebeneingang, der in die Sakristei führte, zuging, war nur der Mesner, also ganz und gar nicht die Person, dem Maries aktuelles Interesse galt.

Es war die graue Gestalt des Kitzberger – graue Haare, graue Hose, graues Hemd –, die über den Kirchplatz huschte, und kaum dass Marie sie wahrgenommen hatte auch schon wieder hinter der Tür, die direkt in die Sakristei führte, verschwunden war. Und hätte Marie den Kirchplatz nicht so genau im Visier gehabt, hätte sie den Mesner, der mehrmals am Tag in und um die Kirche herum nach dem Rechten sah, bestimmt gar nicht bemerkt, so unscheinbar war er und so unauffällig verrichtete dieser Mann auch seinen Mesnerdienst – unauffällig, aber offenbar zur größten Zufriedenheit des Onkels, der den Kitzberger immer wieder als seinen *guten Geist* bezeichnete, sobald von ihm die Rede war.

Nun war Marie froh, nicht an der Stelle des Onkels zu sein, denn stundenlang allein in diesem dunklen Kasten verbringen zu müssen, stellte sich Marie furchtbar langweilig vor. Wahrscheinlich wäre es für den Onkel sogar eine willkommene Abwechslung, wenn jemand käme um ihm seine Vergehen zu erzählen, dachte Marie.

Fast schon hätte das Mädchen aufgegeben und ihren Standort verlassen, um doch noch bei Brigitte vorbeizuschauen, oder bei Michael, sie könnten noch Federball spielen oder mit dem Fahrrad durch den Ort streifen. Doch nun sah sie eindeutig eine Gestalt beim Postamt in die schmale Pappelallee abbiegen, die zur Kirche führte. Im Schatten der Bäume konnte sie erst nur wahrnehmen, dass es sich nicht um eine Frau handelte, und erst als der Mann nur mehr wenige Meter vom Kirchentor entfernt war, konnte sie ihn erkennen. Es war der Herr Lohnegger.

Als Jakob durch das dichte Holzgitter, das den Priester vom Beichtenden trennte, das Gesicht seines Gegenübers sah, brauchte er im schummrigen Licht eine Weile, in ihm den Herrn Lohnegger zu erkennen. Jakob hatte den Mann zwar jeden Sonntag gemeinsam mit seiner Frau im Gottesdienst direkt vor Augen, weil er dort so sicher wie das Amen im Gebet den Platz unmittelbar vor dem Altar in der ersten Reihe einnahm. In den Beichtstuhl hatten ihn Frömmigkeit oder Gottesfürchtigkeit jedoch noch nie geführt, zumindest nicht in Schönboden.

»Im Namen des Vaters und des Sohnes und des Heiligen Geistes, Amen«, brach Jakob das Schweigen, nachdem Lohnegger keine Anstalten machte, irgendetwas zu sagen.

»Beten wir zu Gott, der unser Herz erleuchtet, uns Erkenntnis schenkt und Barmherzigkeit«, versuchte Jakob weiter, dem vor ihm Knieenden auf die Sprünge zu helfen.

Als außer einem nervösen Herumrutschen auf der Kniebank noch immer keinerlei Reaktion seitens des Herrn Lohnegger folgte, sprach Jakob ihn direkt an: »Herr Lohnegger, Sie brauchen keine Scheu zu haben sich alles von der Seele zu reden, nichts dringt von hier in die Öffentlichkeit hinaus und sofern Ihnen die gängigen Beichtfloskeln fehlen sollten, so ist das kein Problem, die sind nicht notwendig. Gott kümmert sich bestimmt nicht um Förmlichkeiten.«

»Es ist so«, begann nun der Lohnegger doch zu reden, »um ehrlich zu sein, ich war seit meiner Jugend nicht mehr bei der Beichte. Und mit den Sakramenten hab ich es überhaupt nicht so, Sie wissen ja.«

»Und was hat Sie denn nun zu dem Entschluss gebracht, nach so langer Zeit das Angebot der Beichte in Anspruch zu nehmen?«

»Meine Frau war das.« Ein unerwartet tiefes Seufzen erfüllte den Beichtstuhl und Jakob dachte wieder einmal, dass der hölzerne Käfig viel zu eng war für raumgreifende Seufzer.

»Der Strasser Sepp ist in seiner Hirnrissigkeit völlig übergeschnappt, er hat nicht nur seine Frau, die Barbara bedroht – die Geschichte kennen Sie ja – sondern er ist gleich heute Früh, nachdem ich zur Arbeit gegangen bin, zu meiner Frau gerannt um ihr weiszumachen, dass die Barbara und ich, naja, Sie wissen schon. Und Schuld an allem ist eigentlich die Burgi, die Maier Burgi, die uns beim Feuerwehrfest hinter dem Bierzelt gesehen hat, just in dem Moment, in dem ich der Barbara ein harmloses Busserl gegeben hab, mehr war da nicht, wo denken Sie denn hin, Herr Pfarrer, in der Öffentlichkeit. Wenn ich am Vormittag hin und wieder bei der Barbara vorbeigeschaut hab, da hat uns niemand gesehen. Jedenfalls hat die Burgi Maier nach ihrer Zufallsentdeckung nichts Dringenderes zu tun gehabt als ihrem Mann davon zu erzählen und der wiederum hat sich am Stammtisch beim Kirchenwirt damit in Szene gesetzt und hat aus dem Busserl eine Weltaffäre gemacht.«

»Herr Lohnegger«, unterbrach ihn Jakob an dieser Stelle, »wenn Sie nun wirklich aufrichtigen Herzens beichten möchten, dann müssen Sie sich bemühen, ihre eigenen Verfehlungen aufzuspüren und sollen nicht andere Menschen für Ihre missliche Lage verantwortlich machen. Zu erkennen und zu bereuen, womit sie einen oder mehrere ihrer Mitmenschen verletzt haben, das ist der eigentliche Sinn der Beichte. Am Ende laufen die Zehn Gebote Gottes doch auf ein einziges, alles umfassendes Gebot hinaus: Liebe Deinen Nächsten wie Dich selbst.« Mit diesen Ausführungen versuchte Jakob den Lohnegger auf den ursprünglichen Zweck seines Kommens, nämlich eine Beichte abzulegen, zurückzuführen.

»Das Schreckliche ist, dass meine Frau nun nicht mehr mit mir redet«, fuhr der Lohnegger unbeirrt fort, ohne auf Jakobs Versuch, das Gespräch auf theologische Bahnen zu führen, einzugehen. »Das war doch die Sache überhaupt nicht wert!«

Wieder ließ der Lohnegger einen voluminösen Seufzer los und Jakob wich unwillkürlich ein Stück vom trennenden Gitter zurück.

»Meine Frau wird erst dann wieder mit mir reden und den Haushalt führen, wenn ich bei Ihnen beichten war, das hat sie so gesagt. Dann hätte ich nämlich vor Gott versprochen, so etwas nicht mehr zu machen, es nur ihr zu versprechen, würde nicht reichen, es hätte keinen Sinn, sie würde es nicht glauben, das hat sie gesagt.«

»Herr Lohnegger, dann sind Sie ja nicht aus Reuegefühl hierhergekommen, sondern nur, um die Gunst ihrer Frau zurückzugewinnen. Es ist nicht der Sinn der Beichte, eigene Interessen durchzusetzen, Herr Lohnegger, da haben Sie etwas gründlich missverstanden. Ich lade Sie aber sehr herzlich zu mir in die Kanzlei ein, wann immer Sie wollen, vielleicht kann ich hilfreich sein und Ihnen das Wesen der Beichte im Gespräch näherbringen. Danach können wir uns hier im Beichtstuhl wiedertreffen.«

»Aber was mach ich jetzt mit meiner Frau?« Es schien wirklich das einzige große Problem des Herrn Lohnegger zu sein, seine Frau zu besänftigen, um das häusliche Leben wie gewohnt mit allen Annehmlichkeiten fortsetzen zu können. Die Barbara Strasser schien jedenfalls für Lohnegger überhaupt keine Rolle mehr zu spielen, auch ihre unerfreuliche Situation schien ihn in keiner Weise zu tangieren.

»Herr Lohnegger, ihre Frau ist nicht mit uns beiden hier im Beichtstuhl anwesend. Sollte sie draußen irgendwo auf Sie warten, was ich mir gut vorstellen kann, wird sie Sie aus der Kirche kommen sehen und zufrieden sein.«

»Danke, Herr Pfarrer!« Wieder streifte Jakob ein langer Atemzug, diesmal traf er ihn von oben herab, denn der Lohnegger hatte sich schnell erhoben, es zog ihn spürbar hinaus aus dem Beichtstuhl.

»Einen Moment noch, Herr Lohnegger«, hielt ihn der Pfarrer zurück. »Jetzt hab ich noch eine Frage an Sie: Wie war das denn eigentlich mit dem Feuerwehrplakat von der Marie? Sie wissen schon, mit den Namensinitialen?«

»Ach das!« Herr Lohnegger schien verlegen nach einer Antwort zu suchen. »Das war der Zeichenlehrer, der Georg Buxbaumer, der wollte halt unbedingt auf dem Plakat drauf stehen.«

»Dann war diese bewusste Täuschung also auch nicht Ihre Schuld, sondern alleine die vom Zeichenlehrer?«

Jetzt schwieg Lohnegger wieder einen Augenblick. »Naja, nicht ganz«, sagte er schließlich.

»Sehen Sie, das war jetzt schon ein Anfang«, sagte Jakob mit einem Lächeln und fügte hinzu: »Warten Sie noch einen Augenblick.« Automatisch nahm der Lohnegger wieder kniende Stellung ein.

»Auch wenn ich Ihnen heute keine Absolution erteilen kann, weil Sie mir ja nichts gebeichtet haben, wovon ich Sie lossprechen könnte, so will ich Sie nicht ohne Gottes Segen gehen lassen«, sagte der Pfarrer, machte mit der rechten Hand das Segenszeichen und sprach: »Der Herr behüte dich, er gebe dir den Mut und die Kraft, neue Wege zu gehen. Gott sei Licht auf deinem Wege. So segne dich Gott Vater, Sohn, und Heiliger Geist. Amen.«

»Danke, Herr Pfarrer«, sagte Lohnegger hörbar erleichtert und öffnete erneut die Tür des Beichtstuhls, »ich melde mich in den nächsten Tagen bei Ihnen wegen des Gesprächs in der Kanzlei!«

»Ja, tun Sie das«, sagte Jakob und verließ wenige Augenblicke später ebenfalls den Beichtstuhl.

Die Abendsonne verteilte die Farben der bunten Glasmalereien der Kirchenfenster auf dem gesamten Altar. Ein einziger ungefilterter Lichtstrahl traf das Blattgold der Tür des Tabernakels. Es war kein Wunder, dass genau an diesem Tag, genau um diese Uhrzeit, ein Sonnenstrahl genau in diesem Winkel durch das einzige winzige farbenfreie Segment des Bleiglasfensters zielte und den Tabernakel hell erleuchtete. Es war ein physikalisches Gesetz.

Aber vielleicht war es ein Wunder, dass Jakob genau an diesem Tag exakt um diese Uhrzeit auf den Tabernakel schaute.

Jakob schloss die Augen. Auch wenn er, wie er sich selbst zu sagen angewöhnt hatte, nichts, rein gar nichts wirklich wusste, sondern nur gelegentlich etwas zu wissen glaubte, so fühlte er in diesem Moment etwas, wofür er Gott dankte: die Berührung des Himmels.

Nur einen Gedankensprung entfernt wartete Anna auf ihn. Und mit ihr Marie.

Anna machte sich nichts vor. Sie wusste um die Scheinheiligkeit im Dorf bestens Bescheid, selbst wenn sich die Heiligkeit Tarnkleider umhängte wie Frömmigkeit, Hilfsbereitschaft, Geselligkeit und Anteilnahme. Die Frömmigkeit war in Wahrheit meist nichts anderes als anerzogene und wenig hinterfragte religiöse Gewohnheit, die in ihrer Gleichförmigkeit innerhalb der Dorfgemeinschaft Sicherheit versprach. Hinter der Hilfsbereitschaft verbarg sich nur allzu oft der Wunsch nach eigener Befriedigung, die die Menschen daraus zogen, sich Schwächeren gegenüber erhaben zu fühlen. Die heitere Mitteilsamkeit, die sich über Anna tagtäglich im Wohnzimmer des Pfarrhauses ergoss, erkannte sie sehr wohl als willkommene Zerstreuung und Unterbrechung eines ansonsten eintönigen Alltagslebens. Und was die Anteilnahme betraf war Anna besonders hellhörig, denn das Mitgefühl beschränkte sich ihrer Erfahrung nach gemeinhin auf Menschen, die den

Mitfühlenden ähnlich waren und in denen sie sich deshalb selbst erkennen konnten. Das Mitgefühl hatte enge Grenzen, dessen war sich Anna sicher, und auch dessen, dass es nicht farbenblind war.

Marie hatte eine fremde Farbe. Und ein Pfarrhaus, in das eine fremde Farbe eingezogen war, hatte sich dadurch von allen anderen Pfarrhäusern in der Gegend abgehoben. Deshalb würde das Mitgefühl und Wohlwollen der Einwohner von Schönboden schnell seine Grenzen ziehen, gut getarnte, mit bloßem Auge beinahe unsichtbare Grenzen, auf die man gerade deshalb ganz besonders achtgeben musste.

Anna sollte mit ihrer Einschätzung Recht behalten.

Eines Abends, es war kurz vor der Maiandacht, wurde Anna unabsichtlich Zeugin eines beiläufigen Gespräches zwischen zwei Schönbodenerinnen, der Frau Maier, der Mutter von der Brigitte, und der Frau Kalteis, der Frau »Direktor«, die selbst zwar keine Lehrerin, geschweige denn Direktorin, jedoch die Gattin des Direktors der Hauptschule war, und deshalb von allen Frau »Direktor« genannt wurde.

Die beiden Frauen warteten in der lauen Frühsommernacht im Freien auf den Beginn der Andacht. Sie schauten dabei in Maries Richtung, die seitlich am geöffneten Eingang stand und energisch an den beiden Seilen zog, die die Kirchenglocken zum Läuten brachten.

»Hübsch ist es schon, unser Pfarrersdirndl«, hörte Anna die eine der Frauen durch das halb geöffnete Wohnzimmerfenster sagen. »Auch wenn man die Zigeunerin nicht verleugnen kann. Aber das ist es ja womöglich, was unserem Herrn Pfarrer an ihr so gefällt. Wenn sie ihm nur nicht den Kopf noch ganz verdreht.«

»Das hat sie doch schon. Hast du nicht bemerkt, wie der Selinger sie immer anschaut und bei jeder Gelegenheit an sich drückt? Naja, es geht mich ja nichts an, aber wie das noch werden soll, weiß ich nicht, eine junge Frau im Haus, noch dazu so eine, und unser Pfarrer ist schließlich auch nur ein Mann«, entgegnete die andere.

»Man weiß ja auch gar nicht, wie das mit der Forsthuber und ihm eigentlich wirklich ist. Die Nacht hat keine Augen.«

Das war die Stimme der Frau Kalteis, die sich nun beim Reden wie ein Zeigefinger erhoben hatte.

»Auf jeden Fall wird die Forsthuber keine besondere Freude mit dem Dirndl haben, wenn es jetzt immer noch hübscher wird. Das war doch etwas anderes, damals, als sie es als armes Würmchen bei sich aufgenommen haben.«

»Wir wollen doch nicht gleich den Teufel an die Wand malen«, hörte Anna die andere wieder sagen.

Und als Anna das Fenster weiter öffnete sah sie, wie die Frauen nun die Köpfe zusammensteckten und sie entnahm dem Flüstern der beiden nur noch wenige Wortfetzen, die jedoch ausreichten, ihr die Tränen in die Augen und den Schweiß aus den Poren zu treiben, obwohl der kühle Abendhauch durch das Fenster drang. »Die hat das im Blut, das sieht man jetzt schon«, »da kommt kaum einer aus« und »ihre Mutter war ja auch so eine«. Anna schloss das Fenster. Wenn sie bösartiges Getratsche jedem und jeder im Dorf zugetraut hätte, von der Burgi Maier hätte sie es am wenigsten erwartet, zeigte sie sich ihr und Marie gegenüber doch immer so freundlich!

Ein Maitag kann auch kalt zu Ende gehen.

Anna zog sich die dicke Strickjacke an, bevor sie den Pfarrhof verließ, um die Maiandacht zu besuchen. Den freundlichen Gruß der beiden Frauen am Kircheneingang erwiderte sie ebenso freundlich.

»Meerstern ich dich grüße, oh Maria hilf, Gottesmutter süße, oh Maria hilf, Maria, hilf uns allen aus unsrer tiefen Not«. Der Kirchengesang zog an Anna vorüber, anschwellend, absinkend, sich erneut erhebend, wie eine Welle, die an ihr vorüberrollte, ohne sie mitzunehmen. Die Worte der beiden Frauen hatten schwere Anker auf den Grund ihrer Seele geworfen und nichts und niemand konnte ihr Denken und Fühlen nun von dem, was sie vorhin unfreiwillig gehört hatte, fortbewegen.

Ihr Blick suchte Marie, und sie bemerkte, dass sie das Kind nun zum ersten Mal mit anderen Augen sah, denn in ihren Blick hatte sich jener der beiden Frauen gemischt, ungebeten und eigenmächtig.

Marie saß nicht auf einer der Kirchenbänke, sondern lehnte an der seitlichen Säule gleich neben dem Altar. Dicht neben ihr stand wie so oft ihre Freundin Brigitte. Es stimmte, die kindliche Gestalt zeigte erste Anzeichen einer Veränderung. Vor zwei Monaten erst war Marie dreizehn Jahre alt geworden, doch Anna hatte sich noch nie Gedanken darüber gemacht, wie es denn wäre, wenn Marie dem Kindesalter entwachsen würde. Marie war für Anna das Kind geblieben, das man ihnen vor mittlerweile sechs Jahren vor die Tür oder besser gesagt ins Haus gestellt hatte. Und nun nahm sie an Maries Brüsten tatsächlich bereits eine sanfte Wölbung wahr und im Gesicht des Mädchens vermeinte sie hinter den kindlichen Zügen erstmals die einer Frau zu erahnen.

Jakobs Worte holten sie zurück ins Gegenwärtige: »Das Leben der Gottesmutter Maria war ein Weg ins Ungewisse, voller Überraschungen, Höhen und Tiefen. Durch einen Engel hat Gott zu Maria gesprochen, und sie erschrak über sein Wort. Gott spricht auch zu uns. Es kann geschehen, dass auch wir erschrecken – dass auch wir uns fürchten – wie Maria.«

Es war Anna, als hätte Jakob in seiner Ansprache an die Kirchengemeinde ihre Gedanken erraten und direkt zu ihr gesprochen, als hätte er ihr Erschrecken und ihre

Angst intuitiv gespürt und ihr durch den Vergleich mit der Gottesmutter Maria aufzeigen wollen, dass man der Angst nur mit Mut beikommen konnte. Und mit dem Vertrauen, dass den Tiefen immer wieder Höhen folgten.

Diesmal nahm Anna den Höhenweg, der sie aus dem Dunkel der Tiefe ins Licht zurückführen sollte, erst in weiter Ferne wahr, er erschien ihr steinig und in eine schwindelerregend steile Felswand eingemeißelt zu sein.

Hatten die beiden Frauen es geschafft, ihr Misstrauen zu schüren? Misstrauen gegenüber Jakob, ihrem einzigen wirklich Vertrauten? Misstrauen jenem über alles geliebten Menschen gegenüber, dem sie noch nie im Leben auch nur ein Körnchen Argwohn entgegengebracht hatte?

Jakobs feste Stimme hob sich aus dem Chorgebet der Gläubigen deutlich hervor und erreichte nun auch Anna wieder: »Gegrüßet seist du Maria, voll der Gnade, der Herr ist mit dir«. Hier unterbrach er unvermittelt das Gebet, um sich direkt an die Gemeinde zu wenden: »Brüder und Schwestern im Herrn, *der Herr ist mit dir*, so haben wir soeben gemeinsam im Gebet unseren Glauben bekundet. So lasst auch uns immer mit jenen sein, die unserer Hilfe bedürfen, besonders mit jenen, die heimatlos und auf unseren Beistand angewiesen sind.«

Das war es, was Anna auch so an Jakob liebte, diese Spontanität, die feste Strukturen zugunsten von Wesentlicherem einfach ignorierte.

In diesem Moment entschloss sie sich, Jakob nichts von dem mitgehörten Gespräch der beiden Frauen zu berichten. Er sollte mit dem Kind weiterhin so unbefangen und liebevoll umgehen können wie bisher. Erführe er von diesem üblen Geschwätz, würde er unweigerlich sein Verhalten Marie gegenüber auf die Außenwirkung hin zu kontrollieren beginnen. Dazu sollte es, wenn es nach Anna ging, niemals kommen. Reichte es nicht schon aus, dass sie über Jahrzehnte hindurch danach trachten mussten, ihre Liebe zu verstecken? Und jetzt hatte sie erfahren müssen, dass trotz ihrer Zurückhaltung auch über sie und Jakob im Dorf getuschelt wurde. Denn wenn die Maier und die Kalteis sich die Mäuler über etwas zerrissen, dann war das wohl auch Thema bei den anderen.

Anna würde die Augen offenhalten müssen. Dabei würde sie jedoch keinen giftigen Spaltpilz zwischen ihr und Jakob dulden, Neid, Eifersucht und Geschwätz sollten niemals Macht über sie erlangen. Sie erinnerte sich an die Worte, die Jakob schon des Öfteren warnend an die Gemeinde gerichtet hatte: »Der Neid ist die Tür, durch die der Satan in die Welt getreten ist. Tratsch und Geschwätz – die Waffen des Teufels.«

Unwillkürlich wanderte Annas Blick zu Marie, die das Messbuch in der Hand hielt, ohne auch nur einen Blick hinein zu werfen, denn sie wusste längst alle Liedertexte auswendig. Dafür schwang sie das Buch wie einen Wimpel ungezwungen und im Rhythmus des Abschlussliedes hin und her und sang begeistert mit. Anna hörte Marie so gerne singen, ihre Stimme hatte einen hellen Klang

Auch die Beine des Mädchens wollten nicht stillstehen, sie bewegten sich geschmeidig im Takt des Liedes, das die Abendandacht beenden sollte: »Segne Du Maria, segne mich Dein Kind. Dass ich hier den Frieden, dort den Himmel find! Segne all mein Denken, segne all mein Tun, Lass in Deinem Segen Tag und Nacht mich ruhn!«

Alle hatten sie in den Gesang eingestimmt, Anna bemerkte eine gewisse Ergriffenheit in den Blicken der Singenden, wobei sie sich fragte, woher diese Rührung denn nun eigentlich rührte. War der Auslöser dafür die Botschaft des Textes oder, was Anna für viel wahrscheinlicher hielt, der eigene Gesang, der im Fluss der Mitstimmen weich eingebettet und von der Orgel getragen die Illusion von Erdferne und Gottesnähe entstehen ließ.

Unter der Abfolge von finalen Orgeldreiklängen erhoben sich die Gläubigen beinahe alle gleichzeitig von den Bänken und bewegten sich in einem zähen Strom dem geöffneten Kirchentor zu. Anna blieb in der Bank sitzen, bis die Kirche menschenleer war. Sie hatte heute keine Lust auf Geselligkeit, sie würde hier warten, bis das Stimmengewirr von draußen verstummt war.

Als sie die Kirche verließ, standen einige Frauen noch immer in kleinen Gruppen beieinander und unterhielten sich. Die wenigen Männer, die an der Maiandacht teilgenommen hatten, waren entweder schon auf dem Heimweg oder sie hatten die nächste Querstraße zum Kirchenwirt genommen.

Anna wollte sich gerade unbemerkt davonmachen, als sie eine feste Hand auf ihrer Schulter spürte. Jakob kam normalerweise nach dem Gottesdienst direkt aus der Sakristei ins Pfarrhaus, ohne mit Anna zu sprechen geschweige denn sie zu berühren. Und nun ruhte seine Hand auf ihrer Schulter und sein Blick auf ihrem Gesicht, ungeachtet der Tatsache, dass sie nicht allein, sondern den neugierigen Blicken der Umstehenden ausgesetzt waren. Es war das zweite Mal an jenem Tag, dass Jakob feste Strukturen durchbrach.

»Du bist noch hier, Anna?« Er nannte sie Anna, nicht wie sonst in der Öffentlichkeit Frau Forsthuber.

»Jakob, die Leute«, flüsterte Anna, aber die Leute schienen Jakob nun egal zu sein.

»Mir sind heute während der Andacht viele Gedanken durch den Kopf gegangen. Und nicht nur heilige«, fuhr er fort, ohne sie loszulassen.

»Jakob, lass uns jetzt hinübergehen, Marie ist sicher auch schon drüben«, sagte Anna und deutete auf das Pfarrhaus.

Als sie sich umsah, waren sie allein auf dem Kirchplatz.

Die Abenddämmerung hatte während der Maiandacht unbemerkt die Farben des Tages verschluckt und Anna und Jakob umgab nun eine grauschattierte Welt, während sie die paar Schritte von der Kirche nach Hause zurücklegten. Nur aus dem Fenster der kleinen Bibliothek gleich neben der Kanzlei drang warmes gelboranges Licht. Marie war demnach schon im Haus und hielt sich, wie in letzter Zeit so oft, im »Bücherzimmer« auf, wie das Mädchen die Bibliothek des Onkels nannte.

Anna war es nicht entgangen, dass das Fenster in Maries Zimmer schon seit längerem immer öfter für mehrere Stunden geschlossen blieb und das Mädchen daher nicht draußen im Freien, sondern im Haus, und zwar im Lesezimmer des Onkels, anzutreffen war. Sie wusste, dass Jakob ihr erlaubt hatte, sich in diesem Raum wann immer sie wollte aufzuhalten und sich die Bücher herauszusuchen, die sie interessierten. Bücher waren ja auch für Jakob schon immer etwas ganz Besonderes gewesen, und oft schon hatte er Anna anvertraut, um wie viel kleiner seine Welt wäre ohne die vielen Erkenntnisse, die er durch das Lesen gewinnen durfte. Daher hatte es ihn wohl auch mit so großer Freude erfüllt, als er in Marie dieselbe Leidenschaft für Bücher entdeckt hatte.

Dass Marie es liebte, in fremden Welten zu versinken, hatte Anna natürlich schon beim Vorlesen unzähliger Gutenacht-Geschichten bemerkt, wenn der Klang ihrer Stimme das Kind nicht etwa in den Schlaf wiegte sondern vielmehr mitten in das Erzählte hinein, wenn sie nicht müde wurde, die Augen offen zu halten bis zum allerletzten Wort der Geschichte.

Und sie traf Marie immer öfter gemeinsam mit Jakob im Bücherzimmer an. Das Mädchen hockte dort am liebsten auf dem geölten Holzboden, und vor ihr lagen fast immer Buntstifte in allen Farben und mehrere Bögen Zeichenpapier. Sie hatte nämlich die besondere Eigenschaft, beim Lesen immer wieder einmal innezuhalten, um das Gelesene in Form und Farbe umzusetzen. Die bunten Zeichnungen, die dabei entstanden, gaben einmal ganz bestimmte Momente des Gelesenen wider, dann wieder waren es farbige Gebilde, die keine konkreten Formen erkennen ließen.

Jakob schien dieses stille Zusammensein mit Marie ganz besonders zu genießen, und Anna beobachtete manchmal, wie er von seinem Buch aufschaute, um den Blick lange auf Marie ruhen zu lassen.

Wenn Anna ins Zimmer schwebte, ganz leise, mit einem Tablett in der Hand, um für Jakob eine Kanne mit schwarzem Tee und ein bleikristallenes Kännchen mit Rum zu bringen und für Marie ein »Kracherl«, dann löste sich Marie kurz aus ihrer Buch- und Bilderwelt und Anna sah in Augen, die ihr in diesen Momenten noch schwärzer und ferner erschienen als sonst.

Auch Marie schätzte die Anwesenheit des Onkels, und zwar vor allem deshalb, weil er ihr als eine Art Wörterbuch diente, wenn sie einmal ein Wort gar nicht verstand. Das war praktisch.

Denn Marie entschied sich bei der Wahl ihrer Lektüre nicht etwa für leichte Kost, sondern zog mit einer Treffsicherheit sondergleichen jene Bücher aus dem Regal, die ein dreizehnjähriges Mädchen ohne das nötige Hintergrundwissen gar nicht verstehen konnte. Jakob wartete dann immer darauf, dass Marie die schwer verdauliche Lektüre aus der Hand legen würde um ein weniger kompliziertes Buch zu wählen, aber desgleichen geschah nie. Seit Tagen schon lag Dante Alighieris »Göttliche Komödie« vor Marie auf dem Parkettboden, und das Mädchen schien von der in hundert Gesängen abgefassten Reise des Dichters durch die Hölle und das Fegefeuer und schließlich über den Läuterungsberg in den Himmel geradezu fasziniert zu sein, auch wenn Marie keine Ahnung haben konnte, wem sie die vielen Seelen aus Mythologie, Dichtung und Geschichte, denen Dante auf seiner Reise begegnet, zuordnen sollte. Das schien für sie aber auch gar keine Rolle zu spielen, denn die Welt, die sich ihr unmittelbar erschloss, ließ ihre eigenen Bilder auf den Zeichenbögen entstehen: Ein Löwe und ein Wolf in einem finsteren Wald. Eine tiefe Schlucht, in der ein Glasperlen weinender Mann kauerte. Ein Wesen mit drei Köpfen. Ein weiter Himmel, aus dem es Feuerzungen regnete.

An jenem Abend ging Jakob mit Anna geradewegs die Treppe hinauf, ohne im Flur das Licht einzuschalten und ohne bei Marie im Bücherzimmer vorbeizuschauen. Zu Abend gegessen hatten sie schon vor der Maiandacht und außerdem würde Marie am folgenden Tag ausschlafen können, denn in wenigen Stunden sollte es Sonntag werden. Er hörte Anna sagen, dass sie Marie ihre Fantasiereisen gönnte, dass sie sie machen sollte, solange die Lektüre sie in helle und warme Gefilde führte, die in ihr die Zuversicht auf ein Leben voller Licht und Freiheit mit weit dehnbarem Horizont entfachten und sie erlebtes Leid vergessen ließen.

Doch ob die Hölle und das Purgatorium, durch das Marie an der Seite von Dante und Vergil nun nächtliche Streifzüge machen würde, die von Anna erhofften Orte waren, bezweifelte Jakob sehr. Denn die in der Göttlichen Komödie beschriebenen Bestrafungen und Qualen waren selbst für ihn jedes Mal, wenn er in die Gesänge eintauchte, harte Kost. Und wäre er in den vergangenen Tagen nicht Zeuge von Maries unerschrockener bildnerischer Umsetzung der einzelnen Szenen des Buches geworden, dann hätte er das Mädchen keinesfalls alleine den dunklen Wesen und ungeheuerlichen Geschehnissen der Nacht überlassen. Offensichtlich hatte das Mädchen in ihrer Vergangenheit selbst derart Schreckliches erlebt, dass sie nichts mehr so leicht schockieren konnte. Jakob vertrat sogar die gewagte These, dass die Auseinandersetzung mit fremdem Leid ihr eigenes zu dämpfen vermochte. Gleiches mit Gleichem heilen. Schon die alten Griechen folgten schließlich diesem Prinzip. Und stützte man sich in der Homöopathie auf die Beobachtung, dass eine Substanz, die bestimmte Beschwerden verursacht, dieselben auch zu heilen vermag, dann müsste dieses Ähnlichkeitsprinzip doch auch im seelischen Bereich wirksam sein, wobei Substanz durch Situation ersetzt wird.

»Komm«, hörte er nun Annas Stimme nah an seinem Ohr, und er spürte ihre Arme die ihn umfingen und gleichzeitig ins Schlafzimmer schoben.

Noch immer hatte er das unbestimmte Gefühl, dass Anna etwas vor ihm verbarg. Erst die Wärme ihres weichen Körpers löste langsam seine Anspannung und brachte seine Bangigkeit zum Schmelzen, ließ sachte die Grenzen zwischen Diesseits und Jenseits verschwimmen und ihn fortschweben in einen sanften Schlaf.

Anna war im Diesseits verharrt. Sie blieb regungslos liegen, ohne auch nur einen Millimeter von Jakob abzurücken. Ein dünner Film von kühlem Schweiß überzog seine Haut. Die Hitze war der Kühle gewichen, die Aufgeregtheit des Atems seiner Gleichmäßigkeit.

Von weither weinte ein Kind. Vielleicht war es aber auch nur das Jaulen einer läufigen Katze, das durch das geöffnete Fenster ins Zimmer drang, ebenso wie der Duft von frisch verblühtem Flieder.

Der nächste Morgen brachte dunkle Regenwolken. Wahrscheinlich hatte deshalb der Hahn vom Fernreitherhof die Morgendämmerung verpasst und krähte mit großer Verspätung den Sonntag ein.

Auch Marie wollte nicht aufwachen, beharrlich überhörte sie das Klopfen an ihre Zimmertür.

Ein Blick in die Bibliothek legte in Jakob die Vermutung nahe, dass sich das Mädchen erst in den Morgenstunden von seiner Lektüre getrennt hatte. Er fand die »Göttliche Komödie« aufgeschlagen auf dem Fußboden, mit den bedruckten Seiten nach unten, wobei der gelesene Teil schon dicker erschien als der noch ungelesene. Rundum verstreut lagen wie erwartet bemalte Zeichenbögen. Die bunten Darstellungen darauf kamen Jakob diesmal eher skizzenhaft und noch unfertig vor, jedoch alle waren sie in klaren und fröhlichen Farben gehalten, Farben, die er selbst niemals dem Inhalt der Gesänge zuordnen würde. Für ihn leuchtete Farbe überhaupt erst im letzten Teil der Dichtung auf, aber bis zum »Paradies« war Marie mit dem Lesen offensichtlich noch nicht vorgedrungen.

Jedenfalls konnte er auf den ersten Blick nichts Erschreckendes in ihren Zeichnungen feststellen, das beruhigte und bestärkte ihn zugleich in seiner Meinung, dass Marie an der Beschäftigung mit Dantes Werk keinen Schaden nehmen würde. Ganz im Gegenteil.

Was ihm jedoch keine rechte Ruhe lassen wollte war Anna. Obwohl sie sich Mühe gab, sorglos zu erscheinen, fühlte Jakob genauso wie am Vorabend, dass etwas nicht passte. Selbst wenn sie ihn anlächelte sah er in müde Augen und der jugendliche Schmelz, der sie trotz ihres Alters nie verlassen hatte, wirkte auf ihn plötzlich angekratzt. Er zog sie an sich heran und spürte einen schnellen Atem.

»Du sagst es mir doch, wenn dir etwas Sorgen macht, Anna?«, sagte er.

»Ach, ich habe nur heute nicht sehr gut geschlafen, Jakob, mach dir bitte keine Gedanken meinetwegen«, erwiderte sie. »Du solltest dich übrigens etwas beeilen, wenn du vor dem Gottesdienst noch frühstücken willst«, fügte sie schnell hinzu und löste sich aus seiner Umarmung.

Anna hatte sich entschlossen, Marie an diesem wolkenverhangenen Sonntag so lange schlafen zu lassen, wie sie wollte. Die Hausaufgaben für Montag waren schon erledigt, nur die Englischvokabeln würde Anna sie am Nachmittag noch abfragen. Die Englischvokabeln waren für Anna eine größere Herausforderung als für Marie, denn zu ihrer Schulzeit wurde Englisch – wenn überhaupt – wie eine tote Sprache unterrichtet, und ein Engländer hätte wahrscheinlich das damals von der Lehrerin an die Kinder weitergegebene Englisch gar nicht als seine Muttersprache wiedererkannt.

Marie machte es einen Riesenspaß, der Tante nun die richtige Aussprache beizubringen. Sie sagte ihr die Wörter so oft vor, bis sie mit Annas Intonation und Sprachmelodie zufrieden war. Am Ende wurde also die Tante von Marie und nicht die Marie von der Tante geprüft.

Die Schule war für Marie noch nie ein Problem gewesen, sie setzte sich nach dem Mittagessen meistens gleich zu den Hausaufgaben, dabei genoss sie die Gesellschaft der Tante. Für Anna war auch die unverhoffte Beschäftigung mit Erdkunde, Naturkunde und Geschichte eine willkommene Abwechslung, vieles aus ihrer eigenen Schulzeit tauchte wieder an die Oberfläche und Neues mischte sich dazu.

Jakob kam bereits vom Zehn-Uhr-Gottesdienst zurück, als Marie in die Küche schlüpfte, so leise, dass Anna sie fast überhört hätte. Im blau-weiß-kariertem Flanellpyjama, den bloßen Füßen und den zu einem dicken Zopf geflochtenen Haaren erschien sie Anna nun meilenweitweit entfernt vom Erwachsenwerden, geschweige denn von weiblichen Verführungsgedanken, und das Gespräch der Frauen vom Vortag kam ihr plötzlich noch übler vor. Und als Marie nun ausgelassen dem Onkel entgegenlief, damit er sie wie gewohnt unter den Achseln nahm und mit einem Ruck hoch in die Luft emporhob, so hoch, dass sie mit den Fingern gerade noch Jakobs Haare erhaschen und wild durcheinander wirbeln konnte, machten auch Annas Gedanken einen Luftsprung. Wie hatte sie dem Gerede der Maier und der Kalteis überhaupt so viel Bedeutung beimessen und ihm die Macht geben können, in ihr diese absurden Zweifel aufkeimen zu lassen?

Jakob hatte Marie im Laufe der Jahre eben ins Herz geschlossen und lieb gewonnen, Anna dankte Gott dafür, er hatte ihr dadurch das Gefühl gegeben, alle drei wären sie so etwas wie eine Familie, und das durfte auch jeder sehen! Sollten sie sich doch ihre Geschichten zusammenreimen, sie konnte es ohnehin nicht verhindern.

Und Anna hatte auch nicht die geringste Absicht, sich die Freude daran nehmen zu lassen, mitzuerleben, welches Vergnügen es Jakob bereitete, Marie seine geliebten Bücher näherzubringen, ihr zu offenbaren, was zwischen den Zeilen zu lesen war. Wenn Anna in solchen Momenten am Bücherzimmer vorbeikam, hatte sie den Eindruck, Jakob erklärte nicht nur Marie, sondern auch sich selbst das Universum.

Und nun stellten ihn diese Frauen in die Ecke eines Voyeurs, der sich am Heranwachsen eines jungen Mädchens ergötzte und sich womöglich noch an ihr vergehen würde, weil er »doch auch nur ein Mann« wäre? Absurd! Nie wieder würde sie sich vom perfiden Geschwätz anderer Menschen in ihren Gefühlen beirren lassen.

Anna ahnte, dass es nicht allein der Duft des Zwiebelrostbratens sein konnte, der Jakob nun zu ihr in die Küche trieb. Eher war es wohl ihre Unruhe, die ihm keine Ruhe gelassen hatte. Als sie ihn dicht an ihrem Rücken spürte, drehte sie sich abrupt vom Herd weg und ihm zu, und Jakob nahm sie mit der einen Hand um ihre Mitte und mit der anderen nahm er ihr den Kochlöffel aus der Hand. Auf Anna wirkte er nun wie ein Dirigent mit seinem Taktstock.

»Du schmeckst nach Bratensaft«, hörte sie ihn leise sagen, als er sie küsste, und Anna sah durch das Küchenfenster auf die regennasse Erde draußen.

Marie hatte natürlich schon längst mitbekommen, dass der Onkel mit Anna nicht nur Tisch, sondern auch Bett teilte. Das Kind hatte die Augen einer Katze, die auch im Dunkeln sahen und das geschärfte Gehör eines Hundes, der selbst die Vibrationen fernster Geräusche wahrnahm. Die Gabe, mehr zu sehen und zu hören als andere Menschen hatte Marie wohl schon in frühester Kindheit selbst wahrgenommen und unbewusst weiterentwickelt, im instinktiven Wissen, dass diese Fähigkeiten ihre unsichtbaren Schutzengel waren.

Im Gegensatz zu einem Hund meldete Marie niemals das nur von ihr Gehörte. Und sie sprach auch mit Niemandem über das Gesehene. Denn sie hatte von klein auf gelernt, dass es zuträglicher war, Heimlichkeiten, von denen aller Wahrscheinlichkeit nach nur sie Kenntnis hatte, achtsam bei sich zu behalten.

Deshalb war es ihr wohl auch nie in den Sinn gekommen, anderen von den unter Verschluss gehaltenen Verhältnissen im Pfarrhaus zu erzählen, auch wenn sie diese nach außen hin verborgene Intimität zwischen dem Onkel und der Tante schon von Beginn an mitbekommen hatte: das Öffnen der einen Zimmertür und das Schließen der anderen, dazwischen das leise Tapsen der nackten Füße der Tante, sie hatte es schon in der ersten Nacht gehört. Und dann am frühen Morgen, noch vor der Dämmerung, dasselbe Spiel, nur umgekehrt: das sachte Öffnen der Tür, leises Tapsen, das Schließen der Zimmertür.

Doch ganz anders als bei den unheildrohenden Heimlichkeiten, deren einsame Zeugin sie in ihrem früheren Leben wurde, empfand Marie die Vertrautheit zwischen Onkel und Tante als einen warmen und geborgenen Ort, in dem auch für sie Platz war.

Marie mochte Onkel Pauls lustige Art. Seine Ungezwungenheit wirkte wohl ansteckend, denn wenn er bei Onkel und Tante zu Gast war, waren auch die beiden meist gut aufgelegt. Sie lachten, aßen und tranken viel, und redeten sich mit den Vornamen an, mittlerweile selbst wenn Marie dabei war. Und Marie durfte immer dabei sein, weil der Onkel Paul an ihr »einen Narren gefressen hat«, wie die Tante es ausdrückte.

»Du glaubst hoffentlich dem Onkel nicht alles, was er dir über den lieben Gott erzählt«, hatte er bei seinem letzten Besuch im Pfarrhaus lachend zu Marie gesagt und ihr ein Buch in die Hand gedrückt, auf dem der Titel »Märchen vom lieben Gott« zu lesen war. »Ganz so lieb ist er nämlich beileibe nicht«, hatte er hinzugefügt und sein Lachen war etwas schmaler geworden. »Und keine Angst, Er sieht dich auch nicht, wenn du dir heimlich ein Stück Schokolade aus der Dose dort holst«.

Er deutete mit dem Zeigefinger auf das Küchenkästchen, hinter dessen Glastür sich das Döschen mit den Süßigkeiten verbarg, und Marie wunderte sich, wie er das denn wissen konnte.

»Weißt du, das ist so eine Sache mit dem lieben Gott«, redete er weiter, »Wenn er etwas wirklich sehen sollte, schaut er oft beharrlich weg, aber da meine ich jetzt nicht deine Schokoladebeutezüge.«

»Der Paul philosophiert schon wieder«, hatte Anna gesagt und dabei den Teller mit den russischen Eiern auf den Tisch gestellt.

Marie war der Seitenblick des Onkels nicht entgangen, den er seinem Freund zugeworfen hatte.

Doch diesmal schien Onkel Paul nicht nach Scherzen zumute zu sein. Auch der Onkel und die Tante schienen verhalten und Marie bemerkte, dass ihr Gespräch verebbte, sobald sie in die Nähe des Wohnzimmers kam. Es war noch nie der Fall gewesen, dass sie etwas vor ihr verbargen. Hatte sie vielleicht irgendetwas angestellt und war sich dessen gar nicht bewusst? Nein, Marie fiel beim besten Willen nichts ein und sie konnte sich nicht erklären, was der Grund für diese ungewohnte Einsilbigkeit sein konnte.

»Magst du dich nicht zu uns setzen?«, fragte schließlich Onkel Paul Marie, die unschlüssig im Türrahmen stehen geblieben war. »Die Tante hat so gute Brötchen zubereitet.« Und Anna zugewandt fügte er hinzu: »Du hast dir wieder so viel Mühe gegeben und alles so schön hergerichtet«.

Wenn Onkel Paul Appetit auf den gemischten Aufschnitt hatte, konnte die Ursache der gedämpften Stimmung keine ganz so schlimme sein. Denn wenn man wirklich Kummer hat, hat man keine Lust auf belegte Brötchen, jedenfalls hatte Marie, wenn sie Sorgen hatte, keinen Appetit.

Es war Onkel Paul, der das Mädchen nun in das Gespräch einbezog, wobei Marie wiederum dieses unbestimmte Gefühl beschlich, dass irgendetwas in der Luft lag, von dem sie nichts ahnte, und dass dieses Irgendetwas den Hintergrund der Fragen bildete, die Onkel Paul ihr stellte, Fragen, die harmlos und belanglos klingen sollten, beiläufig in das Gespräch eingefügt, die Maries geschärfte Sinne jedoch als gewichtig deuteten.

Es kam ihr vor, als ob der Freund des Onkels sich mit seinen Fragen an etwas Bestimmtes herantasten wollte, als ob er eigentlich hinter ihren Antworten nach etwas Handfestem suchte, nach etwas, was er in seinen Fragen jedoch nicht direkt erwähnte.

»Was macht die Schule?«, fragte er Marie und vergaß dabei, das Brötchen, das er schon die ganze Zeit über in der Hand hielt, auch in den Mund zu schieben. »Ist der Steinmetz hoffentlich nicht gar zu bösartig zu euch?«

Der Mathematiklehrer war nicht nur wegen seiner Strenge sondern auch wegen seiner Unberechenbarkeit von vielen gefürchtet. Marie tat sich leicht beim Rechnen und die plötzlichen Wechsel von gönnerhafter Milde und hitzköpfigen Wutausbrüchen des Lehrers konnten Marie nichts anhaben, sie wunderte sich da eher immer über die Schreckhaftigkeit ihrer Klassenkameradinnen.

Jetzt, wo Onkel Paul gerade den Steinmetz ins Gespräch brachte, kam ihr seine Frage nicht zufällig gestellt vor, denn sie erinnerte sich augenblicklich an eine der letzten Mathematikstunden, als der Steinmetz das Klassenzimmer wie in letzter Zeit immer häufiger erst lange nach dem Läuten betrat. Marie konnte von ihrem Fensterplatz aus genau sehen, wie der Lehrer in der großen Pause fast jeden Tag zum Kirchenwirt hinüberging und ihm der Kerschbaumer im Extrazimmer, in das sie besten Einblick hatte, das Weinglas sofort wieder auffüllte, sobald der Steinmetz es leergetrunken hatte. Vor dieser Mathematikstunde hatte Marie gesehen, wie der Wirt das Glas mehrmals neu gefüllt hat.

»Hausübungshefte aufschlagen!«, hörte man ihn schon vom Gang her.

Marie war von ihrem früheren Leben die eigenartig abgesetzte und gleichzeitig in der Stimmhöhe wankende Sprachmelodie vom Stiefvater bekannt, und sie erinnerte sich daran, dass sie besonders auf der Hut sein musste, wenn sie ihn so hatte reden hören.

Auch vom Steinmetz konnte man in diesem Zustand auf Einiges gefasst sein. Da kam es vor, dass er von seinen Schülerinnen das Lösen von Mathematikaufgaben forderte, die sie gar nicht bewältigen konnten, weil sie die dazu nötigen Formeln noch nicht durchgenommen hatten. Maries Eindruck war, dass ihm in solchen Situationen schlichtweg der Überblick fehlte, wie weit er mit seinem Unterricht fortgeschritten war und mit welchem Wissensstand der Klasse er daher rechnen konnte.

Wenn er schließlich die heillose Überforderung all der Mädchen bemerkte, donnerte er mit sich überschlagender Stimme drauf los: »Ihr seid ja dümmer als ein Schwein hochhüpft!«, »Brot kann schimmeln, ihr könnt nichts!«, »Einer allein kann gar nicht so blöd sein, da braucht es schon eine ganze Klasse!« oder »Wenn Dummheit wehtun würde, müsstet ihr den ganzen Tag schreien.«

Noch herabwürdigender und erniedrigender waren seine verbalen Attacken, wenn sie einzelnen Schülerinnen galten, wobei er in seinen wüsten Schimpftiraden auch deren Familienangehörige nicht verschonte: »Bei deinem Vater kein Wunder, dass du auch so geistlos bist!«, schleuderte er etwa jüngst der ohnehin völlig verschüchterten Gertrud Huemer an den hochroten Kopf, bei deren Vater, einem Bauern etwas außerhalb von Schönboden, er regelmäßig seinen Kartoffelvorrat aufstockte. Genau daran dürfte der Steinmetz sich auch erinnert haben, denn er fügte noch hinzu: »Die dümmsten Bauern haben die dicksten Kartoffeln.«

So ging es oft ganze Schulstunden, bis er all seine Sprüche losgeworden war und müde wurde, eine beliebige Seite im Mathematikbuch aufschlagen ließ und die Klasse aufforderte, still zu arbeiten.

Und zu Marie hatte er in dieser Mathematikstunde, an die sie sich nun so genau erinnerte, etwas gesagt, was ihr befremdlich vorgekommen war, mehr noch, seine Worte hatten ein unbehagliches Gefühl in ihr ausgelöst, die vage Vorahnung einer Bedrohung, von der sie nicht wusste, woher sie kam und wohin sie führen konnte.

»Das Pfarrersmensch wird doch sicher wissen, wie die Rechnungen zu lösen sind«, hatte er angesichts der Ratlosigkeit der Klasse gemeint.

Dass der Lehrer sie »Pfarrersmensch« nannte, irritierte sie nicht weiter, denn er nannte sie nie Marie, sondern entweder, wenn er milde gestimmt war, »Pfarrersdirndl«, oder sonst eben »Pfarrersmensch«.

Als ihm Marie antwortete, dass sie auch nicht wisse wie das gehe, verzog er sein Gesicht zu einem breiten Grinsen und meinte: »Das soll ich dir glauben? Wo doch der Herr Pfarrer Tag und Nacht mit dir lernt. Das tut er doch, wenn er mit dir bis spät in die Nacht hinein in der Bibliothek sitzt.«

Marie ging durch den Kopf, dass man von draußen in das erleuchtete Bücherzimmer hineinsehen konnte, wenn man vorüberging oder direkt davorstand. Durch den dünnen Stoff des Vorhangs konnte man sicher auch die einzelnen Personen erkennen. Aber warum sollte sie sich denn dort nicht mit dem Onkel aufhalten dürfen? Und was ging es den Steinmetz überhaupt an, wann oder wie lange sie und der Onkel im Bücherzimmer waren? Und warum sagte er, der Onkel würde Tag und Nacht mir ihr lernen?

»Der Onkel lernt gar nicht mit mir. Das macht die Tante, die fragt mich hin und wieder die Vokabeln ab und kontrolliert die Hausaufgaben«, hatte Marie gesagt.

»Aha! Und in der Bibliothek liest dir dann der Herr Pfarrer ganz sicher aus der Bibel vor. Sehr gut.«

Damit war für Steinmetz das Gespräch beendet und Marie hatte gar keine Gelegenheit mehr zu sagen, dass sie und der Onkel alle möglichen Bücher lesen würden, und dass der Onkel ihr Wörter und Zusammenhänge, die sie nicht verstand, erklärte, wenn sie ihn danach fragte.

Steinmetz hatte Marie in Alarmbereitschaft versetzt, und zwar deshalb, weil sie den Eindruck hatte, er hätte noch ganz andere Dinge auf Lager als die, die er ausgesprochen hatte.

Paul Angerers Stimme holte Marie in die Gegenwart zurück: »Mariechen, wo bist du denn mit deinen Gedanken hängengeblieben? Bei diesem Steinmetz?«

Onkel Paul nannte sie manchmal auch Mariechen, und Marie mochte es, wenn Onkel Paul sich damit an sie wandte.

»Ja, genau. Ich mag den Steinmetz überhaupt nicht. Der kann richtig gemein sein.«

»Ist er dir gegenüber unangenehm?«, fragte Onkel Paul weiter und Marie bemerkte die angespannten Blicke der Tante und des Onkels.

»Ja, schon auch. Aber ich bin ziemlich gut im Rechnen und da kann er mir nicht beikommen. Richtig gemein ist er zu denen, die sich schwer tun. Doch neulich wollte er von mir, dass ich eine viel zu komplizierte Rechenaufgabe löse. Er hat gesagt, ich werde das wohl hinkriegen wo doch der Herr Pfarrer Tag und Nacht mit mir lernt. Und dabei hat er richtig spöttisch gegrinst.«

»Das hat er tatsächlich gesagt?« Jetzt hatte sich der Onkel zu Wort gemeldet. »Dieser dumme Mensch. Gleich morgen nach der Chorprobe werde ich mit ihm reden.«

»Ach Jakob!« Pauls Stimme klang nun so aufgebracht, wie Marie sie gar nicht kannte. »Du nennst diesen Menschen schlicht und einfach dumm. Hör endlich auf, deine Mitmenschen ständig in Schutz zu nehmen, selbst wenn sie gegen dich herziehen. Der Steinmetz ist nicht dumm, dumm würde ja noch vieles entschuldigen, aber der Steinmetz ist ein dreister Schwätzer, ein gewissenloser Lästerer und Ehrabschneider ist der, einer der selbst vor Verleumdung nicht zurückschreckt. Der hat seinen Spaß daran, wenn er …«

»Lass es jetzt gut sein, Paul«, unterbrach Jakob ungewohnt brüsk den Redeschwall seines Freundes. »Ich werde der Sache schon nachgehen und tun, was zu tun ist.«

Nun konnte Marie schon gar nicht mehr verstehen, was da eigentlich los war. Aber das Gefühl, dass die »Sache«, der der Onkel offenbar unbedingt nachgehen musste, eine üble Angelegenheit war, hatte sich in ihr festgesetzt. Genauso wie das Bewusstsein, dass sie selbst Teil dieser Sache war.

Es war noch keine Woche vergangen, als der Freund des Onkels schon wieder im Pfarrhof erwartet wurde.

Normalerweise konnte Marie Onkel Pauls Besuche ja kaum erwarten, diesmal jedoch war die Vorfreude getrübt, denn sie verband Onkel Paul mit der »Sache«, der der Onkel nachgehen musste.

Die ungewohnt gedrückte und angespannte Stimmung bei Onkel Pauls letztem Besuch war in der Erinnerung hängengeblieben. Auch wenn sich Logik und tiefere Bedeutung der Gespräche jenes Abends Marie noch nicht erschlossen hatten, so waren es doch Warnsignale. Etwas stimmte so ganz und gar nicht.

Als Marie von ihrem Fenster aus den ihr wohlbekannten grauen Opel Rekord anrollen sah, erwog sie, diesmal ausnahmsweise in ihrem Zimmer zu bleiben, weil sie das Gefühl hatte, für die Erwachsenen wäre es ohne ihr Beisein einfacher, die »Sache« zu erledigen, und dann wäre die Angelegenheit auch für sie aus der Welt geschafft.

Doch sich so einfach im Zimmer zu verdrücken war bei Onkel Paul offenbar nicht möglich.

Kaum dass Anna ihn an der Haustür begrüßt hatte, hörte sie ihn schon fragen: »Wo ist denn euer Mariechen heute?«, und bevor Anna etwas antworten konnte, rief er schon nach ihr: »Wo steckst du denn? Muss ich dich suchen kommen?«

Maries Herz hüpfte, und ihre ursprünglichen Bedenken verblassten im Nu, denn anders als erwartet klang Onkel Pauls Stimme so unbekümmert wie gewohnt.

»Ich komme schon«, antwortete sie und so schnell wie ihr Herz hüpfte sprangen nun auch die Beine treppabwärts.

Inzwischen war auch der Onkel aus der Kanzlei herausgekommen, um seinen Freund zu begrüßen.

»Schön, dass du da bist«, sagte er und schob ihn sanft ins Wohnzimmer.

»Hast du mit dem Steinmetz gesprochen?«

»Ja«, antwortete der Onkel, »er hat getan als wüsste er gar nicht wovon ich rede.«

»Das ist ja typisch«, sagte Onkel Paul, und Marie zugewandt fragte er: »Hast du eigentlich die Märchen vom lieben Gott schon gelesen?«

Marie hatte natürlich schon am Abend, an dem sie das Buch bekommen hatte, zu lesen begonnen und erst aufgehört, als sie beim allerletzten Wort angelangt war.

»Ja, alle«, sagte Marie.

»Und, magst du den lieben Gott aus diesen Märchen?«

»Meistens schon, in den meisten Geschichten ist er ja gerecht. Da hilft er den Armen, belohnt die Guten und bestraft die Bösen«, brachte es Marie auf einen gemeinsamen Nenner. »Aber da ist ein Märchen, da hab ich eine richtige Wut auf ihn bekommen, weil er sich da einfach tot stellt und einem ganz grausamen Herrscher die ganze Macht überlässt.«

»Marie«, unterbrach Onkel Paul das Mädchen, »ich weiß von welchem Märchen du sprichst. Diese Geschichte nennt sich nur »Märchen«, in Wahrheit ist sie leider gar keines. Es ist eine wahre Geschichte.«

»Paul, willst du nicht etwas trinken?« Jakob hatte eine Flasche Rotwein geöffnet und schenkte Anna, sich selbst und seinem Freund, ohne lange auf eine Antwort zu warten davon ein.

»Ich komm gleich wieder«, sagte Marie und war auch schon unterwegs in ihr Zimmer, um sogleich mit dem Märchenbuch vom lieben Gott in der Hand zurückzukommen.

»Lass den Paul doch jetzt erst einmal verschnaufen«, sagte Anna und Marie hatte das Gefühl, die Tante wollte das Gespräch vom nicht so lieben Gott auf ein anderes Thema lenken.

Aber Marie ließ sich nicht stoppen: »Das Märchen heißt ›Der böse Fürst‹«, sagte sie und begann auch schon ohne zu zögern aus dem Buch vorzulesen: *Es war einmal ein böser Fürst, dessen ganze Gedanken darauf ausgingen, alle Länder der Welt zu gewinnen und durch seinen Namen den Menschen Schrecken einzujagen. Mit Feuer und Schwert durchzog er die Welt. Seine Soldaten verbrannten Häuser, so dass die rote Flamme die Blätter und Bäume verzehrte. Mütter versteckten sich mit ihren Kindern hinter den rauchenden Mauern. Und die Soldaten kannten kein Erbarmen, durchsuchten alle Winkel und fanden sie mit ihren Kindern.*«

»Paul, was hast du ihr da nur für ein Buch geschenkt?«, unterbrach Anna Maries Lesen. »Ich dachte das wären harmlose Märchen.«

»Das ist schon gut so, Anna, lass sie weiterlesen«, mischte sich nun Jakob ein. »Sie soll alles wissen. Marie, lies bitte weiter.«

»*Tag für Tag wuchs die Macht des Fürsten und sein Name wurde von allen gefürchtet. Er dachte: Keine Macht darf der meinigen gleichen, geschweige denn größer genannt werden. Und er überzog alle seine Nachbarn mit Krieg.*

Dann ließ der Fürst seine Bildsäule überall aufrichten und verlangte, dass sie in den Kirchen vor dem Altare des Herrn stehen sollte. »Ich will Gott besiegen«, sagte er, »mein Wille soll geschehen!« Sieben Jahre lang ließ er Flugmaschinen bauen und ließ Blitzstrahlen aus dem härtesten Stahle schmieden, denn er wollte die Feste des Himmels sprengen. Aus allen seinen Landen sammelte er große Kriegsheere, die einen Umkreis von mehreren Meilen bedeckten.« Hier machte Marie eine Pause und schaute von Jakob zu Onkel Paul und wieder zu Jakob.

»Warum hat Gott das erlaubt? Wie hat er zulassen können, dass dieser böse Fürst so viele Jahre lang Krieg führen und Menschen einfach ermorden lassen konnte? Warum hat Gott da so lange weggeschaut?«

Diese Frage hatte Marie eindeutig Jakob gestellt, so als ob er auf Grund seines Pfarrerseins für Gottes Handeln verantwortlich wäre.

»Marie«, sagte er langsam, »du glaubst gar nicht, wie oft in meinem Leben ich mir schon selbst diese Frage gestellt habe. Ich glaube, es ist nicht so, dass er nicht eingreifen *wollte.* Ich fürchte, Gott *konnte* den bösen Fürsten nicht verhindern.«

»Aber du predigst doch immer, dass er allmächtig ist«, entgegnete Marie. »Das stimmt dann ja gar nicht.«

»Am Ende ist er allmächtig, am Ende.« Jakobs Blick wanderte zum Fenster, das ein graues Himmelsviereck freigab.

Marie war es, als ob er in diesem Viereck nach weiteren Antworten auf ihre Fragen suchte.

»Der Fürst aus deinem Buch ist niemand anderer als der Teufel in Menschengestalt, und immer wieder wird es Zeiten geben, in denen der Teufel die Macht über Gott erlangen wird. Diese Zeiten hat es seit Adam und Eva immer wieder gegeben und es wird sie immer wieder geben. So steht es in der Bibel.« Der Blick des Pfarrers fiel nun Paul zu: »Du kennst doch die Bibelstellen, in denen genau das geschrieben steht.«

Onkel Paul schien Marie nun ungewöhnlich ernst: »Wenn ich mich recht erinnere, kommt das Wort *Teufel* oder *Satan* in der Bibel weit öfter als hundert Mal vor«, sagte er und fuhr nach einer Denkpause fort: »Selbst Jesus Christus spricht vom Satan als vom ›Herrscher dieser Welt‹, und an anderer Stelle wird über ihn gesagt: ›Die ganze Welt liegt in der Macht dessen, der böse ist‹.«

»Dann war der Teufel auch an der Macht, bevor ich zu euch gekommen bin«, holte Marie nun die beiden Männer von ihren theologischen Ausführungen zurück in die Gegenwart.

»Ja, Marie«, sagte nun Anna und rückte näher an sie heran, um sie an sich zu drücken. »Aber diese Zeit ist endgültig vorbei und jetzt bist du bei uns.«

»Ach Mariechen«, nahm Onkel Paul nun wieder das Gespräch mit dem Mädchen auf. »Zu dem bösen Fürsten aus deinem Märchenbuch muss ich dir aber schon noch etwas Wichtiges sagen: den hat es leider vor nicht allzu langer Zeit hier auf Erden leibhaftig gegeben und er hat den Menschen noch viel schlimmeres Leid zugefügt als der Fürst in deinem Buch. Unbeschreibliches Leid hat er über die Welt gebracht. Und er hat sich nicht damit begnügt, einen schrecklichen Krieg zu führen. Er gab sich selbst den Titel Führer, und alle Menschen, die ihn nicht als ihren Führer anerkannten oder sich ihm gar widersetzten, wurden verfolgt und hingerichtet. Und fünf oder gar sechs Millionen Juden wurden unter seiner Herrschaft getötet. Marie, das sind beinahe so viele Menschen wie alle Österreicher zusammen.«

»Paul, jetzt ist es genug!« das war Anna, die darauf drang, dieses Thema nicht noch weiter auszuführen.

»Wer sind das, die Juden?«, fragte Marie ungeachtet des Einwurfs der Tante.

»Das sind schlicht und einfach jene Menschen, die jüdische Vorfahren haben. So wie andere Menschen halt chinesische, indische, dunkelhäutige oder wer weiß was für Vorfahren haben.«

»Die dunkelhäutigen sind die Neger, oder?«, fragte Marie.

»Ja.« Wieder schien Onkel Paul in Gedanken versunken.

»Und die Zigeuner? Was war mit denen?« Als Marie nun diese Frage stellte vermeinte sie sowohl im Gesicht der Tante als auch in dem des Onkels ein unmerkliches Zucken wahrzunehmen.

Onkel Paul schien die Beantwortung dieser Frage lieber seinem Freund oder Anna zu überlassen, denn er schwieg nun.

»Marie«, es war die Tante die als erste die Sprache wieder gefunden hatte, »diese schreckliche Zeit ist vorbei, ich hab es dir doch schon gesagt. Es ist für dich jetzt nicht mehr von Bedeutung, was Hitler damals mit den Zigeunern gemacht hat.«

»Hitler? Ist das der Name von diesem Führer?«, fragte Marie.

»Ja. So hieß er«, antwortete Anna und Marie kam es plötzlich so vor, als ob die Tante nicht mehr wirklich im Wohnzimmer säße, sondern nur ihr Körper. Denn ihre Stimme schien von weit her zu kommen. »Ich erinnere mich noch so genau. Ich war in der zweiten Klasse der Volksschule, als die Schulgebete geändert wurden. Wir durften nicht mehr wie gewohnt unseren Gott anbeten, sondern Hitler hatte sich zum neuen Gott erhoben. ›Ich bin klein. Mein Herz ist rein. Soll niemand drin wohnen als Hitler allein.‹ Das mussten wir vor Unterrichtsbeginn aufsagen. Und auch bevor wir dann zu Mittag vom Unterricht nach Hause entlassen wurden, mussten wir zu Hitler beten: ›Führer mein Führer, von Gott mir gegeben, beschütz und erhalte noch lange mein Leben.‹«

»Und was war nun mit den Zigeunern?« Marie wartete noch immer auf eine Antwort.

»Ach Marie«, sagte nun der Onkel. »Es ist so traurig und es macht die Sache nicht besser, wenn ich sie dir verschweige. Du würdest es ohnehin früher oder später erfahren. Die Zigeuner wurden von Hitler genauso wie die Juden verfolgt und in so genannte Konzentrationslager gebracht. Diese Lager haben die wenigsten überlebt.«

»Meine richtige Mutter aber schon«, schloss Marie.

Und irgendwie hatte sie das Gefühl, fürs Erste alles Nötige erfahren zu haben. Das Fass war voll. Und jetzt kam ihr auch wieder das Märchen in den Sinn, das schließlich das ganze Gespräch ausgelöst hatte.

»Ich muss euch doch noch vorlesen, wie Gott den bösen Fürsten am Ende doch noch besiegt hat.«

Als sie das Buch auf der entsprechenden Seite aufschlug, bemerkte sie, wie die Tante und der Onkel erleichtert durchatmeten und sich in ihren Sesseln zurücklehnten. Marie begann zu lesen, ihre Stimme klang fest und stark: »*Gott entsandte einen Mückenschwarm, einen einzigen, kleinen Mückenschwarm. Er umschwirrte den Fürsten, zerstach ihm das Gesicht und die Hände. Voller Zorn zog er sein Schwert, schlug aber nur in die leere Luft, die Mücken konnte er nicht treffen. Da ließ er kostbare Teppiche bringen und sich einwickeln, und kein Mückenstachel vermochte durch sie hindurch zu stechen. Aber eine einzige Mücke hatte sich auf die innere Teppichseite gesetzt; diese kroch in das Ohr des Fürsten und stach ihn dort. Es brannte wie Feuer und das Gift schlug ihm ins Gehirn. Er schleuderte die Teppiche von sich und zerriss seine Kleider, und so wurde der nackte*

Fürst, der Gottes Reich stürmen wollte, von einer einzigen Mücke überwältigt.«

»Siehst du, dann hat das alles ja doch noch ein gutes Ende genommen«, sagte der Onkel und war sichtlich froh über den Ausgang der Geschichte.

»Ja«, meinte Marie nur, denn sie hatte jetzt keine Lust mehr, weiter über Fürst und Führer nachzudenken oder zu sprechen. Sie klappte das Märchenbuch zu und trug es zurück in ihr Zimmer.

Dort suchte sie in ihrem Federpennal nach dem roten Filzstift und strich damit das Wort »lieben« auf der Titelseite des Buches dick durch.

»Heute habt ihr Marie viel zugemutet, hoffentlich nicht zu viel«, meinte Anna, nachdem das Mädchen auch nach geraumer Zeit noch nicht ins Wohnzimmer zurückgekehrt war.

»Lass sie jetzt allein«, sagte Jakob, »sie braucht sicher ihre Zeit, um all das, was wir eben geredet haben zu verarbeiten. Da ist so Vieles, was sie mit ihren persönlichen Erfahrungen erst zusammenführen muss. Es ist hart für das Kind, mit so wenigen Jahren mit so viel Vergangenheit zurechtkommen zu müssen.«

»Dennoch gut, dass ihr nichts Wesentliches vor ihr verschweigt«, sagte Paul. »Sie muss die Wirklichkeit kennen, um es mit ihr aufnehmen zu können.«

»Du hast schon Recht, aber man sollte sie schon sehr behutsam an die Realitäten heranführen.« Anna wirkte nun wirklich besorgt.

»Anna, du kannst hässliche Dinge nicht schön reden«, entgegnete Paul, und es war dieser bestimmte und gleichzeitig bestimmende Ton in seiner Stimme, der eine gewisse Endgültigkeit erkennen ließ.

»Apropos«, redete Paul weiter und wechselte abrupt das Thema: »Jakob, du sagtest vorhin, der Steinmetz hätte, wie du mit ihm geredet hast, so getan als hätte er keine Ahnung worum es geht?«

»Ja. Ich hab ihm dennoch unmissverständlich klar gemacht, dass er die Marie in Ruhe lassen und sich lieber um sein eigenes Leben kümmern soll.«

»Ach, sein eigenes Leben! Der Steinmetz hat schon immer das Leben der anderen mitgelebt, sich mächtig gefühlt, wenn er ihnen nachspionieren und sie dann denunzieren konnte. Der hat das mit der Muttermilch aufgesaugt. Und er geht im wahrsten Sinn des Wortes über Leichen.«

Nun hielt Paul inne.

»Was meinst du damit? Mit der Muttermilch und dem Denunzieren?«, fragte Anna nach.

»Weißt du das denn nicht? Hat dir das der Jakob noch nie erzählt?« Verwunderung schwang nun in Pauls Frage mit.

Anna entnahm Jakobs starrer aufrechter Haltung eine gewisse Anspannung.

»Jakob, auch wenn du die Bibel noch so streng auslegst und meinst, nie etwas Böses über deine Mitmenschen sagen zu dürfen, so geht es hier doch um harte Fakten. Und wenn ein Mensch wie der Steinmetz drauf und dran ist, euch derart anzuschwärzen, dann gilt meinem Empfinden nach dein biblisches Verschwiegenheitsgebot nicht mehr. Schon gar nicht der Anna gegenüber.«

»Du meinst, seine Vergangenheit in Breitenfeld, nicht wahr?«, warf nun Jakob ein.

»Ja, sicher. Das sagt doch schon alles aus über den miesen Charakter dieses Menschen. Wie er sich damals als Bursch verhalten hat, genauso würde er sich heute auch wieder verhalten, wenn er es nur wagen würde! Wenn die Zeiten wieder so wären.«

»Kommt der Steinmetz denn aus Breitenfeld, aus deinem Heimatort?«, fragte Anna.

»Ja, die alten Steinmetz leben noch immer dort, zwei Häuser von meinen Eltern entfernt. Der Ludwig Steinmetz, der Vater vom Fritz, war unterm Hitler ein gefürchteter Blockwart. Er hat, das muss 1940 gewesen sein, den Bachler, einen tüchtigen Tischler und Vater von zwei kleinen Kindern, bei der Gestapo angezeigt. Das war damals im Dorf ein großer Skandal, aber keiner hat sich getraut, den Steinmetz zur Rede zu stellen, weil sich alle vor ihm gefürchtet haben. Und alle haben sie weiterhin schleunigst den Arm zum Hitlergruß erhoben, sobald sie seiner ansichtig wurden. Jakob, du weißt ja, warum der Steinmetz den Bachler angezeigt hat. Und du weißt auch, was das für den Bachler bedeutet hat. Ein Jahr Arbeitslager, und dann ist er an die Front geschickt worden als Kanonenfutter. Er ist nie mehr zurückgekehrt.«

»Und weshalb hat ihn der alte Steinmetz denunziert?« Anna war von Pauls Darstellung ganz aufgewühlt.

»Wegen Abhörens eines ausländischen Rundfunksenders. Darauf standen mehrere Jahre Gefängnis oder Arbeitslager. Oder eben wie bei dem Bachler die Front. Anna, du musst dir vorstellen, der Steinmetz hat sich von dem gutmütigen und hilfsbereiten Bachler jahrelang im Haus aushelfen lassen, wenn irgendwelche Holzarbeiten anstanden, und der Dank dafür war, dass er ihn denen ausgeliefert hat. Wahrscheinlich hat er dafür eine Belohnung für besondere Verdienste bekommen.« Paul lachte spitz auf.

»Das ist so abscheulich und schäbig, was der alte Steinmetz da getan hat. Aber es war halt der Ludwig und nicht sein Sohn. Ich mag den Fritz beileibe nicht in Schutz nehmen, aber für die Unmoral seines Vaters kann man den Fritz nicht verantwortlich machen«, sagte Anna.

»Dafür nicht, Anna«, ergriff Jakob nun wieder das Wort, »aber da gibt es noch etwas. Ich hab dir noch nie davon erzählt, weil ich dachte, es ist nicht notwendig, dass du davon weißt, ich dachte halt, es würde dich nur unnötig belasten. Also, was der Fritz damals, als vierzehnjähriger Bursch, getan hat, soll dir der Paul sagen, er war Zeuge des schrecklichen Vorfalls, ich kenne den Fall nur von seinen Erzählungen.«

»Also das war im Mai 1941«, begann Paul, »an einem Mittwoch. Ich werde diesen Tag in meinem ganzen Leben nie vergessen, obwohl ich damals noch keine neun Jahre alt war. Der Kastanienbaum vor dem Schulhaus, in dem sowohl die Volksschüler als auch die Hauptschüler unterrichtet wurden, stand in voller Blüte, rosarot und weiß, und es war so warm, dass wir Buben in kurzen Lederhosen und kurzärmeligen Hemden im Klassenzimmer saßen.

Mitten im Satz hörte unser Lehrer plötzlich zu reden auf, er starrte wie gebannt aus dem Fenster, und was in der Klasse vor sich ging, schien er nicht mehr wahrzunehmen. Ich erkannte Entsetzen in seinem Gesicht, blankes Entsetzen, und auf seiner Stirn hatten sich Schweißperlen gebildet. Wie von selbst erhoben sich nun alle Buben in der Klasse von ihren Plätzen, um die Gesichter an die Fensterscheiben zu drücken, denn wenn es für den Herr Lehrer so ungeheuer wichtig war, zu sehen, was da draußen los war, musste es wirklich etwas ganz Außergewöhnliches sein. Mein Platz war direkt am Fenster und ich konnte daher von Anfang an alles genau beobachten. Ich sah zwei Männer, die vom Postamt über den Hauptplatz zum Schuleingang gingen. Als erstes bemerkte ich, dass sie Gewehre bei sich hatten. Sie waren in Zivilkleidung, trugen aber SA-Kappen, Hakenkreuz-Armbinden und braune Ledergürtel mit Schulterriemen. Als sie im Schulhaus verschwunden waren, war es in der Klasse so still, dass man das verhaltene Atmen eines jeden Einzelnen hören konnte. Niemand wagte es, sich zu bewegen.

Schließlich hörten wir Männerstimmen, ohne zu verstehen, was sie sagten, aber es klang grob und unfreundlich, und dann sahen wir die beiden Männer von vorhin wieder und in ihrer Mitte hatten sie unseren Herrn Direktor. Sie hielten ihn an den Oberarmen fest und führten ihn über den Hauptplatz weg aus unserem Blickfeld. Obwohl wir die politische Lage in unserem Alter nicht durchblicken konnten, wussten wir intuitiv, dass etwas ganz Schlimmes geschehen war. Niemals hätte irgendjemand zuvor gewagt, den Direktor unserer Schule auch nur zu berühren. Und plötzlich gab es nichts mehr, was Einhalt gebot.«

»Und der Fritz Steinmetz? Was hat der damit zu tun?« Es war wieder Annas Stimme, die Pauls Redepause unterbrach.

»Alles. Er hat alles damit zu tun.« Paul blickte ins Leere. »Der Fritz war damals in der letzten Hauptschulklasse. Und er hat im Unterricht heimlich mitgeschrieben, was der Wilhelm Parzmeier, so hieß der Direktor, im Deutsch- und Geschichtsunterricht gesagt hat. Der Parzmeier war einer der Wenigen, die sich kritisch zum Nationalsozialismus geäußert und besonders die Rassenpolitik kritisiert hatte. Und der die Schüler nicht mit zum Hitlergruß erhobenem rechten Arm beim Betreten der Klasse begrüßt hatte, sondern mit einem »Grüß Gott«.

Seine Mitschrift hat der Fritz dann zuerst dem Alois Reiner, dem damaligen HJ-Gruppenführer von Breitenfeld gezeigt, der wollte ihn sogar noch überreden, sie verschwinden zu lassen und den Parzmeier, der doch sonst ein so netter Kerl wäre, in Ruhe zu lassen, aber der Fritz hat sich darum nicht geschert und sich daraufhin postwendend direkt an die Gestapo gewandt und den Parzmeier denunziert.«

»So ein Schwein«, entfuhr es Anna. »Und so einer singt bei uns im Kirchenchor und sitzt jeden Sonntag scheinheilig in der Kirche. Aber wieso weiß man denn so genau über diesen Fall Bescheid, Paul?«

»Was glaubst du wie gut sich der Fritz dabei vorgekommen ist, und wie wichtig und mächtig! Mit denen Mitmachen hieß für ihn wohl Mitmacht haben. Er hat allen genau erzählt, was er mitgeschrieben hat, wie sie ihn bei der Gestapo gelobt haben, wegen seines Pflichtgefühls und seiner Treue zum Führer und dergleichen.«

»Was ist eigentlich mit dem Parzmeier passiert? Der ist ja nicht mehr zu euch zurückgekommen, oder?« Diese Frage kam von Jakob.

»Er ist zu vier Jahren Gefängnis verurteilt worden, die er jedoch nicht überlebt hat. In der Urteilsbegründung war zu lesen, dass er dem gesunden Volksempfinden nach die Geschlossenheit und den Kampfwillen des deutschen Volkes, und in seinem Falle noch schlimmer, der deutschen Jugend, zersetzt und dessen Leistungs- und Kampfkraft geschwächt hatte. Wie gesagt, in Breitenfeld waren die meisten über den Vorfall entsetzt, er war Ortsgespräch, das jedoch augenblicklich verstummte, sobald ein Steinmetz auch nur in der Ferne auftauchte.«

»Fährst du oft nach Breitenfeld deine Eltern besuchen?«, fragte nun Anna unvermittelt und sprang mit dieser Frage vom Damals ins Jetzt.

»Ja, alle zwei Wochen. Sie sind nicht mehr sehr rüstig und ich schaue dann halt nach dem Rechten. Deshalb weiß ich ja auch, was in Breitenfeld geredet wird, über *euch* geredet wird. Und ihr könnt euch vorstellen, woher da der Wind weht. Der Fritz Steinmetz fährt ja oft einmal die zwanzig Kilometer hinüber zu seinen Eltern.«

»Weißt du, Paul«, ergriff nun Jakob das Wort, er hatte lange geschwiegen und es schien ihm nun offensichtlich an der Zeit, seine Gedanken in Worte zu fassen, »der Fritz Steinmetz ist eine menschliche Tragödie, seine Bösartigkeit macht ihn für die anderen zur Gefahr und sein

Gewissen wird auf lange Sicht auch keine Ruhe finden. Ja, für ihn selbst ist sein Leben wohl die größte Katastrophe. Und seiner erbärmlichen Existenz ist er sich im Grunde seiner Seele wohl bewusst, sonst würde er sich nicht schon am Vormittag beim Kirchenwirt mit seiner täglichen Dosis Alkohol eindecken müssen, um den Tag über die Runden zu bringen.«

»Jakob, deine Analysen als Seelsorger in Ehren, aber ich kann da nicht mehr mit! Genau so wenig wie mit dem Bibelspruch, der für dich scheinbar bindend ist: *Liebet eure Feinde, segnet, die euch fluchen, tut wohl denen, die euch hassen.* Nein, dem kann ich beim besten Willen nicht folgen. Genauso wenig wie ich gewillt bin, dem, der mich auf die linke Wange geschlagen hat, auch noch die rechte hinzuhalten. Jakob, den Steinmetz muss man stoppen, bevor es zu spät ist, der gefährdet deine Existenz! Und auch die der Anna und der Marie.«

»Was wird denn nun konkret über uns geredet?« Anna schien dieser Punkt am wichtigsten.

»Was hier bei euch in Schönboden geredet wird, kann ich nicht sagen. Aber in Breitenfeld hat der Steinmetz ganze Arbeit geleistet und selbst meine Eltern haben mich schon gefragt, ob ich denn als Jakobs Freund nicht wüsste, dass er mit seiner hübschen Pfarrersköchin schon seit Jahren ein Verhältnis hätte. Das wäre ja noch nicht so schlimm, haben sie weiter gemeint, aber in Breitenfeld erzählte man sich hinter vorgehaltener Hand auch, dass der Pfarrer Selinger sein Zigeunerdirndl über alles liebte, wobei mit dieser Liebe sicher nicht nur die des Herzens gemeint war.«

»Das ist eine bösartige, lächerliche Anschuldigung. Auf so etwas werde ich nicht einmal reagieren«, sagte Jakob und schüttelte dabei so heftig den Kopf, als könnte er gar nicht glauben, dass die Leute dem Steinmetz in diesem Punkt auch nur im Ansatz Glauben schenken könnten. »Und was sich die Menschen über Anna und mich zusammenreimen, ist mir mittlerweile egal. Es ist doch kein Unrecht in unserer Liebe, und ich bin daher auch bereit, sollte es wirklich nötig sein, öffentlich dazu zu stehen. Möge dann kommen was wolle. Nur dich, Anna, dich sollen sie in Ruhe lassen mit ihren Spinnereien!«

»Um mich brauchst du dir keine Sorgen zu machen, Jakob«, entgegnete Anna, »was mich wirklich beunruhigt, ist die böse Verleumdung dich und Marie betreffend.«

»Das Problem ist, dass ich nicht weiß, wie ich darauf reagieren soll«, sagte Jakob. »Sobald ich öffentlich dazu Stellung nehme, gewinnt das Thema erst recht an Bedeutung und ich würde gegen Windmühlen ankämpfen müssen, denn die Unschuld zu beweisen ist wohl das schwierigste Unterfangen, das es gibt. Und stellt euch vor, was das Ganze erst für Marie bedeuten würde. Sie würden sie Mitleid heuchelnd befragen, sie wäre das Opfer der öffentlichen Lust am Skandal und sie wäre in ihrem Leben erneut einem Schicksal ausgeliefert, das sie nicht beeinflussen könnte.«

»Ich glaube nur«, sagte Paul, »ja, ich glaube, dass es klug ist, auf das Schlimmste gefasst zu sein, um dann auch richtig zu handeln. Der Steinmetz wird nicht damit aufhören, dem von ihm verbreiteten Gerücht immer wieder eine weitere Spitze hinzuzufügen, mit dem Ziel, dass das Ganze irgendwann amtlich wird. Wahrscheinlich wäre es für ihn die größte Genugtuung, wenn sie euch Marie wieder wegnehmen würden.«

»Dazu wird es nicht kommen«, sagte Jakob jetzt mit der unverbrüchlichen Entschlossenheit, auf die Anna schon während des ganzen Gesprächs gewartet hatte und die sie an ihm so sehr liebte. Nun war sie wieder da, Gottseidank, jene starke und sichere Hand, die ihr Jakob gab, wenn der Weg steinig und steil wurde.

»Nein, dazu wird es nicht kommen«, wiederholte Anna Jakobs Worte klar und deutlich, so, als ob sie sie dadurch tief und unauslöschbar in die von Gott vorgegebene Schicksalstafel hineinmeißeln wollte.

»Euer Wort in Gottes Ohr«, sagte Paul.

Anna zog es vor, die Skepsis in Pauls Worten zu überhören.

Als Marie den Pfarrer fragte, ob sie im Kirchenchor mitsingen dürfte, wusste Jakob sofort, woher der Wind wehte.

Michael war aus zwei Gründen seit etwa einem Jahr dem Kirchenchor ferngeblieben. Zum einen war der Stimmbruch daran schuld gewesen, der ihn ungewollt immer wieder zwischen Kinderstimme und der sich entwickelnden Männerstimme hatte hin- und herspringen lassen, zum anderen machte sein Aufenthalt im Internat in der Hauptstadt die Teilnahme an den wöchentlichen Proben unmöglich. Nun war der Stimmbruch überwunden und eine kraftvolle Tenorstimme hatte den Knabensopran ersetzt. Herr Kalteis, der Chorleiter, wollte unter diesen Umständen nicht länger auf Michael als ständiges Chormitglied verzichten und verlegte daher die Chorproben auf den Freitagabend, also einen Zeitpunkt, an dem Michael bereits in Schönboden war, um das Wochenende dort zu verbringen.

Jakob wusste natürlich, dass Marie eine helle und treffsichere Stimme hatte, er hörte sie ja oft genug vor sich hin trällern, er hätte jedoch nie in Erwägung gezogen, sie zu fragen oder gar zu nötigen, dem Kirchenchor beizutreten. Denn was er auf jeden Fall vermeiden wollte war, dass das Mädchen sich auf Grund ihrer Aufnahme im Pfarrhof verpflichtet fühlte, sich auch aktiv in das kirchliche Leben einzubringen. Niemals sollte sie denken, dass von ihr ausgeübte Religiosität gewissermaßen als Gegenleistung dafür erwartet würde, hier leben zu dürfen und geliebt zu werden. Wenn sie am kirchlichen Geschehen teilnahm, dann musste das aus ihrem ganz persönlichen Bedürfnis heraus geschehen.

Nun war es ihr eigener Wunsch, den sie dem Onkel gegenüber äußerte, auch wenn die Wurzel des Wunsches nicht unbedingt im gesungenen Lob Gottes lag, sondern vielmehr in der Möglichkeit, regelmäßig mit Michael zusammen zu treffen.

»Ja, natürlich kannst du im Chor mitsingen«, antwortete Jakob, »der Herr Kalteis wird sich sicher sehr freuen, wenn er eine neue Stimme dazubekommt, noch dazu eine so schöne.«

Eigentlich tat es Jakob leid, dass er selbst während der Sonntagsmesse nicht im Chor mitsingen konnte. Den Gottesdienst zu zelebrieren und gleichzeitig im Chor zu singen, ging nun einmal nicht. Dafür nahm er jedoch oft einmal an den Proben teil, einfach aus Freude an der Musik und am Singen. Auch wenn der bescheidene Kirchenchor von Schönboden nicht mit dem Domchor zu vergleichen war, dem Jakob während seiner Studienzeit angehört hatte, so war er doch für Jakob ein unverzichtbarer Bestandteil des pastoralen Gefüges. Wort und Musik waren die beiden Sprachen der Liturgie, wobei die Musik die christliche Botschaft direkt ins Herz trug. Ohne festliches Orgelspiel, ohne den Gesang des Kirchenchors, ohne singende Gemeinde fehlte einem Gottesdienst, ja, Jakob fand keinen anderen Ausdruck dafür, es fehlte die *Rutsche* zu Gott. Ohne diese Direktverbindung musste der Weg mühsam begangen werden, und oft schon endete er wegen Müdigkeit und Erschöpfung auf halber Strecke.

Religion und Musik gehörten für Jakob schon seit jeher untrennbar zusammen. Als schwingende Materie war Musik Teil der Schöpfung, und zwar jener einzigartige Teil, der, wenn er das innere Zentrum des Menschen erreichte, Vollkommenheit erahnen ließ. Dann geschah das Wunder: Der Teil wurde zur Gesamtheit. In solchen Momenten schwiegen in Jakob alle Glaubenszweifel, und gerade während seiner Studentenzeit beim Domchor war es auch dieser Seelenberührung der Musik zu verdanken gewesen, dass er seiner Lebensausrichtung auf Gott hin treu geblieben war, weil er immer wieder zumindest einen Akkord lang ganz sicher sein konnte, dass es Gott gab. Wo Jakob Worte und Erkenntnis fehlten, dort vermochte die Musik Unsagbares und Unbegreifliches zu offenbaren.

Eine dieser Offenbarungen, vielleicht die größte, die Jakob über die Musik je erfahren durfte, wurde ihm während einer der vielen Chorproben für die Aufführung des Requiems von Johannes Brahms zuteil.

Was Jakob von seiner ersten Begegnung mit Brahms Werk an gefesselt hatte waren neben der Musik auch die Textstellen, die der Komponist für sein Werk sowohl dem Alten als auch dem Neuen Testament entnommen hatte. Der Trauer ließ er Trost und dem Trost Hoffnung folgen. Dem Vergänglichen das Bleibende und dem Bleibendem die Verwandlung. Noch nie zuvor hatte Jakob das Suchen und Hoffen, aber auch die Gewissheit des Verwandeltwerdens so deutlich gespürt, wie an jenem Abend, als die Musik Jesajas Worte vom Schmerz zur Freude und vom Tod ins Leben bewegte: »Siehe, ich sage euch ein Geheimnis: Die Erlösten des Herrn werden wiederkommen, und gen Zion kommen mit Jauchzen; Freude, ewige Freude, wird über ihrem Haupte sein; Freude und Wonne werden sie ergreifen, und Schmerz und Seufzen wird weg müssen.«

Und nun hatte Marie Jakob um Erlaubnis gebeten, dem Kirchenchor beitreten zu dürfen. Selbst wenn die Triebfeder ihres Anliegens eher Michael und nicht so sehr der Kirchengesang sein sollte, die Musik würde ganz von allein auch für Marie eine weitere Welt erschließen.

Jakob mochte die Gesangsstücke, die Chorleiter Kalteis mit Bedacht und Rücksicht auf die geringe Anzahl seiner Sängerinnen und Sänger und deren stimmliche Möglichkeiten auswählte. Schuberts Vertonung des Psalms »Wohin soll ich mich wenden?« berührte Jakob immer wieder ganz besonders, genauso wie ihn die alten traditionellen Kirchenlieder wie »Großer Gott wir loben dich« oder auch »Lobet den Herren« mit feierlicher Freude erfüllten, obwohl er sie wohl schon hunderte Male gehört und gesungen hatte.

Genau diesen Zauber zu erleben wünschte er nun Marie.

»Da ist ja übermorgen schon die erste Probe für dich«, sagte er zu ihr.

»Ich weiß«, sagte sie und war auch schon auf dem Weg ins Freie. Jakob hörte gerade noch, wie sie im Gehen ein Lied anstimmte. Mit Marie entfernte sich jedoch auch die Melodie sehr schnell und löste sich in Stille auf.

Michael hatte in der Zwischenzeit nicht nur eine andere Stimme bekommen, auch sein Erscheinungsbild hatte sich gründlich verändert. War er vor einem Jahr nur wenig größer als Marie gewesen, so überragte er das Mädchen jetzt beinahe um einen Kopf, die Schultern waren breiter geworden und die Arme schienen Marie nun kräftig genug, sie mühelos hochheben zu können.

Selbst Michaels Gesicht hatte sich verwandelt: die Rundungen an den Wangen waren verschwunden, dafür schien das Kinn kantiger, die Stirn breiter, die Nase gerader und ausgeprägter. Wenn Marie nahe genug an Michael heranrückte, konnte sie den Flaum über der Oberlippe erkennen, wobei die Härchen etwas heller waren als die dichten braunen Haare auf dem Kopf. Dieser Flaum musste sich angenehm anfühlen, dachte Marie, wahrscheinlich würde er sie ganz leicht kitzeln, besonders wenn er mit ihren Lippen in Berührung käme.

»Marie, komm bitte hier herüber. Du singst mit der Frau Leitner und der Frau Maier den Sopran«, unterbrach Herr Kalteis die Gedankenflüge des Mädchens. »Die Frau Bertlwieser und meine Frau singen Alt, der Herr Fachlehrer Steinmetz ist unser Bass, und einen Tenor haben wir jetzt auch noch, den Michael«, erklärte er Marie kurz die Aufgliederung seiner Gesangsgruppe, und an alle gewandt fügte er sichtlich stolz hinzu: »Ab jetzt sind wir ein richtiger Chor.«

»Und welche Stimme singen Sie, Herr Kalteis?«, fragte Marie.

»Einmal singe ich beim Bass mit, dann wieder beim Tenor. So wie das der Herr Pfarrer auch macht. Naja, ich steige halt dort ein, wo ich gerade am meisten gebraucht werde. Als Chorleiter muss ich alle Stimmen aus dem Effeff beherrschen.«

»Der Bass benötigt selten Ihre Hilfe, Herr Kalteis.« Marie erkannte sofort die Stimme des Mathematiklehrers, auf den sie hier nur allzu gerne verzichtet hätte. »Ich würde vorschlagen, wir beginnen mit der Probe. Der Herr Pfarrer weilt heute ja auch wieder einmal unter uns und hat sicher nicht unbegrenzt Zeit«, fügte er hinzu und Marie dachte, dass es typisch für den Steinmetz war, andere für seine Interessen vorzuschieben, in diesem Fall den Onkel. Die Wahrheit war nämlich, dessen war sich Marie ganz sicher, dass der Steinmetz so bald wie möglich beim Kirchenwirt einkehren wollte.

Maries Blick streifte durch die Runde, in der unvermittelt Stille herrschte, und blieb am Gesicht des Onkels hängen, der den Steinmetz mit kalten Augen fixierte, und dann mit ebenso kalter Stimme sagte: »Was meine Zeiteinteilung betrifft, so lassen Sie das bitte meine Sorge sein, Herr Steinmetz.«

Herr Kalteis räusperte sich mehrmals – Marie schien es, er wolle damit das betretene Schweigen der Runde durchbrechen – bevor er das Programm der Probe bekanntgab und die Notenblätter austeilte. »Also: Das Lied, das wir heute vierstimmig üben werden, heißt ›Lobt froh den Herrn‹ von Hans Georg Nägeli und Georg Geßner, 1765 bis 1843, für gemischten Chor«. Herrn Kalteis' Angaben zum Lied konnte Marie auf ihrem Notenblatt mitlesen, aber der Chorleiter verkündete sie so, als verriete er gerade ein großes Geheimnis, von dem nur er als Musikexperte ersten Ranges Kenntnis hatte.

»Wir beginnen mit dem Sopran. Marie, du kannst doch Noten lesen?«, fragte er.

»Nein, Noten lesen kann ich nicht«, antwortete Marie.

»Das ist auch gar nicht nötig«, mischte sich Michael ein, und als ihn alle plötzlich anschauten, glaubte Marie einen Hauch von Röte über sein Gesicht huschen zu sehen. »Ich meine«, führte er nun seinen Einwurf weiter aus und Marie schien es, dass ihm der Blickkontakt mit ihr seine Selbstsicherheit wieder zurückgegeben hatte, »das Lied ist ja nicht kompliziert und Marie wird sich die Melodie bestimmt schnell merken.«

»Gut. Dann lasst uns beginnen. Erst der Sopran. Meine Damen bitte! C-Dur, der erste Ton ist ein G.« Herr Kalteis schlug die G-Taste der Orgel an und summte den Ton, den die beiden Frauen nachsummten, bevor sie in die Melodie einstiegen, die Herr Kalteis zur Unterstützung leise auf der Orgel spielte. Es ist wirklich kein kompliziertes Lied, dachte Marie, und sie war recht zuversichtlich, dass sie beim nächsten Mal schon mitsingen konnte.

»Sehr gut«, lobte Herr Kalteis und wandte sich noch einmal an den Sopran: »Noch einmal, bitte, diesmal mit Marie.«

»Wunderbar.« Herr Kalteis schien überaus zufrieden und Marie vermeinte sogar ein gewisses Erstaunen in seinem Blick wahrzunehmen. Vielleicht hatte er ihr so viel natürliche Musikalität nicht zugetraut, sie hatte nämlich während des gesamten Liedes tatsächlich keinen Ton lang mit dem Singen aussetzen müssen, so gut hatte sie sich die gesamte Melodie gemerkt.

Was Marie dem Blick des Mathematiklehrers entnahm, den sie förmlich auf sich spüren konnte noch bevor sie ihn erwiderte, hatte weniger mit Erstaunen als vielmehr mit unverhüllter Feindseligkeit zu tun, und wenn ein Mensch wie der Steinmetz ihr Angst machen konnte, dann würde sie sich genau vor diesem Blick fürchten – nur dass Marie vor dem Steinmetz keine Angst hatte. Er konnte ihr nichts antun, selbst wenn er wollte, da war sich Marie sicher, und deshalb hielt sie seinem Blick auch Stand, bis er sein Gesicht von ihr abwandte.

»Nun der Alt. Bitte um Aufmerksamkeit!« Herr Kalteis war mit Eifer bei der Sache. »Wir beginnen wie der Sopran mit G, dann geht es die Terz hinunter auf E, und so weiter, sie sehen es ja auf dem Notenblatt. Also beginnen wir.« Wieder spielte der Chorleiter die Melodie auf der Orgel an, auch diesmal schien es den beiden Frauen nicht schwer zu fallen, vom Blatt zu singen.

»Sehr gut. Und nun Sopran und Alt zusammen. Bitte schön.«

Marie fand, dass die beiden Stimmen wirklich gut zusammenpassten, mit der zweiten Stimme dazu klang die Melodie gleich viel voller.

»Bravo, Marie«, ließ sich der Herr Kalteis nun sogar zu einem Lob hinreißen, »du singst wirklich schön und du kannst auch die Stimme halten. Das ist wichtig. Ich denk da gerade, dass du vielleicht sogar einmal bei einem Hochamt das Ave Maria singen könntest. Aber das hat noch Zeit.«

Wieder spürte Marie den Blick des Mathematiklehrers auf sich ruhen, und sie spürte auch, dass er ihn noch in demselben Augenblick von ihr abwandte, in dem sie ihm den ihren zuwarf.

»Die Frauenstimmen passen nun hervorragend«, meinte Herr Kalteis weiter, »wir fahren also fort mit dem Tenor. Michael, bitte.«

»Lobt froh den Herrn, ihr jugendlichen Chöre! Er höret gern ein Lied zu seiner Ehre. Lobt froh den Herr, lobt froh den Herrn.« Michael sang die ganze Strophe so sicher und selbstverständlich, als handelte es sich um ein Lied, das ihm schon lange bekannt war. Marie hätte ihm noch gerne weiter zugehört, nicht wegen der Melodie, die klang losgelöst von den anderen Stimmen für Marie eher merkwürdig und sie konnte sich auch noch gar nicht vorstellen, wie diese eigenartige Tonfolge zum Sopran und Alt passen würde. Es war Michaels Stimme, die sie gefangen nahm, die ihr bekannt und fremd zugleich vorkam, und die Sanftheit und Bestimmtheit, Weichheit und Härte, Geheimnis und Offenbarung vereinte.

»Sehr schön, unser Tenor, danke«, sagte Herr Kalteis und wandte sich dann dem Mathematiklehrer zu: »Bleibt nur noch der Bass, Herr Fachlehrer, also zu Ihnen. Erster Ton: ein C, Sie bleiben auch den nächsten Takt auf dem C. Aber das brauche ich Ihnen ohnedies nicht zu sagen«, fügte der Chorleiter schnell hinzu und stimmte auf der Orgel das C an. Die volle harmonische Bassstimme, die sodann aus dem Steinmetz herausströmte und den gesamten Kirchenraum ausfüllte, hätte Marie diesem groben, unberechenbaren Menschen nie zugetraut, seine Stimme war ihr eingebunden in den Chorgesang auch noch nie als derart herausragend aufgefallen. Nun jedoch musste sie sich eingestehen, dass ihr diese warme, tiefe Stimme sehr gut gefiel, obwohl ihr der Sänger durch und durch zuwider war. Ein Lied fiel ihr ein, das ihr die Tante beigebracht hatte und das sie schon oft mir ihr im Kanon gesungen hatte: ›Wo man singt da lass dich ruhig nieder, böse Menschen kennen keine Lieder‹. So stimmte das also wieder einmal nicht, denn dass der Steinmetz sang und noch dazu sehr gut sang, stand nun außer Zweifel; und dass er ein böser Mensch war ebenso.

»Ausgezeichnet, Kollege Steinmetz, wie immer fehlerfrei«, lobte Direktor Kalteis. »Nun, meine Damen und Herrn, so lassen wir nun alle vier Stimmen zusammenfließen. Es lebe die Musik zum Lobe Gottes!«, fuhr er fort, und hätte Marie nicht gewusst, dass er zu gerade einmal einer Handvoll Schönbodenern sprach, so hätte sie aus den salbungsvollen Worten des Herrn Kalteis geschlossen, dass der Chorleiter eine große und ehrwürdige Zuhörerschaft vor sich hatte.

Nun hielt er sogar einen Taktstock hoch, um Einsätze und Tempi korrekt vorgeben zu können. Er stimmte mit Hilfe der Orgeltaste für jede Stimme den Anfangston an und gab daraufhin das Zeichen für den Einsatz.

»Stopp!«, unterbrach er den Gesang bereits nach einem halben Takt. »Der Einsatz muss exakt sein. Danach darf ich Sie ersuchen, genau auf den von mir vorgegeben Rhythmus zu achten. Also, da capo!«

Diesmal war Herr Kalteis zufrieden, und Marie war von der harmonischen Fülle des Klangs überrascht, den die vier verschiedenen Stimmen in ihrer Verschmelzung ergaben, wo doch die einzelnen Melodien isoliert von den anderen sie nicht besonders ergriffen hatten.

Ihr Blick verselbstständigte sich und flog vom Taktstock des Herrn Kalteis weg hin zu Michael. Seine Augen waren zwar auf das Notenblatt gerichtet, doch Marie spürte ganz deutlich, dass er dabei auch sie, Marie, vor sich sah, während sie alle gemeinsam das Lied zu Ende sangen: ›Einst kommt die Zeit, wo wir auf tausend Weisen, o Seligkeit, dich, unsern Vater, preisen, von Ewigkeit zu Ewigkeit.‹

»Dann sind wir ja für heute fertig!«, durchschnitt die Stimme des Mathematiklehrers die andächtige Stille unmittelbar nach dem Verklingen des Endakkords. Der sonore Wohlklang der mächtigen Bassstimme war von einem Augenblick auf den anderen der gewohnten scharfen Klinge seiner Sprechstimme gewichen, die nun zum Aufbruch drängte.

Marie bemerkte, dass der Steinmetz grußlos die Empore verließ, während der Onkel sich noch mit Handschlag von den Anwesenden verabschiedete und sich für den persönlichen Einsatz eines jeden Einzelnen und den so wertvollen Beitrag zur Gottesdienstgestaltung bedankte. Dass der Onkel den Steinmetz genauso wenig mochte wie sie, war Marie schon klar, aber dass der Steinmetz nun augenscheinlich den Kontakt mit dem Onkel scheute, ließ Marie vermuten, dass der Mathematiklehrer sich unwohl fühlte, wenn nicht sogar eingeschüchtert. Marie musste unwillkürlich lächeln.

Beim Abstieg von der Empore war Michael auf der engen Treppe wie zufällig dicht hinter ihr und sie spürte seinen warmen Atem im Nacken. Marie hatte das Gefühl, als ob er mit der Hand sanft über ihre Haare striche, aber wahrscheinlich war es nur der Wind, der die Luft im Kircheninneren leicht bewegte.

»Kommst du nächsten Freitag wieder zur Probe, Marie?«, hörte sie seine Stimme dicht an ihrem Ohr.

»Ja«, sagte Marie ohne sich zu ihm umzudrehen und ging in die Abenddämmerung hinaus. Sie sah den Onkel, der den Kirchplatz bereits zur Hälfte überquert hatte. Bevor er noch den Pfarrhof erreicht hatte, war sie auch schon bei ihm.

Marie hätte dem Vorfall überhaupt keine Bedeutung beigemessen. Es hatte ihr nicht einmal besonders wehgetan, als sie im Pfarrhaus beim Hüpfen über die Stufen vom ersten Stock ins Erdgeschoss zuerst einen Hausschuh und gleich darauf das Gleichgewicht verloren hatte. Es war ja auch gar nichts Schlimmes passiert, denn die seitliche Wand, an die sie mit dem Kopf stieß, hatte einen schlimmeren Sturz in die Tiefe verhindert.

Und wäre die Tante nicht gewesen, dann hätte sich Marie vermutlich das Blut einfach von der Stirn gewaschen, sich ein Handtuch auf die Wunde gedrückt, damit sie sich das Gewand nicht blutig machte, und wäre mit dem Fahrrad zu Brigitte gefahren, so wie sie es vorgehabt hatte.

Die Tante bemühte sich zwar, nach außen hin Ruhe auszustrahlen, Marie bemerkte jedoch ihr Erschrecken, als sie sie blutüberströmt vor sich sah. »Komm«, sagte sie und nahm ihre Hand, »du musst dich erst einmal hinlegen«.

Dann pinselte sie eine orangefarbene Flüssigkeit auf die Wunde, die wie Feuer brannte.

»Das ist notwendig«, meinte die Tante, »sonst bekommst du uns noch eine Blutvergiftung.« Marie sah der Tante von der Wohnzimmercouch aus zu, wie sie ein Geschirrtuch aus der Lade nahm und damit in der Küche verschwand. Von dort hörte sie das Aufdrehen des Wasserhahns.

»So«, sagte die Tante als sie mit dem Geschirrtuch, das nun zu einem dicken Stoffstreifen zusammengerollt war, zurückkam. »Das legen wir jetzt auf deine Stirn, damit die Beule nicht zu groß wird.« Das feuchtkühle Tuch fühlte sich angenehm an, das Brennen der Wunde hatte auch schon aufgehört und Marie genoss es nun sogar, ruhig hier zu liegen und die volle Aufmerksamkeit der Tante zu haben, die am Couchrand saß, ihre Hand hielt und sie besorgt ansah.

»Ist dir auch sicher nicht schlecht?«, vergewisserte sich die Tante immer wieder, denn wenn sie an Übelkeit litte oder gar starke Kopfschmerzen bekäme, dann wäre eine Gehirnerschütterung nicht auszuschließen und dann müsste man unbedingt den Arzt rufen, meinte sie.

»Nein, mir ist gar nicht schlecht und der Kopf tut auch nicht weh«, sagte Marie, und das war nicht gelogen. Sie hätte aber, auch wenn sie Übelkeit und Kopfschmerzen verspürt hätte, es nicht zugegeben, weil sie nämlich keinen Arzt hier haben wollte. Sie war sicher, dass die Tante mindestens genauso gut wie der Arzt wusste, was in diesem Fall zu tun war.

Marie konnte sich nicht daran erinnern, wie sie eingeschlafen war, sie musste im wohligen Bewusstsein vollkommener Geborgenheit einfach von der Wach- in die Schlafwelt geglitten sein, aber sie hatte bestimmt einige Stunden lang geschlafen, denn als sie aufwachte, war es schon dämmerig draußen und anstelle der Tante saß der Onkel bei ihr auf der Couch.

»Mariechen, was machst du denn für Sachen?«, sagte er und schüttelte dabei den Kopf. »Gott sei Dank ist nichts Gröberes passiert«, redete er weiter, »und bis du heiratest wird auch die Schramme auf deiner Stirn nicht mehr sichtbar sein.«

»Ich weiß noch gar nicht, ob ich überhaupt einmal heiraten werde. Das muss ich mir sehr gut überlegen«, sagte Marie ernst. »Aber Durst und Hunger hab ich jetzt, das weiß ich genau«, fügte Marie hinzu und setzte sich auf.

»Das ist ein gutes Zeichen«, meinte der Onkel und Marie bemerkte dieses Aufblitzen eines Lächelns, das dem Onkel eigen war, und das sie so gerne mochte, weil sie da nämlich gleichzeitig in seinen Augen ein ganz besonderes Glitzern wahrnahm, selbst wenn gar keine äußere Lichtquelle vorhanden war, die sich in den Augen spiegeln konnte. Marie schloss daraus, dass dieses Glitzern aus dem Onkel selbst, direkt aus seinem Innersten herauskommen musste.

Die Tante meinte zwar, Marie solle wegen des Sturzes einen Tag mit der Schule pausieren, aber nachdem Marie ihr versichert hatte, dass sie sich wohl fühlte und ihr gar nichts mehr wehtat, gab sie dem Wunsch des Mädchens nach, den Unterricht zu besuchen.

Natürlich hätte sich Marie auch gerne für einen Tag lang vor der Schule gedrückt – besonders die Stunde mit dem Steinmetz hätte sie sich sehr gerne erspart –, aber es war Freitag. Und Freitag bedeutete Chorprobe. Und Chorprobe bedeutete Michael. Und wenn Marie dem Unterricht fernblieb, dann durfte sie auch am Abend nicht zum Singen in die Kirche hinübergehen, weil sie dort unweigerlich dem Steinmetz begegnen würde.

Die Klassenkameradinnen interessierte Maries Verletzung nicht sonderlich. Einige fragten zwar, was sie sich denn getan hätte, warteten aber dann nicht einmal das Ende von Maries Antwort ab, sondern wandten sich gleich wieder anderen Themen zu.

Der einzige Lehrer, der sich nach dem Grund der Kopfverletzung erkundigte, war ausgerechnet der Steinmetz. Seine Fragen klangen jedoch nicht etwa besorgt, sondern vielmehr spöttisch und selbstgefällig, so als ob er ohnehin genau wüsste, was vorgefallen war und sein Wissen nur bestätigt haben wollte.

Der Mathematiklehrer war wieder einmal direkt vom Kirchenwirt in die Klasse gepoltert, zehn Minuten zu spät und in offensichtlich kampflustiger Stimmung, denn er gestikulierte wild, während seine aufbrausende Stimme sich zu einer Lautstärke aufschwang, die zum Unterrichten für mindestens drei Klassen ausgereicht hätte.

»Was haben wir denn da?«, fragte er mit einem schiefen Lachen und zeigte mit dem Zeigefinger auf Maries Stirn.

Es war augenblicklich totenstill im Klassenzimmer und Marie fühlte neben den Augen des Lehrers noch weitere siebenundzwanzig Augenpaare auf ihr Gesicht gerichtet. Plötzlich war ihre Verletzung auch für die Mitschülerinnen zur Sensation geworden.

»Nichts Besonderes«, sagte Marie, die keine Lust hatte, dem Steinmetz und gleichzeitig all den Mädchen der Klasse vom Hergang ihres gestrigen Sturzes zu berichten.

»Nichts Besonderes?«, äffte Steinmetz Maries Antwort nach. »So sieht das aber nicht aus! So eine Verletzung entsteht nicht von allein. Du willst also nicht sagen, wie das mit deinem Kopf passiert ist?« Ein innerer Widerstand blockierte Maries Energie, die nötig gewesen wäre, dem Steinmetz sofort zu antworten. Marie spürte, dass der Lehrer etwas Übles im Schilde führte, konnte sich jedoch noch nicht erklären, worauf er hinaus wollte.

»Na, hast du die Sprache verloren?« Wieder lachte er auf und schlug gleichzeitig mit der Faust auf den Lehrertisch.

»Hast wohl wieder einmal vorm Pfarrer davonlaufen müssen?«

»Aber nein! Wieso hätte ich denn vorm Pfarrer weglaufen sollen?« Mit einem Mal hatte sich Maries lähmendes Unbehagen in heftige Wut auf den Steinmetz verwandelt und ihre Sprachblockade gelöst. Ihre Stimme nahm es nun sogar in der Lautstärke mit dem Mathematiklehrer auf.

Mit einem Mal schoss Marie die Erinnerung an das Ereignis vor mehreren Jahren ins Gedächtnis, als sie tatsächlich vor dem Onkel davongerannt war, aber in Wahrheit war sie da ja nicht vor dem Onkel, sondern vielmehr dem Ziehvater fortgelaufen, den sie im Fieberwahn mit dem Onkel verwechselt hatte. Der Lohnegger hatte sie und den Pfarrer, der ihr hinterher gelaufen war, um sie vor dem Unwetter in Sicherheit und nach Hause zu bringen, damals gesehen und seine Beobachtung weitererzählt, bis das ganze Dorf von dem Verfolgungslauf wusste.

Also darauf spielte der Steinmetz nun an.

»Ich bin auf der Stufe ausgerutscht und gegen die Wand gestoßen, weil ich gerannt bin und weil ich ...«, entschloss sich Marie widerwillig Auskunft zu geben, um vom Steinmetz so schnell wie möglich wieder in Ruhe gelassen zu werden.

»Ha! Das sagen sie alle! Ausgerutscht und gestürzt, dass ich nicht lache!«, unterbrach sie der Lehrer mitten im Satz und wieder war Steinmetz' Stimme eine Wand aus Rechthaberei und Feindseligkeit.

»Jetzt hören Sie mir doch bitte einmal zu!« Marie war nun auch ganz außer sich. »Und wenn sie mir nicht glauben, dann fragen sie halt die Frau Forsthuber!«

»Die Frau Forsthuber? Ja, ganz genau, die ist da bestimmt die Richtige. Ihr steckt ja alle drei unter einer Decke! Lang werde ich da nicht mehr zuschauen, das verspreche ich euch!«

Es schien, als ob die anderen Mädchen in der Klasse zu Wachsfiguren erstarrt waren, weder bewegten sie sich noch kam ein Ton aus ihnen heraus, sie waren regungslose Zeugen einer Szenerie, die sich fern des Mathematikunterrichtes abspielte.

Dem Steinmetz war es noch immer nicht genug, er hatte sich nun richtiggehend in Rage geredet und der vor der Mathematikstunde konsumierte Alkohol hatte offenbar auch noch den letzten Rest an Zurückhaltung ertränkt: »Der hochwürdige Herr Pfarrer hat es wohl nicht mit ansehen können, dass du und der Michael ...«

Alles in Marie schien sich in diesem Augenblick aus dem Klassenzimmer zu entfernen, weg von dieser hässlichen Gestalt des Steinmetz, weg von dieser Stimme, alles von ihr drängte nach draußen, auch wenn sie noch für kurze Zeit ruhig sitzen blieb, bevor sich ihre Beine selbständig machten und sie an den Mitschülerinnen und dem Steinmetz vorbei aus dem Klassenzimmers hinaustrugen.

»Wer wegläuft gesteht!«, verfolgte sie noch die Stimme des Lehrers.

Maries Weg führte sie diesmal direkt zum Onkel in die Kanzlei. Sie hatte sich jedes Wort eingeprägt, das der Steinmetz von sich gegeben hatte. Marie war überzeugt, dass es diesmal richtig war, nicht zu schweigen, sondern dem Onkel wortlautgetreu alles zu berichten.

Als er Marie aufgelöst und völlig außer Atem mitten am Vormittag in die Kanzlei hereinstürmen sah, wusste Jakob sofort, dass etwas Gravierendes geschehen war, mehr noch, dass etwas Wesentliches außer Kontrolle geraten sein musste. Er war diesmal für Marie die erste Anlaufstelle, und nicht wie sonst um diese Zeit Anna, woraus er schloss, dass er mit dem Grund der Aufgeregtheit des Mädchens zu tun hatte.

Jakob legte Kugelschreiber und Notizblock beiseite und schaute in Maries Gesicht, das er so wild und erzürnt noch nie gesehen hatte. Die beinahe schwarzen Augen funkelten unter einer dünnen Schicht von Tränen und der Onkel dachte, dass diese Augen im nächsten Moment übergehen müssten.

»Komm her, Marie«, sagte er und stand auf, um den Arm beruhigend um die Schultern des Mädchens zu legen. »Nichts kann so schlimm sein, dass wir es nicht in den Griff bekämen. Jetzt setz dich erst einmal hin und dann erzählst du mir alles. Du weißt ja, es gibt nichts, was du mir nicht anvertrauen kannst.«

Das Überfließen der Augen nahm Marie die fiebrige Aufgeregtheit und ließ sie nun ruhig und bedachtsam dem Onkel alles erzählen, vom ersten bis zum letzten schamlosen Wort des Steinmetz.

Jakob hatte bereits bei Maries Erwähnung des Namens ›Steinmetz‹ Schlimmes befürchtet, dass dieser Mann sich aber derart weit hinauslehnen und sogar dazu hinreißen lassen würde, seine Unterstellungen und Diffamierungen in einem öffentlichen Raum, nämlich vor einer ganzen Schulklasse, vom Stapel zu lassen, soviel Unverfrorenheit und auch Dummheit hätte ihm Jakob nicht zugetraut.

»Du weißt aber schon, Marie«, sagte der Pfarrer, nachdem das Mädchen ihre Ausführungen beendet hatte, »du weißt schon, was der Steinmetz mit seinen Äußerungen meint. Er will mit seinen Behauptungen zum Ausdruck bringen, dass ich, wo du dich nun vom Mädchen in eine junge Frau verwandelst, hinter dir her wäre, dass ich Gefühle für dich hätte, wie sie ein Mann einer begehrten Frau gegenüber hat, und dass ich daher sogar auf den Michael eifersüchtig wäre. Ach Marie«, Jakob machte eine Pause weil er überlegen musste, wie er es Marie am besten sagen sollte, »du bist unser liebes Kind, unser Mädchen, das bist du für uns, für die Tante und für mich, das weißt du und du spürst es hoffentlich auch, wie sehr du uns ans Herz gewachsen bist. Du wirst immer unser Kind bleiben, das uns Gott als Geschenk ins Haus gestellt hat.«

»Du predigst, Onkel«, warf Marie ein und nun mussten sie beide lachen.

»Dann ist es ja gut«, sagte der Onkel, weil er wusste, dass er nichts mehr hinzufügen musste, denn zwischen ihm und Marie war auch ohne weitere Worte alles klar.

»Dann müssen wir nur noch den Steinmetz zur Räson bringen«, schloss Jakob.

»Was heißt das, Onkel, zur Räson bringen?«, fragte Marie.

»Das heißt wir müssen ihn zur Vernunft bringen und ihm eine Lehre erteilen.«

»Das ist viel zu wenig. Da müssen wir schon viel mehr tun«, sagte Marie. »Vielleicht hat Onkel Paul eine Idee.«

»Ich habe auch eine Idee, Marie. Aber weitere Ideen können bestimmt nicht schaden. Der Paul kommt ohnehin am Wochenende bei uns vorbei. Wir werden ihn zu

Rate ziehen. Aber das Wichtigste erledige ich schon vorher. Ich werde mit dem Direktor Kalteis reden, der wird ihm einen Verweis erteilen und ihm androhen, die Angelegenheit an den Landesschulrat weiterzuleiten, sollte es auch nur noch ein einziges Mal zu einem ähnlichen Vorfall kommen. Denn was sich der Steinmetz diesmal erlaubt hat, verstößt eindeutig gegen das Gesetz. Und schließlich könnte dem Steinmetz auch die Tatsache, dass er regelmäßig betrunken im Unterricht erscheint, zum Verhängnis werden, sollte es dem Landesschulrat zu Ohren kommen.«

»Ich gehe heute nicht zur Chorprobe, Onkel«, wechselte Marie abrupt das Thema.

»Wieso? Da wird der Michael aber enttäuscht sein. Und du doch auch, wenn du ihn nicht treffen kannst«, meinte der Onkel.

»Ich kann aber den Steinmetz heute einfach nicht mehr sehen! Ich geh auch erst wieder nach deinem Gespräch mit dem Direktor in die Schule. Dann, wenn es dem Steinmetz selbst endlich einmal an den Kragen gegangen ist und er sich nichts Gemeines mehr zu sagen traut.«

»Du kannst ganz beruhigt am Abend zum Singen hinübergehen. Der Steinmetz wird heute nicht dort sein.«

»Sicher nicht?« fragte Marie.

»Ganz bestimmt nicht«, bestätigte der Pfarrer. »Und in die Schule kannst du am kommenden Montag auch schon wieder gehen.«

Jakob wusste, dass Direktor Kalteis freitags bis etwa Vierzehn Uhr im Konferenzzimmer anzutreffen war. Demnach blieb ihm noch etwas Zeit, sich das Gespräch, das er mit ihm führen würde, durch den Kopf gehen zu lassen.

Der Pfarrer hatte den festen Vorsatz, korrekt und besonnen vorzugehen und sich dabei unter keinen Umständen von Emotionen steuern zu lassen. Er musste sich nämlich eingestehen, dass die Gefühle, die er dem Mathematiklehrer derzeit entgegenbrachte, viel eher Zorn und Rachegelüsten nahekamen als christlicher Nächstenliebe, die ihm die Bibel gebot.

Er setzte sich an die Schreibmaschine und protokollierte Maries Schilderung Satz für Satz, um auch alles Schwarz auf Weiß festgehalten zu haben und es vor allem dem Kalteis vorlegen zu können. Die Niederschrift sollte dem Direktor außerdem für sein weiteres Vorgehen dienen.

Der Kalteis würde sich zieren und winden wie ein Aal, wenn Jakob ihn auf seine Pflicht als Schulleiter anspräche, bei schwerwiegenden Verstößen gegen das Unterrichtsgesetz amtliche Schritte einzuleiten, in diesem konkreten Fall gegen den Steinmetz. Mit diesem Widerwillen des Direktors rechnete Jakob also schon im Vorhinein, denn der Kalteis fürchtete sich seiner Einschätzung nach vor dem Steinmetz mindestens so sehr wie die Schülerinnen und Schüler der Hauptschule Schönboden.

Diesmal jedoch führte kein Weg am Konflikt vorbei, das Fass war voll, und ginge es ausschließlich um Jakob selbst, hätte es ihm womöglich an Entschlossenheit gefehlt. Aber nun, da Steinmetz' gefährliche Bösartigkeit auch Anna und vor allem Marie traf, musste er handeln und zwar umgehend.

Jakob wartete bis Dreizehn Uhr Dreißig. Um diese Zeit waren keine weiteren Lehrkräfte mehr im Konferenzzimmer zu erwarten, alle würden sich bereits ins Wochenende verabschiedet haben und Jakob würde die nötige Ungestörtheit für das heikle Gespräch mit dem Direktor vorfinden.

Der Pfarrer hatte sich in keinem der Punkte geirrt.

Als Jakob das Konferenzzimmer betrat, war Kalteis gerade dabei, seine Aktentasche zu schließen und sich auf den Nachhauseweg zu begeben.

»Herr Pfarrer, Grüß Gott! Was führt Sie denn heute noch ins Schulhaus? Haben Sie etwas im Konferenzzimmer vergessen?«

»Nein, Herr Kalteis, ich muss dringend mit Ihnen sprechen. Das ist der Grund meines Besuches hier.«

»Ja, aber bitte, Herr Pfarrer. Geht es um den Chor? Wenn Sie meinen, können wir das Programm für den kommenden Festgottesdienst auch noch abändern.«

»Nein, Herr Kalteis, das ist es nicht. Das Chorprogramm passt einwandfrei. Es geht um eine ernste Sache, die Konsequenzen erfordert. Es geht um den Herrn Steinmetz.«

Der Direktor hüstelte leise, er machte das immer, wenn er sich unbehaglich fühlte und offenbar annahm, durch das Gehüstel die Unannehmlichkeiten etwas hinausschieben zu können.

»Ja, ja, den Steinmetz kennen wir alle nur zu gut, er ist wirklich oft nicht recht einfach«, sagte er schließlich und Jakob entging der beschwichtigende Ton in seiner Stimme nicht.

»Diesmal, Herr Kalteis, gibt es nichts mehr zu entschuldigen und hier dürfen auch Sie kein Auge mehr zudrücken. In dem Fall, weswegen ich nun bei Ihnen bin, handelt es sich keineswegs um ein Kavaliersdelikt oder wie immer Sie es nennen wollen. Nicht genug damit, dass der Steinmetz regelmäßig während der Unterrichtsstunden die Kinder beleidigt und einschüchtert, beschimpft er auch noch deren Familienangehörige aufs Gröbste. Aber das dürfte Ihnen ja bekannt sein. Was er sich allerdings heute zu Schulden kommen ließ, geht noch eine Stufe weiter und erreicht somit den Sachverhalt der strafbaren Handlung.«

»Davon weiß ich nichts!« Jakobs Erwähnung einer strafbaren Handlung rief bei Kalteis die spontane Reaktion einer Distanzierung von der angesprochenen Gesetzesübertretung des Mathematiklehrers hervor. Mit einer strafbaren Handlung in Verbindung gebracht zu werden fürchtete er offenbar noch mehr als den Steinmetz. Davon war Jakob auch ausgegangen.

»Ich weiß schon, Herr Kalteis, dass Sie vom heutigen Vorfall noch nichts erfahren haben. Deshalb bin ich ja bei Ihnen.«

»Um Gottes willen! Was ist denn geschehen?« Der Direktor hatte sich nun wohl oder übel auf die Seite des Pfarrers schlagen müssen.

»Ich habe zur Sicherheit alles protokolliert, was mir die Marie heute Vormittag berichtet hat, als sie völlig aufgelöst in meiner Kanzlei erschien. Der Vorfall ereignete sich nämlich während der heutigen Mathematikstunde in Maries Klasse, zu der Herr Steinmetz übrigens wie so oft mit einer zehnminütige Verspätung erschien. Woher er kam und dass es sich, was sein Zuspätkommen betrifft, um Vernachlässigung der Aufsichtspflicht sowie Nichteinhaltung der Dienstzeit handelt, brauche ich Ihnen als Schulleiter ja nicht zu sagen.«

»Also«, wieder begann Herr Kalteis nervös zu hüsteln, »ich kontrolliere meine Lehrer natürlich nicht stündlich. Ich setze doch voraus, dass sie pünktlich in ihre Klassen gehen. Aber ich werde natürlich mit dem Herrn Steinmetz alsbald ein Vieraugengespräch über Pünktlichkeit im Unterricht führen.«

»Das ist nicht die Sache, um die es geht, Herr Kalteis. Daraus hätte ich ihm keinen Strick gedreht. Es geht um schwerwiegende Beschuldigungen und Unterstellungen, die nicht nur meine Person, sondern auch die Frau Forsthuber und Marie betreffen. Schlichtweg, es handelt sich um Rufmord, begangen vor sechsundzwanzig Zeugen. Das dürfte genügen.«

Kalteis betrachtete nun eingehend seine Finger, die er ausgestreckt auf den Schreibtisch gelegt hatte. Jakob dachte, dass diese Betrachtung das Hüsteln ersetzen sollte.

»Ich werde Ihnen nun mitteilen, was genau ihr Kollege Steinmetz in den Raum, in unserem Fall in den Klassenraum, gestellt hat. Also.«

Nachdem Jakob geendet hatte, überreichte er ihm das schriftliche Protokoll, das er von Maries Erzählungen angefertigt hatte. »Ich habe eine Abschrift davon. Diese Niederschrift ist für Sie, vielleicht ist sie Ihnen von Nutzen, wenn Sie, wie ich vorschlage, dem Herrn Steinmetz erst einmal einen offiziellen Verweis samt letzter Mahnung erteilen. Und dann kann Ihnen das Protokoll auch bei Ihrer Beschwerde bei den Schulbehörden als Unterlage dienen, sollte der Amtsweg doch noch notwendig werden.«

Jetzt schaute der Direktor erstmals wieder von seinen Fingern auf und dem Pfarrer ins Gesicht. Jakob stellte Erleichterung in seinem Blick fest.

»Der Amtsweg wird sicher nicht notwendig sein! Die Verwarnung, Herr Pfarrer, die ist sicher das Mittel der Wahl. Ich danke Ihnen sehr für Ihre Information, ich werde den Herrn Steinmetz gleich am Montag zu mir in die Direktion bestellen«, sagte er.

»Nein, Herr Kalteis, das ist zu spät. Ich ersuche Sie dringend, noch heute mit dem Herrn Steinmetz diesbezüglich in Kontakt zu treten und sich schriftlich von ihm die Kenntnisnahme eines offiziellen Termins der Verwarnung bestätigen zu lassen. Wenn wir schon auf ein Einschalten der Schulbehörde in diesem Fall vorerst verzichten, dann nur unter gewissen Bedingungen, Herr Kalteis, das werden Sie verstehen. Ansonsten würde ich mich gezwungen fühlen, die Angelegenheit selbst an den Landesschulrat weiter zu leiten.«

»Welche Bedingungen, Herr Pfarrer?« Die Stimme des Direktors klang mit einem Mal wieder gequält und ängstlich, und seine Finger lagen erneut gespreizt auf dem Schreibtisch vor ihm.

»Herr Kalteis, Sie werden verstehen, dass es mit einem kollegialen Gespräch unter vier Augen zwischen Ihnen und dem Herrn Steinmetz nicht getan ist. Der Steinmetz würde die Tragweite der Angelegenheit nicht einmal begreifen und würde uns, beziehungsweise Sie, seinen Vorgesetzten, insgeheim nur auslachen. Nein. Sollten wir die Sache nicht gleich den Behörden melden, dann muss ich folgende Bedingungen stellen: Der Termin muss heute noch fixiert und schriftlich bestätigt werden. Ich werde bei der Verwarnung dabei sein und alles protokollieren. Weiters lege ich Wert darauf, dass Dr. Paul Angerer, Sie kennen ihn, ebenfalls anwesend sein wird. Den Grund dafür werden Sie verstehen, wenn im Rahmen der Verwarnung ein weiterer Punkt zur Sprache kommen wird. Sie wissen vielleicht, dass Herr Steinmetz ebenso wie Dr. Angerer gebürtiger Breitenfelder ist.«

»Was hat das damit zu tun?«, unterbrach nun der Direktor den Pfarrer.

»Die Verleumdungen des Herrn Steinmetz haben schon längst Schönboden verlassen, Herr Kalteis.«

»Breitenfeld liegt aber eindeutig nicht mehr in meinem Verantwortungsbereich!«

»Kein Mensch macht Sie für irgendetwas verantwortlich. Nun, Herr Kalteis, ich danke Ihnen«, sagte Jakob, denn es war alles Wesentliche gesagt. Er erhob sich, um dem Direktor zum Abschied die Hand zu reichen. »Wir sehen einander ohnehin heute am Abend bei der Chorprobe. Ach ja, es versteht sich wohl von selbst, dass Sie dem Herr Steinmetz nahelegen, heute nicht bei der Chorprobe zu erscheinen, es wäre Marie nicht zuzumuten. Ich kann ja diesmal die Bassstimme übernehmen. Und dass der Steinmetz auch vom Unterricht bis nach dem Verwarnungstermin suspendiert ist, wird ohnedies auch für Sie eine Selbstverständlichkeit sein. Also, Herr Kalteis, bis zum Abend, Auf Wiedersehen!«

Jakob war froh, die feuchte Hand des Schulleiters schnell wieder loslassen und das Konferenzzimmer verlassen zu können.

Von Westen fiel die Sonne durch die Hinterglasmalerei des Kirchenfensters direkt auf Michael und ließ das Braun seiner Haare feuerrot aufleuchten. Für Marie, die die zwei weiteren Sopranistinnen, die Frau Maier und die Frau Leitner, am gegenüberliegenden Rand der Empore in ihre Mitte genommen hatten, war dieses Rot auf Michaels Haaren kein Rot von dieser Welt, es war ein Sonnenrot, genauer gesagt ein Sonnenfeuerrot. Die Abendsonne hatte unversehens auch die unzähligen Staubteilchen in der Luft verzaubert, sie hatte sie in winzige rosarote Flocken verwandelt, die nun in genau jenem Lichtbündel wirbelten, der auf Michael gelandet war, während er die zweite Strophe von »Lobt froh den Herrn« sang. Seine Stimme, so kam es Marie vor, hatte nun genau die Farbe des Lichtes, in dem er stand.

Wenn Haare Feuer fangen, eine Stimme mit Licht verschmilzt und aus grauem Staub plötzlich rosarote Flocken werden, die weder fallen noch schmelzen, sondern tanzen, so muss es sich dabei um ein Wunder handeln, dessen war sich Marie nun ganz sicher. Es musste einfach ein Wunder sein, selbst wenn es nur eine einzige Kirchenliedstrophe lang sichtbar war, denn mit dem letzten Ton der zweiten Strophe von »Lobt froh den Herrn« war die Sonne unter das Kirchenfenster gerutscht und Michaels Haare waren wieder braun wie die Erde und der Staub grau wie die Luft geworden. Doch Marie liebte von diesem Moment an Erdbraun genauso wie Sonnenrot.

Das Mädchen vermutete auch, dass dieses Wunder nur für sie allein geschehen war, denn die Mienen der anderen zeigten einzig und allein Konzentriertheit auf den Gesang und ließen keinerlei Anzeichen von Erstaunen oder gar innerer Bewegtheit erkennen. Und Michael, der konnte, nachdem er selbst im Zentrum des Lichts gestanden und somit Teil des Wunders geworden war, es ebenfalls nicht als solches erkannt haben. Irgendwann, ja, ganz bestimmt, irgendwann, würde sie dieses Geheimnis Michael anvertrauen.

Noch etwas spürte Marie ganz deutlich, dass nämlich dieses wundersame Ereignis von vorhin die logische Fortsetzung ihres bereits am Nachmittag einsetzenden Ausnahmezustandes gewesen sein musste, und dass der letzte Ton der zweiten Strophe des Liedes »Lobt froh den Herrn« unmöglich das Ende dieses Vorgangs bedeuten konnte, mehr noch, dass dieses Wunder schon bald, sehr bald, eine Fortsetzung finden würde.

Bereits am Nachmittag, also noch mehrere Stunden vor der Chorprobe, hatte ein aufwühlendes, völlig fremdes, alles bestimmendes Gefühl von Marie Besitz ergriffen, ein Gefühl, das sie überhaupt nicht einordnen konnte und das sich zum Abend hin, je näher die Chorprobe heranrückte, immer höher aufschaukelte. Es war eine Mischung aus freudiger Erwartung und banger Unruhe, die ein derart starkes inneres Pochen und Vibrieren auslöste, dass sie schon dachte, der Onkel und die Tante müssten es ihr ansehen. Diese Empfindung war sogar stärker als der Appetit beim Abendessen.

»Marie, magst du nicht wenigstens ein Stück vom Apfelstrudel? Der schmeckt dir doch sonst immer so gut«, hatte die Tante gesagt und Marie hatte den Blick des Onkels bemerkt, der still lächelnd von der Tante zu ihr gewandert und auf ihren Haaren zur Ruhe gekommen war. Sie trug sie an diesem Abend offen und nicht wie sonst zu zwei dicken schwarzen Zöpfen geflochten.

Sogar der Steinmetz mitsamt all der Wut und dem Zorn, den er in ihr am Vormittag noch ausgelöst hatte, konnte Marie nichts mehr anhaben, er hatte schlichtweg an Bedeutung verloren, die Übermacht dieses neuen Gefühls hatte ihn einfach weggefegt.

Michael war der Erste, der am Ende der Chorprobe die Stufen von der Empore Richtung Ausgang nahm und Marie fürchtete schon, er würde sich, ohne sich auch nur von ihr zu verabschieden, auf den Sattel seines Fahrrads schwingen und einfach davonfahren, davon von ihr, von der untergegangenen Sonne, vom Wunder von vorhin. Die Frau Maier sagte irgendetwas zu Marie, Marie hörte nur den Namen Brigitte fallen, verstand aber den Sinn der Worte nicht. Auch die Stimme des Onkels hörte sie, ohne ihr Gehör schenken zu können, und erst als er sagte: »Marie, ich glaube der Michael wartet unten in der Allee auf dich«, nahm sie den Sinn der Worte wahr und die Eiseskälte, die unvermittelt ihre Gedanken einzufrieren gedroht hatte, wich augenblicklich der warmen Gewissheit, dass sie das Wunder nicht geträumt hatte.

»Kommst du noch mit?« Michael fragte das ganz so, als ob es das Normalste auf der Welt wäre, dass Marie nun mit ihm mitkäme.

»Wohin?«

»Egal«. Wieder nahm Marie im Klang seiner Stimme Licht wahr. Ja, sogar bei diesem winzigen Wort ›egal‹ floss Licht über die Buchstaben, und diesmal war es das feine Licht der aufgehenden Mondsichel, die es bereits über die Hügel geschafft hatte, obwohl es noch gar nicht wirklich dunkel war und sie noch kein Licht an die Erde abgab, sondern nur für sich selbst leuchtete.

»Gut«, sagte Marie und umfasste dabei das kühle Eisen der Lenkstange mit beiden Händen. Mehr sagte sie nicht, denn sie fürchtete, dass ihre Stimme genauso zittern würde wie ihre Knie es taten. Die stabile Metallstange gab Halt.

»Dann fahren wir also los«, sagte Michael und Marie hörte das Zittern der Pappeln im Abendwind. *Ihr* Zittern hatte aufgehört.

»Ich hole nur schnell das Fahrrad!« Marie hatte es plötzlich eilig und wollte schon zum Pfarrhof hinüberrennen, um das an die Hauswand gelehnte Fahrrad, das zwar der Tante gehörte, jedoch auch Marie jederzeit zur Verfügung stand, zu holen.

»Das brauchst du nicht«, sagte Michael und deutete auf den Gepäcksträger.

»Halt dich bei mir fest!«, forderte er sie auf. Marie hätte nicht den Mut gehabt, die Arme derart fest um Michaels Körper zu schlingen und ihre Wange an seinen Rücken zu drücken, wäre er nicht wie wild in die Pedale gestiegen und hätte er nicht den holprigen schmalen Schotterweg entlang des Grünbachs eingeschlagen. Sie musste sich einfach an ihn klammern, um nicht während der Fahrt vom Gepäckträger zu fallen.

Marie schloss die Augen und fühlte nur die Hitze dieses Rückens auf ihrer Wange. Sie könnte lange so dahinfahren, die Kraft, die sie in ihren Armen zum Festhalten brauchte, würde sie niemals verlassen.

Bevor Marie noch die Augen öffnete, ahnte sie bereits, wo sie angekommen waren, als Michael das Fahrrad zum Stillstand brachte. Es gab nur ein Ziel, wohin der Grünbachweg die beiden führen konnte, nämlich an jene Stelle, an der der Bach sich staute und aus dem Gerinnsel ein richtiger kleiner Teich wurde.

»Komm«, sagte er und Marie hüpfte vom Rad, das dann, als er es an das Weidengebüsch lehnte, fast zur Gänze im Geäst verschwand.

Marie erinnerte sich an heiße Sommertage vergangener Jahre, als sie und Michael unzählige Male hier her gekommen waren, um flache Steine, die Michael »Plattler« nannte, über die Wasseroberfläche hüpfen zu lassen, vom einen Ufer des Teiches bis zum anderen, um danach selbst in das klare Wasser zu springen und nach Schätzen zu tauchen. Einen der damals geborgenen Schätze bewahrte Marie noch immer zu Hause in der Lade ihres Nachtkästchens auf. Michael hatte ihn ihr geschenkt: einen weißen Stein in Form einer Mondsichel. Dieser Stein hatte exakt dieselbe Form wie der Mond über ihnen, der sich inzwischen schon hoch über den Hügelhorizont erhoben hatte.

Sie war mitten im Wunder, daran gab es keinen Zweifel mehr für Marie.

So, als hätten sie es vorher abgesprochen, setzten sie sich gleichzeitig, Rücken an Rücken, auf die Jacke, die Michael ganz nah am Teichufer ausgebreitet hatte.

»Das Muttermal über deinem rechten Mundwinkel hat die Farbe deiner Augen«, sagte er, nachdem sie so lange schweigend dagesessen waren, bis der Sichelmond auf einem fast schwarzen Himmel stand.

Unwillkürlich berührte Marie mit der Zungenspitze dieses kleine Muttermal, das nicht viel dunkler war als ihre Gesichtsfarbe und das Michael nun, da sie Rücken an Rücken saßen, unmöglich sehen konnte. Das man überhaupt nur bei ganz genauer Betrachtung ausnehmen konnte.

Als sich eine Wolke über das dünne Mondlicht schob und damit auch das schwimmende Glitzern im Teich auslöschte, spürte Marie, dass die Jacke, auf der sie saßen, vom Tau durchnässt war und die Feuchtigkeit schon bis auf die Haut durchgedrungen war. Michael schien ihre Empfindung zu erraten. »Komm!«, sagte er, stand auf und zog sie an der Hand zu sich hoch. »Du bist ja ganz nass.«

Seine Stimme war nun so nah an ihrem Mund, dass sie den Flaum über seiner Oberlippe spüren konnte. Kühl war er und feucht wie das tauüberzogene Gras.

Dass sich diese Kühle jedoch unversehens in eine den ganzen Körper durchströmende Hitze verwandeln würde, das hatte sie nicht vorausahnen können. Denn als Michael sie so nah an sich herangezogen hatte, dass sie seinen Herzschlag spüren konnte, hatte sie das Gefühl, das Blut in ihren Adern würde sich einem Wärmegrad nähern, der sogar den des Badewassers überstieg, das sie sich – wenn man der Tante Glauben schenken wollte viel zu heiß, für sie gerade heiß genug – einmal in der Woche für ein Vollbad in die Wanne einließ.

Genauso wenig hatte sie wissen können, dass sie trotz absoluter Dunkelheit sehen konnte, dass sie plötzlich über die Sehstärke einer Katze verfügte, und das, obwohl sie in letzter Zeit keine Sternschnuppe zu Gesicht bekommen hatte, der sie die Erfüllung dieses Wunsches hätte verdanken können. Sie vermeinte sogar, in diesem Augenblick noch schärfer als eine Katze sehen zu können, denn Katzen traute sie den Blick in die Zukunft nicht zu, und sie sah nun nicht nur alle Schattierungen des Lichtbrauns in Michaels Augen, sie sah durch dieses Braun hindurch, ihr Blick durchdrang die Gegenwart und erhaschte eine Ahnung von Zukunft.

Das Läuten der Kirchturmuhr erreichte sie wie aus einer anderen Welt. Eine Stunde vor Mitternacht.

»Komm!«, sagte Michael, er sagte es zum dritten Mal in dieser Nacht.

Marie war sicher, Michael hätte das Fahrrad nicht so schnell gefunden, weil der Mond noch immer hinter der Wolke versteckt war und die Lichter von Schönboden viel zu weit weg waren, um auch nur einen Funken Helligkeit zum Grünbachteich zu senden. Marie jedoch zog das Fahrrad mit nur einem Griff aus dem Weidengebüsch und legte Michaels Hand auf die Lenkstange.

Auf dem Nachhauseweg schien Michael keine Eile zu haben. Ganz im Gegenteil: Er fuhr nun so langsam, dass das Scheinwerferlicht des Fahrrads einen nur hauchdünnen Lichtstrahl auf den Schotterweg warf, der gerade einmal ausreichte, um die Spur anzuzeigen. Marie hätte sich bei dieser Geschwindigkeit nirgendwo festhalten müssen, dennoch umfasste sie Michaels Körper mit beiden Armen noch fester als auf der Hinfahrt und lehnte ihre Wange noch entschlossener an seinen Rücken.

Erst als Marie glatten Asphalt unter den Reifen spürte, öffnete sie ihre Augen wieder. In Schönboden war niemand mehr auf den Straßen unterwegs, einzig beim Kirchenwirt brannte noch Licht und gerade als sie vorbeifuhren öffnete sich die Gasthaustür und der Steinmetz trat hinaus ins Freie.

»Schau gar nicht hin!«, hörte sie Michaels Stimme. »Er kann dir gar nichts tun.«

Dass ihr der Steinmetz nichts tun könne, hatte sie erst heute vom Onkel gehört. Nun hatte es auch Michael gesagt.

Der Mond war aus der Wolke herausgetreten, als sie beim Pfarrhof angekommen waren. »Schlaf gut«, hörte sie Michael sagen, als sie sich von ihm löste und sie überlegte, wie sie denn nun ins Haus kam. Es brannte nämlich in keinem der Zimmer mehr Licht.

»Ich fürchte du musst die beiden wohl aus dem Schlaf klingeln«, meinte Michael.

»Das ist nicht nötig«, lächelte Marie, deren Blick nun auf ihr Zimmerfenster fiel, das offenstand. Dabei konnte sie sich genau erinnern, es vor der Chorprobe geschlossen zu haben.

Mit einem ausgedehnten Hüsteln eröffnete Schulleiter Kalteis die Unterredung, nachdem nun auch der eigentliche Grund der Zusammenkunft, Mathematiklehrer Steinmetz, als Letzter mit dem Elfuhrläuten und keine Sekunde früher in der Direktion erschienen war und sich wortlos auf den noch freien Sessel neben Jakob Selinger niedergelassen hatte.

Steinmetz' Blick drückte Ärger und Zorn aus, nicht etwa Beklommenheit oder gar Scham. Den Direktor und den Pfarrer streifte dieser Blick nur flüchtig, auf Paul Angerer jedoch blieb er einen unübersehbaren Moment länger hängen. Mit dessen Anwesenheit hatte Steinmetz zweifellos nicht gerechnet. Jakob bemerkte ein verräterisches Zucken des rechten Lides, das die obere Hälfte des Augapfels zur Gänze zudeckte und dessen unwillkürliche Reaktion auf die überraschende Anwesenheit des Arztes aus Breitenfeld Steinmetz nicht unter Kontrolle hatte.

Dass Paul Angerer einige Bögen Papier, versehen mit dem Schulstempel am oberen rechten Rand, vor sich auf dem Schreibtisch liegen hatte, verfehlte Jakobs Ansicht nach auch nicht ganz seine Wirkung, verlieh es der Szenerie doch eine gewisse offizielle Note.

»Was soll dieses Theater hier eigentlich? Das kann doch nicht Ihr Erst sein, Herr Kalteis!«, polterte Steinmetz und fuhr entrüstet fort: „Ich wünsche augenblicklich eine Klarstellung und Entschuldigung dafür, dass man mich hierher bestellt wie einen Delinquenten!«

»Um die Dinge klarzustellen und eine Wiedergutmachung anzustreben, soweit dies noch möglich ist, ist genau der Grund unserer Konferenz hier. Doch zu einer Entschuldigung unsererseits wird es ganz bestimmt nicht kommen. Herr Steinmetz, Sie sind die Person, der Verfehlungen vorgeworfen werden. Und dafür gibt es Beweise.«

Jakob hatte sich eigentlich zurückhalten wollen, bevor Kalteis alle Punkte der Verwarnung erörtert hatte, aber da der Direktor in diesem Moment anscheinend nicht in der Lage war, dem Steinmetz als übergeordnete Autorität entgegenzutreten, hatte Jakob das Wort ergreifen müssen.

»Der Herr Pfarrer in Ehren und auch der Herr Doktor«, Steinmetz warf den beiden einen abfälligen Blick zu, »aber ich möchte schon von Ihnen, Direktor Kalteis, persönlich erfahren, was denn nun zu diesem unsinnigen Zusammensein geführt hat, zu dem man mich gezwungen hat.«

»Der Schulleiter hat die Pflicht darauf zu achten, dass die Lehrpersonen ihre dienstlichen Aufgaben gesetzmäßig erfüllen.« Kalteis hatte sich nun hinter dem aufgeschlagenen Buch verschanzt, das er nah an seine kurzsichtigen Augen hielt und aus dem er die entsprechenden Passagen des Schulunterrichtsgesetzes vorlas.

»Erforderlichenfalls hat der Schulleiter Weisung zu erteilen, aufgetretene Fehler und Missstände abzustellen und für die Einhaltung der Dienstzeit zu sorgen«.

Zum ersten Mal blickte Kalteis nun vom Buch auf und in die Runde. Das Vorlesen aus dem Gesetzesbuch hatte ihm offenbar Selbstvertrauen und das nötige Stehvermögen verliehen, es mit Steinmetz aufzunehmen. »Herr Kollege«, sprach er ihn nun mit fester Stimme an, »Sie wissen selbst, dass Sie gesetzlich verpflichtet sind, ihre Unterrichtszeit einzuhalten. Dass Sie regelmäßig viel zu spät in die Klasse kommen und die Kinder daher nicht nur um die ihnen zustehende Unterrichtszeit bringen, sondern sie noch dazu einen Teil der Stunde unbeaufsichtigt lassen, ist ein grobes Vergehen gegen die Aufsichtspflicht. Und woher Sie kommen, wenn Sie dann endlich die Klasse betreten, darüber wollen wir jetzt gar nicht reden.« Nun hüstelte der Kalteis wieder, aber diesmal war es kein verlegenes Gehüstel, sondern ein gewichtiges.

»Sie werfen mir also vor, dass ich in der großen Pause kurz zum Kirchenwirt hinübergehe, nur um mich dort ein bisschen von den Strapazen des Unterrichts zu erholen?« Der Steinmetz war nun wie von der Tarantel gestochen vom Sessel aufgesprungen und Jakob hatte den Eindruck, dass der Mathematiklehrer sich tatsächlich im Recht sah und nicht erkennen wollte, weswegen er ermahnt wurde. Die Wut, die ihn nun offensichtlich ergriffen hatte, ergoss sich mit übermächtiger Wucht über das logische Erkennen der Situation, diese Wut war stärker als die Kontrolle über seine Worte. »Und wozu sitzt hier die Geistlichkeit und der Doktor, Herr Kalteis, können Sie mir das erklären? Haben Sie denn nicht die Courage mir unter vier Augen zu sagen, was Sie an mir auszusetzen haben? Brauchen Sie die beiden Herren zur Verstärkung?« Er lachte spitz auf bevor er sich wieder in den Sessel fallen ließ.

»Dazu kommen wir gleich, Herr Steinmetz«, warf der Direktor ein, der Mathematiklehrer schien jedoch an seiner Erklärung gar nicht interessiert zu sein, sondern fuhr unbeeindruckt fort. »Und wenn der Herr Pfarrer schon da sitzt: Wie ist das denn mit dem Messwein? Lassen Sie da nicht etwa auch bei jeder Messe einen ordentlichen Schluck davon in sich hineinrinnen, Herr Pfarrer? Und danach feiern Sie die heilige Messe weiter. Die heilige Messe! Das ist doch etwas viel Wichtigeres als mein Rechenunterricht. Und das bisschen Alkohol stört nicht. Oder irre ich da?« Wieder lachte er sarkastisch auf.

Jakob sah unwillkürlich zu Paul hinüber, der ihm mit einer Handbewegung andeutete, sich nicht von Steinmetz provozieren zu lassen sondern diesem eindeutigen Affront mit Sachlichkeit zu begegnen.

»Ein Schluck Wein ist bestimmt nicht das Thema unseres Gesprächs hier, Herr Steinmetz. Aber das dürfte Ihnen doch klar sein«, warf Jakob nun mit einer Gelassenheit ein, die er auch Pauls Geste zu verdanken hatte.

»Herr Steinmetz, ich fordere Sie auf, weitere derart unbotmäßige und Ihrer unwürdige Bemerkungen zu unterlassen.« Herr Kalteis hatte das Wort wieder an sich gerissen. Er war nun sichtlich bemüht, eine Eskalation der Situation zu vermeiden, das Gespräch voranzutreiben, die von ihm erwarteten Ermahnungen auszusprechen und damit diese unleidige Sitzung beenden zu können. Aber sie waren ja noch nicht einmal zu den eigentlichen, den heiklen Punkten, vorgedrungen.

»Ich darf also festhalten«, fuhr der Schulleiter fort und griff wieder nach dem Gesetzesbuch. »Herr Steinmetz hat in wiederholtem Ausmaß gegen die Einhaltung der Unterrichts- und Aufsichtspflicht verstoßen und erhält deshalb von mir als Schulleiter eine Abmahnung. Sollte es diesbezüglich zu weiteren Verfehlungen kommen, fühle ich mich gezwungen, die Angelegenheit an die Schulbehörde weiter zu leiten.«

»Das war's dann wohl«, sagte Steinmetz und erhob sich mit steinerner Miene, um die Direktion zu verlassen.

»Nein, Herr Steinmetz. Das war erst der erste Punkt der Verwarnung. Bitte nehmen Sie wieder Platz.«

»Ach so. Es gibt also eine Verschwörung gegen mich?« Nun glaubte Jakob neben dem zynischen auch einen wehleidigen Ton in Steinmetz' Stimme wahrzunehmen. »So viele Jahre unterrichte ich nun schon an dieser Schule. Generationen von Kindern habe ich nach bestem Wissen und Gewissen im Schweiße meines Angesichtes die Grundbegriffe der Mathematik beigebracht. Und das ist nun der Dank dafür!« Jakob hatte sich nicht getäuscht, Selbstmitleid bestimmte nun auch die Stimmmelodie, die von kraftvollem Bellen in einen klagenden Singsang übergewechselt war. Vermutlich war ihm die Luft knapp geworden, denn Jakob beobachtete, wie er sich nun den Krawattenknopf, der den weißen Hemdkragen fest an den Hals presste, mit fahrigen Fingern lockerte.

»Ihre didaktischen Fähigkeiten und Unterrichtserfolge werden hier von niemandem angezweifelt, Herr Steinmetz, die Anschuldigungen gegen Sie richten sich auf gänzlich andere Bereiche. Es geht neben Vernachlässigung der Aufsichtspflicht um üble Nachrede und öffentliche Herabwürdigung von Schülerinnen.« Der Direktor schien jetzt in seiner Rolle als Schulleiter aufzugehen. Das Gesetzbuch in seiner Hand gab ihm den nötigen Rückhalt. »Ich zitiere das Schulunterrichtsgesetz, das mir als Grundlage meiner Verwarnung dient.«

Jakob sah wieder zu Paul hinüber, der den Gesprächsverlauf protokollierte. Sein Freund hatte sich bislang völlig aus dem Gespräch herausgehalten, die Bedeutung seiner Anwesenheit würde erst später zur Sprache kommen.

Je mehr Fritz Steinmetz sich selbst und keinen anderen als Opfer sah, je mehr er sich von seiner ursprünglichen Angriffsposition zurückzog, um in den Verteidigungsmodus überzuwechseln, je weinerlicher sein Tonfall und je wehleidiger sein Gesichtsausdruck wurde, je mehr er in seinem Sessel in sich zusammensank, umso aufrechter wurde die Sitzhaltung des Direktors ihm gegenüber, umso größer wurde der Abstand zwischen Gesetzesbuch und Gesicht des Schulleiters, umso direkter dessen Blick auf Steinmetz und umso kräftiger die Stimme: »Beleidigende Äußerungen sind verboten«, zitierte er das Gesetz, um dann zum ersten Mal im Rahmen dieser Versammlung Steinmetz mit eigenen Worten zur Rede zu stellen: »Herr Kollege, die schulrechtlichen Bestimmungen regeln das Verhalten eines Lehrers ganz eindeutig. Und genauso eindeutig haben Sie mit ihren wiederholten herabwürdigenden Äußerungen ihren Schutzbefohlenen gegenüber gegen das Gesetz verstoßen. Dabei haben Sie nicht nur die Kinder beleidigt, sondern auch deren Familienangehörige mit ihren verbalen Entgleisungen nicht ausgespart.«

»Jetzt hören Sie doch auf! Diesen Schwachsinn höre ich mir nicht mehr länger an«, unterbrach Steinmetz den Direktor empört. »Das ist doch alles nichts als ein

Komplott gegen mich! Welchen Schaden soll ich denn meinen Schülerinnen zugefügt haben? Hat Marie etwa zu Ihnen gesagt, ich hätte ihr oder ihren Mitschülerinnen etwas angetan, Herr Pfarrer? Ist das der Grund Ihrer Anwesenheit hier? Nicht ich habe den Unterricht verlassen, Ihre Marie ist einfach davongerannt, und das ohne zu fragen, während der Mathematikstunde, Herr Pfarrer, so war das!«

Nun, da Steinmetz Marie als Zielscheibe ausgemacht hatte, fühlte Jakob in seinem Inneren die absolute Sicherheit, mit seinem kompromisslosen Vorgehen gegen Steinmetz auf dem richtigen Weg zu sein. Jakobs wohl berufsbedingter und über die Jahre gefestigter Impuls, in jeder Lebenslage nach Schonung, Eintracht und Versöhnung zu streben, blieb diesmal aus. Es ging nicht nur um ihn, es ging vor allen Dingen um Marie.

»Lassen Sie Marie in Ruhe, Herr Steinmetz, ich warne Sie!« Die ungewohnte Schärfe in Jakobs Stimme ließ den Direktor aufschrecken.

»Ich mahne zur Ruhe!«, schaltete er sich ein und wandte sich dann an Jakob: »Herr Pfarrer, ich darf nun vorlesen, was Marie Ihnen über besagte Mathematikstunde anvertraut hat und was Sie freundlicherweise für mich schriftlich festgehalten haben?«

Jakob nickte und Herr Kalteis zog einen losen Zettel aus dem Gesetzesbuch. »Um möglichen Zweifeln an der Korrektheit der Ihnen, Herr Steinmetz, zur Last gelegten Aussagen vorzubeugen, möchte ich in Erinnerung rufen, dass es sechsundzwanzig Zeuginnen dafür gibt, allesamt Maries Mitschülerinnen.«

Als Direktor Kalteis Steinmetz mit dessen Bemerkungen während der besagten Mathematikstunde konfrontierte, schien nicht nur die Miene des Lehrers, sondern sein gesamter Körper zu erstarren. Dem Gesichtsausdruck war keine Gemütsbewegung mehr zu entnehmen, der Blick zielte geradeaus am Direktor vorbei auf einen imaginären Punkt an der weißen Wand gegenüber.

»Herr Steinmetz, Sie haben bezüglich Maries Verletzung auf der Stirn nichts anderes öffentlich behauptet, als dass sie der Auskunft des Mädchens, sich durch Ausrutschen auf den Stufen verletzt zu haben, nicht glaubten, sondern dass Marie Ihrer Überzeugung nach *wieder einmal* vor dem Herrn Pfarrer hatte davonlaufen müssen, weil sie Grund hatte, ihn zu fürchten, weswegen auch immer. Herr Steinmetz, was Sie da öffentlich behauptet haben nennt man üble Nachrede.«

Steinmetz zeigte weiterhin keinerlei Reaktion, sondern verharrte in absoluter Versteinerung. Direktor Kalteis schien Steinmetz' starres Verhalten mehr zu verunsichern als der erwartete aufbrausende Protest, und unwillkürlich legte er eine Pause ein, um den Blick des Pfarrers zu suchen, bevor er auf die weiteren Punkte, die zu dieser Abmahnung führten, einging.

Jakob ahnte, dass Steinmetz' Starre nur die Ruhe vor dem Sturm sein konnte.

»Dann wäre da noch Ihre ungebührliche Bemerkung, die sich unmissverständlich auf das Zusammenleben des Herrn Pfarrers mit Frau Forsthuber und Marie bezog.« Wieder hielt der Schulleiter inne und diesmal schaute er Steinmetz unverhohlen ins Gesicht. Dann fuhr er mit entschiedener Stimme fort: »Wortwörtlich sagten Sie vor der gesamten Klasse, auf den Herrn Pfarrer, die Frau Forsthuber und Marie bezogen: ›Ihr steckt ja alle drei unter einer Decke! Lang werde ich da nicht mehr zuschauen, das verspreche ich euch!‹ Das ist eine unverhohlene Drohung, Herr Steinmetz.«

Unwillkürlich wanderte Jakobs Blick durch den Raum, streifte das hölzerne Kruzifix über der Eingangstür, den dickblättrigen Gummibaum auf der Fensterbank, und blieb schließlich auf dem schwarzgerahmten Foto an der seitlichen Wand hängen. Es war das Gesicht des Bundespräsidenten, das gütig lächelnd auf die um den Schreibtisch Sitzenden herabschaute.

Nachdem Steinmetz nach wie vor keinerlei Anstalten machte, zu den gegen ihn vorgebrachten Vorwürfen Stellung zu nehmen, sprach ihn der Direktor erneut direkt an: »Herr Steinmetz, wollen Sie denn nichts zu Ihrer Verteidigung sagen? Oder wollen Sie uns zumindest erklären, was genau Sie mit dem von Ihnen angedeuteten Missstand meinten, den Sie im Pfarrhaus wähnen und den Sie nicht mehr länger mit anschauen wollen? Dass es sich bei Ihrer unverblümten und ungerechtfertigten Andeutung von unrechten Zuständen im Pfarrhaus wiederum um Rufmord, wenn nicht gar um Verleumdung handelt, dürfte Ihnen ja klar sein. Also, was sagen Sie dazu?«

»Das ist doch lächerlich«, war alles, was Steinmetz dazu herauspresste, noch immer ohne irgendetwas an sich zu bewegen, nicht den Blick und nicht die Hände, nicht einmal eine Lippenbewegung hatte Jakob feststellen können und er musste an einen Bauchredner denken, den er in seiner Kindheit einmal im Zirkus gesehen hatte und der ihn dermaßen beeindruckt hatte, dass er nach dem Zirkusbesuch immer wieder selbst das Reden aus dem Bauch heraus, ganz ohne Mundbewegung, versucht hatte, jedoch ohne Erfolg.

Nun suchte Steinmetz offenbar in seinem Bauch nach artkulierbaren Worten, doch fand er dort allem Anschein nach nichts als blinde Wut, die sich baldigst ein Ventil suchen musste, wollte er, derart in die Enge getrieben, nicht explodieren. Jedenfalls auf Jakob machte der Mathematiklehrer nun den Eindruck einer Kröte, die bei Gefahr in einer Schreckstellung reglos verharrt, sich dabei aufbläht um dann ein Giftsekret auszuscheiden.

Nun war es bei Steinmetz soweit: Er fuhr aus dem Sessel hoch, Bewegung kam in seinen Blick, seine Arme, seine Hände, seine Worte. Jakob vermeinte sogar, eine Bewegung der Luft zu spüren, die die Sätze, die aus Steinmetz hervorbrachen, auslösten. »Was ich mir hier von Ihnen bieten lassen muss, ist ein Skandal. Niemals hat sich eine Schülerin bei mir beschwert, weil sich nämlich niemals in meiner gesamten langjährigen Karriere als Pädagoge jemand von mir angegriffen gefühlt hat. Wenn ich im Unterricht einmal einen Spaß gemacht habe, so hat das meinen Schülerinnen gefallen, das können Sie mir glauben, es war eine Auflockerung meines anspruchsvollen Mathematikunterrichts. Wenn sich nun Ihre zartbesaitete Marie«, Steinmetz ließ den Blick zum Pfarrer hin abschweifen, »wenn sich also ihr sonst gar nicht ängstliches und beinahe schon ausgewachsenes Fräulein Ziehtochter plötzlich von mir angegriffen fühlen sollte, dann verstehe ich die Welt nicht mehr! Es ist das alles eine Verschwörung gegen mich! Etwas anderes ist es nicht!«

Steinmetz hätte wohl noch länger den Direktionsraum mit der aus ihm herausschießenden Selbstverteidigungsrede vibrieren lassen, hätte ihm nicht Direktor Kalteis Einhalt geboten.

»Herr Kollege Steinmetz! Sie haben da wohl eine sehr eigenwillige Auffassung von Spaß. Es geht hier nicht um subjektive Empfindung Ihrerseits, ob sich nun jemand durch Ihre Äußerungen angegriffen fühlen könnte oder nicht, sondern es geht um objektive Sachverhalte, die sich nicht leugnen lassen. Und wenn sich bislang noch niemand über Sie beschwert hat, dann wohl deshalb, weil man hier in Schönboden sehr lange zuschaut.« Wieder einmal hüstelte Kalteis, bevor er seine Rede fortsetzte. »Nun jedoch ist das Fass voll«.

Jakob sah zu seinem Freund Paul und entnahm seinem Blick, dass auch er sich über die fundierte Feststellung des Direktors wunderte, Jakob hätte ihm diese Klarheit im Ausdruck gar nicht zugetraut. Offenbar hatte er sich doch besser auf diese Unterredung vorbereitet, als Jakob gedacht hatte.

Darauf schüttelte der Mathematiklehrer nur verständnislos den Kopf. Jakob hatte den Eindruck, dass Steinmetz gar nicht in der Lage war, sein Verhalten richtig einzuschätzen, und dass sich bei ihm daher gar kein Unrechtsbewusstsein einstellen konnte, hielt er sich doch für unschuldig. Wahrscheinlich war Steinmetz wirklich der Meinung, dass er, Jakob, sich von Marie körperlich angezogen fühlen musste und demnach danach trachtete, seine Triebhaftigkeit an ihr zu befriedigen. Womöglich konnte sich Steinmetz, wenn er von sich selbst ausging, ein Zusammenleben unter einem Dach mit einem derart hübschen Mädchen wie Marie ohne sexuelle Wünsche und Übergriffe nicht vorstellen und übertrug sein Denkmuster folglich auch auf Jakob. Doch dieses Verstehen von Steinmetz' Gedankenwelt führte bei Jakob noch lange nicht zu einem Verständnis für dessen Handeln. Ganz und gar nicht. Jakob war schließlich hier bei dieser Sitzung nicht in der Rolle des Seelsorgers oder Psychologen, der die seelischen Zustände eines Patienten zu analysieren und zu heilen versucht, er war hier, um Anna, sein Leben mit Anna, und vor allem um Marie zu schützen – in diesem Fall vor einem unberechenbaren Psychopaten wie dem Steinmetz. Denn das war Steinmetz für Jakob.

»Um die Sache nicht noch unnötig in die Länge zu ziehen«, redete Direktor Kalteis weiter, »ich spreche nun, wie vorhin bezüglich der verabsäumten Aufsichtspflicht, eine Abmahnung aus. Herr Steinmetz, ich sehe auch in diesem Punkt vorerst von einer Weiterleitung an die Schulbehörden ab, bei erneutem Bekanntwerden von übler Nachrede, Beleidigung, Herabwürdigung einer Schülerin und deren Angehörigen sowie Rufmord in jedweder Form, fühle ich mich jedoch gezwungen, den Landesschulrat mit der Angelegenheit zu befassen.«

Wieder erhob sich Steinmetz wie eine Säule, um kommentar- und grußlos das Freie zu suchen. Doch wieder wurde er zurückgerufen, diesmal von Paul Angerer.

»Herr Steinmetz, einen Augenblick noch bitte!«

Steinmetz blieb in der bereits geöffneten Tür stehen.

»Sie haben sich gefragt, was meine Anwesenheit hier soll. Nun, ich bin nicht nur als Protokollführer hier. Wie Sie wissen, sind wir beide aus Breitenfeld. Und wie Sie wissen, wohnen Ihre und meine Eltern dort Haus an Haus.«

Steinmetz zog die Tür wieder zu, bewegte sich jedoch nicht von der Stelle.

»Ja. Und?«

»Es war vorhin bereits von übler Nachrede und Rufmord die Rede. Also, worauf ich hinaus will: Ihr Geschwätz den Herrn Pfarrer, die Frau Forsthuber und Marie betreffend hat Schönboden schon lange verlassen. Sie haben in Breitenfeld Gerüchte verbreitet, die einer Verleumdung gleichkommen. Ihre Eltern haben das von Ihnen Kolportierte den Breitenfeldern weitererzählt, auch meinen Eltern. Sollten Sie die Verbreitung dieser Gerüchte nicht umgehend unterlassen, wird Pfarrer Selinger Anzeige gegen Sie erstatten. Ich werde ihm als Zeuge zur Verfügung stehen.«

Jakob sah, wie sich Direktor Kalteis entspannt in seinem Sessel zurücklehnte, die Falten auf seiner Stirn hatten sich geglättet und die Lippen die gewohnte Form eines gefälligen Lächelns angenommen. Er hatte seine Aufgabe hinter sich gebracht, was jetzt gesagt wurde, ging ihn nichts mehr an. Die Erleichterung darüber war ihm anzusehen.

Steinmetz hingegen wirkte ausdruckslos und steif in der dunkelgrauen Anzugjacke, die er trotz der Hitze zugeknöpft anbehalten hatte und die nun den prallen Oberkörper umspannte.

Er machte langsam eine halbe Drehung, um die Tür erst zögerlich, dann aber umso energischer zu öffnen.

»Das wird ein Nachspiel haben.«

Mit diesen Worten ließ er die drei Herren in der Direktion zurück.

Anna fiel es schwer, sich aufs Kochen zu konzentrieren. Während sie die Karotten und Kohlrabiknollen, die es als Beilage zu den faschierten Laibchen geben sollte, in kleine Würfel schnitt, um sie danach mit gehackten Zwiebelstückchen erst kurz anzubraten und dann mit etwas Suppe aufzugießen, wanderte ihr Blick immer wieder durch das Küchenfenster hinaus auf den Pfarrplatz.

Die Abmahnung des Steinmetz müsste wohl bald einmal erledigt sein und Jakob mit Paul in den Pfarrhof zum Mittagessen kommen. Anna war den ganzen Vormittag die innere Anspannung nicht losgeworden, die sie an nicht viel anderes denken ließ als an dieses unerquickliche Gespräch, das Jakob, nur einen Katzensprung von ihr entfernt, mit diesem Widerling von Steinmetz und dem in ihren Augen von Natur aus konfliktscheuen Direktor Kalteis führen musste. Gott sei Dank war Paul noch mit dabei, denn auf den Direktor war kein Verlass, wenn es darum ging, sich gegen jemanden wie den Steinmetz mit aller Konsequenz durchzusetzen. Sie schätzte den Schulleiter zwar als eine Person ein, die sich einerseits selbst gerne als lokale Autorität sah und die auch von den Schönbodenern als solche wahrgenommen werden wollte, die aber andererseits gern den Schwanz einzog, sobald ihm jemand darauf zu steigen drohte.

Das Wissen um Pauls Anwesenheit während des Gesprächs beruhigte Anna einigermaßen. Sein Beisein stärkte Jakobs Position zweifellos, selbst wenn Anna davon überzeugt war, dass Jakob auch im Alleingang keinen Millimeter von seinem Standpunkt und seinem Vorgehen abrücken würde. Aber zu zweit bildeten sie eine Front, die es Kalteis allemal schwerer machte, Steinmetz ungestraft davonkommen zu lassen, was dem Direktor wahrscheinlich doch am liebsten wäre. Bei Kalteis kam wohl zu seinem Bedürfnis nach Harmonie in diesem Fall eine gehörige Portion Angst dazu, denn Annas Einschätzung nach fürchtete sich der Schulleiter nicht weniger als die meisten Schönbodener vor der Unberechenbarkeit und Schonungslosigkeit des Steinmetz.

Sollte der Mathematiklehrer jedoch ungeschoren davonkommen, würde dies für ihn geradezu einem Freibrief für weitere An- und Übergriffe auf die Menschen um ihn herum gleichkommen. Eine Vorstellung, vor der Anna graute.

Es war schon kurz vor ein Uhr mittags, als sie die Laibchen, die sie aus faschiertem Rind- und Schweinefleisch vermengt mit einem Ei, in etwas Milch aufgeweichten Semmelbröckchen, Salz, Pfeffer und Majoran geformt hatte, in das erhitzte Öl in die Pfanne legte. Marie würde heute erst gegen zwei Uhr von der Schule heimkommen, sie war am Morgen ungeachtet der bevorstehenden Sache mit der Steinmetz-Abmahnung sorglos aus dem Haus geeilt, beinahe hinausgeflogen war sie, so leichtfüßig war sie Anna vorgekommen, und im glänzenden Blick des Mädchens hatte sie eine Welt jenseits von Schule und Pfarrhof gesehen, eine neue, noch grenzenlose Welt, die sich Marie da gerade offenbarte und die zunächst nur Michael bewohnte, dem es gelang, alles andere in den Schatten zu stellen, sogar den Steinmetz, der Marie noch vor Kurzem so bedrohlich erschienen war. Das Mädchen war verliebt.

Anna musste lächeln, für einen Augenblick wich die Unruhe, mit der sie die beiden Männer erwartete, einem warmen Glücksgefühl, das sie unerwartet durchströmte, denn in der Nachempfindung von Maries erster Verliebtheit spürte auch sie ihre Liebe zu Jakob wieder in aller Intensität, sie sah ihn nun vor sich, wie er trotz seiner beinahe siebenundvierzig Jahre mit federndem Schritt die Stufen hinauf- und hinuntersprang, beinahe so schwerelos wie Marie. In Gedanken fuhren ihre Finger durch seine kräftigen Haare, die sich, auch wenn sie an den Schläfen schon etwas zurückwichen und sich weiße Fäden unter das Dunkelbraun mischten, noch immer fest und drahtig anfühlten. Sie sah die dichten Augenbrauen vor sich, die dunkler waren als die Haare und so nahe aneinander grenzten, dass sie fast eine Einheit bildeten und als ein einziger Bogen die Augen schützend überspannten.

Automatisch wendete sie die Fleischlaibchen, damit sie nicht auf einer Seite zu dunkel wurden.

Da waren sie nun. Anna ging nah ans Fenster, um an der Gestik der drei Männer, die jetzt unter ihr mitten auf dem Pfarrplatz standen, auf den Ausgang der Abmahnung schließen zu können. Steinmetz war nicht dabei.

Jakobs Blick und Körperhaltung war keinerlei Gefühlsregung zu entnehmen, weder Enttäuschung noch Genugtuung. Paul stand in der für ihn typischen entspannten Haltung da, wobei es schien, dass nur ein Bein das gesamte Körpergewicht trug, nämlich das durchgestreckte, während das zweite Bein in einem spitzen Winkel abstand und der Fuß den Boden nur leicht berührte.

Der Einzige, der mit ausufernden Armbewegungen heftig gestikulierte und Aufgeregtheit erkennen ließ, war Direktor Kalteis. Anna konnte sich nicht daran erinnern, ihn jemals so lebhaft gestikulierend gesehen zu haben. Nicht einmal, wenn er den Kirchenchor dirigierte fuchtelte er dermaßen überschwänglich herum. Allein der akkurat gezogene Scheitel schien von den Folgen des vormittäglichen Geschehens unangetastet geblieben zu sein, seine schnurgerade Linie teile den Kopf in zwei rotblonde Hälften.

Bei genauerer Betrachtung seiner Mimik vermeinte Anna sogar ein Siegerlächeln zu erkennen, was immer das in diesem Fall zu bedeuten hatte. Jedenfalls hatte sich Kalteis in einer derart aufrechten Haltung mitten am Platz aufgepflanzt, dass er gleich einige Zentimeter größer wirkte.

Während sie beobachtete, wie der Direktor sichtlich in Fahrt gekommen auf Jakob und Paul einredete und den beiden gar keine Chance gab, ihm zu entfliehen, wanderten Annas Gedanken wieder zu Marie, die sie nun durch ihr Liebeserwachen unmissverständlich darauf aufmerksam gemacht hatte, dass die Zukunft bereits anklopfte, dass sich Maries Kindheit langsam aber unaufhörlich in Erwachsensein verwandelte. Und gleichzeitig wurde Anna bewusst, dass sie sich mit dem Gedanken würde anfreunden müssen, Maries Zukunft, selbst wenn diese außerhalb des Pfarrhofs stattfinden sollte, in ihr Denken miteinzubeziehen.

Denn bald, sehr bald schon würde sich zwingend die Frage stellen, wie es denn nun mit Marie weitergehen solle, ging doch das vierte und somit letzte Jahr an der Hauptschule unweigerlich seinem Ende entgegen.

In Schönboden gab es nach der Hauptschule keine Möglichkeit einer weiteren schulischen Laufbahn. Sicherlich könnte das Mädchen hier eine Lehre beginnen, so wie Anna das seinerzeit vor beinahe fünfundzwanzig Jahren gemacht hatte, damals naheliegenderweise in der Gärtnerei ihrer Eltern. Ganz bestimmt hätten sich auch für sie, Anna, Türen in fernere Welten geöffnet, wenn sie eine berufliche Laufbahn außerhalb von Schönboden eingeschlagen hätte. Dennoch hatte sie in all den vielen Jahren ihres Lebens an Jakobs Seite noch kein einziges Mal ihre Entscheidung in Frage gestellt, geschweige denn bereut, auch wenn die Engstirnigkeit gepaart mit der Scheinheiligkeit und Doppelzüngigkeit der Kirche und der dörflichen Gemeinschaft sie immer wieder an den Rand der Mutlosigkeit getrieben hatten.

Aber welchen Beruf könnte Marie in Schönboden schon erlernen? Eine landwirtschaftliche oder auch kaufmännische Lehre kam für das Mädchen wohl nicht in Frage, ebenso wenig konnte sie sich Marie als Verkäuferin in der örtlichen Gemischtwarenhandlung oder der Bäckerei vorstellen, und schon gar nicht sah sie das Mädchen als zukünftige Friseurin oder Schneiderin. Marie hatte, das war nicht schwer zu erkennen, ganz besondere Begabungen: Da war nicht nur ihr unübersehbares Zeichentalent, Marie verstand es auch, mit Worten zu malen. Wenn sie ihr ihre Aufsätze für den Deutschunterricht vorlas, lief vor Annas geistigem Auge jedes Mal regelrecht ein Film ab, denn Marie gelang es, mit der Sprache ein buntbewegtes Universum zu erschaffen.

Marie hatte jedoch neben ihren Begabungen auch ureigene Bedürfnisse, die ihre Lebensumstände betrafen, und ohne deren Erfüllung sich die Talente erst gar nicht entfalten konnten. Anna sah Marie, mochte sie nach außen hin auch noch so gesellig wirken, in ihrem Innersten als Einzelgängerin, besser gesagt, Einzelkämpferin, die nur dann genügend Luft zum Atmen hatte, wenn es kein Korsett gab, das sie einengte oder gar ängstigte, wobei sich schon ein Raum mit geschlossener Tür und geschlossenen Fenstern als Zwangsjacke entpuppen konnte.

Nun, Anna vermeinte dieses beengende Gefühl zu kennen, mit dem Marie wohl aufgrund ihrer frühkindlichen Schädigungen schon auf den kleinsten Reiz, der sie an die schreckliche Vergangenheit erinnerte, mit

Fluchtgedanken reagierte. Denn sie, Anna, unterlag einem ähnlichen Joch, selbst wenn es in der Grausamkeit nicht mit dem Leid zu vergleichen war, dem Marie in ihren ersten Lebensjahren ausgesetzt gewesen war. Annas Korsett war die katholische Kirche mit ihren starren, und für sie unverständlichen Regeln, die ihr Leben bestimmten und beschnitten, ihrer Liebe immer wieder die Flügel zu stutzen versuchten, sie zu einem Vogel im Käfig machten, dessen Gitterstäbe sich auch durch Unsichtbarkeit niemals ganz in Luft auflösen konnten.

Anna schaltete die Herdplatte aus, auf der die Pfanne mit den mittlerweile durchgebratenen Fleischlaibchen stand. Die Resthitze würde sie noch eine Zeit lang warm halten. Beim Blick aus dem Fenster sah sie einen menschenleeren Pfarrplatz. Vom Vorraum her näherten sich Pauls und Jakobs Stimmen der Küche. Sie klangen zufrieden.

Als Marie am frühen Nachmittag von der Schule nach Hause ging, blitzte in ihren Gedanken wieder der Grund auf, weshalb heute der Mathematikunterricht ausgefallen und anstelle des Steinmetz Zeichenlehrer Buxbaumer im Klassenzimmer erschienen war.

Marie war diese Stunde sehr gelegen gekommen, konnte sie doch, während sie still vor sich hin malte, in Ruhe ihren Gedanken nachhängen, die in erster Linie Michael galten. Eigentlich waren diese Gedanken eher ein Gefühl als ein Denken, eine federweiche Grundstimmung waren sie, ein Zustand zwischen Traum und Wirklichkeit, wobei sie den Eindruck hatte, der Traum sei gleichzeitig Wirklichkeit und die Wirklichkeit gleichzeitig ein Traum, aus dem sie nie mehr wieder aufwachen wollte.

Natürlich war ihr gleichzeitig auch bewusst, dass der Onkel gerade in jener Zeitspanne, in der sie in ihrer neugewonnen weichgepolsterten Welt Farben mischen und der Fantasie freien Lauf lassen durfte, im selben Gebäude mit einer äußerst unangenehmen Angelegenheit befasst war, und das nicht zuletzt ihretwegen. Und wäre ihr Vertrauen zum Onkel nicht so groß gewesen, dann hätten sich Unruhe und Aufgeregtheit gewiss durch den Flor, der sie seit Neuestem umgab, einen Weg gebahnt.

»Fleischlaibchen?«, fragte Marie, als sie den Pfarrhof betrat und ihr gemeinsam mit den Stimmen von Onkel Paul, Anna und dem Onkel ein unverwechselbares Duftgemisch von angebratenen Zwiebeln, Majoran und Faschiertem entgegenkam.

»Da bist du ja, Mariechen«, sagte Onkel Paul, der sie trotz ihrer beinahe vierzehn Jahre noch immer Mariechen nannte. »Es ist nichts mehr für dich übrig, wir haben alles aufgegessen«, meinte er und schaute Marie dabei so ernst an, dass sie ihm glatt geglaubt hätte, wenn sie nicht den Schalk in seiner Stimme wahrgenommen hätte. Und schon lachte er, mehr mit den Augen als mit dem Mund, gelbe Pünktchen blitzten mitten im Graugrün der Iris auf, die exakt dieselbe Farbe hatte wie der Grünbach, der genaugenommen Graugrünbach heißen müsste, dachte Marie nun und war somit mit ihren Gedanken schon wieder bei Michael – obwohl der haselnussbraune Augen hatte.

Da wusste sie auch schon, was sie gleich nach dem Mittagessen tun würde: Mit dem Fahrrad von der Tante den Feldweg entlang des Grünbaches bis zum Teich fahren, an die Stelle, an der sie erst vor drei Tagen mit Michael gewesen war. Ihr Herz hüpfte.

»Möchtest du denn gar nicht wissen, wie die Sache heute Vormittag mit dem Steinmetz ausgegangen ist?«, fragte die Tante, während sie einen Schöpflöffel voll gedünstete Kohlrabi und Karotten auf den Teller neben die beiden Fleischlaibchen sinken ließ.

»Sicher gut, oder, Onkel?« Marie schaute dem Onkel ins Gesicht, das jetzt ernst dreinschaute und in dem die Augen nicht lachten.

»*Gut* ist ein großes Wort, Marie«, antwortete der Onkel, »und in diesem Fall ist *gut* sicher zu viel gesagt.« Er seufzte. »Aber«, und nun lächelte er Gott sei Dank wieder, »wir haben das Beste aus einer schlechten Situation gemacht.«

»Heißt das, der Steinmetz fürchtet sich jetzt vor dir und dem Kalteis?« Marie war nicht an philosophischen Gedankenspielen sondern an den fassbaren Ergebnissen interessiert, die sie, den Onkel und auch die Tante unmittelbar betrafen.

»Vor mir persönlich fürchtet er sich bestimmt nicht. Vielmehr wird er mich nun hassen. Was er aber fürchtet und weshalb er zumindest vorerst einmal stillhalten wird, ist die Möglichkeit einer Anzeige beziehungsweise der Meldung an die Schulbehörden und der Verlust seines Ansehens in Schönboden.«

»Seine Reputation hat er mit dieser Abmahnung doch jetzt schon verloren, oder zumindest wird er sie spätestens in wenigen Stunden los sein«, schaltete sich Anna nun ein und lächelte Jakob vielsagend an.

»Warum?«, fragte Marie.

»Weil heute Nachmittag Wochenmarkt ist und die *Frau Direktor* Kalteis dort mit Sicherheit nichts Wichtigeres zu tun hat, als das heldenhafte Vorgehen ihres Mannes gegen den Steinmetz hinauszuposaunen. Sein Triumph ist doch auch ihr Triumph.«

»Da kannst du schon Recht haben«, sagte der Onkel und wirkte dabei gar nicht triumphierend.

»Jedenfalls haben wir dem Steinmetz seine Grenzen aufgezeigt«, meinte Paul und seine Stimme klang heiter. »Er wird es nicht mehr wagen, jemals wieder Menschen öffentlich bloßzustellen und schon gar nicht wird er sich trauen, weiterhin Rufmord an euch zu begehen. Das zumindest haben wir geschafft, Jakob, und damit kannst du wirklich zufrieden sein.«

Onkel Pauls Bewertung der Lage war Marie Beruhigung genug, sodass ihr Vorhaben, an den Grünbachteich zu radeln, wieder in den Mittelpunkt ihres Denkens trat.

»Tante, kann ich heute das Fahrrad haben?«, fragte sie und schob das zweite noch unangetastete Fleischlaibchen an den Tellerrand.

»Ja«, sagte die Tante, »aber pass auf, dass dich kein Gewitter erwischt! Im Wetterbericht haben sie vor Unwettern gewarnt.«

»Noch fliegen die Schwalben hoch«, hörte Marie den Onkel sagen, als er das Fenster öffnete.

Marie sah einen Himmel, der so blau war wie er blauer nicht hätte sein können, nicht der Faden einer Wolke war ausfindig zu machen. Nur schwarze Punkte zogen hoch oben ruhig ihre Kreise. Die Schwalben.

So schnell würde sich kein Gewitter zusammen brauen.

Marie fuhr los.

Schon als sie sich auf das Fahrrad schwang, um quer über den Pfarrplatz direkt auf die Hauptstraße zu gelangen, hatte Marie den Eindruck, dass sich Schönboden ihr gegenüber heute anders offenbarte als gewohnt, wobei sie noch nicht recht sagen konnte, worin dieses *anders* bestand.

Vielleicht aber war es auch sie, Marie, die an diesem sonnendurchfluteten Nachmittag genauer hinschaute und deshalb Einzelheiten wahrnahm, denen sie bislang keine besondere Beachtung geschenkt hatte, obwohl sie schon hunderte Male daran vorbeigegangen war. Heute waren ihre Sinne geschärft. Und mit dem Fahrtwind flog ihr Schönboden geradewegs zu, mit all seinen Merkmalen, die Maries Blick einfing, um sie in ihrem Gedächtnis für immer abzuspeichern. Sie musste an den Fotoapparat denken, den der Onkel alle heiligen Zeiten einmal aus der ledernen Tasche herausnahm, um, wie er sagte, den Augenblick festzuhalten. *Jetzt haben wir dem Vergessen wieder einmal einen Strich durch die Rechnung gemacht,* hatte Marie ihn nach dem Fotografieren auch schon öfter sagen hören, oder *Jetzt haben wir einen Augenblick der Gegenwart verewigt.* Und ähnlich wie der Onkel mit seiner Fotokamera machte Marie mit ihren Blicken Foto um Foto, angeregt von einer inneren Stimme, die ihr sagte, dass es nun Zeit dafür wäre.

Und alles war erleuchtet: die hellgelbe Fassade des Gemeindeamtes, die Tabaktrafik mitsamt dem bunten Zigarettenautomaten zwischen Eingangstür und staubigem Schaufenster, der mächtige Kastanienbaum vor dem Kirchenwirt, dessen Blütenkerzen bereits abgeblüht waren und dessen dicken Stamm eine Bank umgab, die eine ähnlich dunkle Farbe hatte wie das Holz des Baumes, das Eidottergelb des Briefkasten, das Silbergrau des Granitsteins des Dorfbrunnens, das Weiß der Schürze der Verkäuferin in der Bäckerei, deren Tür offenstand, der Löschteich hinter dem Feuerwehrgebäude, sogar die Schottergrube am Ortsende fing das Licht ein, dort, wo Marie in den Feldweg entlang des Grünbachs einbog.

Und auch hier waren die Büsche und Bäume, die den Bachlauf säumten, nicht einfach Büsche und Bäume. Es waren Eschen und Hainbuchen, Ahornbäume und Weiden, deren biegsame Arme bis ins Wasser des Grünbachs reichten. Und die noch nicht abgemähte Wiese war nicht einfach Wiese, sondern Goldhafer und Knäuelgras, Wiesenfuchsschwanz und Wiesenschwingel, mit Glockenblumen, Lichtnelken, Sauerampfer und Margeriten bunt garniert. Ganz genau konnte Marie die verschiedenen Pflanzen auseinanderhalten, denn ganz genau hatte ihr der Onkel im Lauf der Jahre deren Besonderheiten aufgezeigt, um seine Freude an der Vielfalt der Schöpfung an Marie weiterzugeben.

Am Teich angekommen lehnte Marie ihr Fahrrad an dieselbe Weide, in die vor drei Tagen erst Michaels Rad halb versunken war, und ging ans Ufer. Sie schlüpfte aus den Sandalen, hielt sich mit beiden Händen den Rock hoch und stieg soweit in den Teich hinein, bis ihr das klare Wasser bis zu den Oberschenkeln reichte. Da war niemand weit und breit, sie war allein mit dem Wasser, den Kaulquappen und kleinen Fischen, dem weiten satten Grün rund um sie, dem leisen Surren der Bienen, dem fernen Motorengeräusch eines Traktors, dem endlos scheinenden Himmel.

Sie drehte sich im Wasser um die eigene Achse, sodass ihr Blick alle Himmelsrichtungen abtasten konnte. Diesmal sparte sie keine Richtung aus. Auch nicht den Nordosten. Der Nordosten war dort, wo die Sonne gerade noch nicht aufging, so hatte der Onkel gesagt als er ihr die Himmelsrichtungen erklärte, der Nordosten war also dort, wohin sie vom Pfarrhof aus gar nicht sehen konnte, weil der Hügel, der sich gleich hinter dem Garten erhob, den Blick dorthin versperrte. Und das war dort, wo sie all die vergangenen Jahre auch gar nicht hingeschaut hätte, niemals, selbst wenn dem Blick nichts im Weg gestanden wäre. Der Nordosten war jene Himmelsrichtung, die Marie aus ihrer inneren Landkarte gestrichen hatte.

Im Nordosten stand das Haus der Högers.

Nun hielt Marie in der Drehung abrupt inne, und zwar genau in jenem Moment, in dem sich ihr Blick in den Spitzen der Pappeln verfing, die in zwei schnurgeraden Reihen zu einem Haus führten, dessen ziegelrotes Dach mit dem schmalen hohen Rauchfang sie zu erkennen glaubte. Die Nachmittagssonne ließ Dach und Rauchfang hell aufleuchten. Nein, es gab keinen Zweifel, das war das Haus, das mehrere Jahre lang ihr Gefängnis gewesen war.

Marie bemerkte nicht, dass ihre Hände den Rock losgelassen hatten und sein Saum das Wasser berührte. Sie spürte auch die scharfkantigen Steine an den Fußsohlen nicht mehr und auch nicht die Kühle des Wassers. Alles, was sie vorhin noch so genau wahrgenommen hatte, schien in Nebel gehüllt, verstummt und unsichtbar, allein das Haus mit dem rot leuchtenden Dach war vorhanden und rückte mit der Erinnerung an die darin verbrachten qualvollen Jahre immer näher an sie heran, so nahe, dass sie sogar das kalte Weiß der Mauern vor Augen hatte, obwohl sie diese Mauern doch gar nicht wirklich sehen konnte, war doch das Haus mit Ausnahme des Daches vom Grün der Felder verdeckt.

Langsam drehte Marie sich weiter. Und mit der Drehung löste sich auch der Nebel um sie herum auf, die Wiesen, die Hügel und die Umrisse des abgerückten Dorfes, das Wasser unter und der Himmel über ihr gewannen ihre klaren Konturen und ungetrübten Farben zurück.

Marie war aus der Vergangenheit herausgetreten und das Haus der Högers hinter die Felder zurückgewichen, die den Blick auf die weiße Fassade verstellten.

Schönboden, der Onkel, die Tante, der Pfarrhof, der Steinmetz, die Högers – ja, all diese Orte und Menschen gehörten nun einmal zu ihrem Leben, auch die Högers, ob sie wollte oder nicht, selbst wenn dieser Mann und diese Frau jene Menschen waren, die ihr Gedächtnis – wohl als Schutz vor angst- und krankmachender Erinnerung – in den hintersten Winkel verbannt hatte. Und nun war sie drauf und dran, all die Angst einfach abzuwerfen, wie einen nasskalten Mantel. Nun wagte sie sogar den Namen ihrer damaligen Zieheltern laut auszusprechen: HÖGER.

Marie fühlte sich frei und sie fühlte sich mutig. Von nichts und niemandem mehr würde sie sich Angst machen lassen, auch nicht von den Högers, die zwar unauslöschlicher Bestandteil ihrer Vergangenheit waren, in der Gegenwart jedoch nichts verloren hatten. Schon gar nichts in der Zukunft! Michael war Gegenwart und Zukunft. Wie sie sich auf ihn freute! Vier Tage noch, und er wäre wieder bei ihr.

Marie zog sich Rock und Bluse aus, legte das Gewand sorgfältig mit der Innenseite nach unten auf das Gras und streifte den Stoff glatt. Als sie sich darauf ausstreckte, – vorsichtig, um ihre Unterlage dabei nicht zu verschieben – gab die Wiese unter ihr wie eine dünne Matratze nach. Die Gräser rund um sie streckten ihre Hälse himmelwärts. Maries Blick tauchte in ein blaues Meer hoch über ihr.

Das Mädchen wäre wohl bis Einbruch der Dunkelheit oder womöglich noch länger so liegengeblieben, glücklich mit ihrer Fantasie, in der sie gemeinsam mit Michael auf dieser grünen Matratze lag und durch den Himmel hindurch in die Zukunft sah, hätte sich nicht auch von ihren Tagträumen unbehelligt in ihrem Innersten ein Gedankenberg aufgebaut, so hoch, dass er am Himmelblau kratzte. Marie stand auf und zog sich an.

Es durfte keinen blinden Punkt mehr geben in ihrem Leben. Ihre Landkarte würde von heute an vollständig sein und auch den Nordosten nicht mehr ausschließen. Dazu musste sie allerdings dem, was sie jahrelang verdrängt hatte, in die Augen sehen. Nur so würde auch die Angst nicht mehr zurückkehren. Ja, der Gedankenberg konnte nur dann an Gewicht verlieren, wenn sie die Gedanken abbaute, indem sie sie in die Tat umsetzte.

Das ziegelrote Leuchten war einem milden Abendrot gewichen, das die schräge Sonne auf das Dach des Hauses der Högers legte.

Marie war neugierig, wie lange sie dorthin brauchen würde. Notfalls würde sie das Fahrrad streckenweise über die Wiese schieben müssen, aber soweit sie es von hier aus beurteilen konnte, gab es fast überall entlang der Felder schmale Wege.

Es ging viel schneller als sie gedacht hatte. Mit jedem Stück, das sie ihrem früheren Leben entgegen radelte, wurden die Stämme der Pappeln und das Weiß der Hausmauer höher, bis sie auch schon in der Allee angelangt war, die den Blick auf die gesamte Vorderfront des Hauses freigab. Marie hatte nicht ausgeschlossen, dass die direkte Konfrontation mit dem Ort ihrer Vergangenheit unberechenbare Gefühle in ihr wachrufen könnte, Nachempfindungen erlebter Angst und Verzweiflung, Erstarrung oder zumindest Wut. Aber nichts dergleichen geschah. Das Einzige, was sie in sich wahrnehmen konnte, war Stillstand und Ruhe. Eine Ruhe, wie sie sie noch nie in dieser absoluten Form gespürt hatte, eine Ruhe, die, wie ihr schien, nicht nur *ihren* Herzschlag anhielt, sondern auch den Herzschlag der Zeit: Der Ziehvater mit seiner schwarzen Kappe, der dunklen, eng anliegenden Lederkluft und den Stiefeln, die er trotz der sommerlichen Hitze trug, stand da über sein Motorrad gebeugt und schien in eben dieser gebeugten Stellung erstarrt zu sein. Ob er sich gerade auf dem Sattel des Motorrads niederlassen oder vom Sattel erhebend aufrichten wollte, war nicht zu erkennen, er hatte sich vor der weißen Hauswand in einen Scherenschnitt verwandelt. Diese Verwandlung des Helmut Höger geschah, nachdem sein Blick auf Marie zum Stillstand gekommen war.

Das Mädchen hatte sich dem ehemaligen Ziehvater so weit genähert, dass sie in dessen Augen unter den Kappenrand schauen konnte. Auf den ersten Blick hatten sich diese Augen nicht verändert: Form und Farbgebung waren gleich geblieben, aber bei näherer Betrachtung stellte Marie fest, dass das Schwarz der Pupillen der braunen Farbe der Iris nur Platz für einen schmalen Ring übrig ließ. Marie sah in den geweiteten Pupillen etwas, was sie am Ziehvater niemals wahrgenommen hatte: Schreck. Er hatte vor Schreck geweitete Augen.

Marie war nicht vom Fahrrad abgestiegen, nur ihre Zehenspitzen berührten links und rechts des Rades den Boden und hielten sie so im Gleichgewicht. Sie hatte keine Lust, diesen Boden je noch einmal mit ihren Füßen zu betreten.

Dem Mädchen fehlte jede Vorstellung davon, wie viel Zeit vergangen war, bis sie ihren Herzschlag wieder spürte, sie das Zucken der Augenlider und Mundwinkel des Ziehvaters wahrnahm, ihr Blick die Hauswand hinaufkletterte zum Fenster im ersten Stock, wo sie hinter den transparenten Gardinen die Umrisse der Ziehmutter erkennen konnte. Die steifen Locken. Den gestärkten Kragen der Bluse.

Marie umfasste die Gummigriffe auf der Lenkstange, hob die Zehenspitzen vom Boden und stieg in die Pedale. Eine langsame Drehung des Fahrrads in die entgegengesetzte Richtung, und schon hatte sie das Haus im Rücken und den Blick auf die Weite der Wiesen gerichtet, von denen sie gekommen war.

Intuitiv blickte sie noch einmal zurück: Der Rückspiegel des Motorrades, der das gesamte Spektrum der Abendsonne eingefangen zu haben schien, warf ihr ein unwirkliches, gleißend helles Licht entgegen.

Der Ziehvater war verschwunden. Auch hinter den zugezogenen Gardinen war niemand mehr zu sehen.

»Gott sei Dank haben die im Radio sich wieder einmal geirrt!«, rief Anna Marie zur Begrüßung zu. »Es ist weit und breit keine Wolke in Sicht!«

Marie wusste gleich, dass die Tante, die sie vor dem Haus erwartete und mit zusammengekniffenen Augen den Himmel inspizierte, das angekündigte Gewitter meinte, obwohl ihr, Marie, der Gedanke an ein mögliches Unwetter den ganzen Tag über nie in den Sinn gekommen war.

»Hast du heute eine Weltreise gemacht?«, fragte die Tante heiter und nahm Marie das Fahrrad ab, um es in den Keller zu befördern. Sollte es in den nächsten Stunden doch noch regnen würden sie morgen dann ein trockenes Fahrrad zur Verfügung haben.

Bevor die Tante jedoch mit dem Rad im Haus verschwand, streifte ihr Blick Marie, nein, der Blick streifte das Mädchen nicht nur, er blieb eine ganze Weile an ihr haften.

»Sicher hast du Hunger!«, hörte Marie die Stimme der Tante, als sie aus dem Keller zurückkam. »Wir beide sind heute Abend allein. Der Onkel hat Pfarrversammlung und der Paul ist schon am Nachmittag wieder abgefahren.«

Weltreise. Ja, die Tante hatte gar nicht so unrecht gehabt mit ihrer wohl ganz und gar nicht ernst gemeinten Frage, ob Marie denn auf Weltreise gewesen wäre, denn in gewisser Weise hatte Marie durchaus das Gefühl, die Welt bereist zu haben, nicht die Erdkugel, aber ihre eigene Welt. Denn noch nie hatte sie sich so weit von ihrem Heimathafen entfernt wie heute. Und noch nie hatte sie so deutlich gespürt, dass sie wieder heimgekommen war.

»Mariechen«, sagte die Tante nur, und Marie war erstaunt über diese Anrede, der nicht gleich weitere Worte folgten und die sie sonst nur von Onkel Paul gewohnt war. Die Tante schaute sie still an, so, als ob sie etwas auf dem Herzen hätte, etwas, das aus ihr heraus wollte aber den Weg in den Mund noch nicht ganz gefunden hatte. Sie stellte einen Teller mit fein aufgeschnittenen kalten Fleischlaibchen auf den Tisch zwischen sich und Marie. Marie legte sich Scheibchen neben Scheibchen auf die Schwarzbrotschnitte und betupfte alles mit Senf.

»Marie«, die Tante nahm einen zweiten Anlauf, »du sollst wissen, dass du hier bei uns immer zuhause bist, auch wenn du einmal nicht mehr jeden Tag bei uns wohnen solltest.«

Das war es also. Die Tante hatte sich auch schon Gedanken darüber gemacht, wie es wohl nach dieser letzten Hauptschulklasse mit ihr, Marie, weitergehen würde. Natürlich hatte sie daran gedacht! Und wieder hatte die Tante ihren Gedanken von vorhin erraten, zum zweiten Mal nach der Weltreise, nämlich diesmal die Erkenntnis, dass hier ihre Heimat war, und die Tante hatte sie sogar darin bestätigt.

»Ich war heute bei den Högers«, sagte Marie geradeheraus, so als ob sie beiläufig sagen würde *Ich war bei der Brigitte* oder *Ich war noch schnell beim Bäcker frisches Brot holen.*

»Das hab ich mir gedacht«, sagte die Tante und sah sie an, aber diesmal nicht so, als ob noch Worte vom Herzen zum Mund wandern müssten, die waren diesmal sehr schnell angekommen: »Gott sei Dank, Marie, jetzt bist du frei.«

Das war das dritte Mal an diesem Abend, dass die Tante Marie überrascht hatte. Als das Mädchen aufstand, um noch etwas Brot von der Anrichte zu holen, griff die Tante nach ihrer Hand und zog sie zu sich. Marie sah in erdfarbene Augen, die ein feuchter Film überzog, in dem sie sich selbst sehen konnte, winzig klein, und die ihr so weich erschienen wie die Wiese am Nachmittag.

Schon wieder einer! Der dumpfe Knall gegen die Scheibe ließ Marie aufschrecken. Dass diese Vögel heute das Glas nicht sahen! Womöglich spiegelte sich der weißbewölkte Himmel in der Fensterscheibe und die Vögel flogen anstatt in den vermeintlichen Himmel in den Tod.

Nun folgte Maries Blick einer Wolke aus graubraunen Federn vor ihrem Fenster, Federn, die wie schmutzige Schneeflocken durch die Luft wirbelten und die der Wind nicht zu Boden sinken ließ, sondern hochhob und verwehte, fort aus Maries Blickfeld.

Sie öffnete das Fenster und da sah sie ihn auch schon. Der Spatz lag auf der Wiese, die zarten Beinchen starr, der Kopf verdreht, die Augen stumpf. Der Aufprall gegen die Scheibe hatte ihm wohl das Genick gebrochen.

Das Mädchen hüpfte aus dem Fenster und landete direkt neben dem verunglückten Vogel. Sie nahm ihn in die Hand und spürte noch seine Wärme. Nur der Herzschlag war nicht mehr zu fühlen. Marie ging zum Geräteschuppen und holte von dort die Gartenschaufel, mit der die Tante von Zeit zu Zeit den Boden umstach, was ihrer Meinung nach das Beste für die Erde war. Mit dieser Schaufel hob sie eine kleine Grube aus, mitten im Gemüsebeet zwischen Petersilie und Karotten, dort, wo die Erde am lockersten war, und legte den Vogel hinein. Dann deckte sie ihn mit der abgehobenen Erde zu. Die Schaufel stellte sie zurück in den Schuppen. Sie wollte nicht mehr an den Tod des Vogels erinnert werden.

Es war der dritte Tag der Sommerferien, die die letzten Hauptschulferien für Marie sein sollten und gleichzeitig die ersten langen Ferien, in denen sie nicht wusste, wie der Schulbeginn im kommenden Herbst aussehen würde. Aber es war nicht nur diese Unschärfe in der Sicht auf die Zukunft, die Marie an diesem dritten Ferientag so sehr beunruhigte. Es war auch nicht der an ihrer Fensterscheibe zerbrochene Vogel.

Vielmehr war es das eigentümliche Verhalten der Tante und des Onkels, das heute beim Mittagessen etwas in ihrem Innersten aufgescheucht und sie misstrauisch gemacht hatte. Erst war es Marie nicht wirklich klar gewesen, was genau sie am Gebaren der beiden so befremdet und ihr anders als gewohnt vorgekommen war. Doch dann wusste sie es: Es waren die vor ihr *nicht* ausgesprochenen Worte sowie die Gesten und Blicke zwischen ihnen, die keinen Raum für Marie ließen. Genau das war es, was das Mädchen so verstörte. Die Tante und der Onkel bildeten in einer Angelegenheit, deren Inhalt sie ganz offensichtlich vor Marie verbergen wollten, eine von allem losgelöste Allianz, ein Bündnis, das auch sie, Marie, ausschloss.

Marie hatte genau bemerkt, dass der Onkel zwei beschriebene Briefpapierbögen – einen handschriftlichen und einen mit Schreibmaschinenschrift bedruckten – unverzüglich vom Mittagstisch nahm, hastig zusammenfaltete und in der Innentasche seines Sakkos verschwinden ließ, als er Marie ins Wohnzimmer kommen sah.

»Hast du interessante Post bekommen?«, hatte Marie noch leichthin nachgefragt und war erst richtig hellhörig geworden, als der Onkel ungewohnt abweisend und ohne den Blick von der Tischfläche zu heben »Ach, nichts Besonderes« geantwortet hatte und die Tante ihm fast ins Wort gefallen war mit der Frage, ob er zwei oder drei Grießnockerl in die Suppe wolle.

Marie fiel ein geöffnetes Briefkuvert auf, das auf der Kommode neben dem Radio lag und das in schwarzen Druckbuchstaben an den Herrn Pfarrer Jakob Selinger adressiert war, Marie konnte die Aufschrift auch aus der Entfernung deutlich lesen. Die Briefmarke zeigte die Mutter Gottes mit dem Jesuskind auf dem Arm. Und noch etwas an diesem Briefkuvert erregte Maries Aufmerksamkeit: Im oberen linken Eck prangte ein aufgedrucktes viergeteiltes Wappen mit einem Kreuz darüber, und über diesem Kreuz schwebte ein flacher Hut.

Nicht dass der Onkel und die Tante Marie während des Mittagessens ignoriert hätten, nein, ganz im Gegenteil, sie fragten nach, was sie denn am Nachmittag vorhätte, ob sie Michael treffen würde, der ja während der Ferien auch in Schönboden war, ob sie ihnen die Zeichnung, an der sie am Vormittag gearbeitet hatte, zeigen würde, ob ihr das Essen schmeckte. Aber all diese Fragen kamen Marie schablonenhaft vor, die beiden schienen ihr in ganz anderen Gedanken verloren zu sein. Es schien Marie, dass das geführte Gespräch vor allem dazu dienen sollte, eine Decke zu weben, die das, was an diesem Tag für den Onkel und die Tante die einzige Wesentlichkeit besaß, zudecken und verhüllen sollte.

Marie fühlte intuitiv, dass *sie* etwas mit dieser Wesentlichkeit zu tun haben musste und dass wahrscheinlich genau das der Grund war, weshalb diesmal weder der Onkel noch die Tante gewillt waren, sie in die Sache einzuweihen. Vertrauten sie ihr etwa nicht? Oder wollten sie sie schonen? Unwissenheit konnte doch niemals Schonung bedeuten!

Wenn die beiden ihr also – aus welchen Gründen auch immer – etwas Gewichtiges vorenthielten, dann blieb ihr doch gar nichts anderes übrig, als diesem Geheimnis im Alleingang auf die Spur zu kommen. Sie musste wissen, was gespielt wurde. Und sie war sicher, dass sich das Geheimnis in dem Brief, den der Onkel so eilig vor ihr in Sicherheit gebracht hatte, verbergen musste. An diesen Brief musste sie heran. Dafür würde sie allerdings bis zum späten Abend warten, solange, bis sie Onkel und Tante im Schlaf wähnte.

Allzu gerne hätte Marie beim Abendessen im Vorbeigehen ihre Finger prüfend in die Innentasche des Sakkos gleiten lassen, das der Onkel achtlos über die Sessellehne gehängt hatte. Sie widerstand jedoch dieser Versuchung und bemühte sich stattdessen, sorglos zu erscheinen und sich wie gewöhnlich an der Unterhaltung zu beteiligen, um nur keinen Verdacht auf ihr geplantes nächtliches Vorhaben zu lenken. Nach dem Abendessen verabschiedete sie sich in ihr Zimmer unter dem Vorwand, noch lesen und die begonnene Zeichnung zu Ende bringen zu wollen.

Sie tat weder das eine noch das andere. Ausgestreckt auf dem Bett liegend lauschte sie den Geräuschen um sie herum, wie früher, als sie noch klein gewesen war, und als jeder Ton, auch der leiseste, Gefahr signalisieren konnte: das Herannahen des Motorrades; das Knarren der Holztreppe; das Lachen des Ziehvaters, einen Halbton zu hoch; das schwere Atmen aus dem Schlafzimmer nebenan.

Doch diesmal hatte sie keine Angst. Was ihre momentane Verunsicherung und Alarmbereitschaft ausmachte war vielmehr ein Gefühl der Enttäuschung und der Einsamkeit, weil die beiden Menschen, denen sie beinahe blindes Vertrauen geschenkt hatte, dieses Vertrauen offenbar nicht erwiderten.

Der Brief würde hoffentlich Klarheit bringen.

Der Wind hatte an Stärke zugelegt, oder hörte sich das Rauschen in den Baumwipfeln in der Dunkelheit nur wuchtiger an als bei Tag? Licht schluckt Lärm, diese Beobachtung hatte Marie schon oft gemacht, und deshalb war die Dunkelheit schon seit jeher eine heimliche Verbündete. Kein Knistern oder Knarren, Kratzen oder Raunen, kein Surren, Pfeifen oder Rascheln, kein einziges Geräusch gab es, das ihr das Dunkel der Nacht nicht schon zugetragen hätte, meist um sie zu warnen.

Nun waren Maries Antennen ausschließlich auf die Geräusche im Hausinneren ausgerichtet: auf das Auf- und Zudrehen des Wasserhahns, das Rücken der Sessel, die gedämpften Stimmen der Tante und des Onkels. Dann auf das Zuschnappen der Wohnzimmertür, die sachte gesetzten Schritte auf der Treppe, auf die Stimmen, die sie nun vom ersten Stock herab nur mehr sehr leise erreichten.

Sie musste geduldig sein. Auch als im Haus nach kurzer Zeit Ruhe herrschte, wartete sie noch solange, bis ihr das Zeitpolster zwischen Stille und Beginn ihres geplanten Unterfangens groß genug erschien, um sie darauf vertrauen zu lassen, dass der Onkel und die Tante auch wirklich schliefen.

Nun hatte sich auch der Wind gelegt. Marie deutete die unbewegte Stille, die jetzt auch außerhalb des Hauses herrschte, als Signal, aufzustehen und die Sache in Angriff zu nehmen.

Behutsam erhob sie sich vom Bett, – selbst das leiseste Quietschen der Matratze hätte sie in diesem Augenblick als durchdringend empfunden –, und griff in der Lade des Nachtkästchens nach der Taschenlampe, die sie vorsorglich schon am Nachmittag aus dem Sicherungskasten im Vorzimmer genommen und in ihrem Zimmer bereitgelegt hatte. So leise wie sie nur konnte öffnete sie ihre Zimmertür und ging die paar Schritte den Gang entlang bis zum Wohnzimmer, dessen Tür sie angelehnt vorfand und die sich lautlos aufschieben ließ. Der Lichtstrahl der Taschenlampe fiel sogleich auf die Sessellehne, über die wenige Stunden zuvor noch das Sakko des Onkels gehangen hatte. Marie leuchtete jede Ecke des Wohnzimmers aus, doch das Sakko war nirgends mehr zu sehen. Wenn der Onkel es mit hinauf genommen hatte – und das hatte er allem Anschein nach – blieb Marie nur zu hoffen, dass er die Briefpapierbögen vorher aus der Innentasche herausgenommen und den anderen wichtigen Papieren, die er in der Kanzlei aufbewahrte, hinzugefügt hatte. Wenn nicht, würde sie bei ihrer nächtlichen Aktion wohl erfolglos bleiben.

Die Tür zur Kanzlei gab beim Öffnen ein dünnes Singen von sich. Marie ließ nach ihrem Eintreten die Tür vorsichtshalber einen Spalt weit offen, um durch das Schließen keine weiteren Geräusche auszulösen.

Die Vorhänge ließen gerade einmal so viel Licht von der Straßenbeleuchtung durch den dichten Stoff scheinen, dass Marie die Umrisse der Möbel erkennen konnte, mehr nicht. Es blieb ihr nichts anderes übrig, als die Taschenlampe erneut einzuschalten.

Am ehesten vermutete sie den Brief in einer der Laden, in der der Onkel Dokumente, Urkunden, Belege, amtliche Schreiben und überhaupt alle Unterlagen, die er als Vorstand der Pfarre verwalten musste, in eigenen Mappen aufbewahrte.

Sie richtete den weißen Lichtkegel daher zuerst auf die verschiedenen Mappen, die sich in der unteren Lade befanden. Marie nahm eine nach der anderen in die Hand, um zu sehen, ob sich zwischen den Sammelmappen vielleicht der gesuchte Brief versteckte. Als ihr Blick auf die letzte der Mappen fiel, auf die, die am allerunterslen lag, vergaß sie den eigentlichen Grund ihrer nächtlichen Hausdurchsuchung, so sehr zog die Aufschrift auf dem Schutzkarton sie in ihren Bann: In der nach links geneigten geschwungenen Handschrift des Onkels, die Marie schon immer so gut gefallen hatte, stand groß und breit: *Marie Muth.*

Mit der Mappe in der Hand ließ sie sich auf den Teppich sinken, auf dem sie schon so oft unbeschwert gesessen oder gelegen hatte, meist in eines der Bücher des Onkels vertieft, während der Pfarrer ebenfalls las oder seiner Büroarbeit nachging.

Nun zitterten Maries Finger, während sie den Gummizug von der Mappe lösten und den Kartondeckel aufklappten. So sehr zitterten ihre Finger, dass all die Papierbögen, die ihr bisheriges Leben dokumentierten, aus der Mappe heraus und zu Boden flatterten: der Staatsbürgerschaftsnachweis; die Geburtsurkunde, auf der Marie erstmals den Namen der leiblichen Mutter schwarz auf weiß lesen konnte: Romana Muth. Statt des Namens des Vaters stand *unbekannt*; ein kleinerer Zettel aus dünnem, beinahe durchsichtigem Papier, auf dem *Meldezettel* stand und darunter ihre jetzige Wohnadresse, Pfarrplatz 1, 3363 Schönboden; zu einem dünnen Heft gebündelte hellgraue Zettel, im Format noch kleiner als der Meldezettel. Auf dem Deckblatt stand *Impfpass*, auf den weiteren Blättern des Heftes konnte Marie neben Arztstempeln die Namen aller Krankheiten lesen, gegen die sie im Laufe ihres Lebens geimpft worden war, und das waren nicht wenige: Kinderlähmung, Pocken, Tetanus und Diphtherie, Keuchhusten, Masern und Tuberkulose. Auf die Durchführung all dieser Impfungen hatten offenbar sowohl die Högers als auch die zuständige Heimleitung streng geachtet, vermutlich, um nicht mit dem Gesetz in Konflikt zu geraten. Dann war da noch ein weiteres Dokument, eines aus festem Papier, auf dem Marie *Obsorgebescheid* las. Weiters: *Mündel: Marie Muth, Vormund: Pfarrer Jakob Selinger.*

Dieses Dokument beförderte sie unversehens zurück ins Hier und Jetzt, ihr Denken und Handeln war mit einem Mal wieder ausschließlich dem eigentlichen Zweck ihres Aufenthaltes hier in der Kanzlei des Onkels gewidmet.

Das Zittern der Finger hatte sich gelegt.

Augenblicklich machte sich Marie daran, all diese Dokumente wieder in die Mappe einzuordnen, dabei nahm sie sich nicht einmal mehr Zeit, diverse Heimpapiere und Fürsorgeschreiben, die noch neben ihr verstreut auf dem Teppich lagen, zu lesen. Diese Papiere konnte sie sich ein anderes Mal vornehmen, wenn sie das überhaupt wollte.

Sie streifte das Gummiband über die befüllte Dokumentenmappe und legte sie gemeinsam mit den anderen in die Lade zurück.

Als Marie aufstand und das Licht der Taschenlampe die Schreibtischoberfläche erhellte, sah sie es sofort: das Briefkuvert mit der Muttergottes-Marke in der rechten und dem Wappen mit dem Kreuz darüber in der linken oberen Ecke, jenes Kuvert also, das sie beim Mittagessen auf der Kommode neben dem Radio entdeckt hatte. Dass ihr Blick nicht schon früher darauf gefallen war! Nun war dieses Kuvert aber nicht leer und flach wie zu Mittag, sondern es wirkte geradezu aufgeplustert. Weshalb es so dick war, wusste Marie auch schon im nächsten Moment. Es beinhaltete nämlich gleich zwei zusammengefaltete Papierbögen, jene zwei, die Marie zu finden gehofft hatte.

Wie selbstverständlich setzte sie sich nun auf den Schreibtischsessel, auf dem normalerweise nur der Onkel saß. Die Taschenlampe legte sie eingeschaltet auf das Fensterbrett nebenan, das schräge Licht reichte zum Lesen.

Sie lehnte sich zurück und nahm zuerst das Schreiben in die Hand, das allem Anschein nach zum Briefkuvert gehörte, denn der Briefpapierbogen war mit demselben Wappen samt Kreuz und Hut gekennzeichnet wie das Kuvert, und auch die Schreibmaschinenbuchstaben waren identisch.

Schreiben des Bischöfl. Ordinariats, las Marie. Und darunter stand:

Sehr geehrter Herr Pfarrer Selinger!

Die Bischöfliche Ordinariatskanzlei der Diözese St. Pölten ordnet auf Grund seiner Pflicht, die wirtschaftliche und seelsorgerische Gebarung im Rahmen einer Visitation einer chronologischen Prüfung zu unterziehen, einen Pfarr-Visitations-Termin für 18. Juli 1974, ab 9h Uhr an.

Sie werden angehalten, alle zweckdienlichen Unterlagen (Tauf-, Eheschließungs-, Ausgaben- und Einnahmenbücher, etc.) vorzubereiten, um den Prüfvorgang zu erleichtern.

Hochachtungsvoll
Grüß Gott!

....
(Für den Bischof der Diözese St. Pölten)

Marie war verdutzt. Dieser Brief sollte der Grund für die Aufregung des Onkels und der Tante sein? Der Inhalt des Schreibens bedeutete ihrer Meinung nach nichts anderes, als dass ein Abgesandter des Bischofs wieder einmal den Sonntag bei ihnen auf dem Pfarrhof verbringen würde, dem Gottesdienst beiwohnen, sich anschließend mit dem Mesner, den Ministranten und den Sängern vom Kirchenchor unterhalten und dann mit dem Onkel in der Kanzlei verschwinden würde, um, wie Marie jetzt wusste, die diversen Papiere zu prüfen. Aber auch diese Überprüfung konnte für den Onkel, der alles so gewissenhaft verwaltete, bestimmt kein Problem darstellen.

Marie war noch kein einziges Mal aufgefallen, dass ein Besuch »vom Bischof«, wie die Tante diese Visitationen nannte, (obwohl der Bischof persönlich noch nie erschienen war), dass also ein solcher Besuch irgendeine Aufregung verursacht hätte. Das Einzige, wodurch sich derartige Sonntage von anderen Sonntagen unterschieden hatten war, dass sie, Marie, nicht wie sonst die Kirchenglocken läuten durfte sondern der Mesner diese Aufgabe übernahm, dass der Kirchenchor alle Strophen der einstudierten Lieder sang und nicht nur die ersten beiden, dass die Predigt des Onkels etwas länger ausfiel als sonst, und das Mittagessen, für dessen Zubereitung die Tante bereits in der Früh mit den Vorbereitungen begann, aus mindestens drei Gängen bestand: Rindsuppe mit Einlage; Wienerschnitzel, Zwiebelrostbraten oder Schweinebraten, je nach Gericht mit Reis, Nudeln oder Bratkartoffeln, dazu Häuptelsalat oder zum Schweinebraten warmer Krautsalat; Bei der Nachspeise gab es keine Wahl, da servierte die Tante ein jedes Mal Sachertorte mit Schlagobers.

Es war gar nicht lange her, erst zwei oder drei Monate, dass sie im Pfarrhof »Besuch vom Bischof« hatten, Marie erinnerte sich noch gut an den Herrn aus St. Pölten. Er hatte nicht viel geredet, dafür aber für zwei gegessen. Er war ihr nicht unsympathisch gewesen.

Das Einzige, was Marie etwas eigenartig vorkam, war der geringe zeitliche Abstand des brieflich angesagten Besuches zum vorhergegangenen.

Das Licht der Taschenlampe flackerte. Wahrscheinlich war die Batterie schon schwach.

Marie faltete das bischöfliche Schreiben wieder zusammen und steckte es in das Kuvert. Danach entfaltete sie den handbeschriebenen Papierbogen.

Jakob, lieber Freund!

Marie hatte gerade die Überschrift gelesen, als die Taschenlampe ein letztes Mal aufflackerte und den Geist aufgab. Das Mädchen überlegte nicht lange, sondern knipste die Schreibtischlampe an. Das Licht kam ihr so grell vor, dass sie erschrak. Doch der Drang nach Klarheit war größer als die Angst entdeckt zu werden.

Ihr Blick flog über die nun blendend hell erleuchteten Zeilen vor ihr.

Ich dürfte dir diesen Brief niemals schreiben, und dennoch tue ich es, weil ich überzeugt bin, dass dich keine Schuld trifft und du Opfer einer Intrige geworden bist. Es ist traurig, wozu unsere Mitmenschen fähig sind.

Als Sekretär im Bischöflichen Amt fiel mir die anonyme Anzeige gegen dich natürlich in die Hände, aber leider zu spät, weil ich am Tag der Zustellung auswärts beschäftigt war, sonst hätte ich die Weiterleitung an den Bischof natürlich verhindert.

So kann ich dich nur mehr warnen und hoffen, dass alles für dich leichter sein wird, wenn du über die Begleitumstände der bevorstehenden Visitation schon im Vorfeld Bescheid weißt. In dem erwähnten anonymen Brief an das Bischöfliche Amt wird dir nicht nur vorgeworfen, mit deiner Haushälterin Anna Forsthuber schon jahre-

lang in eheähnlicher Gemeinschaft zu leben – das wäre ja erfahrungsgemäß kein allzu gravierendes Problem und wird von der Amtskirche in der Regel toleriert solange die Beziehung für andere unsichtbar gelebt wird, du kennst die Scheinheiligkeit der Kirche in dieser Angelegenheit.

Die ungeheuerliche Sache, die dir von dem hinterhältigen Verfasser des Briefes vorgeworfen wird, ist dagegen von bischöflicher Seite her nicht ignorierbar. Glaub mir, Jakob, ich bin von deiner Unschuld überzeugt und weiß, dass du dich niemals an einem heranwachsenden Mädchen vergehen würdest! Und genau dieser schreckliche Vorwurf wird in diesem infamen Schreiben geäußert. Dass du deinem Mündel, Marie Muth, das du vor nunmehr neun Jahren bei dir aufgenommen hast und das laut Autor des Briefes zu einem »aufreizenden« Mädchen herangewachsen sein soll, nachstellen würdest. Und mehr als das.

Ich weiß, wie wütend und ohnmächtig du dich nun fühlen musst, lieber Jakob, mir selbst blutet das Herz, während ich dich mit derart erbärmlichen und schmutzigen Auswüchsen der Menschheit konfrontieren muss. Natürlich werde ich im Ernstfall jederzeit bereit sein, für dich einzustehen, hatte ich doch während unserer gemeinsamen Studienjahre genügend Gelegenheit dich kennen und schätzen zu lernen. Mehr kann ich im Moment leider nicht für dich tun.

Ich wünsche dir viel Kraft und Gottes Beistand, ER möge für Gerechtigkeit sorgen!

Dein Freund
Kurt

Marie konnte nicht fassen, was sie da gerade gelesen hatte. Während der Papierbogen langsam zu Boden segelte, füllten sich ihre Augen mit Tränen. Ihre Hände ballten sich zu Fäusten, am liebsten hätte sie vor Zorn laut geschrien.

Es gab nur eine einzige Person, die diesen Brief verfasst haben konnte: Der Steinmetz.

Gott sei Dank hatte sie nach den Briefen gesucht, Gott sei Dank hatte sie sie gefunden. Sie würde es dem Steinmetz heimzahlen. Und der Onkel würde durch ihre Aussage über jeden Verdacht erhaben sein. Die Wahrheit würde ihn schützen.

Marie hob das Schreiben des Freundes vom Boden auf, faltete es zusammen und steckte es zu dem offiziellen Schreiben in das Briefkuvert.

Sie knipste die Schreibtischlampe aus und ging auf ihr Zimmer.

Am nächsten Morgen brach Marie ein unausgesprochenes Gesetz.

Als sie das Surren des elektrischen Rasierers, das Öffnen und Schließen der Schlafzimmer- und Badezimmertür sowie die noch gedämpften Stimmen des Onkels und der Tante hörte, wartete sie nicht, sondern sprang aus dem Bett und lief im Pyjama die Stufen hinauf. Sie wollte dem Onkel so schnell wie nur möglich ihre nächtliche Exkursion in seine Kanzlei gestehen. Als Entschuldigung für ihr Vorgehen hatte sie sich selbst die Rechtfertigung zurechtgelegt, dass in diesem speziellen Fall der Zweck das Mittel zumindest bis zu einem gewissen Grad heiligte. Und außerdem war sie ja ohnehin drauf und dran, dem Onkel alles zu beichten.

»Marie! Ist etwas passiert?« Der Onkel war sichtlich erstaunt über Maries unvermuteten frühmorgendlichen Auftritt in jenem Teil des Hauses, den das Mädchen – obwohl diesbezüglich nie irgendwelche Regeln aufgestellt worden waren – normalerweise nie betrat, bevor die Tante den neuen Tag mit dem Klappern des Frühstücksgeschirrs unten in der Küche eröffnete.

»Ich muss dir etwas sagen, Onkel.«

Der Onkel ließ den Rasierapparat sinken, als er neben seinem eigenen das aufgeregte Gesicht von Marie im Badezimmerspiegel sah. Ihre Blicke trafen im Spiegel aufeinander. Nach wenigen Augenblicken der Stille sagte der Onkel: »Später, Marie. Zuerst muss ich dir etwas sagen. Komm, wir gehen hinunter, zu mir in die Kanzlei. Ich habe heute Nacht viel nachgedacht. Ich möchte dir etwas zeigen.«

»Wollt ihr nicht vorher etwas frühstücken?« Nun war auch die Tante aus dem Schlafzimmer gekommen, sie hatte offenbar alles mitgehört.

»Nachher, Anna«, sagte der Onkel entschieden und stieg die Treppe hinab.

Die Gedanken in Maries Kopf überschlugen sich, während sie automatisch dem Onkel nach unten folgte. *Sie* wollte mit ihm über die Briefe reden, und nun wollte *er* sie zuerst mit etwas konfrontieren, und Marie war sicher, dass dieses etwas mit ebendiesen Briefen zu tun hatte. War er in der Nacht, während sie sich in der Kanzlei aufhielt, etwa aufgestanden, um ins Bad zu gehen? Dann hätte er unweigerlich den Lichtschein im Erdgeschoss wahrgenommen. Vielleicht hatte er auch vom Bett aus die helle Umrahmung im Türrahmen bemerkt, die das nach oben gedrungene Licht gezogen hatte. Hatte er sie womöglich gar durch die halboffene Tür beobachtet, während sie in seinen Dokumenten stöberte?

Maries Herz schlug heftig, als der Onkel die Tür zur Kanzlei öffnete und ihr Blick auf den Schreibtisch fiel. Alles lag genauso vor ihr, wie sie es in der Nacht zurückgelassen hatte. Kein einziges Blatt Papier hatte sie auf dem Boden liegen lassen, die Laden waren zugeschoben, nichts deutete auf ihren nächtlichen Besuch hin. Beinahe nichts.

Ihr Blick fiel auf das Fensterbrett neben dem Schreibtisch, auf dem noch immer die ausgebrannte Taschenlampe lag.

Der Onkel steuerte zielbewusst auf den Schreibtisch zu und griff sofort nach dem Kuvert, in das Marie erst vor wenigen Stunden die beiden Schreiben geschoben hatte, genauso zusammengefaltet wie sie sie entnommen hatte.

»Ich möchte, dass du das hier liest«, hörte sie den Onkel mit fester Stimme sagen, während er ihr das Briefkuvert in die Hand drückte. »Ich wollte dich ursprünglich nicht mit diesem Thema belasten, wollte dich schonen, aber das geht wohl nicht und wäre auch nicht der richtige Weg. Ich bin dir gestern ausgewichen, als du mich nach dem Schreiben gefragt hast, und du hast es natürlich bemerkt. Nun habe ich mit Anna darüber gesprochen und sie ist meiner Meinung. Du musst Bescheid wissen.«

Marie fühlte, wie ihr das Blut heiß in den Kopf schoss. Ihre Arme machten sich selbständig und umschlangen den Hals des Onkels, sodass ihr Kopf sich in seiner Nackenmulde verstecken konnte. Zu viele unterschiedliche Gefühle hatten sie mit einem Mal überschwemmt, um den Blickkontakt mit dem Onkel von Angesicht zu Angesicht standhalten zu können: Erleichterung, der Onkel hatte sie nicht entdeckt; Glück, Onkel und Tante schenkten ihr doch ihr Vertrauen; Traurigkeit, über die Verleumdung die der Brief enthielt; Scham, weil sie am Vertrauen des Onkels gezweifelt und sich wie eine Diebin bei ihm eingeschlichen hatte; und dann noch die Hoffnung, die Taschenlampe auf dem Fensterbrett würde dem Onkel nicht auffallen.

»Aber Marie, du brauchst doch nicht so sehr zu erschrecken!« Der Onkel wertete Maries impulsive Umarmung offenbar als Ausdruck von plötzlicher Panik und wiegte das Mädchen in seinen Armen, so wie er es früher immer gemacht hatte, als Marie noch klein war. Diese sanfte Schaukelbewegung hatte sie immer beruhigt, wenn sie eine plötzliche Unruhe oder Angst erfasst hatte. Auch diesmal schienen das Schaukeln und Wiegen nicht ihre Wirkung zu verfehlen: Als Marie sich aus der Umarmung löste war ihr Blick klar und ihre Stimme klang wieder fest und beinahe fordernd: »Erzählst du mir jetzt bitte alles, Onkel?«

»Ja, Marie. Was ich dir nun gleich zum Lesen geben werde, ist der ominöse Brief von gestern. In diesem Schreiben hat mich ein anonymer Verfasser beim Bischof angezeigt. Bitte, Marie, ängstige dich nicht wieder wenn du den Brief liest, es gibt keinen Grund zur Angst, denn diese ungeheuerliche Anklage ist, wie du selbst gleich erkennen wirst, nichts als eine ganz gemeine Lüge. Und eine Lüge müssen wir zwar mit allen Mitteln bekämpfen, aber wir brauchen und dürfen uns auch niemals vor ihr fürchten.«

»Ich habe keine Angst«, sagte Marie und nahm den Brief entgegen.

Sie heftete ihren Blick erst auf das offizielle Schreiben des Bischöflichen Amtes, danach auf die Handschrift des Freundes des Onkels. So lange sah sie nicht von den Briefen hoch, bis sie glaubte, die Zeit müsse vergangen sein, die sie gebraucht hätte, um die Briefe tatsächlich zu lesen. Wort für Wort waren die Zeilen dieser Briefe in ihr Gedächtnis eingraviert, sie brauchte sie nicht noch einmal nachzulesen.

»Was machen wir nur mit diesem Steinmetz?«, war alles, was Marie sagte, während sie die Papierbögen, diesmal ohne sie zusammenzufalten, auf den Schreibtisch legte.

»Der Steinmetz. Ja, dieser Mensch ist ein Problem.«

»Ein Problem? Onkel, dieser Mensch ist ein ... ein Drecksack, ein verlogenes Schwein.«

»Marie, glaub mir, ich verstehe deinen Zorn, in mir drinnen bin ich ja ähnlich wütend wie du. Aber Böses soll niemals mit Bösem vergolten werden, Böses lässt sich auch durch Böses niemals zum Guten wenden, das ist doch der Grundsatz des Christentums! Aug um Zahn,

Zahn um Zahn, das gehört zum Alten Testament, Jesus aber hat gesagt …«

»Ich weiß schon«, unterbrach Marie den Onkel, »du hast es ja schon so oft gepredigt, das Bibelzitat mit den Wangen und das mit der Liebe zu den Feinden. Aber dem Steinmetz halte ich sicher nicht meine rechte Wange hin, wenn er mich vorher auf die linke geschlagen hat, und das darfst auch du nicht zulassen, Onkel, auch du darfst dich von ihm nicht schlagen lassen, auch nicht mit Worten, schon gar nicht mit Verleumdungen. Das würde auch Jesus nicht wollen.«

»Marie, was Jesus will, darüber können wir beide sicher keine wahrhaftige Aussage machen. Aber eines ist gewiss: Er will nicht Hass sondern Liebe, er *ist* die Liebe, dessen dürfen wir sicher sein. Nur ist es so, dass die Wege, die Jesus' Liebe geht, wir Menschen oft nicht erkennen können, oder erst viel später.«

»Onkel, du predigst schon wieder! Und ich glaube, dass du damit beim Steinmetz nicht ankommst, sonst wäre er doch schon längst ein guter Mensch geworden, nach so vielen Gottesdienstbesuchen, in denen er doch genügend Lesungen und Evangelien und vor allem deine Predigten gehört hat.«

Der Onkel musste lächeln. »Weißt du wie du mir jetzt gerade vorkommst?«

»Wie wer?«

»Wie der Paul, der Onkel Paul.«

Jetzt musste auch Marie lachen, weil sie sich an die vielen Gespräche erinnerte, die sie oft mit angehört hatte, und in denen Onkel Paul den Onkel in seiner fraglos gelebten Nächstenliebe in Frage gestellt hatte. *Du kannst nicht immer Pfarrer sein, du bist auch Mensch.* An diesen Satz, der beim Onkel nur ein Kopfschütteln zur Reaktion gehabt hatte, konnte sich Marie genau erinnern.

»Ich bin froh dass du nun alles weißt«, sagte der Onkel abschließend und erhob sich. »Du wirst sehen, alles wird gut.«

Marie wollte nicht widersprechen, auch wenn sie gar nicht so überzeugt war wie er. Und jetzt erinnerte *sie* sich an einen Ausspruch von Onkel Paul, den er des Öfteren tätigte, immer dann nämlich, wenn er mit dem Gott überlassenen Lauf der Dinge uneins war und der Onkel dennoch von einem guten Ausgang überzeugt war, weil doch die Wahrheit und Gerechtigkeit am Ende immer siegen würden.

Dein Gottvertrauen möchte ich haben. Das war Onkel Pauls Spruch bei solchen Gelegenheiten.

»So, und jetzt geh ins Bad und zieh dich an«, sagte der Onkel und seine Stimme klang gelöst, »dann frühstücken wir alle gemeinsam.«

Als Marie nach der Morgentoilette in ihr Zimmer ging, um sich anzuziehen, blieb ihr Blick auf ihrem Bett haften: Die Taschenlampe, die sie noch vor wenigen Minuten auf dem Fensterbrett in der Kanzlei gesehen hatte, lag nun auf den Kleidungsstücken, die sie sich vor ihrem Besuch im Badezimmer zum Anziehen zurecht gelegt hatte.

Lächelnd nahm sie die Taschenlampe und brachte sie in den Sicherungskasten im Vorzimmer zurück. Noch heute würde sie eine neue Batterie einlegen.

Der heiße Südwind hatte Schönbodens Straßen menschenleer gefegt. Dafür wirbelten Staubwölkchen, Papierfetzen und allerlei kleines Geäst samt Blättern, die der Sturm von den Bäumen gerissen hatte, durch die Luft.

Marie wartete im Freien auf Michael, gerade so weit von der Hauswand entfernt, dass der Wind sie ungehindert erfassen konnte. Sie liebte es, die kräftigen Luftberührungen auf der Haut zu spüren, früher hatte sie immer gedacht, dass der Wind, wenn er nur heftig genug wehte, sie hochheben und forttragen könnte, genauso wie die Blätter. Vor ein paar Jahren hatte sie während eines Sturms sogar versucht, mit Hilfe eines aufgespannten Regenschirms vom Boden abzuheben, denn der Wind hätte ja – so jedenfalls hatte Marie sich das damals vorgestellt – durch den Stoff eine größere Angriffsfläche. Aber einzig und allein die Schienen des Schirms hatten sich nach oben gewölbt, der Bezug hatte sich an ein paar Stellen aus den Scharnieren gelöst und war himmelwärts geflattert. Maries Füße waren fest am Boden kleben geblieben.

Nun dachte Marie nicht ans Fliegen im Wind. Sie dachte an Michael. Und da kam er auch schon.

»Fahren wir Schwimmen?«, fragte er, während er direkt vor ihr das Fahrrad abrupt zum Stehen brachte und sie mit einem Arm an sich und das Rad, von dem er nicht abgestiegen war, heranzog. Dann spürte sie auch schon seine Lippen auf den ihren. Vom Fahrtwind ausgetrocknet und rau.

»Deine Lippen kratzen heute«, sagte Marie und ließ ihre Zunge sanft über Michaels Mund gleiten.

»So kratzen sie bald nicht mehr«, lachte Michael und zog Marie noch näher an sich heran.

»Ja, fahren wir los«, sagte Marie und holte das Fahrrad, das an der Mauer des Pfarrhofs lehnte.

»Das Dorf gehört uns!« rief Michael, dem Schönboden während der Fahrt durch die leeren Straßen ebenfalls wie ausgestorben erschien. Viele der hölzernen Fensterbalken waren geschlossen, und in den geöffneten Fenstern flatterten Vorhänge wie bunte Fahnen.

»Die *Welt* gehört uns!« rief Marie Michael zu, der ihre Erwiderung jedoch nicht verstehen konnte, weil der Wind den Schall verschluckte.

»Was?«, fragte er nach.

»Nicht so wichtig«, antwortete Marie, die befand, dass man eine Feststellung wie die ihre von vorhin nicht wiederholen sollte. Manches sagt man eben nur einmal.

Marie fiel auf, dass ihr die Strecke vom Pfarrhaus zum Grünbachteich umso kürzer erschien, je öfter sie sie auf dem Fahrrad zurücklegte. Alles flog nur so an ihr vorbei, das Gemeindeamt, die Tabaktrafik mit den Zigarettenautomaten, der Kirchenwirt und der Brunnen, das Feuerwehrgebäude, der Löschteich und die Schottergrube. Wie ein flüchtiges Bühnenbild kam ihr Schönboden vor, eine bewegliche Kulisse, die eine unsichtbare Hand blitzschnell an ihr vorbei zog.

Je langsamer sie nun den Wiesenweg entlang des Grünbachs fuhren, umso greifbarer wurde die Szenerie wieder. Die Grashalme berührten beim Treten die Füße, und wenn Marie einhändig fuhr, konnte sie die freie Hand während der Fahrt über die Ähren des schon kniehohen Weizens gleiten lassen.

Wie immer waren sie die Einzigen am Teich. Michael breitete die mitgebrachte Decke aus. Marie nahm Handtuch und Badeanzug vom Gepäckträger ihres Fahrrads.

»Du brauchst keinen Badeanzug. Hier ist doch kein Mensch«, sagte Michael und zog sich Hemd und kurze Hose aus.

»Dann kannst du aber auch nackt baden«, lachte Marie mit Blick auf Michaels Unterhose, die er noch anbehalten hatte.

»Ja«, sagte er, und streifte sich das letzte Stück Stoff vom Körper. Er nahm Marie an der Hand und zog sie mit in den Teich.

»Einen Platz wie diesen gibt es wohl in der Stadt nicht«, seufzte Marie, die nun wie ein Frosch auf Michaels Rücken lag, die Arme um seinen Hals geschlungen. Die Beine bewegte sie synchron zu Michaels Schwimmzügen.

»Nein, einen solchen Platz gibt es nicht. Aber es gibt andere Plätze, die dir gefallen werden. Ich kann dir alles zeigen. Und hierher, hierher können wir immer wieder zurückkehren. Hast du jetzt schon mit deinen Leuten über das Internat gesprochen? Oder glauben sie immer noch, dass du täglich hin und her pendeln wirst? Ach Gott, Marie, du musst dich unbedingt so schnell wie möglich um einen Internatsplatz kümmern, sonst kommst du dort trotz der Beziehungen des Pfarrers nicht mehr unter, weil du zu spät dran bist.«

»Die Tante ahnt schon, dass ich weggehe. Und mit dem Onkel rede ich demnächst über das Internat.« Marie schwang sich mit einem Ruck von Michaels Rücken. »Aber für dieses Gespräch werde ich noch den 27. Juli abwarten.«

»Warum? Was hat der 27. Juli damit zu tun?«

Sie stiegen aus dem Wasser und setzten sich auf die Decke. Der Wind trocknete ihre Haut.

»Michael, der Steinmetz ist ein derart gemeines und hinterhältiges Schwein!«, brach es aus Marie hervor, bevor sie in der Lage war, Michael die ganze Geschichte mit der bevorstehenden Pastoralvisite und den beiden Schreiben an den Onkel – dem offiziellen Brief des Bischöflichen Amtes sowie dem beigefügten Schreiben des Freundes – mitzuteilen. Von ihrer nächtlichen Durchsuchung der Kanzlei des Onkels erzählte sie ihm nichts. Das sollte ihr Geheimnis bleiben – und das des Onkels.

»Du sagst ja gar nichts!« Als Marie mit ihren Ausführungen zu Ende war, blickte sie in ein Gesicht, in dessen Ausdruck sie nur Fassungslosigkeit entdecken konnte. Erst langsam verwandelte sich seine Starre in Empörung. Sein ganzer Körper schien zu vibrieren und sich mit Kraft und Energie aufzuladen, Energie, die wohl nötig war, um den Pfarrer, aber vor allem um Marie vor dem Steinmetz zu schützen. Um diesen Menschen endlich auffliegen zu lassen mit all seinen Gemeinheiten.

»Ich lass mir etwas einfallen, Marie. Das verspreche ich dir! Diesen Sonntag, den 27. Juli, wird der Steinmetz nie mehr in seinem Leben vergessen!«

»Wir haben aber nicht mehr viel Zeit bis dahin, Michael«, warf Marie ein, die keine Vorstellung davon hatte, was in Michaels Kopf vorging und welche Pläne sich dort abzeichnen würden, und ob diese Pläne überhaupt realisierbar wären. Eigentlich, ja, eigentlich würde nur Marie selbst die Situation ein für alle Mal klarstellen können, nämlich an diesem 27. Juli, in Anwesenheit dieses bischöflichen Gesandten. Diese Gewissheit kristallisierte sich für Marie immer mehr heraus.

Sie waren beide in Gedanken versunken, als sie mit der schrägen Abendsonne im Rücken heimwärts radelten.

»Holst du mich morgen wieder ab?«, fragte Marie zum Abschied, wissend, dass die Frage überflüssig war.

»Wir werden das alles hinbekommen, und der Steinmetz wird sich nicht mehr unter die Leute trauen, das schwör ich dir«, sagte Michael anstelle einer Antwort auf Maries Frage. Seine Augen blickten in die Zukunft.

Liebe Brüder und Schwestern im Herrn! Liebe Gemeinde!

Marie überblickte von der Empore aus beinahe den gesamten Kirchenraum. So sah sie auch, wie der Onkel den Blick von der Kanzel herab von einem zum anderen wandern ließ, von der ersten Reihe bis zur letzten und dann noch hinauf zum Kirchenchor, wo er auch den Steinmetz streifte. Der Steinmetz war nach nur zwei Wochen nach der Abmahnung des Schuldirektors wie selbstverständlich und als ob rein gar nichts vorgefallen wäre wieder bei den Chorproben erschienen. Niemand hatte den Vorfall angesprochen, auch nicht Direktor Kalteis.

Solange nahm sich der Onkel mit dem ersten Satz seiner Predigt Zeit, bis er die Aufmerksamkeit aller Anwesenden durch den Blickkontakt wie durch unsichtbare Fäden an sich geheftet hatte und eine beinahe unerträgliche Spannung den Raum erfüllte. Marie atmete tief durch, als sie den Onkel endlich reden hörte:

Wie jeden Sonntag spreche ich auch heute wieder von der Kanzel zu euch, um das Wort Gottes in die Mitte unseres Lebens zu stellen. Doch ist dies für mich nicht eine Predigt wie jede andere, denn diesmal befinde ich mich selbst in einem Ausnahmezustand, einer Situation der persönlichen Betroffenheit, die es mir nicht leicht machen wird, die gewählte Thematik – Liebe und Vergebung – mit der nötigen inneren Distanz und konzentriert auf das einzig Maßgebliche, das Wort der Bibel, zu durchdringen.

Ich spreche heute demnach nicht nur als Priester zu euch, sondern vielmehr als Mensch, der wie wir alle mit Gefühlen wie Ohnmacht und Wut, Groll, Zorn, und ja, sogar Hass zu kämpfen hat. Dabei sollten wir Christen doch die Liebe zu unserem Nächsten, wer immer das auch sein mag und was immer er uns auch angetan hat, zum Maß unseres Denkens und Handelns machen, auch wenn unsere unmittelbaren Gefühle einer ganz anderen Dynamik folgen. Ist dieser Spagat zwischen menschlichem Bedürfnis nach Vergeltung und dem göttlichen Gebot der bedingungslosen Nächstenliebe überhaupt machbar? Und können wir diese Forderung Gottes überhaupt verstehen und ihr nachkommen? Wo bleibt die Gerechtigkeit?

Den Weg der bedingungslosen Liebe zu gehen, so wie Jesus es uns vorgelebt hat und es auch von uns verlangt, ist eine harte Herausforderung und scheint in Situationen, in denen uns selbst oder unseren Liebsten Böses zugefügt wurde, beinahe unmöglich und ist, ohne Gottes Rückenstärkung, wohl für keinen von uns gangbar. Unser menschlicher Instinkt strebt nun einmal nach Wiedergutmachung und Bestrafung des Übeltäters, weil nur das uns Irdischen als gerecht erscheint und Genugtuung verspricht. Doch Jesus fordert etwas ganz anderes ein: Vergebung statt Vergeltung.

Liebe Gläubige, es ist auch kein Zufall, dass ich heute, an diesem 27. Juli, die Wichtigkeit, nein, die Notwendigkeit von Gnade und Vergebung zum zentralen Thema meiner Predigt mache, genauso wenig wie es kein Zufall ist, dass wir erneut Besuch aus Sankt Pölten haben, nur wenige Wochen nach der letzten bischöflichen Visite.

Wieder hielt der Pfarrer in seiner Rede inne, und diesmal schien es Marie, als ob die Köpfe der Gottesdienstbesucher sich alle auf einmal von links nach rechts drehten. Hatten die Gläubigen gerade noch den Blick auf die Kanzel hinauf zum Onkel gerichtet gehabt, so schauten sie nun allesamt auf einen anderen Mann: den ungebetenen Gast, den der Onkel Monsignore genannt hatte und der rechtzeitig vor dem Gottesdienst in Schönboden eingetroffen war. Nun zelebrierte dieser Mann gemeinsam mit dem Onkel die Messe. Jetzt, während der Onkel predigte, saß er auf dem dunkelrot gepolsterten Hocker an der Wand am rechten Rand des Altars, die gefalteten Hände im Schoß ruhend, die Augen halb geschlossen, reglos und scheinbar unberührt von den Worten des Onkels sowie den Stimmungen und Vorgängen in seiner unmittelbaren Umgebung. Marie hatte es sogar einen Augenblick lang für möglich gehalten, dass er eingenickt war, aber ein leichtes Zucken der Schultern und die nur halb geschlossenen Augen deutete sie als Zeichen seines Wachseins.

Nun galt Maries volle Konzentration wieder den Worten des Onkels, als er fortfuhr:

Ich habe eingangs bereits erwähnt, dass ihr mich heute nicht nur als euren Pfarrer vor euch seht, sondern vor allem als Mann, dem das Wohl seiner allernächsten Menschen von größter Bedeutung ist. Und meine allernächsten Mitmenschen sind, wie ihr alle wisst, Anna Forsthuber, meine langjährige Lebensbegleiterin, und Marie Muth, die mir wie eine eigene Tochter ans Herz gewachsen ist. Nun, um diese beiden sorge ich mich genauso wie ihr euch vermutlich um eure Familien sorgt, und in mir macht sich Groll und Zorn und auch der Wunsch nach Vergeltung breit, sobald jemand in irgendeiner Form auch nur versucht, diesen beiden Menschen etwas anzutun.

In der Hitze solch innerer nur schwer beherrschbarer Empörung bleibt auch mir nur übrig, Gott um seinen Beistand und seine Gnade zu bitten, sodass ich nicht von Hass und Rachsucht geleitet werde, sondern den richtigen, den wahrhaftigen Weg einzuschlagen vermag.

In der Bibel ist viel von Vergebung die Rede. So schreibt etwa Paulus: »Ertragt einander und vergebt euch gegenseitig, wie auch der Herr euch vergeben hat, so vergebt auch ihr!« Wir sollen vergeben, wie Gott uns vergeben hat. Die Frage ist nur: Wie vergibt Gott? Nun: Im Buch Jesaja, Kapitel 43 sagt Gott: »Ich, ich bin es, der deine Verbrechen auslöscht um meinetwillen, und deiner Sünden will ich nicht gedenken.« »Ich will Deiner Sünde nicht mehr gedenken«, sagt Gott. Das führt mich zur Annahme, nein, zur Gewissheit, dass Vergebung ein Akt des Willens und nicht in erster Linie eine Frage des Gefühls ist.

Jesus sagt uns auch, wie wir letztendlich mit Sündern umgehen sollen: »Wenn aber dein Bruder sündigt, so geh hin, überführe ihn zwischen dir und ihm allein! Wenn er auf dich hört, so hast du deinen Bruder gewonnen. Wenn er aber nicht hört, so nimm noch einen oder zwei mit dir, damit aus zweier oder dreier Zeugen Mund jede Sache bestätigt werde! Wenn er aber nicht auf sie hören wird, so sage es der Gemeinde; wenn er aber auch auf die Gemeinde nicht hören wird, so sei er dir wie der Heide und der Zöllner!«

Wieder legte der Onkel eine Pause ein, den Blick nun zum Kirchenfenster erhoben, und Marie hatte das Gefühl, dass er in den leuchtenden Farben der Glasmalerei die Antwort darauf zu finden hoffte, ob es denn rechtens wäre, jetzt auch noch die Brücke vom Sünder in der Bibelstelle zu seinem persönlichen Widersacher zu schlagen. Für Marie gab es keinen Zweifel daran, dass der Onkel mit dem zurechtzuweisenden Sünder auf keinen anderen als den Steinmetz anspielen konnte. Und der stand nun direkt vor der Dreiergruppe der Sopranistinnen, mit dem Rücken zu Marie. Die am Hemdkragen anstoßenden Nackenhaare klebten aneinander, und unter der Achsel sah das Mädchen zwei Schweißflecken, die sich von Sekunde zu Sekunde zu vergrößern schienen. Auch mitten am Rücken nahm Marie einen länglichen feuchten Fleck auf dem weißen Hemd wahr.

Der Onkel erwähnte ihn mit keinem Wort, er schaute nicht einmal in Richtung der Empore, als er das Thema der Vergebung erneut aufgriff:

Wenden wir uns wieder der Macht der Vergebung zu. Wie wir aus dem Matthäusevangelium erfahren, bewegte selbst Petrus die Frage, wie oft er denn einem Menschen, der ihm Schaden zugefügt hatte, vergeben müsse. Der Apostel wendet sich mit folgender Frage an Jesus: »Herr, wie oft muss ich denn meinem Bruder, der an mir sündigt, vergeben? Genügt es siebenmal?« Und Jesus antwortet ihm: »Ich sage dir: nicht siebenmal, sondern siebzigmal siebenmal.«

Aber, liebe Brüder und Schwestern, wie ist diese Vergebung, die wir gemäß dem Wort Jesu unendlich oft ge-

währen müssen, nun wirklich zu verstehen? Ich denke, dass es zu diesem Thema auch irrige Vorstellungen gibt. Vergebung kann niemals die Rechtfertigung von Schuld sein. Unrecht bleibt Unrecht und wird durch Vergebung nicht gutgeheißen. Vergebung kann auch nicht Vergessen heißen. Auch seelische Verletzungen hinterlassen bleibende Narben, die uns immer wieder an das Geschehene erinnern werden. Etwas vergeben heißt auch nicht etwas entschuldigen. Genau da setzt doch die Vergebung ein, wenn etwas nicht wieder gut gemacht werden kann. Und zuletzt heißt Vergebung auch nicht automatisch Versöhnung. Denn ob Vertrauen wieder wachsen kann und somit Versöhnung möglich wird, hängt hauptsächlich auch vom Verursacher der Verletzung ab.

Marie erschrak, als der Steinmetz bei dem Wort »Verursacher« unvermittelt soweit zurückwich dass sein strenger Geruch ihr direkt in die Nase stieg. Als sie in den Kirchenraum hinunterschaute wusste sie auch, weshalb der Steinmetz sich so abrupt zurückbewegt hatte: Es war nicht nur Onkel Paul, der sich von seinem Platz im rechten vorderen Teil der Kirche erhoben und sich umgedreht hatte, weg vom Altar, und den Blick hinauf auf die Empore gerichtet hatte, nein, seinem Blick folgten viele andere, die offenbar intuitiv den vom Pfarrer angesprochenen *Verursacher* nun auch auf der Empore wähnten.

Nun hörte Marie auch schon Michaels hitzige Stimme ganz nah an ihrem Ohr: »Soll ich jetzt?«, fragte er, die Finger schon am Verschluss der Aktentasche, um sie öffnen. »Nein«, sagte Marie bestimmt, »es wird nicht nötig sein. Er hat auch so verstanden. Und die anderen ebenfalls. Und mit dem Monsignore werde ich selbst nach dem Gottesdienst reden.«

Liebe Gläubige, aber Eines ist gewiss,

Nun folgte Marie wieder der Stimme des Onkels, der die kollektive Unruhe in den Reihen der Kirche einfach überging und unbeirrt in seiner Ansprache fortfuhr:

wir alle sind Sünder und bedürfen der Vergebung, und wenn wir nicht selbst durch Gottes Gnade Vergebung erfahren, sind auch wir nicht in der Lage unseren Mitmenschen zu vergeben. Brüder und Schwestern im Glauben, auch wenn uns das Verzeihen in der jeweiligen Situation noch so schwer fällt, so ist es doch letzten Endes für unser ureigenes Wohl und Seelenheil unerlässlich, denn nur durch die Vergebung werden auch wir wieder frei und können uns von den Fesseln lösen, die uns bis dahin unweigerlich an unseren Widersacher ketten. Deshalb beten wir zu unserem Herrn, so wie Er uns im Vaterunser zu beten gelehrt hat: »Vergib uns unsere Schuld, wie auch wir vergeben unseren Schuldigern.«

Nun sah Marie, wie sich der Geistliche aus Sankt Pölten von seinem Hocker an der Wand erhob und ein lautes und deutliches AMEN von sich gab. Marie war nicht ganz sicher, ob der Onkel tatsächlich die Predigt mit dem Vers aus dem Vaterunser beenden wollte, jedenfalls vermeinte sie in seinem Gesicht ein befreites Lächeln zu erkennen, als er die Stufen von der Kanzel hinunter und zurück zum Altar schritt. Für die Gottesdienstbesucher ein Zeichen, sich zum gemeinsamen Gebet von ihren Plätzen zu erheben.

»Wollen wir nun gemeinsam unseren Glauben bekennen«, hörte Marie kurz darauf den Onkel sagen, und dann vernahm sie beide Stimmen – die des Monsignore und die des Onkels – im Gleichklang das Glaubensbekenntnis anstimmen, bevor der Chor der Gemeinde in das Gebet einfiel.

So sehr hatten die Geschehnisse im Kirchenraum Maries Aufmerksamkeit beansprucht, dass sie nicht bemerkt hatte, was in ihrer unmittelbaren Nähe inzwischen vorgefallen war. Erst als ihr Blick auf die dunkelblaue Anzugjacke fiel, die über dem Geländer der Empore hing, bemerkte sie, dass der Steinmetz verschwunden war.

»Er hat sich davon geschlichen«, flüsterte ihr Michael zu, »hast du das nicht gesehen? Aber sein Sakko hat er in seiner Panik vergessen.« Er warf Marie einen vielsagenden Blick zu, öffnete seine Aktentasche und zog einen der vielen Flugzettel heraus, deren Aufschrift Marie auswendig kannte. Alle Gottesdienstbesucher hätten nach Michaels ursprünglichem Plan in den Besitz eines solchen Flugblattes kommen sollen. Alle hätten dann von dem anonymen Brief und den böswilligen Unterstellungen des Steinmetz erfahren – schwarz auf weiß.

Nun verließ nur einer der Zettel die Aktentasche. Michael steckte ihn in die Innentasche des vergessenen Sakkos. »Er wird sich die Jacke sicher abholen, sobald niemand mehr in der Kirche ist, und dann wird er unweigerlich den Zettel finden. Marie, und das Gute ist, er wird niemals wissen, wer noch im Besitz solcher Zettel ist. Es könnte jeder sein, jeder hier in Schönboden.«

Ein Orgelakkord erfüllte den Raum, er war der Auftakt zum nächsten Chorgesang. »Nun danket alle Gott«, begannen Sopran und Alt, bevor der Tenor dazu stieß. Marie fand, dass sich das Lied auch ohne die Bassstimme des Steinmetz heute schön anhörte – vielleicht nicht so voll im Klang, dafür heller.

Marie wartete vor dem Pfarrhaus. Es konnte nicht mehr lange dauern, bis der Onkel mit dem Monsignore von der Sakristei herüberkommen würde, und dann würde sie den bischöflichen Abgesandten einfach um ein

Gespräch bitten, sie wusste genau, was sie ihm sagen würde.

Als erster kam jedoch Onkel Paul auf sie zu, der ebenfalls zum Mittagessen im Pfarrhof eingeladen war.

»Mariechen!«, rief er ihr schon von Weitem zu, »Sag mal, ist der Steinmetz während der Messe abgehaut? Ist ihm die Angelegenheit gar zu heiß geworden? Jedenfalls war er auf einmal weg!« Onkel Paul schien zufrieden.

»Ja«, antwortete Marie und wollte ihm schon die Sache mit dem vergessenen Sakko und den von Michael angefertigten Flugblättern erzählen, als sie den Onkel mit dem Monsignore kommen sah.

»Ich muss dir später noch was erzählen, Onkel Paul, aber zuerst möchte ich mit dem Sankt Pöltner reden.«

»Ja, das ist gut«, sagte Onkel Paul und ging schon einmal vor in den Pfarrhof.

»Du bist also Marie«, sagte der Monsigore und ergriff Maries Hand, die sie ihm entgegenstreckte. »Schön habt ihr gesungen, wirklich schön«, fügte er hinzu und lächelte sie an, »auch wenn euch zum Schluss der Bass abhandengekommen war.«

Er hatte es also bemerkt. Dass der Monsignore selbst – vielleicht auch nur unbewusst – so schnell direkt zum Thema kommen würde, hatte Marie nicht erwartet. Es war ihr nur recht.

»Monsignore«, ergriff sie die Gelegenheit, »ich muss mit Ihnen sprechen. Geht das?«

»Ja bitte. Worum geht es denn?«

»Sie haben ihn gerade selbst erwähnt, den Mann um den es geht, den mit der Bassstimme, der die Kirche vor Ende des Gottesdienstes verlassen hat.«

»Wollen Sie mich einen Augenblick alleine mit Ihrem Schützling lassen, Herr Pfarrer?«, wandte sich der Monsignore an den Onkel.

»Das ist nicht notwendig. Es gibt keine Geheimnisse zwischen uns«, kam Marie dem Onkel mit einer Antwort zuvor.

»Das stimmt«, sagte der Onkel. »Ich werde euch dennoch kurz alleine lassen, ein Gespräch unter vier Augen hat immer auch seine eigenen Qualitäten. Und im Übrigen wollte ich ohnehin Anna bei den letzten Vorbereitungen zum Mittagessen unterstützen.« Mit diesen Worten verschwand er im Haus.

»Ich weiß, warum Sie hier sind«, begann Marie ohne Umschweife, »und ich weiß auch, wer hinter allem steckt. Ich meine, ich weiß, wer dahinter steckt, dass wir nach erst so kurzer Zeit erneut eine Visite aus Sankt Pölten haben. Und dass das, was dem Pfarrer in Bezug auf mich vorgeworfen wird, eine ganz gemeine Lüge ist, das kann ich beschwören.«

Der Monsignore seufzte und sah Marie lange an. »Das beschwörst du also«, meinte er schließlich. »Du brauchst deine Worte nicht durch einen Schwur zu bekräftigen, um sicher zu gehen, dass ich dir glaube. Als Kinder Gottes sollen wir immer die Wahrheit reden und dabei sollte es keiner zusätzlichen Bekräftigung bedürfen. Im Brief des Paulus an die Epheser heißt es ganz deutlich: *leget die Lüge ab und redet die Wahrheit, ein jeglicher mit seinem Nächsten,* und dafür, mein Kind, brauchen wir keinen Schwur.«

»Der Pfarrer ist wie ein Vater zu mir«, unterbrach Marie den Monsignore entschieden, weil sie in den Ausführungen des Priesters schon eine ganze Predigt auf sich zurollen sah und sie unter keinen Umständen vom konkreten Thema ihres Gesprächs abweichen wollte. Keinen Millimeter. »Die gegen ihn erhobenen Vorwürfe sind einfach nur gemein, eine ganz böse Lüge sind diese Behauptungen!«

Sogar während sie mit dem Monsignore redete, bahnte sich die Wut auf den Steinmetz ihren Weg.

»Beruhige dich doch, Kind!«, sagte der Abgesandte schließlich, ich habe doch gar nicht gesagt, dass wir diesem …«, er stockte bevor er den Satz zu Ende führte »diesem anonymen Schreiben Glauben schenken, wir müssen nur allen Anschuldigungen nachgehen, das ist unsere Pflicht.«

Marie war zwar etwas erleichtert darüber, dass der Monsignore im Punkt des anonymen Briefs nicht lange um den heißen Brei herum redete, sondern seiner letzten Äußerung nach bereit war, offen mit ihr zu sprechen, aber die Sache schien ihr noch lange nicht ausgestanden. Bevor sie nicht Gewissheit hatte, dass der Mann ihr auch wirklich voll und ganz glaubte und er dafür sorgen würde, dass der untadelige Ruf des Onkels auch in Sankt Pölten wieder hergestellt werden würde, konnte Sie den Monsignore nicht aus der Pflicht lassen.

»Aber Sie sind trotzdem hierhergekommen«, sagte Marie, »und das bedeutet, dass Sie all das zumindest für möglich gehalten haben, was Ihnen der Steinmetz auf so feige Art hat zukommen lassen.« Marie hatte es nicht mehr für nötig befunden, den Namen des Steinmetz zu verschweigen.

»Ist dieser Steinmetz der Kirchenflüchtling? Die fehlende Bassstimme?«

»Ja.«

»Ist er der Verfasser des anonymen Briefes?« Er kombinierte richtig und nun kam Marie dieser Mann auch gar nicht mehr so verkorkst oder gar unangenehm vor.

»Ja, ganz sicher.«

»Es wird Gründe geben, weshalb du so sicher bist. Gibt es denn Beweise dafür?«

»Ja, die gibt es.«

»Willst du sie mir mitteilen?«

»Das kann ich nicht. Denn dann würde auch ich jemanden verraten. Und in der Bibel steht« – Marie erinnerte sich unvermittelt an einen Vers, den der Onkel mit Vorliebe zitierte: *»So ist auch die Zunge ein kleines Glied und richtet große Dinge an …«*

»… Sie befleckt den ganzen Leib und zündet die ganze Welt an und ist selbst von der Hölle entzündet«, führte der Monsignore das Bibelzitat zu Ende. »Ja, so steht es im Jakobusbrief, Marie, dein Ziehvater hat ganze Arbeit geleistet. Respekt!«

»Ich habe sehr viel von ihm gelernt. Und auch von der Tante, der Frau Forsthuber.«

»Ihr seid wohl eine richtige kleine Familie!«, sagte der Monsignore nun und Marie spürte, dass sie ihn gerade für sich gewonnen hatte. Das Bibelzitat hatte sicher das Seinige dazu getan. Die gar nicht kirchengefällige Rolle, die die Tante in dieser »Familie« und speziell im Bezug zum Onkel spielte, schien ihn nicht weiter zu bekümmern.

»Was ich dich noch fragen wollte, Marie«, seine Stimme klang nun beinahe komplizenhaft, »haben sich Steinmetz' bösartige Anwandlungen nur euch gegenüber Luft gemacht oder gibt es in eurem Dorf noch andere … wie soll ich sagen, andere von ihm Geschädigte?«

»Da gibt es viele!« entfuhr es Marie spontan. »Sie hätten einmal eine einzige Unterrichtsstunde von ihm erleben sollen! Er hat uns alle mit seiner Unberechenbarkeit gequält und vor seinen Wutausbrüchen haben die meisten schreckliche Angst gehabt. Wenn er betrunken war, hat es für ihn gar keine Grenzen mehr gegeben, da ist er auch über die Angehörigen seiner Schülerinnen hergezogen. Und dann hat es eben diese eine Stunde gegeben …«

Marie unterbrach sich selbst mitten im Satz, weil sie überlegte, ob sie den Monsignore auch darüber unterrichten sollte. Aber es schien ihr nichts dagegen zu sprechen. Im Gegenteil. Ihm von dieser Unterrichtsstunde, die die Abmahnung des Steinmetz durch Direktor Kalteis zur Folge gehabt hatte, in Kenntnis zu setzen, konnte nur zu mehr Verständnis seinerseits führen.

»Das erklärt Vieles«, kommentierte er Maries Schilderungen. »Dann war sein Schreiben also nichts anderes als ein Produkt von Rachegelüsten. Und deshalb hat dieser Unglückselige auch die Kirche fluchtartig verlassen, als er sich von den anderen Kirchenbesuchern erkannt und ertappt gefühlt hat. Aber noch etwas wollte ich dich fragen, Marie: Ihr habt doch hier in Schönboden nur eine Hauptschule und die hast du, wie ich gehört habe, heuer abgeschlossen. Willst du nicht eine höhere Schule besuchen?«

»Doch.« Marie wunderte sich über das Interesse, das nun ihr persönlich galt. »Ich werde im Herbst ins Gymnasium in der Stadt gehen, mein Freund ist schon seit drei Jahren dort.«

»Dein Freund? Du hast schon einen Freund? Ist das nicht noch etwas früh?«

»Nein«, sagte Marie und spürte, dass das Gespräch jetzt enden konnte. »Wollen wir hineingehen? Die Tante wartet bestimmt schon mit dem Mittagessen.«

»Ja, gehen wir«, antwortete der Monsignore, »aber ich werde nicht zum Essen bleiben, ich habe am Nachmittag schon wieder einen Termin. Aber ich möchte mich noch von allen verabschieden und mich bedanken.«

2 + 9 = Gelb + Rot = Orange.

Mit einem Ruck setzte sich Marie auf. Nein, sie träumte nicht! Auch wenn der Schlaf sie schon so oft in bunte Traumwelten versetzt hatte, in dieser Nacht war sie hellwach, während Zahlen, scheinbar in Farbtöpfe getaucht, in ihrem Kopf nur so herum tanzten. Die 2 tanzte in Gelb, die 9 in Rot.

Orange sollte also die Farbe des Aufbruchs sein. Vom August waren nur noch 2 Tage übrig, und für den 9. September war der Einzug in ihr Internatszimmer vorgesehen. Der Onkel hatte alles rechtzeitig in die Wege geleitet.

Es war die Nacht vor dem vorletzten Augusttag. Nicht nur die Zahlen, die den bevorstehenden Wechsel ihrer Lebensumstände unwiderruflich aufzeigten, wirbelten wild durch ihre nächtlichen Gedanken, sondern ihr gesamtes bisheriges Leben, aufgesplittert in die einzelnen Bruchteile, drängte unaufhaltsam an die Oberfläche des Bewusstseins:

Die ersten Lebensjahre, noch wolkenweiß, schwebend, ohne Beginn, doch früh schon der Schnitt mit silberner Klinge. Die Ablöse nachtblaue Haltlosigkeit.

Das Kinderheim. Graue Bewusstlosigkeit, durchzogen von Fieberkurven, grellrot und spitz. Dazu kalter Geruch nach Mottenkugeln.

Die Högers, eine Hölle aus Feuer und Eis, Verbrennung und Erfrierung zugleich. Der Geruch nach Rasierwasser, Übelkeit und Blut. Erbrechen und Ohnmacht und rundherum Nacht.

Die Erinnerungsfetzen an jene Jahre bei den Zieheltern ließen Marie auffahren. Sie sprang geradezu aus dem Bett, um dieser Schwärze zu entkommen. Wenn der Körper sich wegbewegte, so wäre es bestimmt auch für die Gedanken leichter, sich aus der Starre zu lösen und weiter zu fließen, einfach weiter, Hauptsache weg von den Högers.

Ein grauer Streifen am Horizont ließ das Herannahen des Morgens erahnen. Durch das geöffnete Fenster drang kühle Luft, doch Marie fror nicht, auch wenn sie nur ein dünnes Nachthemd trug. Sie mochte den Duft von taufeuchtem Gras und den kleinen dottergelben Pilzen, die jedes Jahr im Spätsommer mitten im Garten aus der Erde schossen. *Die sind nicht essbar,* sagte die Tante jedes Mal, wenn Marie einen davon pflückte um daran zu riechen.

Die Tante. Jetzt hatten es Maries Gedanken endgültig geschafft, sich von der Zeit bei den Högers zu lösen. Sie erinnerte sich nun ganz genau an den ersten Eindruck, den die Tante bei ihr hinterlassen hatte, damals, vor nunmehr beinahe neun Jahren, als die Angestellte von der Fürsorge sie zu den Pfarrersleuten gebracht hatte: Die Frau, die sie bald *Tante* nennen sollte und die sogleich neben dem Pfarrer in der offenen Tür erschienen war, würde ihr nichts antun. Niemals. Genau das war es, was sie unmissverständlich spürte, und das war in diesem Augenblick das einzig Entscheidende. Vor dieser Frau brauchte sie keine Angst zu haben. Denn sie hatte warme Augen, eine sanfte Stimme und fliegende Haare. Sie hatte all das, was die Ziehmutter nicht gehabt hatte.

Was jedoch auf mysteriöse Art Maries allerletzte Bedenken bezüglich weiterer leidvoller Erfahrungen wie ein lauer Sommerwind endgültig weggeweht hatte, war der Geruch, den die Tante verströmte, auch wenn Marie erst später in der Lage sein sollte, die einzelnen Komponenten dieses beruhigenden und vertrauenerweckenden Duftgemisches zu entschlüsseln: Es war eine Mixtur aus Zimt und Äpfeln, Schuhpaste, Zwiebel und Knoblauch, Hirschseife, Hefeteig und Himbeersaft. Der strenge Geruch des Haarsprays der früheren Ziehmutter war eindeutig nicht dabei. Dafür nahm Marie noch einen Hauch von Weihrauch wahr, aber eben nur einen Hauch, und lange nicht so viel wie beim Onkel.

Der erste Hahn krähte, es war der Auftakt zum allmorgendlichen Chorgeschrei aller Hähne von Schönboden und Umgebung. Marie lächelte. Das markdurchdringende Krähen der Hähne war Bestandteil ihrer Heimat geworden. Sie würde es vermissen.

Ihr Blick zielte in die Ferne, auf einen Himmel, der einen wolkenlosen Tag versprach. Das Grau des Horizonts hatte bereits himmelweit das Schwarz der Nacht abgelöst, und nun schimmerte durch ein leuchtendes Weiß bereits das Blau des Tages.

Blau war die Farbe, die auch der Weihrauch für Marie hatte, jedoch nicht dieses blasse Morgenblau, sondern ein Blau, das beinahe ins Violett kippte. Und in dieses Weihrauchblau gehüllt hatte sie den Onkel wahrgenommen, und das nicht erst an diesem schicksalshaften Tag ihres Einzugs in den Pfarrhof, sondern bereits in jener Religionsstunde, in der sie den Pfarrer das erste Mal zu Gesicht bekommen hatte.

Obwohl in Maries Zimmer weit und breit kein Weihrauch war, hatte sie plötzlich seinen unverwechselbaren Geruch in der Nase. Sie mochte diesen Geruch beinahe genauso gern wie den der Abgase des Benzins, die dem Auspuff des Pfarrer-Autos entschwebten. Und so wie sie den Weihrauchgeruch nun in der Nase hatte, hatte sie die Stimme der Tante im Ohr. Ganz genau erinnerte sie sich an den ungewohnt strengen Ton, den die Tante anschlug, als sie Marie zum ersten Mal hinter dem gerade gestarteten Auto hockend das Benzingemisch schnüffelnd entdeckt hatte. »Geh schleunigst weg von da und atme das Zeug ja nicht ein!«, hatte die Tante gerufen, »die Abgase sind giftig!«

Zum Glück war der Weihrauch nicht giftig, und auch wenn er nicht ganz an die Duftwolke heranreichte, die das Eisenrohr am unteren Rand des Autos auspustete, so mochte Marie ihn dennoch sehr gerne. Denn was vom

Geruchserlebnis her nicht ganz an Benzin heranreichte, machte das Rundherum des Weihrauchs wett. Für Marie grenzte es immer noch an Zauberei, wenn der Onkel während des Gottesdienstes das silberne Weihrauchfass schwenkte, den Deckel dabei leicht anhob, an einer der drei ebenfalls silbernen Ketten zog und daraufhin dem Fässchen geheimnisvoll duftende Rauchwolken entströmten, eine nach der anderen, deren würzig-süßer Duft bald den ganzen Raum ausfüllte und sogar auf die Empore hinaufstieg, nachdem die Wolke sich schon längst aufgelöst hatte oder – was Marie auch nicht für völlig ausgeschlossen hielt – direkt in den Himmel aufgestiegen war. Denn der Onkel hatte ihr einmal gesagt, dass der Weihrauch den Gebeten der Gläubigen helfe, im Himmel anzukommen, sie sozusagen in den Himmel hinaufhebe. Dabei hatte er sie allerdings mit demselben Blick angesehen, den er in der Weihnachtszeit immer aufsetzte, wenn das Gespräch auf das Christkind kam.

Nun, da Maries Gedanken dem Onkel galten, hörte sie ihn auch schon. Er war also soeben aufgewacht, das bestätigte ein unverwechselbares mehrmaliges Räuspern, das keineswegs Ausdruck einer Erkältung, sondern vielmehr ein erstes Lebenszeichen nach dem Schlaf war und das jeden Morgen dem Öffnen der Schlafzimmertür voranging wie das Gebet dem Amen. Marie würde dieses Räuspern genauso vermissen wie das Krähen der Hähne.

Sie schloss das Fenster und zog sich die Strickjacke über das Nachthemd. Obwohl die Morgensonne schon den oberen Teil der Hügel beschien, kam es Marie nun kühler vor als in der Nacht. Dennoch hatte sie keine Lust, unter die wärmende Bettdecke zurückzukehren. Es zog sie zu etwas ganz anderem hin.

Der Flickenteppich auf dem Holzboden war schnell eingerollt und das Parkett zum Schutz vor Farbspritzern mit Zeitungspapier abgedeckt. Darauf legte Marie vier

Bögen aus dickem Aquarellpapier, die sie mit einem Tixoband zusammenklebte, exakt Kante an Kante, sodass die vier Papierbögen zusammen einen einzigen Zeichenbogen in Plakatgröße ergaben. So groß musste die weiße Fläche sein, die Marie nun mit Farben füllen wollte, denn es waren so viele Farben in ihr, die sie nun von ihrem Innersten nach außen fließen lassen wollte, jene der Vergangenheit und jene der Gegenwart, und auch die Farben der Zukunft schimmerten nebelhaft durch, andeutungsweise und ahnungsvoll. Michael war Teil dieser Ahnung.

Sie nahm Farbkasten und Pinsel vom Regal neben dem Bett und holte einen Becher gefüllt mit Wasser aus der Küche. Ab nun ging alles wie von selbst.

Feucht glänzende Farbbänder schwangen sich bald vom linken Rand des Zeichenbogens bis hin zum rechten, zur Mitte hin aufsteigend, dann wieder abfallend, Marie dachte, die farbigen Streifen könnten eine nach oben gewölbte Brücke darstellen, oder auch einen Regenbogen, oder beides, egal, sie malte weiter, ihre Aufmerksamkeit auf die ineinander verlaufenden Farben gerichtet: Zitronen- und Sonnengelb, Karminrot und Rosa, Nachtblau und Himmelblau. Dann: Blaugrün, Orange, Violett und Grasgrün.

Marie legte den Pinsel auf das Zeitungspapier, erhob sich aus der Hocke und ging ein paar Schritte zurück, um ihr Werk mit dem nötigen Abstand zu betrachten. Was ihr da in den vielfältigsten Farben entgegenleuchtete, war zweifelsfrei eher ein Regenbogen als eine Brücke, denn eine Brücke hatte doch einen klar erkennbaren Anfang und ein ebensolches Ende, und auch meistens ein Geländer, an dem man sich festhalten konnte, und bei diesem wasserfarbigen Bogen waren weder ein Geländer noch Beginn oder Ende erkennbar. Denn wo der Bogen links auf das Papier traf, war gewiss nicht die Stelle seines Beginns, und wo er rechts den Zeichenbogen wieder verließ, war er noch mitten in der Wölbung. Was ebenfalls auf die Rätselhaftigkeit der exakten Reichweite des Regenbogens verwies, waren die auf das Zeitungspapier überufernden Farbgerinnsel, die sich zwischen den Zeilen und Druckbuchstaben der Artikel verloren. Anfang und Ende blieben also, wie bei einem echten Regenbogen, ein Geheimnis.

Marie hob den Zeichenbogen vom Boden auf und klebte ihn an den beiden oberen Ecken mit dem Klebeband an die Wand über ihrem Bett. Etwas stimmte noch nicht. Nun, da sie den Regenbogen von dieser Perspektive sah, wusste sie auch gleich, was ihn unnatürlich aussehen ließ: Es war der papierweiße Himmel, der ihn umgab.

Ein Regenbogen zeigt sich doch immer nur dann, wenn die Sonne scheint und es gleichzeitig noch regnet, wobei der Regenbogen natürlich auf der Regenseite stehen muss! Die Sonnenstrahlen treffen dann von der gegenüberliegenden Seite des Himmels auf die feinen Tropfen und verwandeln Wasser in Farbe. So hatte es ihr auch die Tante vor einigen Jahren erklärt, als sie wissen wollte, wie der Regenbogen zu seinen Farben kommt.

Marie musste also den Himmel rund um den Bogen noch dunkel einfärben. Das war es. Erst der Hintergrund einer Regenwand würde die Farben zwischen Himmel und Erde richtig zum Strahlen bringen.

Es war schließlich die Mischung aus Dunkelblau, etwas Rot und Schwarz, die die vollendete Himmelfarbe ergab. Dieser Hintergrund erst ließ den Regenbogen in seinem gesamten Farbspektrum voll zur Geltung kommen.

Marie war so sehr in das von ihr erschaffene Bild vertieft, dass sie die Tante erst gar nicht bemerkt hatte, die nun dicht neben ihr stand und mit ihr gemeinsam die Farbkomposition betrachtete.

»Ein Regenbogen, der sich nie in Luft auflösen wird«, hörte Marie die sanfte Stimme der Tante und spürte nun auch deren warme Hand auf ihrer Schulter. »Er hat die schönsten Farben, Marie, er hat deine Farben«, hörte sie sie weiter reden.

»Aber er hat keinen Anfang und kein Ende«, sagte Marie.

»Was weder Anfang noch Ende hat ist unendlich«, erwiderte die Tante und Marie dachte, dass das genauso gut der Onkel hätte sagen können. Nur hätte der wahrscheinlich noch ein Bibelzitat zum Thema Unendlichkeit oder Regenbogen angefügt.

»Dann gibt es aber auch keinen Schatz am Ende des Regenbogens wenn es kein Ende gibt!« Marie lachte, weil sie natürlich ohnehin nicht an diesen Schatz aus der Märchenwelt glaubte.

»Ach Marie, was ist denn ein Schatz? Gold, Geld, Diamanten? Nein, einem Schatz sieht man seinen Wert meist gar nicht an in dem Moment, an dem man ihm begegnet, weil man einfach nicht mit ihm rechnet. Erst später, irgendwann, kommt der Augenblick, der einem ganz klar zeigt, dass man den Schatz ja schon bei sich hat und mit dieser Erkenntnis kommt auch das Glück, das man sich von einem Schatz erwartet. Marie, vielleicht hat an dem Tag, als du bei uns hereingeschneit bist, ein Regenbogen genau hier die Erde berührt. Wir wissen es nicht, denn wenn man an so einer Stelle steht, kann man den Regenbogen ja nicht sehen.«

Maries Blick wanderte von ihrem Aquarell zum Gesicht der Tante und wieder zurück zum Regenbogen und nun kam es ihr vor, als ob alle Farben plötzlich in Bewegung geraten wären, sich noch einmal verflüssigen und schwimmen würden, die Wölbung hinauf und wieder hinunter, ineinanderfließend und verschmelzend.

Marie konnte sich nicht daran erinnern, wann sich ihre Augen zuletzt mit Tränen gefüllt hatten. Vor Glück.

ENDE

Nachwort

Die Entwicklungsgeschichte des mutigen »Zigeunermädchens« Marie Muth, das in den 1960er Jahren ihrer Mutter, einer Prostituierten, entzogen und nach kurzem Heimaufenthalt einer Pflegefamilie überantwortet wurde, ist keine Fiktion. Ihr liegt eine wahre Lebensgeschichte zugrunde und steht stellvertretend für die Schicksale vieler Pflegekinder der 1960er und 1970er Jahre.

Der Roman »Das Fenster zum Himmel« ist ein Abbild jener Zeit, in der viele, vor allem im dörflichen Bereich, über das Martyrium dieser Kinder Bescheid wussten, aber konsequentes Wegschauen das konsensuale Verhalten war. Mein Dank gilt der »echten« Marie Muth, die mir in langen emotionalen Gesprächen ihre Lebensgeschichte für den vorliegenden Roman anvertraut hat.

Die stringente Aufbereitung der erzählten Ereignisse und die Bewahrung der Authentizität war mir bei der literarischen Umsetzung ein besonderes Anliegen.

»Marie Muth«, deren wirklicher Name ungenannt bleibt, widmete ihr berufliches Leben als Sozialpädagogin Kindern und Jugendlichen, die wie sie selbst einen leidvollen Start ins Leben hatten.

Die Berichte über Misshandlungs- und Missbrauchsvorwürfe erfahren nun endlich die längst fällige Beachtung. Dies ist nur möglich mit Hilfe der Opfer sowie der Unterstützung der Medien und zuständigen Institutionen.

Elisabeth Escher, im April 2020

Über die Autorin

ELISABETH ESCHER, *österreichische Schriftstellerin, lebt und arbeitet in Salzburg.*

Sie studierte Anglistik und Romanistik an der Universität Salzburg. Nach ihrem Studium unterrichtete sie an einem Salzburger Gymnasium sowie am Pädagogischen Institut Salzburg und arbeitete viele Jahre als freie Journalistin bei den Salzburger Nachrichten.

Der autobiographische Roman »Hannas schlafende Hunde« erlangte internationale Erfolge und wurde u. a. mit Hannelore Elsner, Nike Seitz, Franziska Weisz und Johannes Silberschneider verfilmt.

Zahlreiche Veröffentlichungen, darunter:

Kinderliteratur, Italienischlehrbücher, Lyrik und Romane (»Bienengift«, »Ein Herz für Hercules«, »Hannas schlafende Hunde«)

Auszeichnungen:

2006: 1. Preis Christine-Busta-Lyrikpreis
2007: Aufnahme in den P.E.N. International
2013: Preisträgerin XVI. Gedichtwettbewerb deutschsprachiger Gedichte

www.elisabethescher.at